Arthur
und der Botschafter der Schatten

Gerd Ruebenstrunk

Arthur
und der Botschafter der Schatten

Die Vergessenen Bücher
Band 2

Mit Illustrationen von Laurence Sartin

arsEdition

Bibliografische Information der Deutschen Nationalbibliothek
Die Deutsche Nationalbibliothek verzeichnet diese Publikation
in der Deutschen Nationalbibliografie;
detaillierte bibliografische Daten sind im Internet über
http://dnb.d-nb.de abrufbar.

5 4 3 2   13 12 11 10

© 2010 arsEdition GmbH, München
Alle Rechte vorbehalten
Text: Gerd Ruebenstrunk,
vertreten durch Agentur Hanauer, München
Illustrationen: Laurence Sartin
ISBN 978-3-7607-5190-0

www.arsedition.de

Inhalt

Prolog	5
Die Vogelscheuche kehrt zurück	21
Begegnung um Mitternacht	33
Der Brief	44
Die Spur nach Spanien	57

✤ Córdoba ✤

Eine böse Überraschung	82
Die Flucht	94
Die Vagabunden der Dämmerung	106
Esteban	119
Der Prinz aus der Wüste	134
Das Geheimnis der Grossen Moschee	157
Der Code wird geknackt	174
In der Falle	197
Der doppelte Zafón	203
Eine neue Spur	214
Freunde in der Not	230
Überraschende Enthüllungen	240
Auf der Ann Catherine	253
Abenteuer in Marseille	268

✤ Dubrovnik ✤

Allein in Dubrovnik	298
Die Suche	322
Das Haus von Meninski	333
Larissas Entscheidung	348
In der Höhle des Löwen	366
Die Entdeckung	382
Ein neues Rätsel	392

Prolog

Córdoba, im Jahre 978

Abul Hassan eilte durch die engen Gassen Córdobas.
Seine Djellaba, das knöchellange Gewand der Mauren, hielt er mit einer Hand gerafft, um schneller voranzukommen. Immer wieder wurde er von einem der vielen Passanten aufgehalten: Araber, Berber, Christen, Juden, Schwarze, Weiße – Córdoba war ein Schmelztiegel aller bekannten Kulturen. Eselskarren und Wasserträger manövrierten sich zwischen den Ständen und Fußgängern hindurch. Die Luft war erfüllt von den unvergleichlich sinnlichen Düften des Orients.
In den Gassen der Stadt herrschte ein reges Leben und Treiben. In den Läden und auf den Verkaufsständen am Wegesrand türmten sich die Waren: Töpfe, Honig, Wachs, Salz, Wein, Arzneimittel, Schuhe, Kräuter, Felle und vieles mehr. Käufer feilschten lautstark mit Verkäufern, Hunde bellten. Gewürzhändler boten ihre Mischungen aus fernen Ländern feil, indische Händler ihre edlen Schmuckstücke. Dazwischen standen die unzähligen Garbräter, von deren Rosten zahllose Düfte sich mit den übrigen Gerüchen mischten.
Abul Hassan lief vorbei an einem Färber, der in einem großen Kessel mit heißer Lösung Tücher mit einem dicken Holzstab hin

und her zog, um ihnen die gewünschte Farbe zu verleihen. Er passierte Musikanten und Leimsieder und einen Barbier, der vor Zuschauern einem Mann den Zahn zog. Nichts an diesem Gewimmel interessierte ihn heute.

Heute hatte Abul Hassan nur ein Ziel: das rabad al-raqqaquin, das Viertel der Pergamenthersteller. Je näher er ihm kam, desto ruhiger wurde es in den Straßen. Hier stellte man das Material für die rund 60.000 Bücher her, die jedes Jahr in Córdoba verfasst oder kopiert wurden – ein einsamer Weltrekord.

Doch in der letzten Zeit liefen die Geschäfte zunehmend schleppender. Dafür gab es zwei Gründe. Der erste war eine neue Erfindung, die sich Papier nannte: ein Werkstoff, welcher ganz einfach aus alten Flachs- und Hanftüchern hergestellt werden konnte und dem teuren Pergament mehr und mehr Konkurrenz machte. Viel entscheidender war aber der zweite Grund. Und der hieß al-Mansûr.

Er war der neue Hadjib, der Erste Minister des noch jugendlichen Kalifen Hischam und damit der eigentliche Herrscher des Kalifats. Im Gegensatz zu seinem Vorgänger war al-Mansûr ein Krieger und kein Gelehrter. Er liebte die Macht mehr als die Bücher und steckte sein Geld lieber in weitere berberische Söldner als in die Bibliothek.

Keuchend erreichte Abul Hassan das Tor der Dufthändler. Er verlangsamte seine Schritte, um nicht die Aufmerksamkeit der Berbersoldaten auf sich zu ziehen, die um das Tor herumlungerten und es bewachten. Es waren kriegerische Gestalten, mit dunklen Vollbärten und tief gebräunter, von zahllosen kleinen Falten durchzogener Haut. In den goldverzierten Gürteln, die sie um ihre Djellabas geschlungen hatten, steckten breite Krummschwerter, die das Licht der untergehenden Sonne reflektierten.

Abul Hassan bemühte sich, so unauffällig wie möglich den

Platz vor dem Tor zu überqueren. Die Berbersöldner waren unberechenbar. Seitdem sie in immer größerer Zahl in die Stadt strömten, waren die Straßen unsicherer geworden. Ihre Willkür war überall bekannt, und al-Mansûr ließ sie gewähren. Sie bildeten die Machtbasis, auf die er sich stützte.

Diesmal ging alles gut. Abul Hassan verschwand im Gassengewirr des Pergamentviertels. Nach wenigen Minuten blieb er vor der Tür eines schmalen Hauses stehen. Er klopfte gegen das Holz, erst einmal, dann dreimal kurz nacheinander, dann zweimal in größerem Abstand. Als hätte jemand hinter der Tür auf ihn gewartet, ging diese sofort einen Spaltbreit auf.

Ein Paar Augen inspizierte ihn, bevor sich die Tür ganz öffnete.

»Endlich!« Im dunklen Flur stand ein Mann, der Abul Hassan höchstens bis zur Schulter reichte. Auch er war in eine Djellaba gekleidet, obwohl er eindeutig kein Maure war.

»Lass mich ein, Ramiro.« Abul Hassan drängte an dem Mann vorbei in den Flur. »Ist García da?«

Ramiro schloss schnell die Tür. »Seit einer Stunde schon. Wir waren bereits in Sorge, dir sei etwas zugestoßen.«

»Ich bin aufgehalten worden.« Abul Hassan ging zielstrebig den Flur entlang, bis er einen großen Raum erreichte, in dem ein weiterer Mann an einem grob gehauenen Holztisch saß. Er war jünger als die beiden anderen und trug keine Djellaba, sondern eine Hose und ein weit geschnittenes Hemd. Er sprang auf, als er den Neuankömmling erblickte.

»Gibt es Schwierigkeiten?«, fragte er, ohne sich mit einer Begrüßung aufzuhalten.

»Mehr als das.« Abul Hassan ließ sich auf einen Stuhl sinken. Ramiro und García nahmen auf der gegenüberliegenden Seite des Tisches Platz und blickten ihn gespannt an.

»Wir müssen sofort handeln«, erklärte Abul Hassan. *»Ich habe erfahren, dass al-Mansûr bereits heute Abend mit der Verbrennung beginnen will. Wenn wir die Bücher retten wollen, dann muss es jetzt geschehen.«*

»Aber wir sind nicht vorbereitet!«, protestierte García. Er war der Jüngste in der Runde, eine breitschultrige, kräftige Gestalt, die eher wie ein Soldat aussah als wie ein Bibliothekar. Denn das waren die drei Männer, die sich hier versammelt hatten: Bibliothekare in der Großen Bibliothek von Córdoba.

»Morgen kann es bereits zu spät sein. Sie haben schon damit begonnen, die Manuskripte für das Feuer auszusortieren.« Er breitete die Arme aus. *»Unermessliche Schätze der Wissenschaft und Philosophie werden vernichtet werden – und das nur, weil sich al-Mansûr bei den islamischen Rechtsgelehrten anbiedern will.«*

»Was sollen wir tun?«, fragte Ramiro. Er hatte, ebenso wie Abul Hassan, die fünfzig bereits überschritten. Auch sein Bart war so grau wie der seines Freundes.

»Ich habe die Bücher heute Nachmittag in einer Truhe versteckt«, erklärte Abul Hassan. *»Wir werden sie aus der Bibliothek herausschaffen und zunächst hier verstecken. In einigen Tagen bringen wir sie dann aus der Stadt und in Sicherheit.«*

García hielt es nicht mehr in seinem Sitz. Der mächtige Mann lief aufgeregt im Raum herum. *»Das ist viel zu gefährlich! Wenn wir einer der Berberpatrouillen in die Hände laufen, sind wir geliefert!«*

Zur Antwort zog Abul Hassan aus seiner Djellaba ein gefaltetes Pergament hervor und warf es auf den Tisch. *»Dies ist ein Passierschein, ausgestellt vom Kalifen persönlich. Niemand wird es wagen, sich seinem Befehl zu widersetzen – auch die Berber nicht.«*

Ramiro faltete das Dokument auseinander und überflog es. Dann nickte er. »Damit könnte es gehen. Ich schließe mich Abul Hassans Meinung an.«

García war noch immer nicht überzeugt. »Selbst wenn wir durchkommen, schützt der Passierschein des Kalifen nicht dieses Haus. Sollte jemand merken, dass die Bücher fehlen, wird der Verdacht schnell auf uns fallen. Wir sind die Einzigen, die in der Bibliothek mit ihnen zu tun hatten.«

Abul Hassan steckte das Pergament wieder ein und erhob sich. »Die Zeit für Diskussionen ist vorbei, García. Du bist jung und ich kann deine Sorgen verstehen. Doch jetzt müssen wir handeln.«

García wollte etwas entgegnen, überlegte es sich dann aber anders. Er nickte nur stumm.

Wenige Minuten später eilten die drei Männer durch die leeren Gassen der Stadt. Inzwischen war die Dämmerung hereingebrochen. Die Betriebsamkeit hatte deutlich nachgelassen. Sie waren nur noch ein paar Blocks vom Alcázar, dem gewaltigen Schloss des Kalifen, entfernt, als García anhielt und die Hand hob.

Seine Begleiter blickten ihn fragend an.

»Ich halte es für ratsam, dass wir auf getrennten Wegen zum Alcázar gehen und auch einzeln die Bibliothek betreten«, sagte García. »Zu dritt könnten wir zu leicht Verdacht erregen.«

Abul Hassan nickte zustimmend. »Eine gute Idee. Wir treffen uns im kleinen Schreibsaal.«

Ohne eine Antwort abzuwarten, verschwand er rechts zwischen zwei Häuserreihen. García und Ramiro verständigten sich kurz und huschten in verschiedenen Richtungen davon.

Als Ramiro knapp zehn Minuten später den kleinen Schreibsaal betrat, dachte er zunächst, er sei der Erste. Doch dann er-

kannte er im Halbdunkel die Gestalt Abul Hassans, der hinter einem der Schreibpulte stand. Noch vor wenigen Wochen hatten in diesem Raum zu jeder Tages- und Nachtzeit über zwanzig Schreiber gestanden und Schriftstücke kopiert.

»Wa 'llahi! Hörst du sie?«, seufzte Abul Hassan. Er meinte das Treiben in der Bibliothek. Wo sonst eine konzentrierte Stille herrschte, vernahm man jetzt das Trampeln von Füßen und das Lachen und die Flüche von Soldaten. »Sie reißen die Manuskripte aus den Regalen, als seien es wertlose Lappen.«

Ramiro legte seinem Freund tröstend die Hand auf die Schulter. »Es sind fast vierhunderttausend Exemplare. Sie werden nicht alles vernichten können. Das darf sich selbst ein al-Mansûr nicht erlauben.«

Abul Hassan seufzte erneut. Dann richtete er sich auf und entfernte Ramiros Hand vorsichtig von seiner Schulter. »Was ist mit García? Wir dürfen nicht länger warten.«

»Vielleicht hat er es sich anders überlegt«, mutmaßte Ramiro. »Ich kann es ihm nicht verdenken. Er ist erst seit wenigen Jahren bei uns und weiß nicht, welche Bedeutung die Bücher besitzen.«

»Dann müssen wir es ohne ihn versuchen.« Abul Hassan deutete in eine im Schatten verborgene Ecke des Raumes. »Dort steht die Truhe.«

Es war eine einfache Kiste aus dunklem Holz, ohne jegliche Verzierungen. Die beiden Männer fassten die Lederriemen, die an ihren Schmalseiten befestigt waren. Auf das Kommando Abul Hassans hoben sie die Kiste an.

»Ich hatte sie mir schwerer vorgestellt«, kommentierte Ramiro, während sie die Truhe um die Pulte des Saals herum manövrierten.

»Es sind ja auch nur dreizehn Bände«, erwiderte Abul Has-

san.*»Ihr Gewicht liegt weniger in ihrer äußeren Form als in ihrem Inhalt.«*

Sie traten aus dem Schreibsaal in einen der großen Bibliotheksräume. Soldaten liefen, die Arme vollgepackt mit Schriftrollen und gebundenen Manuskripten, in Richtung Ausgang. Andere warteten darauf, von den Bibliothekaren, die mit der Aussortierung betraut waren, beladen zu werden. Es ging zu wie in einem Bienenstock.

»Warum helfen sie nur so anstandslos mit, ihre eigene Arbeit zu zerstören?«, flüsterte Ramiro.

»Weil sie sich davon Vorteile erhoffen«, knurrte Abul Hassan. »Ihnen geht es nicht um das Wissen, sondern um ihre Position. Deswegen liefern sie al-Mansûr so bereitwillig alle angeblich gottlosen Werke aus.«

»Und was haben wir hier?«, ertönte eine laute Stimme hinter ihnen. Die beiden Männer erstarrten. Sie setzten die Truhe ab und drehten sich langsam um.

Der Sprecher war ein schlanker Mann, kaum vierzig Jahre alt. Seine weiße und rote Djellaba war aus teuren Stoffen gefertigt, und auch der mit Gold verzierte Gürtel zeigte deutlich, dass es sich bei ihm um einen höheren Würdenträger handeln musste.

»Yusuf!« Abul Hassan legte die rechte Handfläche auf sein Herz und verneigte sich. Der Mann machte eine abwehrende Handbewegung. »Keine Formalitäten, Abul Hassan. Dafür kennen wir uns zu lange. Was habt ihr hier zu suchen?«

Yusuf al Hanafi war bekannt für seine Direktheit wie für seine Aufrichtigkeit. Er war ein hervorragender Wissenschaftler, Philosoph und Diplomat. Trotz seiner jungen Jahre hatte er es bereits zum Leiter der Bibliothek von Córdoba gebracht, und man munkelte, dass ihm noch eine weitaus glorreichere Zukunft bevorstehe.

»Wir haben nur ... also ...«, stotterte Ramiro, verstummte aber schnell unter Yusufs durchdringendem Blick.

Abul Hassan wusste, dass Leugnen keinen Zweck hatte. *»Wir schaffen einige Bücher fort, um sie vor der Vernichtung zu retten«*, sagte er und blickte sein Gegenüber herausfordernd an.

Ein leichtes Lächeln umspielte Yusufs Lippen. *»Du maßt dir an, meine Entscheidungen infrage zu stellen?«*

»Wenn es um meine Bücher geht, dann ja.« Abul Hassan schob entschlossen das Kinn vor. Ramiro wich zurück. Er hielt es für keine gute Idee, Yusuf al Hanafi herauszufordern.

Der Leiter der Bibliothek lächelte nicht mehr. Er machte einen Schritt auf sein Gegenüber zu. *»Deine Bücher? Glaubst du, irgendein Buch hier gehört dir?«*, zischte er. *»Woher nimmst du dir das Recht zu entscheiden, was mit den Büchern geschieht?«*

»Ich handle im Auftrag der gesamten Menschheit«, erwiderte Abul Hassan scheinbar unbeeindruckt. Sein Herz klopfte laut in seiner Brust, aber er war so weit gegangen, dass es nun kein Zurück mehr gab. *»Diese Bücher sind weder mein Eigentum noch das des Kalifen oder des Ministers. Sie gehören allen Menschen, und sie zu zerstören, ist ein Verbrechen.«*

»Du nennst den Ersten Minister einen Verbrecher?« Yusuf stieß ein freudloses Lachen aus. *»Ich will dir sagen, was al-Mansûr ist: Er ist der mächtigste Mann in Córdoba, und allein das zählt. Wer sich ihm widersetzt, ist so gut wie tot.«* Er senkte erneut seine Stimme. *»Was glaubst du, was ich mache? Meinst du, ich führe die Anordnungen al-Mansûrs mit Freuden aus? Doch ich bin Realist. Wenn er Bücher verbrennen will, dann werden Bücher verbrannt. So einfach ist das. Er hat die Soldaten, ich verfüge nur über ein paar Bibliothekare. Alles was ich versuchen kann, ist, so viele wertvolle Manuskripte wie möglich zu retten.«*

Abul Hassan starrte Yusuf mit offenem Mund an. Er hatte alles erwartet – nur nicht das. Er kannte den Chefbibliothekar als einen aufrechten Mann, hätte aber nie gedacht, dass dieser so deutlich seine Meinung aussprechen würde.

Yusuf atmete tief durch. »Wa 'llahi! Ich will gar nicht wissen, was ihr in eurer Truhe habt. Kommt! Ich bringe euch zur Seitentür. Am großen Tor könntet ihr zu viel Aufsehen erregen.«

Abul Hassan und Ramiro benötigten einen Augenblick, um zu begreifen, dass Yusuf ihnen helfen wollte. Dann packten sie die Kiste und eilten hinter dem Chefbibliothekar her.

Sie durchquerten die Bibliothek ohne weitere Probleme. Hier und da warfen ihnen einige Soldaten misstrauische Blicke zu, aber die Gegenwart Yusufs sorgte dafür, dass keiner sie aufzuhalten wagte.

Kaum hatten sie das Gebäude durch die kleine Pforte verlassen, schlug ihnen dichter Qualm entgegen. Auf dem Platz vor dem Alcázar brannte ein großes Feuer aus Hunderten von Büchern. Ringsum standen Soldaten und fütterten den zerstörerischen Brand mit dem, was sie aus der Bibliothek herausgeschleppt hatten. Um die lodernden Flammen herum hatte sich eine Menschenmenge versammelt, die jedes neue Manuskript, das ins Feuer flog, mit lautem Johlen feierte. Das Flackern des Scheiterhaufens warf immer wieder wechselnde Schatten auf die Gesichter, die Abul Hassan wie dämonische Fratzen vorkamen.

Er ließ die Kiste sinken und stützte sich an einem Pfeiler ab. Yusuf griff ihm besorgt unter den Arm.

»Schon gut, schon gut.« *Abul Hassan atmete einige Male schwer durch.* »Es geht wieder. Es ist nur ... es ist ... dieser Anblick ...«

Er wischte sich mit dem Ärmel seines Gewands die Schweißperlen von der Stirn.

Yusuf sah ihm besorgt in die Augen. »*Lass dir nicht anmerken, wie du zu der Sache stehst*«, *riet er.* »*In Zeiten wie diesen reicht eine schnelle Anzeige, und schon verschwindest du für Jahre im Gefängnis – falls du nicht direkt vor den Henker geführt wirst.*«

Abul Hassan hatte sich wieder gefangen und hob seine Seite der Kiste an. »*Danke, Herr. Ich werde mich in Zukunft zusammennehmen.*«

»*Viel Glück bei eurem Unterfangen*«, *sagte Yusuf.* »*Und lasst uns hoffen, dass ihr die Bücher schon bald an ihren angestammten Platz zurücktragen könnt.*«

Mit diesen Worten drehte er sich um und verschwand im Gebäude.

Abul Hassan und Ramiro eilten über den palmenbestandenen Vorplatz. Sie hielten sich im Schatten am Rand, um von den Soldaten und der tobenden Menge nicht bemerkt zu werden. Vor ihnen tat sich eine Gasse auf, die in die Juderia, das jüdische Viertel Córdobas, führte und in die sie einbogen. Sie waren gerade wenige Meter gegangen, als sie eine Stimme hinter sich hörten.

»*Psst!*«

Ihre Köpfe fuhren herum, aber sie konnten niemanden sehen. Ihre Herzen schlugen schneller. Waren sie etwa entdeckt worden? Hatte Yusuf sie doch noch an die Soldaten verraten?

»*Psst! Abul Hassan! Ramiro!*« *Aus einem schmalen Gang zwischen zwei Häusern schob sich ein Kopf hervor.*

»*García!*« *Aus Ramiros Stimme war deutlich die Erleichterung herauszuhören.* »*Was machst du hier?*«

»*Kommt schnell!*«, *drängte García und winkte sie zu sich in den Gang.* »*Ihr seid in Gefahr.*«

Ohne zu zögern, folgten die beiden ihrem Kollegen in den

dunklen Zwischenraum. »Welche Gefahr?«, fragte Abul Hassan. »Hat man uns entdeckt?«

Statt einer Antwort tauchten vier Schatten aus dem Dunkel des Gangs auf. Abul Hassans erster Impuls war, zurück in die Gasse zu flüchten, aber García hielt ihn am Arm fest.

»Es tut mir leid, alter Freund.«

»Leid? Aber warum?« Jetzt erkannte Abul Hassan, dass es sich bei den Schatten um vier bewaffnete Berbersöldner handelte. »Was geht hier vor?«

»Ich nehme die Bücher an mich, das geht hier vor.« García beugte sich vor und starrte dem Älteren direkt ins Gesicht. Seine Augen waren weit aufgerissen und seine Gesichtszüge verzerrt. So hatte Abul Hassan ihn noch nie gesehen. »Auf diesen Moment habe ich viele Jahre gewartet. Jetzt gehören sie endlich mir!«

»Aber du hast einen Eid geschworen!«, rief Abul Hassan. »Du hast dich verpflichtet, die Bücher zu schützen. Wir drei sind ihre einzigen Bewahrer!«

»Bewahren werde ich sie gewiss.« Garcías Lippen formten sich zu einem höhnischen Lächeln. »Diese Bücher stellen den Schlüssel zur größten Macht dar, die sich ein Mensch vorstellen kann. Du darfst sicher sein, dass ich sie wie meinen Augapfel hüten werde.«

»Du weißt nicht, was du tust!«, beschwor ihn Abul Hassan. »Diese Bücher sind mächtig, aber sie sind auch gefährlich. Du kannst mit ihnen unsere ganze Welt zerstören!«

»Vielleicht will ich das ja.« Garcías Augen funkelten im Halbdunkel des Gangs. »Und dann baue ich mit ihrer Hilfe eine neue Welt auf. So, wie ich sie haben will.« Er wandte sich zu seinen Helfern um. »Genug geredet. Nehmt die Kiste und dann verschwinden wir.«

»*Und die beiden, Herr?*«, *fragte einer der Söldner und betastete vielsagend den Knauf seines Säbels.*

»*Die sind harmlos*«, *erwiderte García verächtlich.* »*Lasst sie laufen. Sie können uns nichts anhaben.*«

Diesen Moment nutzte Abul Hassan. Er wusste, er und Ramiro waren ihren Gegnern hoffnungslos unterlegen. Aber er konnte sich sein Lebenswerk nicht einfach so wegnehmen lassen! Lieber würde er sterben. Er warf sich auf die Truhe und umklammerte sie mit aller Kraft. Zugleich begann er, lauthals um Hilfe zu schreien.

Sofort zog einer der Söldner seinen Säbel und ging auf Abul Hassan los.

»*Nicht!*«, *schrie Ramiro und warf sich todesmutig zwischen den Angreifer und seinen Freund. Zwei weitere Söldner packten ihn von hinten und rissen ihn zurück, der dritte rammte ihm die Faust in den Magen. Ramiro blieb die Luft weg, und der Schmerz ließ ihn in die Knie gehen. Der erste Söldner holte mit seinem Säbel aus und hieb Abul Hassan den Knauf gegen den Kopf. Der Alte stöhnte kurz auf, dann erschlafften seine Gliedmaßen. Der Täter zerrte sein Opfer grob von der Truhe herunter.*

García hatte der Szene unbewegt zugesehen. Auf sein Zeichen hoben die Söldner die Kiste an und verschwanden um die Ecke.

Ramiro erhob sich mühsam. Keuchend schleppte er sich zu der reglosen Gestalt Abul Hassans hinüber. Aus einer Platzwunde am Kopf rann Blut über das Gesicht des Alten. Einen Moment lang fürchtete Ramiro, sein Freund sei tot, doch dann bemerkte er seine flachen Atemzüge. Vorsichtig rüttelte er Abul Hassan an den Schultern.

Es dauerte nicht lange und der Alte schlug die Augen auf.

Nach einem kurzen Moment der Verwirrung wurde sein Blick klar. »Sind sie weg?«, stieß er hervor.

Ramiro nickte stumm.

Verzweiflung machte sich auf Abul Hassans Gesicht breit. Er stöhnte und fuhr sich mit der Hand über den Kopf. Dabei spürte er das Blut, das aus seiner Wunde lief.

»Wa 'llahi!«, krächzte er. »Das hätte ich García nicht zugetraut.«

In diesem Augenblick hörten sie Geschrei aus der Gasse. Ramiro humpelte zur Ecke vor, lehnte sich stöhnend an die Wand und spähte vorsichtig hinaus. Was er sah, ließ sein Herz höher schlagen: García und seine Söldner waren einer Berberpatrouille in die Arme gelaufen, die ihnen zahlenmäßig weit überlegen war. Zwischen dem Anführer der Patrouille und García hatte sich ein heftiges Wortgefecht entwickelt.

Ramiro spürte eine Hand auf der Schulter und zuckte zusammen. Doch es war nur Abul Hassan, der sich ebenfalls aufgerafft hatte. Er stützte sich auf den Freund. »Das ist unsere letzte Chance. Los!«

Ramiro wollte widersprechen, aber Abul Hassan schnitt ihm das Wort ab. »Wir müssen eingreifen, wenn wir die Bücher retten wollen.« Er legte seinen Arm um Ramiros Schultern, und gemeinsam traten sie auf die Gasse.

Mit jedem schleppenden Schritt, den sie sich der Menschenansammlung näherten, spürte Abul Hassan, wie seine Kräfte zurückkehrten. Es war, als wollten ihm die Bücher dabei helfen, seine Aufgabe zu erfüllen.

Sie hatten die Gruppe gerade erreicht, als der Anführer der Soldaten García mit dem Knauf seines Schwertes niederschlug. Dessen vier Söldner nutzten die momentane Aufregung, um im Dunkel der benachbarten Gassen zu verschwinden.

Abul Hassan löste sich von Ramiro und zog den Passierschein hervor. Zwei Soldaten standen über dem am Boden liegenden García und richteten ihre Säbelspitzen auf seine Brust. Der Alte trat auf den Anführer zu.

»Gut, dass ihr sie aufgehalten habt!«, rief er. Der Anführer der Berber blickte die blutverschmierte Figur, die plötzlich aus dem Dunkel aufgetaucht war, misstrauisch an. Die Soldaten standen kampfbereit, die Hände an ihren Säbeln.

»Wir haben einen Passierschein des Kalifen.« Abul Hassan streckte dem Mann das Pergament entgegen. »Diese Leute haben uns überfallen und uns die Truhe geraubt.«

Einer der Soldaten hielt die Fackel, die er trug, so nah heran, dass der Anführer das Dokument lesen konnte. Er benötigte eine Weile dafür. Dann gab er dem Alten den Ausweis zurück. Sein Misstrauen war nicht besänftigt.

»Was befindet sich denn Wertvolles in der Truhe?«, fragte er.

»Bücher«, erwiderte Abul Hassan.

»Bücher?« Der Anführer lachte freudlos. »Ihr wollt mir erzählen, dass euch dieser Kerl hier überfallen hat, um ein paar Bücher zu stehlen?«

»Es sind unersetzliche Bände aus dem Privatbesitz des Kalifen.«

»Das werden wir ja sehen.« Er befahl einem seiner Leute, die Truhe zu öffnen, ergriff eine Fackel und beugte sich darüber. Mit einer Hand tastete er in der Kiste herum.

»Es sind wirklich nur Bücher.« Der Anführer richtete sich wieder auf. Seine Stimme klang enttäuscht. Noch einmal betrachtete er Abul Hassan und Ramiro mit zusammengekniffenen Augen, dann machte er eine ungeduldige Handbewegung.

»Ihr könnt passieren«, sagte er. »Und seid in Zukunft vorsichtiger, wenn ihr das Eigentum des Kalifen transportiert.«

»Das werden wir.« Abul Hassan und Ramiro nahmen die Griffe der Truhe und hoben sie an. Ramiro beobachtete seinen Freund besorgt, ob er der Aufgabe gewachsen war, aber Abul Hassan zeigte kein Zeichen von Schwäche. Mit dem inzwischen zum Teil getrockneten Blut auf seinem Gesicht sah er im Licht der Fackeln eher wie ein Kämpfer als wie ein Bibliothekar aus. Und war er schließlich nicht auch beides? Ramiro hatte nicht geahnt, welche Kräfte in seinem alten Kollegen steckten.

»Was werdet ihr mit dem Mann machen?«, fragte Abul Hassan.

Der Anführer versetzte García, der immer noch am Boden lag, einen Tritt. »Das wird der Richter entscheiden. Hebt ihn auf!«

Zwei seiner Männer packten García bei den Armen und zogen ihn grob in die Höhe. Hasserfüllt starrte er die beiden Bibliothekare an.

»Ich werde nicht der Letzte sein!«, schrie er. »Versteckt sie nur, eure Bücher. Nach mir werden andere kommen, und irgendwann wird einer von ihnen Erfolg haben! Ihr habt jetzt schon verloren!«

Einer der Soldaten stieß ihn vor sich her. Die Patrouille entfernte sich mit ihrem Gefangenen, aber sein Gebrüll war nach wie vor zu hören. Es hallte wie ein unheilvolles Echo durch die dunklen Gassen:

»Ihr habt verloren ... verloren ... verloren ...«

❖ Die Vogelscheuche kehrt zurück ❖

An einem Freitagnachmittag, kurz nach Beginn der Sommerferien, begegnete ich Pontus Pluribus zum zweiten Mal in meinem Leben.

Ich hielt mich, wie üblich, in der Buchhandlung des Bücherwurms auf. Draußen brannte die Sonne, und im Laden, in den sich, wie meistens, kein Mensch verirrt hatte, war es erfrischend kühl. Zum wiederholten Mal fragte ich mich, wovon der Bücherwurm wohl leben mochte. Vom Bücherverkaufen sicher nicht, dafür kamen zu wenig Kunden in sein Geschäft.

Der Alte war zur Post gegangen und hatte die Buchhandlung meiner Obhut überlassen. Das tat er inzwischen immer häufiger. Manchmal blieb er stundenlang weg, um irgendwelche alten Schwarten zu inspizieren, die ihm zum Kauf angeboten wurden.

Ich nutzte die kundenlose Zeit, um neu eingetroffene Exemplare einzuräumen. Das war eine Arbeit, die sich meistens etwas in die Länge zog. Ich konnte nämlich kaum ein Buch einordnen, ohne nicht vorher einen kurzen oder auch längeren Blick hineinzuwerfen. Zuerst schlug ich es irgendwo in der Mitte auf und steckte meine Nase hinein. Viele Menschen wissen nicht, dass Bücher einen ganz eigenen, verführerischen

Duft haben. (Die meisten zumindest – manche riechen einfach nur eklig.) Rein wissenschaftlich gesehen besteht er zwar nur aus einer Mischung der Ausdünstungen von Papier und Druckfarbe, aber mit diesen beiden Zutaten lässt sich eine Vielfalt von Aromen erzeugen.

Beim erfahrenen Buchschnüffler ruft der Geruch eines Buches ein warmes, angenehmes Gefühl hervor, das den ganzen Körper durchströmt. Es sind die Erinnerungen an all jene Gelegenheiten, bei denen man Bücher mit einem ähnlichen Duft gelesen hat, ohne dass man sich dabei an einen bestimmten Inhalt erinnert.

Ich hatte meine Nase gerade in einen äußerst wohlriechenden Roman vertieft, als ich hinter mir die Klingel der Eingangstür hörte. Widerstrebend blickte ich auf.

Vor mir stand Pluribus. Seine Gestalt erschien noch genauso furchteinflößend wie vor einem Jahr: der lange, schwarze Mantel, die gebeugte Haltung, die spitzen, gelben Fingernägel, der dünne Vogelhals und die dunklen, bohrenden Augen, die unter seinem tief in die Stirn gezogenen Hut hervorblitzten.

Inzwischen war ich allerdings ein Jahr älter geworden und hatte mit Madame Slivitsky und ihren Söhnen ein paar Gegner erlebt, die Pluribus an Niedertracht gewiss in nichts nachstanden. Außerdem erinnerte ich mich an die Worte des Bücherwurms nach meiner ersten Begegnung mit der Vogelscheuche: »Er ist wie ein Geier, der das Aas auf weite Entfernung riechen kann. Jedoch hält er sich in sicherer Distanz, bis jede mögliche Gefahr vorüber ist.« Deshalb jagte er mir diesmal keinen wirklichen Schrecken mehr ein.

Sobald Pluribus mich entdeckt hatte, eilte er auf mich zu.

Ich war im letzten Jahr um einiges gewachsen, doch er überragte mich immer noch um einen guten Kopf.

»Sieh an, der kleine *Bewahrer*«, krächzte er. Ich wollte zur Seite treten, aber er rückte einen Schritt näher an mich heran und beugte sich über mich. Unwillkürlich drehte ich mich weg, um mich vor seinem Atem zu schützen.

»Was wollen Sie?«, fragte ich. »Ich habe nichts mit Ihnen zu schaffen.« Es klang etwas aggressiver, als ich beabsichtigt hatte. Jetzt hätte ich mich doch wohler gefühlt, wenn der Bücherwurm in der Nähe gewesen wäre.

»Hah!« Er stupste mich mit seinem Zeigefinger in die Schulter. »Die *Schatten* kommen. Das ist dein Werk.«

»Die Schatten?« Ich hatte keine Ahnung, wovon er sprach.

»Versuch nicht, mich für dumm zu verkaufen«, zischte er. »Es ist das erste Mal seit vielen Hundert Jahren, dass die Schatten sich wieder aus der Dunkelheit wagen. Das tun sie nur, wenn eine ungewohnt rege Aktivität der Bewahrer zu verzeichnen ist. Also: Was habt ihr vor?«

Ich wusste wirklich nicht, worauf er hinaus wollte. Doch wie sollte ich ihn davon überzeugen? Pluribus schien mir kein Mensch zu sein, der vernünftigen Argumenten zugänglich war.

Erneut pikste er mich mit seinem Zeigefinger. Hatte der Mann noch nie etwas von einem Nagelknipser gehört? Aber seiner Kleidung nach zu urteilen, gingen die Segnungen der Zivilisation ziemlich spurlos an ihm vorüber.

»Jetzt hören Sie mal zu«, sagte ich und stieß seine Hand beiseite. »Ich weiß nicht, wovon Sie reden, und will es auch nicht wissen. Lassen Sie mich einfach in Ruhe mit Ihren Schatten!«

»Oho!« Er trat überrascht einen Schritt zurück. Ich nutzte die Gelegenheit, um das Buch, das ich immer noch in der Hand hielt, wegzulegen und so ein wenig mehr Bewegungsfreiheit zu gewinnen. Richtig Angst hatte ich vor ihm nicht. Er würde es nicht wagen, mir hier im Laden des Bücherwurms etwas zu tun. Aber Vorsicht konnte nie schaden.

»Du glaubst wohl, weil du den Slivitskys eins ausgewischt hast, bist du jetzt der Größte, was?« Seine Stimme klang höhnisch. »Du denkst, du kannst eine dicke Lippe riskieren, nur weil du einmal davongekommen bist. Sieh dich vor, Junge! Die Schatten lassen sich nicht so einfach ins Bockshorn jagen. Gegen sie sind die Slivitskys nur Waisenkinder.«

Er kam wieder auf mich zu, und ich musste all meinen Mut zusammennehmen, um nicht vor ihm zurückzuweichen. »Du weißt genau, was vorgeht, Junge. Das sehe ich dir an. Mich kannst du nicht so leicht täuschen.«

»Erklären Sie mir doch einfach, worum es sich bei diesen Schatten handelt«, sagte ich. »Dann werden wir ja sehen, ob und was ich weiß.«

»Spiel nur nicht den Unwissenden«, höhnte Pluribus. »Die Ankunft der Schatten spricht sich bei den Eingeweihten schnell herum.« Er beugte sich erneut zu mir hin. Diesmal bewegte ich mich nicht. »Glaub bloß nicht, du kannst ihre Macht für deine Zwecke nutzen! Daran sind schon ganz andere gescheitert.«

Ohne ein weiteres Wort richtete er sich auf, marschierte zur Tür und verschwand aus dem Laden. Ich starrte ihm sprachlos hinterher. Irgendetwas musste an dieser Sache mit den Schatten dran sein, sonst hätte er sich nicht so aufgeregt. Auch sein letzter Besuch war eine Art Vorankündigung für die folgenden Ereignisse gewesen, die Larissa und mich in eine Menge Gefahren gestürzt hatten.

Doch bevor ich weiter darüber nachdenken konnte, wurde die Tür aufgerissen und Larissa stürzte herein. Sie war völlig außer Atem und wedelte mit einem Blatt Papier herum.

»Sieh mal!«, keuchte sie. »Das habe ich gerade in unserem Briefkasten gefunden!«

Ihr Gesicht war gerötet. Offenbar war sie den ganzen Weg von zu Hause bis hierhin gelaufen. Sie hielt mir den Zettel in ihrer Hand hin. Ich faltete ihn auseinander. Darauf standen nur wenige Worte in einer krakeligen Schrift:

Wenn du etwas über deine Eltern erfahren willst, dann komm heute um Mitternacht zur Schillerbüste im Stadtpark.

Das war alles. Kein Absender, keine Adresse. Nur dieser eine Satz. Ich verstand Larissas Aufregung nur zu gut. Ihre Eltern waren vor fast neun Jahren auf einer Forschungsreise ums Leben gekommen. Seitdem lebte sie bei ihrem Großvater, dem Bücherwurm.

Sie hatte sich mit dem Tod ihrer Eltern nie abfinden wollen, zumal die Leichen nie entdeckt worden waren. Das Unglück war irgendwo in jener arabischen Wüste geschehen, die Rub al-Khali, die »Große Leere« genannt wurde. Den Geländewagen ihrer Eltern hatte man ausgebrannt in einem vertrockneten Flussbett gefunden, zusammen mit ein paar Kleidungsfetzen. Die für das Gebiet zuständigen Behörden im Jemen vermuteten, dass sie die steile Böschung herabgestürzt waren und das Fahrzeug dabei Feuer gefangen hatte. Den Rest, so die offizielle Lesart, hätten anschließend die Aasgeier und Schakale übernommen.

Larissa hüpfte aufgeregt von einem Fuß auf den anderen. »Und?!«, fragte sie. »Was sagst du dazu?«

Ich wendete den Zettel hin und her, hielt ihn schräg gegen das Licht, hob ihn an meine Nase und schnupperte daran. Das sah für einen Zuschauer vielleicht gut aus, brachte mir aber keinerlei weitere Erkenntnisse – außer einem flauen Gefühl im Magen.

»Das gefällt mir nicht«, sagte ich.

»Was? Ich kann etwas über meine Eltern erfahren, und alles, was du dazu zu sagen hast, ist *Das gefällt mir nicht?*«, protestierte Larissa, die sichtlich eine andere Reaktion erwartet hatte.

»Es ist ein anonymer Brief«, erklärte ich. »Warum sollte jemand, der es gut mit dir meint, seinen Namen nicht nennen und sich nachts mit dir treffen wollen?«

»Das ist mir egal!«, unterbrach mich Larissa. »Ich verstehe dich nicht! Du weißt, wie wichtig mir die Sache ist. Und alles, was du machst, ist ein finsteres Gesicht!« Sie verschränkte die Arme vor der Brust und starrte mich wütend an.

Ich gab ihr den Zettel zurück. »Das mit der Anonymität ist das eine. Aber was mir viel mehr Sorgen macht, ist: Wer könnte wissen, dass deine Eltern nach all den Jahren noch leben? Doch nur jemand, der mit ihrem Verschwinden zu tun hat, oder?«

»Das ist mir ebenfalls egal!« Larissa war ein Dickkopf, das hatte ich schon oft genug erfahren müssen. So leicht ließ sie sich nicht von ihrer Meinung abbringen. »Das Einzige, was für mich zählt, ist, dass dieser Unbekannte etwas über meine Eltern weiß.«

Ich trat den strategischen Rückzug an. »Wie wäre es, wenn wir zusammen hingehen?«, fragte ich. »Ist es eine Falle, so haben wir eine bessere Chance, uns zur Wehr zu setzen. Und falls nicht, kann es zumindest nicht schaden.«

Larissa sah mich prüfend an. Schließlich gab sie sich einen Ruck. »Einverstanden.«

Das war schon mal ein erster Schritt. Meine Bedenken hatten sich damit aber noch lange nicht erledigt. »Es gefällt mir nach wie vor nicht«, wiederholte ich. »Erst Pluribus, dann dieser Brief ...«

»Pluribus? Pontus Pluribus? War er hier?«

Ich nickte. »Du hast ihn nur knapp verpasst.«

»Und was wollte er?«

»Er hat die ganze Zeit irgendwas von Schatten gefaselt. *Die Schatten sind los, Sie kommen aus der Dunkelheit* und solche Dinge.«

»Und wer sind diese Schatten? Hat er das erklärt?«

»Eben nicht. Er ist davon überzeugt, dass ich etwas damit zu tun habe und sowieso schon alles weiß.« Ich seufzte. »Schade, dass dein Großvater jetzt nicht hier ist. Er könnte uns bestimmt mehr dazu sagen.«

Kaum hatte ich die Worte ausgesprochen, schoss mir ein Gedanke durch den Kopf. »Vielleicht kann er auch mehr mit dem anonymen Brief anfangen als wir.«

»Auf keinen Fall.« Larissa sah mich streng an. »Wenn wir ihm davon erzählen, wird er uns nicht gehen lassen. Und ich *werde* heute Nacht im Stadtpark sein.« Sie fasste mich am Arm. »Du darfst ihm nichts sagen, Arthur. Versprich es mir!«

Ich hielt es zwar für besser, den Bücherwurm einzuweihen, kannte Larissa aber gut genug, um zu wissen, wann es sich lohnte, zu argumentieren, und wann nicht. Trotzdem unternahm ich noch einen letzten Versuch.

»Er könnte uns helfen, Larissa. Es wäre sicherer für uns beide, wenn er Bescheid weiß. Wir werden ihn schon überreden, uns gehen zu lassen.«

»Nein!« Ihre Augen funkelten wütend. »Kann ich mich nun auf dich verlassen oder nicht?«

Ich seufzte erneut. In diesem Zustand war mit ihr nicht zu reden. Ich hoffte, dass sie sich im Laufe des Tages beruhigen würde. Bis Mitternacht waren es ja noch ein paar Stunden.

»Also gut, ich verspreche es«, lenkte ich ein. »Aber hinterher erzählen wir ihm alles. Okay?«

Sie starrte mich einen Moment an. Dann nickte sie. »Okay.«

Damit war das Thema erledigt. Wir hatten inzwischen einige Übung darin, einen Streit zu beenden, bevor es richtig ernst wurde. Eine ziemlich sinnvolle Fähigkeit, wenn man viel Zeit miteinander verbringt. Schließlich wohnten wir fast ein Viertel des Jahres unter einem Dach, weil ich meine Schulferien stets beim Bücherwurm verbrachte.

In diesem Augenblick klingelte die Ladentür. Der Alte war von der Post zurück und betrat den Laden.

»Wenn man den Teufel nennt ...«, flüsterte Larissa und stopfte das Schreiben schnell in ihre Hosentasche.

»Sieh da, meine Lieblingsenkelin«, strahlte der Bücherwurm, als er Larissa erblickte. »Was führt dich denn hierher?«

»Och, ich war bloß in der Nähe und dachte mir, ich komme mal kurz vorbei«, antwortete sie mit Unschuldsmiene.

»Sehr schön.« Er zog ein großes Stofftaschentuch hervor und wischte sich damit den Schweiß von der Stirn. »Was haltet ihr davon, wenn wir uns ein Eis gönnen?«

»Gute Idee«, sagte ich.

»Keine Zeit«, sagte Larissa.

Das kam beides gleichzeitig heraus. Wir blickten uns an und mussten grinsen.

»Also, was nun?«, lächelte der Alte.

»Ich muss weg. Ich habe noch einiges zu erledigen heute Nachmittag.« Larissa warf mir einen vielsagenden Blick zu und drückte ihrem Großvater einen schnellen Kuss auf die Backe. »Tschüs, ihr zwei. Bis später.« Damit verließ sie den Laden.

Der Bücherwurm zuckte mit den Schultern. »Frauen«, sagte er und zwinkerte mir zu. »Und was ist mit dir, Arthur? Musst du auch gleich weg?«

»Nicht sofort«, antwortete ich. Allerdings hatte ich nicht vor, den gesamten Nachmittag hier zu verbringen, während Larissa Vorbereitungen für heute Nacht traf. »Ich würde gerne in einer Stunde gehen.«

»Kein Problem.« Der Alte marschierte durch den Laden zu seinem Büro, das hinter der Verkaufstheke lag. »War irgendwas Besonderes los in der Zeit, in der ich weg war?«

»Pluribus war hier«, sagte ich.

Der Bücherwurm hielt mitten im Schritt inne und drehte sich um.

»Hat er dich bedroht?«

Ich zuckte mit den Schultern. »Nicht wirklich. Er ist mir ein wenig auf die Pelle gerückt, das war alles.«

»Und was wollte er?«

»Keine Ahnung. Er erzählte dauernd etwas von irgendwelchen Schatten, die jemand geweckt hat.«

»Die Schatten?« Der Alte starrte mich einen Moment mit ungläubigem Blick an. Dann schüttelte er kurz den Kopf. »Typisch Pontus«, seufzte er. »Macht mal wieder die Pferde scheu.«

»Dann ist an dieser Schattensache also nichts dran?«, fragte ich.

»Schwer zu sagen. Ich hatte nur nicht erwartet, davon noch einmal zu hören.« Der Bücherwurm bedeutete mir, ihm zu folgen. Wir gingen in sein Büro hinter der Ladentheke. Es überraschte mich immer wieder, wie viel man in einen so winzigen Raum hineinpacken konnte. Nahezu jeder Quadratzentimeter war mit Büchern bedeckt, und zwar mit ganzen Stapeln davon. Dies waren die Schätze des Alten, seine große Leidenschaft. Von den meisten Werken in diesem Raum gab es nur noch einige wenige Exemplare auf der ganzen Welt.

Der Alte zog einen Schlüssel aus der Hosentasche und öffnete den Tresor, der unter dem winzigen Fenster stand. Er holte ein schmales Buch heraus, das die Abmessungen einer Postkarte besaß. *De Umbris* war in vergilbten Lettern auf dem Buchdeckel zu lesen. Dafür reichte mein Latein noch. Es bedeutete *Über die Schatten*.

»Alles, was wir über die Schatten wissen, steht in diesem Bändchen aus dem 18. Jahrhundert«, erklärte er. »Es ist damals in einer kleinen Auflage erschienen. Heute gibt es nur noch eine Handvoll Exemplare in der ganzen Welt. Niemand weiß, wer der Autor ist. Und ebenso wenig ist bekannt, ob das, was er geschrieben hat, der Wahrheit entspricht oder nur ein Produkt seiner Fantasie darstellt. Der Titel ist allerdings passend gewählt.«

»*Umbra*? Das bedeutet doch Schatten, oder?«

»Nicht nur das. Zwei weitere Übersetzungen lauten *Gespenst* und *Totengeist*.« Vorsichtig schlug er das Buch auf. »Es heißt hier, dass die Bewohner jener Stadt in der Rub al-Khali, aus der angeblich die Vergessenen Bücher stammen, nicht gestorben sind. Sie haben lediglich eine andere Form angenommen. So ist es ihnen gelungen, nicht nur unermessliche Macht zu gewinnen, sondern auch das ewige Leben – sofern man ihren Zustand so bezeichnen kann. Sie stellen sich uns, glaubt man dieser Schrift, als eine Art Schattenwesen dar. Allerdings haben sie bei ihrer Wandlung nicht eingeplant, dass sie zur Ausübung ihrer neu erlangten Kräfte fortan die Hilfe von Menschen benötigen.«

Er schaute mich an. »Mit einem hatten sie nämlich nicht gerechnet: dass jemand die Vergessenen Bücher aus ihrer Stadt entführen würde. Genau das aber ist geschehen. Damit wurden sie ihrer mächtigsten Waffe beraubt.«

Der Bücherwurm blätterte weiter in dem dünnen Bändchen. »Außerdem steht hier, was in den ungezählten Jahrhunderten seit ihrer Verwandlung passiert sein soll. Die Schatten haben, weil sie körperlose Wesen sind, den Bezug zur Realität verloren und sind dem Wahnsinn verfallen. Das macht sie besonders gefährlich.«

»Hat sie denn schon wirklich einmal jemand gesehen?«, fragte ich. »Oder sind das alles nur Legenden?«

Der Alte schlug das Büchlein zu und pochte mit dem Finger darauf. »Wie ich bereits sagte: Niemand weiß, ob das stimmt, was hier geschrieben steht. Für mich hört es sich wie eine fantastische Erzählung an. Trotzdem – oder vielleicht gerade deshalb – sind die Schatten bei Bewahrern wie Suchern gleichermaßen gefürchtet. Es hat immer wieder Gerüchte gegeben ... Nur hat keiner, der angeblich mit den Schatten zu tun hatte, seine Begegnung mit ihnen überlebt.«

»Sehr praktisch«, kommentierte ich. »Es kann sich also auch nur um Aberglauben handeln.«

»Durchaus.« Der Bücherwurm packte den schmalen Band zurück in den Tresor und schloss ihn ab. »In der Welt der Vergessenen Bücher ist allerdings vieles möglich. Deswegen sollte man alles ernst nehmen, bis das Gegenteil bewiesen ist.«

»So wie Pontus Pluribus«, sagte ich.

Der Alte schnaubte verächtlich. »Pluribus ist ein Waschweib. Da sind mir die Slivitskys fast noch lieber als er! Sobald er nur den Hauch eines Gerüchtes vernimmt, taucht er aus seinem Loch auf und macht alle verrückt. Zum Glück ist er ansonsten harmlos.«

Ich nickte. Trotz seines furchterregenden Äußeren glaubte auch ich nicht daran, dass von Pluribus eine ernst zu nehmende Gefahr ausgehen könnte.

Wie sich schon bald herausstellen sollte, war das ein verhängnisvoller Irrtum.

❧ Begegnung um Mitternacht ❧

Die Schillerbüste war ein überlebensgroßer Bronzekopf, der fast komplett von einer grünen Patinaschicht bedeckt war. Er stand auf einem Sockel in einem vergessenen Winkel des Stadtparks. Der Stadtrat war irgendwann einmal der Meinung gewesen, ein wenig Kultur könnte den lustwandelnden Bürgern nur guttun. Also wurde der nördliche Rundgang kurzerhand zum *Literatenweg* erklärt und im Abstand von jeweils zwanzig Metern wurden die Köpfe berühmter deutscher Dichter aufgestellt. Schiller, Goethe, Lessing, Hölderlin – das ganze Programm.

Spätere Stadtväter konnten oder wollten den Überlegungen ihrer Vorgänger wohl nicht folgen. So rotteten die Dichter nun schon seit vielen Jahren still vor sich hin, weil kein Geld für ihre Pflege da war. Dafür hatten wir kürzlich ein drittes Einkaufszentrum in der Innenstadt bekommen. Jetzt drängten sich die Bürger in klimatisierten Fluren und der Stadtpark verfiel.

Larissa und mir kam das ganz gelegen. Der Norden des Parks war um diese Zeit (es war etwa sechs Uhr abends) sowieso selten bevölkert. Heute war er nahezu leer. Wir ließen unsere Taschen auf eine zerkratzte Holzbank neben der

Schillerbüste fallen. Vor uns lag das schmale Ende des namenlosen Teiches, der das Herz des Parks bildete. Rechts von uns verschwand der Fußweg nach wenigen Schritten in einem Tunnel, aus dem Uringeruch zu uns herüberwehte. Zur linken Hand konnte man in etwa zwanzig Meter Entfernung die Lessingbüste sehen, um die herum sich der Weg schlängelte.

Der Treffpunkt war vom Unbekannten gut gewählt. Die Wahrscheinlichkeit, an dieser Stelle von jemandem gestört zu werden, war gering. Selbst für moderne Wegelagerer lohnte es sich nicht, sich hier auf die Lauer zu legen, weil sie die ganze Nacht vergeblich auf ein Opfer warten würden.

»An die Arbeit!« Larissas Stimme riss mich aus meinen Gedanken. Sie öffnete den Reißverschluss ihrer Tasche und zog einen kleinen, kaum handtellergroßen Kasten hervor. »Wo bringen wir die am besten an?« Es handelte es sich um eine von zwei Infrarotkameras, die sie aus ihrem fast unerschöpflichen Vorrat technischer Gerätschaften hervorgezaubert hatte.

Nach dem Gespräch im Buchladen war ich zum Haus des Bücherwurms geeilt, wo Larissa in der Mitte ihres Zimmers bereits einen Stapel aus Kabeln und allerlei Apparaten aufgehäuft hatte. Als ich eintrat, schraubte sie gerade am Metallgehäuse eines Computers herum.

»Was hast du vor?«, fragte ich.

»Ich denke nicht daran, mich ohne Vorsichtsmaßnahmen nachts im Stadtpark mit einem Fremden zu treffen«, erklärte sie. »Wir werden alles, was geschieht, in Bild und Ton aufzeichnen.«

»Gut, dass du dich wieder abgeregt hast«, kommentierte ich. »So gefällst du mir viel besser.«

Larissa blickte auf. »Tut mir leid, Arthur, aber deine Gefühle interessieren mich im Moment nicht besonders.«

Das saß.

Sie musste mir angesehen haben, dass mich ihre Bemerkung getroffen hatte. »Du darfst das nicht falsch verstehen«, fügte sie hinzu. »Hier geht es um meine Eltern. Das ist für mich wichtiger als alles andere auf der Welt.«

Mir lag eine scharfe Entgegnung auf der Zunge, aber ich konnte mich gerade noch zurückhalten. Ich wusste, wenn Larissa sich erst einmal auf eine Sache versteift hatte, war sie nur schwer davon abzubringen. Das Beste war, den Dingen ihren Lauf zu lassen.

»Okay«, nickte ich und bemühte mich um einen normalen Ton. »Wir nehmen also alles auf. Und dann?«

»Dann werden wir sehen.« Sie war mit dem Kopf erneut in einer Kiste verschwunden.

»Meinst du nicht, es wäre besser, wenn ich die Verhandlungen mit unserem Unbekannten führe?«, fragte ich vorsichtig. »Ich bin gefühlsmäßig nicht so beteiligt wie du.«

Larissa tauchte mit weiteren Kabeln aus der Kiste auf. »Ich wünsche mir nichts mehr, als meine Eltern wiederzusehen«, sagte sie. »Aber ich werde den Teufel tun und den Unbekannten das merken lassen.« Sie lächelte mich an. »Trotzdem danke für das Angebot.«

Ich trat hilflos von einem Bein auf das andere. Larissa war auch in normalen Situationen oft ein Rätsel für mich. Allerdings konnte ich mich inzwischen recht gut darauf einstellen. Nach unseren Abenteuern in Amsterdam und Bologna hatte sich mein Verhältnis zu ihr deutlich verbessert. Aber heute war es wieder wie bei unserer ersten Begegnung: Ich wurde einfach nicht schlau aus ihr. Und dass sie sich von mir nicht helfen lassen wollte, machte alles nur noch schlimmer.

Also ließ ich sie in Ruhe ihre Sachen zusammenkramen und verzog mich auf mein Zimmer. Irgendwann kam sie dann vorbei und drückte mir eine von zwei Sporttaschen in die Hand. »Ich habe alles, was wir brauchen. Wir können los.«

Die erste Kamera befestigten wir mit Klebeband im Geäst eines niedrigen Baums, der direkt neben der Schillerbüste stand. »Damit haben wir den Bereich von der Lampe bis zum Tunnel abgedeckt.« Larissa deutete auf die Bogenleuchte, die wenige Meter vor dem Tunneleingang aufragte. »Und die andere packen wir hier neben den alten Schiller. So können wir ihn eigentlich nicht verfehlen.«

Wir verkabelten die beiden Kameras mit einem Kasten, den wir tiefer im Gebüsch versteckten. Das war der Computer für die Aufzeichnung. Seinen Strom bezog er aus einem fetten Batteriepack, das von grauem Klebeband zusammengehalten wurde. »Eigene Erfindung von mir«, sagte Larissa stolz. Nach dem Anschluss der Kabel wickelten wir alles in dicke Klarsichtfolie ein.

»Jetzt zum Sound!« Ein einsamer Schwan sah uns vom Teich aus dabei zu, wie wir vier Mikrofone rund um die beiden Kameras verteilten und mit einem kleinen digitalen Mehrspurrekorder verbanden, den wir ebenfalls in den Büschen unterbrachten.

Schließlich hatten wir unsere Vorbereitungen abgeschlossen. Inzwischen war es fast acht Uhr. Es lagen nur noch wenige Stunden bis zum Treffen mit dem Unbekannten vor uns.

Larissas Plan sah vor, kurz vor Mitternacht hierhin zurückzukehren und die Überwachungsgeräte zu aktivieren. Wir verstauten die leeren Sporttaschen im Unterholz und machten uns auf den Heimweg. Larissa war, wie den ganzen Nachmittag schon, ausgesprochen wortkarg.

Als wir im Haus des Bücherwurms eintrafen, war der gerade in der Küche dabei, den Abendbrottisch zu decken.

»Wo habt ihr denn gesteckt?«, wollte er von uns wissen.

»Wir haben ein paar Experimente durchgeführt«, erklärte Larissa. Der Alte war mit der Antwort zufrieden. Die Experimentierwut seiner Enkelin war ihm bekannt, und er hütete sich, näher nachzufragen. Das hatte nämlich üblicherweise eine langatmige Ausführung zur Folge.

Seine mangelnde Neugier passte uns gut in den Plan. Nach dem Abendessen verzogen wir uns auf unsere Zimmer. Ich vertiefte mich in ein Buch über den Jemen, das ich mir aus der Buchhandlung mitgenommen hatte. Kurz vor elf hörte ich, wie der Bücherwurm sich zum Schlafen fertig machte und in seinem Zimmer verschwand. Wenige Minuten später trafen Larissa und ich uns unten im Flur und machten uns auf den Weg.

Im Park war es gespenstisch leer. Jede zweite Lampe war kaputt; so gab es mehr Schatten als Licht. Larissa marschierte zielstrebig auf unseren Treffpunkt zu, und ich hatte Mühe, Schritt zu halten. Ein leichter Wind ließ die Büsche am Wegrand rascheln und vom Teich her waren glucksende Geräusche zu vernehmen. Mir lief ein Schauer den Rücken herunter, und ich war froh, nicht allein zu sein. Erneut wurde mir klar, dass ich nicht zum Helden geboren war.

Als wir die Schillerbüste erreicht hatten, seufzte ich erleichtert auf. Die Lampe vor dem Tunnel funktionierte wenigstens, auch wenn sie immer mal wieder einen kurzen Aussetzer hatte. Larissa aktivierte die Überwachungstechnik; dann setzten wir uns auf die Bank und harrten der Dinge, die da kommen sollten.

Uns war beiden nicht nach Reden zumute. Larissa war in Gedanken versunken, und ich hatte genug damit zu tun, jedes kleinste Geräusch und jede winzigste Bewegung in unserer Nähe zu analysieren. Mal glaubte ich das Knirschen von Schuhsohlen im Unterholz zu vernehmen, mal irgendwelche Gestalten zu sehen, die nur darauf warteten, uns in ihre schmierigen Finger zu bekommen. Manchmal kann zu viel Fantasie ganz schön nervig sein.

Die Minuten kamen mir wie Stunden vor. Ich fragte mich gerade, ob der Unbekannte uns wohl versetzt hatte, als sich die Luft um uns herum erwärmte. Es war so, als hätte jemand neben uns einen Heizlüfter aufgestellt, der uns seinen Strahl direkt ins Gesicht blies.

Wir sprangen auf. Aus dem Schatten des Tunnels löste sich eine dunkle Gestalt, die im trüben Licht der Lampe nur schwer zu erkennen war. Der Fremde (ich war sicher, dass es sich um einen Mann handelte) verharrte etwa einen Meter von uns entfernt. Ich kniff die Augen zusammen, um ihn besser sehen zu können. Aber es wollte mir nicht gelingen, einen klaren Eindruck von ihm zu bekommen. Er war wie das Bild eines schlecht eingestellten Fernsehers: Egal, wie genau man hinschaute, es wurde nie richtig scharf.

Die Gestalt löste ein unerklärliches Ekelgefühl bei mir aus. Ich spürte Schweißtropfen auf meiner Stirn, ob wegen der plötzlichen Hitze oder aus Angst, konnte ich nicht sagen. Nur Larissa schien von dem Fremden gänzlich unbeeindruckt zu sein.

Er blieb am Rand des Lichtkegels der Lampe stehen.

»Du bist nicht allein gekommen.«

Die Stimme des Unbekannten war mit nichts zu vergleichen, was ich jemals gehört hatte. Sie war tief und schwarz wie die Nacht. Jeder Laut brachte mein Zwerchfell zum Vibrieren, wie ein E-Bass aus zu weit aufgedrehten Boxen. Zugleich besaß die Stimme aber auch etwas Samtiges, Weiches, das sich wie ein sanftes Tuch um meinen Körper legte. Es schmeichelte mir allerdings nicht, sondern rief ein Gefühl der Beklemmung hervor. Ich fragte mich, ob Larissa das ebenso empfand wie ich.

»Das ist mein Freund Arthur«, sagte sie.

»Er ist ein Bewahrer.«

»Na und?« So leicht ließ sich Larissa nicht einschüchtern.

Der Fremde schwieg einen Moment, so als sei er von Larissas Forschheit verblüfft. Sie schien seinem Bann nicht zu erliegen. Mir dagegen wurde immer enger um die Brust. Woher wusste der Fremde, dass ich ein Bewahrer war? Dafür gab es nur eine Erklärung: Er musste die Geschichte der Vergessenen Bücher kennen – und meine Geschichte auch. Diese Vorstellung trieb mir neue Schweißperlen auf die Stirn.

Larissas nächste Frage unterbrach meine Gedanken. »Und wer bist du? Wie ist dein Name?«

»Dort, wo ich lebe, gibt es keine Namen und Titel«, erwiderte er. »Wir sind, was wir sind.«

»Ha!«, rief sie. »Das reicht mir nicht! Einen auf mysteriös

machen, um sich um klare Antworten herumzudrücken. Da musst du dich schon etwas mehr anstrengen.«

Ich wusste, dass Larissa ihre Verwegenheit nur spielte, und bewunderte sie dafür. Sie hatte sich vorgenommen, keine Schwäche zu zeigen. Bis jetzt gelang ihr das sehr gut. Die Gestalt streckte einen Arm aus. Gleichzeitig verschwamm sie noch weiter, als würde sie sich gleich auflösen. Doch im letzten Augenblick zog der Fremde seinen Arm zurück, und sein Körper nahm wieder mehr Kontur an.

»Das sind nur Worte«, sagte er. »Und Worte bringen deine Eltern nicht zurück. Dafür braucht es Taten. Bist du bereit, diese Taten zu vollbringen?«

»Du hast also Informationen über meine Eltern?«, fragte Larissa.

»Ich habe das, wonach du nach vielen Jahren suchst«, antwortete die Gestalt.

Mir fiel auf, dass der Fremde keine Frage direkt beantwortete. Er hatte uns weder gesagt, wer er war, noch hatte er bestätigt, dass Larissas Eltern noch lebten. Seine Aussagen waren so verschwommen wie sein Erscheinungsbild.

»Beweise es«, sagte Larissa.

Erneut streckte die Gestalt einen Arm aus. Diesmal befand sich ein Brief in seiner Hand. Larissa griff danach, aber so schnell, wie er erschienen war, war der Umschlag auch wieder verschwunden.

»Dies ist ein Schreiben deiner Eltern an dich«, sagte er. »Du bekommst es erst, nachdem du gehört hast, was ich von dir erwarte.«

»Was verlangst du?«, fragte Larissa und ihre Stimme zitterte erstmals leicht. Der Anblick des Briefes hatte ihre Coolness sichtbar erschüttert.

»Das Buch der Wege.«

Ich zuckte unwillkürlich zusammen. *Das Buch der Wege* war eines der Vergessenen Bücher! Der Fremde sprach den Buchnamen so selbstverständlich aus, als habe er täglich damit zu tun. Ich warf Larissa einen Blick zu. Aber ihre Augen waren nach wie vor auf ihr Gegenüber gerichtet.

»Und dafür sagst du mir, wo meine Eltern sind?«

Die Gestalt machte eine Kopfbewegung, die man als Nicken interpretieren konnte. Diesmal hielt ich nicht mehr an mich. Das Versprechen, den Aufenthaltsort ihrer Eltern zu erfahren, bedeutete nicht, dass sie noch lebten.

»Das reicht nicht«, mischte ich mich ein. »Kommen Larissas Eltern auch lebend zurück?«

Der Unbekannte drehte sich zum ersten Mal direkt zu mir hin. Bisher schien ich seiner Aufmerksamkeit nicht würdig gewesen zu sein. Zum Glück. Es war unangenehm, von ihm betrachtet zu werden. Mein Körper fühlte sich beschmutzt an und begann, an mehreren Stellen zu jucken. Wie hielt Larissa das bloß aus? Oder spürte sie das nicht?

»Ziehst du meine Worte in Zweifel?« Ich glaubte, in seiner Stimme ein verächtliches Lächeln mitschwingen zu hören.

»Genau das«, erwiderte ich. »Was du uns erzählst, kann alles nur ein Haufen Lügen sein, um an das Buch der Wege zu gelangen.«

Er machte einen Schritt auf mich zu und ich wich unwillkürlich zurück. »Wir stehen über dem, was ihr Lüge und Wahrheit nennt«, sagte er.

Ich nahm all meinen Mut zusammen. »Wenn das so ist, dann ist ein Versprechen von dir nicht viel wert. Woher wissen wir, dass du dein Wort auch hältst, wenn dir Lüge und Wahrheit nichts bedeuten?«

Er schwieg. Für einen Moment fürchtete ich, er würde auf mich losgehen, und trat einen weiteren Schritt nach hinten. Aber es war nur ein Flackern im blassen Licht der Lampe gewesen, das mich erschreckt hatte. Ich schämte mich, weil mich eine solche Kleinigkeit so aus der Fassung gebracht hatte.

Larissas Stimme unterbrach die kurze Stille. »Wenn du mir meine Eltern lebend wiederbringst, bekommst du das Buch der Wege.«

Wie konnte sie das nur sagen? Sie wusste doch, dass es nahezu unmöglich war, eines der Vergessenen Bücher aufzuspüren. Einmal war es uns zwar bereits gelungen, aber wir hätten beinahe einen hohen Preis dafür bezahlt.

Der Fremde stieß ein selbstzufriedenes Lachen aus. »Eine kluge Entscheidung.«

»Und wie finde ich dich, wenn ich das Buch habe?«

»Ich werde *dich* finden.« Wie aus dem Nichts tauchte erneut der Brief in seiner Hand auf. Mit spitzen Fingern nahm Larissa den Umschlag an sich, sichtlich bemüht, ihr Gegenüber nicht zu berühren.

»Es ist eine seltene Fügung, dass zwei Menschen mit euren Fähigkeiten zusammenkommen. Darauf haben wir lange gewartet. Eine neue Zeit bricht an.«

Die letzten Worte waren nur noch ein leiser Hauch, denn die Gestalt zog sich aus dem Lichtkegel der Lampe zurück und verschmolz mit dem Dunkel des Tunnels, bis sie völlig verschwunden war. Zugleich kühlte die Luft um uns herum merklich ab.

Larissa starrte auf den Brief in ihrer Hand.

Ich räusperte mich.

Sie blickte auf. Im Licht der Lampe erkannte ich Tränen in ihren Augen.

»Meine Eltern«, flüsterte sie. »Sie leben.«

Ich wusste nicht, was ich sagen sollte. Vielleicht hatte der Fremde die Wahrheit gesagt. Wahrscheinlicher jedoch war, dass er gelogen hatte, um sein Ziel zu erreichen. Aber konnte ich das Larissa jetzt unter die Nase reiben?

Ich schwieg und legte einfach nur meinen Arm um ihre Schultern.

So fand uns wenig später der Bücherwurm.

❖ Der Brief ❖

Der Bücherwurm war nicht, wie wir angenommen hatten, zu Bett gegangen, sondern noch einmal in seine Bibliothek zurückgekehrt. Dabei hatte er bemerkt, dass wir das Haus verlassen hatten. Obwohl er nicht der Typ war, der sich übermäßig viele Sorgen um uns machte, war ihm das um diese Uhrzeit doch merkwürdig vorgekommen, und er hatte in unseren Zimmern nach Hinweisen gesucht, was wir um diese Zeit treiben mochten.

Auf Larissas Schreibtisch fand er den Zettel, auf dem die Aufforderung zu dem Treffen im Park stand. Sofort war er uns gefolgt. Larissas Mutter war seine Tochter, und die Aussicht, etwas über ihren Verbleib zu erfahren, musste auch in ihm einiges auslösen

Ich konnte den Stein, der von seinem Herzen fiel, förmlich hören, als er uns unversehrt vorfand. Schnell bauten wir die Kameras und Mikrofone ab und verstauten alles in den Sporttaschen. Dann machten wir uns auf den Rückweg. Larissa und ihr Großvater vorneweg, ich mit den beiden Taschen einen Schritt hinter ihnen.

Larissa hatte sich wieder gefangen. Zum ersten Mal an diesem Tag verhielt sie sich so, wie ich es von ihr kannte.

»Zuerst dachte ich, wir haben es mit einem Hologramm zu tun«, begann sie, als der Bücherwurm uns nach dem Unbekannten fragte. »Aber ein Hologramm kann keine Materie wie den Brief transportieren. Es ist ja nur ein dreidimensionales Bild, das wie das Original aussieht.«

»So wie das Holodeck der Enterprise«, ergänzte ich.

Sie nickte. »Genau. Und wenn unser Besucher kein Hologramm war, was war er dann? Vielleicht war er ein realer Mensch, der um sich herum ein holografisches Wabern erzeugte?«

»Du meinst, dieses Flackern wie ein Bildschirm war ein technischer Trick?«

»Was sonst? Oder glaubst du etwa an Geister?«

Ich war mir da nicht so sicher. Der Fremde war mir ganz schön unwirklich vorgekommen. Irgendwie war ich nicht davon überzeugt, dass es alles nur Hokuspokus gewesen war.

»Du musst dir nur mal die Shows der großen Illusionisten angucken«, fuhr Larissa fort, ohne auf eine Antwort von mir zu warten. »David Copperfield oder Hans Klok – die zeigen die gleichen Effekte jeden Abend auf der Bühne. Vielleicht hatte unser Besucher auch irgendwo einen Spiegel versteckt ...«

Sie blieb so plötzlich stehen, dass ich beinahe in sie hineingelaufen wäre. »Wir gehen zurück und überprüfen das. Was haltet ihr davon?«

Ich war nicht besonders begeistert von der Idee. »*Wenn* er tatsächlich einen Spiegel verwendet hat, dann hat er ihn inzwischen längst abgebaut.«

»Wahrscheinlich hast du recht.« Sie blickte mich forschend

an. »Du hast das *wenn* so betont. Glaubst du nicht, dass alles nur Illusion war?«

»Nicht wirklich.« Wir hatten uns wieder in Marsch gesetzt. Dankenswerterweise hatte mir der Bücherwurm eine der Taschen abgenommen. »Ich weiß nicht, was wir vorhin gesehen haben, aber es kam mir nicht wie ein Trick vor«, setzte ich nach.

»Pshhh.« Deutlicher konnte Larissa nicht ausdrücken, was sie von meiner Meinung hielt. »Ich glaube erst dann an etwas Übersinnliches, wenn ich alle anderen Erklärungsmöglichkeiten ausgeschlossen habe.«

»So wie bei Gerrit?«, fragte ich spitz. Der rätselhafte Gerrit hatte uns bei unserem letzten Abenteuer in Amsterdam geholfen. Uns war es nie gelungen herauszufinden, wer er wirklich war und woher er wusste, was er wusste.

Sie schwieg einen Moment. Ein einsames Auto fuhr an uns vorbei und unterbrach kurz die Stille der Nacht.

»Gerrit ist ein Mensch aus Fleisch und Blut, so wie du und ich«, sagte sie schließlich trotzig.

»Aber wo kam er her? Und wohin ist er verschwunden?« So leicht gab ich nicht auf.

»Das spielt keine Rolle. Er ist ein Mensch. Und das ist dieser Fremde ebenfalls, sosehr er sich auch bemüht hat, einen anderen Eindruck zu erwecken. Bei dir scheint das ja durchaus funktioniert zu haben.«

Diesmal machte ich »Pshhh«. Larissa versuchte zwar noch einmal, mich von ihrer Theorie zu überzeugen, aber ich hatte keine Lust, mich auf eine weitere Diskussion mit ihr einzulassen.

Sobald wir beim Haus des Bücherwurms angekommen waren und er die Tür aufgeschlossen hatte, verschwand sie in Richtung ihres Zimmers. »Ich will den Brief alleine lesen. Das versteht ihr doch, oder?«

Bevor einer von uns antworten konnte, war sie schon verschwunden.

Der Alte und ich stellten die Taschen im Flur ab und begaben uns in die Küche. Ich ließ mich auf einen Stuhl sacken und spürte plötzlich, wie müde ich war. Die Zeiger der Wanduhr standen auf ein Uhr.

Der Bücherwurm schenkte sich ein halbes Glas Rotwein ein und schob mir einen Apfelsaft hin. Schweigend saßen wir am Tisch und nippten ab und zu an unseren Getränken. Larissa ließ sich Zeit.

Das Ticken der Küchenuhr machte mich schläfrig. Der Alte strich mit seinem Zeigefinger langsam am Stiel des Weinglases auf und ab. Es war das einzige Zeichen, dass er ebenso gespannt war wie ich.

Wir hatten etwa eine halbe Stunde gewartet, als Larissa endlich in der Tür stand. Ihre roten Augen ließen darauf schließen, dass sie geweint hatte. Ich fühlte mich hilflos und war zugleich voller Wut auf denjenigen, der sie in diesen Zustand versetzt hatte.

Wortlos setzte sie sich an den Tisch und streckte uns den Brief entgegen. Während der Bücherwurm ein Glas Apfelsaft für sie holte, nahm ich ihn auf und las. Er war mit Bleistift geschrieben und an einigen Stellen fast bis zur Unleserlichkeit verwischt. Das Papier war schwer und gelblich und fühlte sich rau an.

Geliebte Larissa,

zehn Jahre ist es her, dass wir einander gesehen haben, doch während der gesamten Zeit haben wir Dein Bild jeden Tag vor Augen gehabt. Es ist das Bild eines kleinen Mädchens im Alter von fünf Jahren, mit kurzen Haaren, einem herausfordernden Blick und einem verwegenen Grinsen – so lebst Du in unserer Erinnerung.
Wir wissen nicht, wo Du Dich aufhältst und was aus Dir geworden ist. Hoffentlich hast Du ein paar Freunde gefunden und Menschen, die sich um Dich kümmern.
Es geht uns, den Umständen entsprechend, gut. Wahrscheinlich würdest Du uns nicht mehr wiedererkennen. Papa trägt inzwischen einen langen Bart, und meine Haare reichen bereits bis zur Hüfte. Aber das sind nur Äußerlichkeiten. In unseren Herzen sind wir die geblieben, die wir immer waren. Es ist gut, dass wir uns haben, denn jeden alleine hätte der endlose Aufenthalt hier wahrscheinlich in den Wahnsinn getrieben. Und es ist gut, dass es Dich gibt, denn der Gedanke daran, Dich eines Tages wieder in die Arme zu schließen, gibt uns neue Kraft, wenn uns die Verzweiflung erfasst.
Warum wir Dir jetzt, nach so vielen Jahren, endlich einen Brief schreiben dürfen, darüber können wir nur Vermutungen anstellen. Es scheint, als würdest Du über gewisse Fähigkeiten verfügen, die unsere »Gastgeber« gerne für ihre Zwecke nutzen möchten.
Wir haben deshalb lange überlegt, ob wir ihren Forderungen nachkommen und diese Zeilen verfassen sollen. Denn wenn Du auf ihr Angebot eingehst (wie immer das auch aussehen mag),

wirst Du Dich unweigerlich in Gefahr begeben. Und das ist das Letzte, was wir uns wünschen. Es reicht schon, dass wir dem Lockruf nicht widerstehen konnten. Wären wir damals vernünftiger gewesen, so wären wir jetzt nicht hier.

Wo wir uns befinden und wer uns gefangen hält, dürfen wir Dir nicht sagen. Nur so viel: Es sind gefährliche Gegner, die vor nichts zurückschrecken. Wenn Du einem von ihnen begegnest (und das wirst Du wohl, denn wie anders solltest Du unseren Brief sonst erhalten?), sei Dir dessen bewusst. Geh wegen uns keine Risiken ein – wir haben Dir bereits genug Leid zugefügt. Mit ein wenig Glück werden wir es schon schaffen, irgendwann zu Dir zurückzukehren.

In Liebe Deine

Mama und Papa

Nachdem ich den Brief gelesen hatte, reichte ich ihn dem Bücherwurm. Er nickte mehrmals vor sich hin, während er die Zeilen studierte. Schließlich legte er das Blatt auf den Tisch.

»Das ist eindeutig Eleanors Handschrift«, sagte er. Eleanor war der Vorname von Larissas Mutter.

Der Alte stützte den Kopf in die Hände und saß einige Minuten schweigend da. Als er sich wieder aufrichtete, glaubte ich, auch bei ihm Tränen in den Augen zu entdecken.

»Zehn lange Jahre der Hoffnungslosigkeit. Zehn Jahre, in denen man sich abgefunden hat mit dem Gedanken, sie nie wiederzusehen.« Er stand auf und begann, in der Küche hin und her zu laufen. »Der Schmerz war schon fast ganz verschwunden, und dann kommt so ein Brief – und man merkt, dass der Schmerz immer da war, auch wenn man ihn nicht mehr wahrgenommen hat.«

Er blieb hinter Larissa stehen und legte seine Hände auf ihre Schultern. Seine Stimme wurde heftiger. »Ich kann mit diesem Schmerz leben. Aber ich verfluche den, der dir diesen Brief gegeben hat und deine Wunden erneut aufreißt.«

Larissa schluckte, bevor sie sprach. »Mir ist es lieber so, Opa. Ich hatte sie verloren, und jetzt habe ich sie wieder.«

Der Alte seufzte. »Es wäre schön, wenn ich deinen Glauben hätte, Kind.«

Sie blickte zu ihm hoch. »Was meinst du damit? Denkst du nicht, dass sie noch leben?«

»Einiges spricht dafür, dass Eleanor und Martin noch am Leben sind. Zumindest zu dem Zeitpunkt, als dieser Brief geschrieben wurde. Allerdings wissen wir nicht, wann das war.«

Der Bücherwurm begab sich auf gefährliches Terrain, das spürte ich. Natürlich hatte er recht mit seinen Bedenken, aber das war ganz und gar nicht das, was Larissa in diesem Moment hören wollte. Zu meiner Überraschung blieb sie erstaunlich gelassen.

»Du irrst dich«, antwortete sie. »Sie schreiben, dass sie mich zehn Jahre nicht gesehen haben. Also kann der Brief so alt gar nicht sein. Außerdem ist es mir völlig egal. Oder würdest du mir empfehlen, nicht das zu tun, was der Unbekannte von mir verlangt?«

Ihr Großvater schüttelte den Kopf. »Ich möchte nur, dass du dir über das im Klaren bist, worauf du dich einlässt. Du weißt nicht, wer der Fremde war und ob er sein Wort hält, wenn du ihm tatsächlich das Buch der Wege bringst.«

»Was ist das eigentlich für ein Buch?«, warf ich ein. »Ich weiß zwar, dass es eines der Vergessenen Bücher ist. Aber was ist so Besonderes daran?«

»Das kann ich euch leider auch nicht genau sagen.« Der Bücherwurm kratzte sich hinter dem Ohr. »Über einige der Bücher wissen wir eine ganze Menge, über andere dagegen fast gar nichts. Das Buch der Wege gehört zu den Grauen Büchern. Seine Macht ist also beträchtlich. Aber worin diese Macht besteht, darüber existieren nur Vermutungen. Es gibt nur einen, der vielleicht mehr darüber weiß ...«

»Dann rufen wir ihn an!«, rief Larissa.

»Das geht leider nicht. Ich kann euch nicht mal sagen, wo er sich im Augenblick aufhält.«

»Und wer ist dieser mysteriöse Alleswisser?«, fragte ich.

»Unter den Bewahrern ist er unter dem Namen *Der Bibliothekar* bekannt. Sein Wissen übertrifft das aller anderen Bewahrer um ein Vielfaches. Allerdings taucht er nur selten bei einem von uns auf, um uns daran teilhaben zu lassen.«

»Und niemand hat eine Ahnung, wo er sich aufhält?«

Der Alte schüttelte erneut den Kopf. »Vor Jahren habe ich einmal gehört, dass er in Prag leben soll. Ob das stimmt und ob er sich heute noch dort befindet, ist jedoch fraglich. Von ihm können wir also keine Hilfe erwarten.«

»Wir müssen ja nicht wissen, was in dem Buch der Wege steht, um uns auf die Suche danach zu machen«, sagte Larissa.

»Das stimmt«, pflichtete ihr der Bücherwurm bei. »Es hätte uns aber dabei helfen können zu erfahren, warum es für den Unbekannten einen solch hohen Wert besitzt, und daraus Rückschlüsse auf seine Person zu ziehen.«

Ich hatte eine plötzliche Eingebung. »Könnte das einer dieser Schatten gewesen sein, von denen Pluribus gesprochen hat?«, fragte ich den Bücherwurm.

Der Alte sah Larissas fragenden Blick und wiederholte mit wenigen Worten, was er mir bereits erzählt hatte. »Wie gesagt, niemand weiß, wie sie aussehen und ob es sie überhaupt gibt«, fügte er hinzu.

»Was wir gesehen haben, war eher ein Wabern als ein Schatten«, sagte ich. »Vielleicht verschaffen uns die Videoaufzeichnungen mehr Klarheit.«

»Das kann bis morgen warten.« Der Bücherwurm warf einen Blick auf die Uhr. »Wir sollten alle etwas schlafen. Ihr werdet eure Kräfte brauchen, wenn ihr euch tatsächlich auf die Suche nach dem Buch der Wege machen wollt.«

»Ich glaube nicht, dass ich jetzt schlafen kann.« Larissa hatte den Brief ihrer Eltern wieder sorgfältig zusammengefaltet. »Von mir aus können wir uns die Videos auch sofort angucken.«

Der Alte schüttelte den Kopf. »Wir sind alle müde. Vielleicht übersehen wir etwas Wichtiges. Zu viel Eile kann auch schädlich sein.«

Larissa war von seinen Worten nicht überzeugt, das merkte ich. Aber sie fügte sich. Ich war zwar auch aufgekratzt, aber zugleich hundemüde und hatte nichts gegen eine Runde Schlaf einzuwenden. Wir wünschten uns gegenseitig eine gute Nacht und zogen uns in unsere Zimmer zurück.

Mitten in der Nacht pochte es an meiner Tür. Zumindest glaubte ich das, bis ich mühsam meine Augen aufgeschlagen hatte. Draußen war es bereits hell. Erneut klopfte jemand. Dann hörte ich Larissas Stimme.

»Aufstehen, Arthur!«

Ich warf einen Blick auf den Wecker. Sieben Uhr! Stöhnend wälzte ich mich aus den Federn. »Ich bin gleich unten«, rief ich schlaftrunken. Ich zog frische Unterwäsche aus dem Schrank, packte meine Jeans und ein T-Shirt und marschierte ins Bad.

Wenige Minuten später traf ich Larissa und den Bücherwurm in der Küche. Wie konnten sie so früh bereits so aktiv sein? Ich kam vor neun Uhr morgens nie richtig auf Touren, was während der Schulzeit besonders unvorteilhaft war, wenn wir in der ersten Stunde ein wichtiges Fach hatten. Der Alte stand am Herd und schlug ein paar Eier in die Pfanne. Nach einem kurzen, aber leckeren Frühstück folgten wir Larissa in ihr Zimmer. Sie hatte schon alles vorbereitet.

»Ich habe die beiden Videoaufnahmen miteinander und mit dem Ton synchronisiert«, erklärte sie und schleppte einen Stuhl für den Bücherwurm und ein Sitzkissen für mich heran. Dann setzte sie sich vor ihren Rechner und startete die Wiedergabe.

Auf dem Monitor waren zwei Fenster geöffnet, in denen jeweils eines der beiden Videos ablief. Auf dem einen waren Larissa und ich auf der Bank zu sehen, während wir auf den Unbekannten warteten. Die andere Perspektive zeigte nur unsere Hinterköpfe und war genau auf die Stelle gerichtet, an der gleich der Fremde erscheinen musste.

Es war ein merkwürdiges Gefühl, die Situation von gestern Nacht noch einmal vor Augen zu haben. Unwillkürlich verschränkte ich die Arme und klammerte die Hände um meine Ellenbogen.

Nach einigen Minuten konnte man eine Bewegung unter der Brücke, wo der Tunnel lag, wahrnehmen. Gleich musste der Unbekannte auftauchen. Im Bild sprangen Larissa und ich auf. Da, wo der Fremde gestanden hatte, war außer einem undeutlichen dunklen Fleck nichts zu sehen.

Aus den Lautsprechern tönte ein Brummen. Dann hörten wir, wie Larissa *Das ist mein Freund Arthur* sagte. Es folgte ein erneutes Brummen, bevor sie *Na und?* fragte. So ging es weiter. Immer, wenn der Unbekannte etwas sagte, war lediglich ein Geräusch zu hören. Dabei bewegte sich der dunkle Fleck neben der Parklampe leicht, nahm aber nie klare Konturen an.

Enttäuscht stoppte Larissa die Wiedergabe. »Daraus werden wir nicht viel erfahren«, sagte sie.

»Oh doch«, widersprach der Bücherwurm. »Die Aufnahmen sind sogar sehr aufschlussreich.«

»Wieso das?«, fragte ich mit hochgezogenen Augenbrauen.

»Weil sie beweisen, dass hier etwas nicht mit rechten Dingen zugeht«, sagte er. »Ihr habt eine Gestalt gesehen und sie sprechen hören. Warum ist sie dann nicht auch auf den Bändern zu sehen?«

»Wenn es ein Hologramm war ...«, begann Larissa, aber der Alte unterbrach sie: »Auch ein Hologramm kann gefilmt werden.«

»Dann hatte er eben einen Interferenz-Emitter installiert.« So leicht ließ sie sich nicht von ihrer Ansicht abbringen, dass es sich bei unserer nächtlichen Begegnung um ein Wesen aus

Fleisch und Blut gehandelt hatte. »Damit hat er die Videobilder und Tonaufnahmen gestört, sodass wir kein klares Bild von ihm erhalten konnten.«

Mich überzeugte sie nicht. Ich glaubte mehr denn je, dass es sich bei unserem Besucher um etwas handelte, das nicht (oder zumindest nicht völlig) menschlich war.

»Nehmen wir an, es war ein Schatten«, überlegte ich laut. »Dann hätten wir es mit einem uralten Wesen zu tun, das keine Körperlichkeit besitzt – wenn man den Überlieferungen Glauben schenkt.«

»Würdest du auch den Überlieferungen der Brüder Grimm Glauben schenken?«, fragte Larissa verächtlich.

»Du lehnst diese Möglichkeit nur deshalb ab, weil du einen greifbaren Gegenspieler haben willst«, warf ich ihr vor. »Wenn du akzeptieren würdest, dass es sich um einen Schatten handelt, dann wärst du mit deinem Latein am Ende.«

»Arthur liegt nicht so ganz falsch, finde ich«, versuchte der Bücherwurm zu vermitteln. »Zumindest ist seine Annahme so plausibel wie deine. Können wir uns nicht darauf einigen, dass beides möglich sein kann?«

»Wie kannst du so etwas sagen, Opa?«, brauste Larissa auf. »Eine Legende soll denselben Stellenwert besitzen wie eine wissenschaftliche Erklärung? Wir leben doch nicht mehr im Mittelalter!«

»Oho«, sagte ich. »Es gibt Legenden, die bereits vor langer Zeit Zusammenhänge richtig erklärt haben, auf die die Wissenschaftler erst Hunderte von Jahren später gekommen sind. Eine Legende muss nicht automatisch eine reine Erfindung sein. Viele beruhen auf harten Fakten.«

»Das mag ja sein. Aber hier höre ich nur von irgendwelchen Wesen, die seit Jahrtausenden durch die Welt geistern sollen. Was, bitte schön, ist daran ein harter Fakt?«

Ich musste ihr die Antwort schuldig bleiben. Wenn jemand nicht an etwas glaubte, dann war es schwierig, ihn zu überzeugen. Und wenn dieser Jemand Larissa war, dann war es nahezu unmöglich.

»Wir müssen uns nicht streiten«, sagte ich. »Ich weiß ja selbst nicht, woran ich glauben soll. Gib zumindest zu, dass wir es mit einem ungewöhnlichen Gegner zu tun haben.«

»Ungewöhnlich schon«, lenkte sie widerwillig ein. »Doch das waren die Slivitskys auch. Und die waren Menschen wie du und ich.«

»Bei ihnen wussten wir aber von Anfang an, woran wir waren«, warf der Bücherwurm ein. »Was mich beunruhigt, sind die Motive dieses Unbekannten, ob er nun ein Schatten ist oder nicht. Was will er ausgerechnet mit dem Buch der Wege? Und wer sagt uns, dass er sein Versprechen hält?«

»Das werden wir ja sehen, wenn wir das Buch erst haben«, entgegnete Larissa.

»Worauf warten wir dann noch?«, fragte ich. »Holen wir uns das *Register von Leyden*!«

❖ Die Spur nach Spanien ❖

Es war ein Jahr her, seitdem ich das Register von Leyden zum letzten Mal in den Händen gehalten hatte. Während der Bücherwurm uns in seinem klapprigen Auto zur Bank kutschierte, rief ich mir in Erinnerung, was es mit dem Register auf sich hatte.

Über die Jahrhunderte hinweg hatten verschiedene Bewahrer die Vergessenen Bücher immer wieder an neuen Orten versteckt, um sie dem Zugriff der Sucher zu entziehen. Hinweise auf die Fundorte der Bücher wurden in verschlüsselter Form im Register eingetragen. So war sichergestellt, dass die Informationen erhalten blieben, auch wenn einem der Bewahrer etwas zustoßen sollte.

Seit über hundert Jahren war das Register verschollen gewesen, bis wir es, dank Gerrits Hilfe, in Teylers Museum in Haarlem wiedergefunden hatten. Nach unseren Abenteuern in Amsterdam und Bologna hatte der Bücherwurm darauf bestanden, es im Tresor einer Bank zu deponieren. Und genau dorthin fuhren wir jetzt.

Larissa, die vorn neben ihrem Großvater saß, drehte sich unruhig in ihrem Sitz hin und her. »Ich gucke nur, ob wir verfolgt werden«, erklärte sie. »Ihr wisst doch, wie es beim letzten Mal war: Von der ersten Minute an hatten wir die Slivitskys auf den Fersen.«

»Vor denen müssen wir diesmal keine Angst haben«, erwiderte ich.

»Gewiss nicht«, bestätigte der Bücherwurm. »Madame Slivitsky befindet sich immer noch in einer abgelegenen psychiatrischen Klinik, seitdem sie in Bologna fast eine Woche unter der Erde gefangen saß. Und ohne die Mutter stellen ihre Söhne keine Gefahr da. Soweit ich weiß, hat man sie bei einem missglückten Erpressungsversuch erwischt und für einige Jahre ins Gefängnis gesteckt.«

»Wenn es nicht die Slivitskys sind, dann eben jemand anderes«, beharrte Larissa auf ihrer Meinung. »Da ist dieser Pluribus, der mir überhaupt nicht gefällt. Und wenn er auftaucht, dann sind andere nicht fern. Das hast du selbst gesagt.«

Der Alte nickte nachdenklich. »Das stimmt. Pluribus mag noch so ein Windbeutel sein, sein Riecher ist meistens sehr gut. Deshalb ist ein wenig Vorsicht sicherlich nicht verkehrt.«

Die Sorge der beiden steckte mich an. Ich begann, die Autos zu beobachten, die neben und hinter uns fuhren. Es fiel mir jedoch nichts Verdächtiges auf.

Zum Glück war es nicht sehr weit bis zur Bank. Der Bücherwurm meldete uns an, und kurz darauf holte uns ein Bankangestellter ab. Mit einem Aufzug, der nur nach dem Durchziehen einer Magnetkarte betrieben werden konnte, glitten wir mehrere Stockwerke unter die Erde. Am Ende eines Gangs stießen wir auf eine Stahltür, die der Bankmensch durch Eingabe eines Codes auf einem Zahlenfeld freischaltete. Dahinter befanden sich die Schließfächer. Der Bücherwurm steckte seinen Schlüssel hinein, der Bankmensch seinen, und gemeinsam öffneten sie die Tür zu unserem Fach. Der Alte nahm das in Leder eingewickelte Register aus der Metallkassette; dann wurde das Fach wieder verschlossen.

Als wir zurück in der Eingangshalle waren, musste ich erst mal tief durchatmen. Seit unserem Abenteuer unter den Straßen von Bologna fand ich Keller und unterirdische Räume nicht mehr besonders prickelnd.

Während der Bücherwurm das Auto holte, warteten Larissa und ich mit dem Register in der Vorhalle der Bank und beobachteten die Straße. Als wir niemand entdeckten, der uns verdächtig vorkam, sprinteten wir zur Bordsteinkante und hechteten auf den Rücksitz des Autos, das sofort startete.

»So ganz verstehe ich diese Aufregung nicht«, brummte der Bücherwurm. »Das Register kann doch nur von Bewahrern richtig interpretiert werden. Und die stehen automatisch auf unserer Seite.«

»Aber ohne das Register können wir keines der Vergessenen Bücher mehr finden«, hielt ihm Larissa entgegen.

»Wohl wahr. Und weil die Sucher ja *wollen*, dass wir sie zu den Büchern führen, werden sie uns das Register lassen. Denn nur so gelangen sie an ihr Ziel.«

Ich war davon nicht überzeugt. »Die Slivitsky-Brüder haben in Haarlem versucht, uns das Register abzujagen. Wahrscheinlich nahmen sie an, sie könnten die Hinweise darin ebenso gut entschlüsseln wie wir. Und ich bin mir nicht sicher, ob das nicht vielleicht auch stimmt. Unsere Erfolge waren eher eine Kette von Zufällen als das Ergebnis eines geplanten Vorgehens.«

»Aber genau das ist es, was einen Bewahrer auszeichnet«, sagte der Bücherwurm. »Wenn es eindeutige Spuren zu den Vergessenen Büchern geben würde, dann könnte doch jeder sie finden. Zufälle hingegen sind etwas völlig anderes, vor allem dann, wenn sie nacheinander auftreten. Das würde der cleverste Sucher nicht schaffen.«

Das klang logisch. Trotzdem ließen Larissa und ich in unserer Wachsamkeit nicht nach, bis wir das Haus des Bücherwurms erreicht hatten.

Nachdem wir alle um den Küchentisch Platz genommen hatten, schlug ich das Register auf. Es war nach wie vor eine verwirrende Mischung aus verschiedenen Handschriften und lateinischen oder anderen unbekannten Wörtern.

In der ersten der drei Spalten standen die lateinischen Namen der Vergessenen Bücher.

»Buch der Wege müsste auf Latein *liber viarum* oder *liber itinerum* heißen«, murmelte der Bücherwurm. Da wir den letzten Eintrag suchten, blätterte ich das Register von hinten aus durch und fuhr mit meinem Finger die erste Spalte entlang. Das Buch der Wege war offenbar lange nicht bewegt worden, denn ich stieß erst in der Mitte des Registers auf die Worte *liber itinerum*.

Der Eintrag dahinter war in geschwungener Schrift verfasst und lautete:

Sol. Salutas. Sep i. Achuras.

Das dritte Wort war so ausgebleicht, dass man nur den Wortanfang und den letzten Buchstaben identifizieren konnte.

Frustriert blickte ich auf. »Das kommt mir alles Spanisch vor.«

Der Bücherwurm lächelte. »Damit liegst du gar nicht so falsch. Ich vermute mal, es ist in der Tat Spanisch – oder hat zumindest etwas mit Spanien zu tun. Wartet mal einen Moment.«

Er stand auf und verschwand in seiner Privatbibliothek. Wenige Minuten später kam er mit einem dicken Buch unter dem Arm zurück.

»Das ist ein spanisches Wörterbuch«, erklärte er. »Zwar nicht die allerneueste Ausgabe, aber wir haben es ja auch nicht mit der aktuellen Sprache zu tun.«

Er legte den Wälzer vor sich auf den Tisch und begann zu blättern. Dabei stiegen feine Staubwolken auf, und ich musste für einige Sekunden mit einem starken Niesreiz kämpfen. Der Bücherwurm merkte davon nichts.

»Achuras«, murmelte er und überflog die Seiten. »Achuras ... ah, hier haben wir es. Das kommt aus dem südamerikanischen Spanisch und bedeutet Innereien.«

»Bäh«, rief Larissa.

Ihr Großvater sah sie tadelnd an. »Das solltest du nicht sagen. Früher, als die Leute noch ärmer waren und es kein Fleisch im Überfluss gab, galten Innereien als Delikatesse. Als ich klein war, kaufte meine Mutter einmal in der Woche Kutteln.«

»Was sind denn Kutteln?«, fragte ich.

»Das ist der in Streifen geschnittene Vormagen von Schafen, Kälbern oder Rindern. Meine Mutter machte aus Kutteln und Bohnen einen Eintopf, den ich sehr gern gegessen habe.«

Larissa sagte zwar nichts, aber von ihrem Gesicht war der Abscheu deutlich abzulesen. »Und was hat das mit Spanien zu tun?«, fragte sie.

Der Bücherwurm lächelte süffisant. »Dort werden Innereien auch heute noch sehr gern verspeist. Wie übrigens auch in Portugal und Italien. Mein Freund Montalba in Bologna zum Beispiel liebt seine Kutteln über alles. Hat er euch während eures Aufenthalts keine serviert?«

Ich versuchte mich zu erinnern, was wir bei den Montalbas gegessen hatten. Bei dem Gedanken, es könnten Innereien dabei gewesen waren, wurde mir ganz flau im Magen. Ich sah, dass es Larissa nicht anders ging.

»Können wir dieses eklige Thema jetzt vielleicht lassen und zurück zum Wesentlichen kommen?«, sagte sie.

Der Bücherwurm konnte nur mit Mühe ein Grinsen unterdrücken. Aber er war klug genug, sich nicht auf eine Auseinandersetzung mit Larissa einzulassen. Seit dem Brief ihrer Eltern war sie verständlicherweise nicht besonders zum Scherzen aufgelegt.

»*Sol* brauche ich nicht nachzusehen. Das bedeutet Sonne. Und *salutas* müsste eigentlich die Gesundheit sein ...«

Er blätterte in seinem Buch und hielt verdutzt inne. »Hmm ... nein, Gesundheit heißt auf Spanisch *salud*. Aber es leitet sich vom lateinischen *salutas* ab.«

»Okay«, fasste ich zusammen. »Wir haben Sonne, wir haben Gesundheit und wir haben Innereien. Das ergibt für mich keinen Sinn. Was ist mit dem letzten Wort?«

»Mal sehen. Es fängt mit *sep* an und endet mit i.« Er blätterte erneut. Larissa trommelte ungeduldig mit den Fingern auf der Tischplatte herum.

»Dachte ich mir's doch!« Der Bücherwurm richtete sich mit einem triumphierenden Gesichtsausdruck auf. »Das Wort lautet *sephardi*.«

Er bemerkte unseren fragenden Blick. »Die Sepharden waren spanische Juden, die später nach Nordafrika auswanderten«, erklärte er. »Viel mehr weiß ich leider auch nicht darüber. Aber es bestätigt unsere Vermutung, dass sich das Buch der Wege in Spanien befindet.«

»Aber *wo* in Spanien?« Larissa konnte ihre Ungeduld nicht mehr zähmen. »Das Land ist riesengroß! Wo sollen wir da zu suchen anfangen?«

»Wir beginnen am besten mit den Sepharden«, schlug ich vor. »Dann werden wir ja sehen, was sie mit Gesundheit und Innereien zu tun haben.«

»Eine gute Idee.« Der Alte klappte das Wörterbuch zu, und erneut stieg eine Staubwolke auf. Diesmal konnte ich nicht mehr an mich halten und nieste lauthals.

»Gesundheit«, tönte es gleichzeitig aus zwei Mündern.

»Hab ich doch gerade gesagt«, erwiderte ich. Darüber musste sogar Larissa ein wenig lächeln.

Während der Bücherwurm sich in seinen Laden aufmachte, zogen sie und ich uns vor den Computer in ihrem Zimmer zurück. Innerhalb einer Stunde hatten wir mithilfe von Wikipedia und Google einen Haufen Informationen über die Sepharden zusammengetragen. Das war aber zugleich das Problem: Wie sollten wir das herausfiltern, was für unsere Suche wichtig war?

Die Sepharden waren im Jahr 1492 von Isabella von Kastilien, der damaligen spanischen Königin, aus dem Land ausgewiesen worden. Der Hinweis aus dem Register musste sich also auf die Zeit davor beziehen. Larissa deutete auf eine Karte Spaniens, die wir auf einer der besuchten Websites gefunden hatten und auf der die Städte abgebildet waren, in denen sich einmal größere sephardische Gemeinden befanden.

»Die meisten davon liegen in Südspanien«, stellte sie fest. »Malaga, Sevilla, Almeria, Granada, Cartagena und Córdoba. Vielleicht sollten wir unsere Suche darauf beschränken?«

Ich zuckte ratlos mit den Schultern. Ihr Vorschlag war so gut wie jeder andere und ich hatte keine bessere Idee.

Wir beschlossen, alphabetisch vorzugehen. Systematisch gaben wir bei Google den Ortsnamen und unsere Suchbegriffe ein, erst einzeln, dann in Verbindung miteinander. Aber auch das brachte uns nicht viel weiter.

Ratlos hockten wir vor dem Monitor. Larissa blätterte in den Ausdrucken der Webseiten, die wir besucht hatten. Währenddessen versuchte ich es einmal mit dem spanischen Wort *salud* anstatt des lateinischen *salutas*. Bei Almeria und Cartagena fand ich die üblichen Verdächtigen: Krankenhäuser, Gesundheitsdienste und Behördenkram. Bei der Eingabe von Córdoba und *salud* tauchte ein interessanter Eintrag auf der ersten Ergebnisseite auf. Ich folgte ihm, sah mir ein paar weitere Seiten an und stieß dann Larissa an.

»Sieh mal«, sagte ich. Ich hatte eine Website aufgerufen, die ein jährliches Volksfest in Córdoba beschrieb: die *Feria de Nuestra Señora de la Salud*.

»Eine Kirmes – na und?« Larissa war nicht überzeugt, dass das etwas zu bedeuten hatte. »Es ist ein katholisches Fest – was hat das mit den Sepharden zu tun?«

»Aber vielleicht mit den Innereien«, spekulierte ich. »Auf dieser Feria gibt es jede Menge Zelte, in denen Essbares angeboten wird. Vielleicht sind Innereien eine der Spezialitäten?«

»Vielleicht, vielleicht auch nicht. Das ist mir nicht handfest genug.«

So langsam begann sie, mich zu nerven. Ich verstand ja ihre Sorge um ihre Eltern. Das bedeutete aber nicht, dass sie deshalb gleich so nörgelig werden musste. Auf diese Weise kamen wir auch nicht schneller zum Ziel.

Ich schluckte meinen aufkeimenden Ärger hinunter und konzentrierte mich bei meiner Suche auf Córdoba. Hier gab es mehr zu holen, das spürte ich. Schweigend klickte ich mich durch die Seiten und druckte ab und zu etwas aus. Schließlich nahm ich die Finger von Maus und Tastatur und lehnte mich zurück.

»Es ist Córdoba, da bin ich ganz sicher«, erklärte ich.

Larissa sah mich skeptisch an.

»Zunächst einmal die Gesundheit«, fuhr ich fort. »Von der Feria de la Salud weißt du ja bereits. Dann habe ich herausgefunden, dass zur Zeit der maurischen Herrschaft ein berühmter Philosoph und Arzt in der Stadt lebte. Er hieß Averroes und war einer der besten Mediziner seiner Zeit.«

Ich machte eine kleine Pause und drückte ihr die Ausdrucke in die Hand. Ihrem kritischen Blick nach zu urteilen, hatte ich sie immer noch nicht überzeugt.

»Kommen wir zu den Sepharden. In Córdoba gab es eine recht große jüdische Gemeinde, die eine Reihe bekannter Persönlichkeiten hervorgebracht hat, darunter Philosophen, Dichter und Botschafter.«

»Und was ist mit den Innereien?« Larissa musste natürlich mal wieder den Spielverderber geben. Ich hob entschuldigend die Hände.

»Dazu speziell habe ich nichts gefunden. Außer, dass in Andalusien überall noch gerne Innereien gegessen werden, zum Beispiel als Tapas.«

»Als was?«

Das war ein kleiner Triumph für mich: Da wusste ich ja ausnahmsweise mal mehr als Larissa! »Tapas sind kleine Häppchen, die in Spanien in den Bars serviert werden. Da gibt es zum Beispiel Oliven, Fleischbällchen, eingelegtes Gemüse, Kartoffeln ...«

»Schon gut, schon gut«, unterbrach sie mich. »Ich wollte keinen Kurs in spanischer Küche.« Sie rieb sich nachdenklich den Nasenflügel mit ihrem Zeigefinger.

»Du bist also überzeugt, dass wir nach Córdoba müssen?«, fragte sie schließlich.

Ich nickte. »Wir können natürlich noch wochenlang weitersuchen und vielleicht auf einen anderen Ort kommen«, räumte ich ein. »Aber willst du so lange warten? Ich glaube, Córdoba ist ein guter Anfang.«

»Du hast recht«, sagte sie. »Alles ist besser, als untätig hier herumzusitzen. Lass uns meinen Opa anrufen.«

Während sie mit dem Bücherwurm telefonierte und ihn über unseren Entschluss unterrichtete, nutzte ich die Zeit, um per Internet den schnellsten Weg nach Córdoba ausfindig zu machen. Die Stadt selbst hatte keinen internationalen Flughafen. Der einfachste Weg war ein Flug nach Sevilla und von dort die Weiterreise mit dem Zug.

Ich war noch nie geflogen (zumindest nicht bewusst – meine Eltern hatten mich einmal im Flugzeug mitgenommen, als ich zwei Jahre alt war, aber daran hatte ich keine Erinnerung mehr) und war auch nicht besonders scharf drauf, diesen Zustand zu ändern. Die Vorstellung, mich in eine enge Metallröhre zu zwängen und dann zehn Kilometer in die Höhe zu steigen, behagte mir ganz und gar nicht.

Doch die einzige Alternative zum Fliegen war eine Reise mit der Bahn. Und die dauerte eine kleine Ewigkeit, kam also nicht infrage. Ich musste wohl in den sauren Apfel beißen.

Wenig später traf der Bücherwurm auch schon ein. Gemeinsam buchten wir für den nächsten Tag einen Flug nach Sevilla. Aber wo sollten wir in Córdoba übernachten? Da erinnerte sich Larissa an etwas, was uns Montalba bei unserem Besuch in Bologna erzählt hatte.

»Sein Sohn studiert in Córdoba an der Schauspielschule. Vielleicht können wir bei ihm unterkommen?«

»Eine gute Idee«, pflichtete ihr der Bücherwurm bei. »Ich werde Giovanni gleich anrufen und nach der Telefonnummer seines Sohnes fragen!«

Er verzog sich ins Nebenzimmer, und ich machte mich daran, eine Liste anzulegen mit allem, was bis zur Abreise zu erledigen war: Sprachführer kaufen, Stadtplan besorgen, Koffer packen. In Andalusien konnte die Temperatur um diese Jahreszeit leicht bis zu 40 Grad und mehr ansteigen, wir brauchten also unbedingt auch Sonnenblocker und passende Kopfbedeckungen. Und dann wollte ich mir noch Baldriankapseln holen, von denen ich wusste, dass sie beruhigend wirken, ansonsten aber harmlos sind. Meine Mutter hatte sie mir manchmal am Abend vor einer wichtigen Klassenarbeit verabreicht, wenn ich vor lauter Anspannung nicht einschlafen konnte. Vielleicht halfen sie ja auch gegen Flugangst.

Larissa lachte, als sie mich über meine Liste gebeugt sah. »Das können wir doch notfalls auch alles in Spanien besorgen.« Aber das brachte mich nicht von meinen Planungen ab.

»Du nimmst doch auch immer dein komplettes Arsenal mit«, sagte ich. Damit meinte ich ihre Sammlung an Werkzeugen, mit denen sie Türschlösser knacken und jede Art von zusammengeschraubten Geräten auseinandernehmen konnte.

»Das ist etwas anderes. Gutes Werkzeug bekommt man nicht an jeder Ecke.«

»Guten Sonnenblocker auch nicht«, gab ich zurück. Das war natürlich Blödsinn. Aber ich war wegen des bevorstehenden Fluges in keiner guten Stimmung. Außerdem fand ich es ungerecht, dass Larissa ihre Launen an mir ausließ. Seitdem sie die Einladung zu dem Treffen im Park erhalten hatte, kam ich mir vor wie ein lästiges Anhängsel, das nur geduldet wurde.

Der Bücherwurm kam ins Zimmer zurück. Er hatte inzwischen nicht nur mit Giovanni, sondern auch mit Mario Montalba telefoniert. Der Sohn des Bologneser Antiquars hatte zwar selbst nicht genügend Platz in seiner Wohnung, versprach aber, uns bei einem befreundeten Hotelier unterzubringen. Ich steckte den Zettel mit seiner Adresse und Telefonnummer ein.

Den Rest des Tages verbrachten wir damit, unsere Koffer zu packen. Larissa war, wie schon am Tag zuvor, ausgesprochen schweigsam, wenn wir uns zufällig auf dem Flur begegneten. Wenn sie es so wollte, dann sollte sie es so haben. Ich konnte *auch* schweigen.

Als wir uns am nächsten Morgen zum Frühstück in der Küche trafen, war der Bücherwurm schon aus dem Haus. Er hatte uns einen Zettel mit der Botschaft *Muss noch was für eure Reise besorgen* zurückgelassen.

Ich mischte mir mein Müsli zusammen, während Larissa frische Erdbeeren in eine Schale Joghurt schnitt. Dann setzte sie sich auf die andere Seite des Tisches und löffelte ihr Frühstück schweigend in sich hinein.

Ich hielt es nicht mehr aus. »Wenn unsere Reise so weitergeht, werden wir nicht viel herausfinden«, sagte ich. Es kam etwas lauter heraus als beabsichtigt.

Larissa blickte von ihrem Joghurt auf. »Wovon sprichst du?«

Tat sie nur so? Oder merkte sie wirklich nichts?

»Kommunikation«, erklärte ich. »Das ist das, was Menschen machen, wenn sie gemeinsam eine Aufgabe lösen wollen.«

Sie kniff die Augen zusammen. »Sprichst du von *Kommunikation* oder von sinnlosem Herumschwatzen?«

Ich knallte meinen Löffel so hart auf die Tischplatte, dass mir ein Milchtropfen bis ins Auge flog. Kaum hatte ich meinen Mund für eine scharfe Antwort geöffnet, schloss ich ihn wieder und atmete dreimal tief durch.

»Was ist nur mit dir los?«, rief ich.

»Es tut mir leid«, murmelte sie und ihr Gesicht verlor seinen aggressiven Ausdruck. »Du kannst das wahrscheinlich nicht verstehen. Jahrelang habe ich geglaubt, meine Eltern seien tot. Irgendwann habe ich einfach nicht mehr an sie gedacht. Mein Leben und meine Familie – das war mein Großvater.« Sie machte eine kleine Pause. »Und seit ein paar Jahren du. Und dann, auf einmal ...«

Ihre Stimme brach ab. Auch meine Wut war völlig verraucht.

»Ich will dir doch nur helfen«, sagte ich.

»Ich weiß. Aber du kannst mir das nicht abnehmen. Alle meine Gedanken drehen sich plötzlich nur noch darum, meine Eltern wiederzusehen. Das ist manchmal so stark, dass es in meinem Kopf keinen Platz mehr für etwas anderes gibt.«

Ich schwieg. Auf der einen Seite wollte ich natürlich, dass es zwischen uns wieder so war wie früher. Andererseits konnte ich sie aber auch verstehen. Es sah wohl so aus, als würde ich mich weiter in Geduld üben müssen. Ob mir das allerdings immer gelingen würde, dessen war ich mir nicht sicher.

Zum Glück kam in diesem Augenblick der Bücherwurm herein. Er trug eine Plastiktüte in der Hand, aus der er einen Karton herauszog und zwischen uns auf den Tisch stellte. »Eure Kommunikationszentrale für die Reise«, sagte er.

Das konnte doch nicht wahr sein! Er hatte ein Android-Handy für uns gekauft! Ich wollte es mir gerade näher ansehen, als mir der Karton von Larissa unter der Nase weggerissen wurde.

»Erste!«, grinste sie triumphierend.

Meinetwegen! Sollte sie das Gerät erst einmal untersuchen, wenn sie wollte. Ich würde unterwegs noch genug Zeit dazu haben. Hauptsache, ihre Stimmung hatte sich gebessert. Ich setzte mich wieder an meinen Platz und löffelte mein Müsli zu Ende.

»Und?«, fragte der Bücherwurm. »Zufrieden?«

»Erste Sahne, Opa«, strahlte Larissa.

Android war ein Betriebssystem, das von Google für Handys entwickelt worden war. Damit konnte man nicht nur telefonieren, sondern tausend andere Sachen machen: im Web surfen, E-Mails verschicken und empfangen, fotografieren, Musik identifizieren und vieles mehr. Die Bedienung war dabei ausgesprochen simpel: Man strich einfach mit einem Finger über das Display und wechselte so zwischen verschiedenen Dateien oder Programmen.

»Ich dachte mir, ihr braucht etwas, das euch unabhängig macht von Internet-Cafés und festen Computern«, erklärte der Alte. »Es spart Zeit – und ihr könnt mich auch besser auf dem Laufenden halten.«

»Das GPS nicht zu vergessen«, ergänzte Larissa. »Damit wird die Orientierung in einer fremden Stadt zum Kinderspiel.«

»Ich verlasse mich lieber auf einen guten Stadtplan«, widersprach ich. »Da kann ich mir einen Überblick verschaffen, wie alles zusammenhängt, anstatt immer nur einer Ansage zu folgen, aber nicht zu wissen, wo ich gerade bin.«

»Du bist ein alter Nörgler«, sagte Larissa, allerdings ohne den üblichen Ernst in der Stimme. »Warte erst mal ab, bis ich noch ein paar Apps heruntergeladen habe.« Als sie unsere fragenden Blicke bemerkte, ergänzte sie: »Apps sind kleine Anwendungen, mit denen Android erst so richtig nützlich wird. Die kann man aus dem Internet herunterladen.«

»Aha«, echoten der Bücherwurm und ich unisono, aber Larissa war mit ihrer Beute schon auf dem Weg in ihr Zimmer. Die nächsten zwei Stunden verbrachte sie damit, das Handy mit Programmen aufzuladen. Ich durchstöberte die Hausbibliothek des Bücherwurms nach Literatur über Córdoba, lud mir ein paar Dutzend Seiten aus dem Internet herunter und besorgte mir in der Stadt einen Reiseführer über Andalusien sowie meinen Sonnenblocker. Larissa hatte abgewinkt, als ich anbot, ihr ebenfalls einen mitzubringen. Na schön, sollte sie sich doch die Haut verbrennen! Dabei müsste sie mit ihrem ständigen Wissenschaftsgetue doch eigentlich wissen, wie gefährlich ein Sonnenbrand sein konnte – ganz zu schweigen von dem unangenehmen Brennen und Jucken.

Schließlich standen wir zur Abreise bereit. Die Koffer waren gepackt, das Handy mit Energie und Apps geladen, die Flugtickets und Fahrpläne ausgedruckt. Der Bücherwurm war noch einmal kurz verschwunden und mit drei großen Eisbechern zurückgekehrt.

»Was ist mit deinen Eltern, Arthur?«, fragte er, während wir genüsslich löffelten. »Sollten wir sie nicht über deine Reise informieren?«

Die Frage stellte er nur der Form halber. Er wusste ebenso wie ich, dass meine Eltern die Ferien genutzt hatten, um sich einen lang gehegten Wunsch zu erfüllen: eine Trecking-Tour durch Nepal. Sie glaubten mich beim Bücherwurm in besten Händen und ahnten nichts von dem, was wir im vorigen Sommer erlebt hatten. Selbst wenn ich gewollt hätte, hätte ich sie nicht um Erlaubnis fragen können. Wo sie sich aufhielten, gab es weder Internet noch Mobiltelefonempfang.

»Nicht nötig«, nuschelte ich und erteilte ihm damit die gewünschte Absolution. Er hatte zumindest gefragt! Eine andere Sache ging mir viel mehr im Kopf herum als die Genehmigung meiner Eltern zu unserer Reise.

»Bist du schon mal geflogen?«, fragte ich Larissa und bemühte mich, meiner Stimme einen beiläufigen Klang zu geben.

Sie schüttelte den Kopf. »Das ist meine Premiere. Und du?«

»Als kleines Kind haben mich meine Eltern mal nach Irland mitgenommen. Erinnern kann ich mich an nichts, damals war ich gerade mal zwei Jahre alt.«

Sie musste meinem Gesichtsausdruck wohl anmerken, dass ich nicht besonders begeistert davon war, in ein Flugzeug zu steigen.

»Ich habe mir alle Informationen über unsere Fluglinie und den Flugzeugtyp zusammensuchen lassen.« Larissa zog einen Ausdruck aus der Tasche. Sie hatte vor einigen Monaten eine kleine Software geschrieben, die ihr zu einem Thema alle wichtigen Beiträge aus dem Internet automatisch zusammenstellte und ihr damit das mühsame Suchen in Google und anderen Suchmaschinen ersparte.

»Die Fluggesellschaft gibt es seit zwölf Jahren. Abstürze bislang: keine. Die Maschinen sind sämtlich 737er Boeings, die meisten davon relativ neu. Die Piloten sind fast ausschließlich ehemalige Luftwaffenpiloten.«

Sie ließ das Blatt sinken und blickte mich an. »Beruhigt dich das ein wenig?«

Tat es nicht. »Jede Woche gewinnt auch jemand den Hauptgewinn im Lotto, obwohl die Chancen extrem gering sind. Da helfen alle Statistiken nichts. Wenn die Maschine abstürzt, sind wir alle dran.«

»Du hast keine Angst vor dem Absturz«, widersprach mir Larissa. »Du hast Angst, die Kontrolle zu verlieren?«

»Was soll denn das heißen?«

»Im Flugzeug bist du den Piloten ausgeliefert. Du kannst

das, was geschieht, nicht beeinflussen, sondern bist auf Gedeih und Verderb von ihnen abhängig. Hättest du auch Flugangst, wenn du selbst eine Maschine fliegen könntest?«

Ich überlegte einen Moment. »Vielleicht nicht«, räumte ich ein.

»Du hättest statt Rollenspielen lieber einen Flugsimulator auf deinen Rechner packen sollen«, grinste sie.

Ich zuckte resigniert mit den Schultern. »Es ist, wie es ist. Wahrscheinlich wird's gar nicht so schlimm.«

Wir wurden vom Bücherwurm unterbrochen, der unserem Wortwechsel amüsiert gelauscht hatte. »Wir müssen los, wenn wir rechtzeitig am Flughafen sein wollen.«

Wir verstauten unsere Rollkoffer im Kofferraum seiner Rostlaube. Seinem Zustand nach musste das Auto so alt sein wie er. Aber er ließ nichts darauf kommen. »Der Wagen kennt mich und ich kenne ihn. Er hat mich noch nie im Stich gelassen. Warum sollte ich mir also einen neuen kaufen? Nur um 100 PS mehr unter der Haube zu haben, die ich sowieso nicht nutzen kann?«

Larissa trug wieder ihre unvermeidliche Cargohose. Ich fragte mich, was sie diesmal in den vielen Taschen verstaut hatte. Ihr T-Shirt verkündete in großen Lettern: *Everyone is entitled to be stupid, but some abuse the privilege.* Über ihr wuscheliges schwarzes Haar hatte sie eine schwarze Basecap mit der Aufschrift *Minority* gestülpt. Zum wiederholten Mal fragte ich mich, wie sie immer wieder an diese Klamotten mit den coolen Sprüchen kam.

Ich trug über Sneakers und Jeans ebenfalls ein T-Shirt, allerdings ohne Aufdruck. Meine Basecap bestand aus einfachem

Segeltuch. Neben unseren Koffern hatten wir jeweils noch eine Umhängetasche dabei.

Die Fahrt zum Flughafen dauerte nicht länger als eine halbe Stunde. Er war viel kleiner, als ich ihn mir vorgestellt hatte. Auch die Start- und Landebahn, die ich durch das Fenster des Terminals sehen konnte, kam mir ziemlich kurz vor. Wie sollten wir von dort sicher abheben?

Nachdem wir mithilfe des Bücherwurms unsere Koffer aufgegeben und uns unsere Bordkarten am Check-in-Schalter geholt hatten, blieb noch genügend Zeit für ein Abschiedsgetränk im Restaurant in der Abflughalle.

»Was habt ihr vor, wenn ihr in Córdoba seid?«, fragte der Bücherwurm, als wir alle an einem etwas wackligen Tischchen Platz genommen hatten.

»Dasselbe wie in Bologna«, antwortete ich. »Herumlaufen und gucken, ob wir einen Hinweis finden, der uns weiterführt.«

»Also der bereits erwähnte Zufall«, lächelte der Alte.

»Kann gut sein«, entgegnete ich. »Es sei denn, uns fällt unterwegs noch etwas ein, das wir bislang übersehen haben.« Ich klopfte auf meine Umhängetasche. »Bis Sevilla werde ich das Buch über Córdoba und Andalusien, das ich mir gekauft habe, querlesen. Vielleicht bringt es uns ja einen ersten Hinweis.«

Bei der Berührung meiner Tasche fiel mir ein, was ich vergessen hatte. Ich kramte meine Baldriantabletten hervor und schluckte zwei davon mit dem Rest meines Mineralwassers herunter.

»Mal abwarten, ob du danach noch genügend Energie zum Lesen hast«, grinste Larissa.

Ich zuckte mit den Schultern. Sollte sie sich ruhig über mich lustig machen. Es war Zeit für uns, zum Flugsteig zu gehen. Der Bücherwurm brachte uns bis zum Kontrollpunkt und verabschiedete sich von jedem von uns mit einer Umarmung und der Ermahnung, ihn nach unserer Ankunft in Córdoba anzurufen. Dann marschierten wir zur Sicherheitskontrolle, die wir ohne Probleme passierten. Wir trieben uns noch ein wenig in dem winzigen Duty-free-Shop herum, fanden aber nichts, was wir noch unbedingt mit auf die Reise nehmen mussten.

Durch das Glasfenster des Flugsteigs sah ich, wie eine Maschine auf der Landebahn aufsetzte. Wenige Minuten später kam sie vor das Fenster gerollt. Ich musste schlucken. Jetzt wurde es gleich ernst. Ich betrachtete die Passagiere genau, die über die Treppe aus dem Bauch des Fliegers in die Sonne traten. Keiner von ihnen sah besonders gequält aus.

Wahrscheinlich würde es gar nicht schlimm werden, redete ich mir ein. Noch bevor die Baldriantabletten ihre Wirkung entfalten konnten, wurden wir zum Ausgang gebeten. Von unten sah das Flugzeug ganz schön groß aus. Ich warf einen Blick zum Cockpit hinauf. Durch die winzigen Fenster konnten die Piloten doch gar nicht sehen, was sich vor und unter ihnen abspielte! Wie sollten sie uns da wieder sicher auf die Erde bringen?

Larissa und die anderen Reisenden trieben mich unerbittlich die Treppe hoch, bis ich meinen Fuß ins Innere der Maschine setzte. Was von außen so groß wirkte, kam mir mit einem Mal unheimlich winzig vor. Nichts als eine Blechröhre, in die 150 Sitze gepresst worden waren.

»Willst du ans Fenster?«, fragte Larissa, als wir unsere Sitzreihe erreichten.

»Bloß nicht«, wehrte ich ab.

»Gut«, strahlte sie. »Dann habe ich ja den besten Blick.«

Wir verstauten unser Handgepäck in der Ablage über unseren Köpfen und zwängten uns in die enge Sitzreihe. Während die Stewardessen erklärten, wie die Schwimmwesten unter unseren Sitzen zu benutzen waren (was ich ziemlich merkwürdig fand, da wir doch gar nicht übers Meer flogen), setzte sich das Flugzeug ruckelnd in Bewegung.

Wir rollten bestimmt fünf Minuten über eine holprige Piste voller Schlaglöcher, bis wir endlich die Startbahn erreichten. Das Gerüttel trug nicht gerade dazu bei, meine Zuversicht zu steigern. Dann heulten die Motoren auf, und die Maschine beschleunigte. Ich machte mich in meinem Sitz so klein und leicht, wie es nur ging, damit wir den Absprung vom Boden auch schafften.

Ich warf einen schnellen Blick auf Larissa. Sie hatte die Nase ans Fenster gedrückt, um nur ja nichts zu verpassen. In dem Moment hörte das Rütteln und Schütteln auf und wir hoben ab. Das Flugzeug stieg immer höher und ich wurde fest in meinen Sitz gepresst.

Larissa stieß mich an. »Sieh mal raus«, forderte sie mich auf.

Zaghaft drehte ich meinen Kopf. In dem Augenblick kippte die Maschine scharf nach links ab. Unter dem Fenster ging es mehrere Hundert Meter tief herab. Ich erkannte eine Autobahn voller Spielzeugautos, eine Spielzeuglokomotive mit Anhängern und ganz viele Spielzeughäuser. Unwillkürlich umklammerte ich mit den Händen die Sitzlehnen, um nicht nach unten zu stürzen.

Das Flugzeug kehrte in die Waagerechte zurück. Rechts und links durch die Fenster war jetzt nur noch blauer Himmel zu sehen. Das beruhigte mich ein wenig. Auch die Tatsache, dass die Stewardessen wieder durchs Flugzeug liefen, signalisierte mir, dass die größte Gefahr vorbei war.

Larissa starrte unentwegt hinaus. Ich griff zu dem Buch, das ich mir für den Flug mitgenommen hatte, und vertiefte mich in den Inhalt. Wenn ich schon in eine fremde Stadt flog, dann wollte ich mehr darüber wissen als nur den Namen.

Sevilla, unser Flugziel, lag ebenso wie Córdoba in der spanischen Region Andalusien. Der Name war vom maurischen *al-Andalus* abgeleitet. Bereits 711 waren die Mauren über die Meerenge von Gibraltar von Nordafrika nach Andalusien gekommen und hatten die damals dort herrschenden Westgoten vertrieben. Fast siebenhundert Jahre sollte Andalusien unter ihrer Herrschaft stehen.

Heute gehört die Provinz zu den ärmsten Regionen Spaniens und ist bei uns hauptsächlich wegen ihrer Badestrände und ihrer mehr oder weniger mondänen Badeorte wie Marbella oder Torremolinos bekannt. Durch die Nähe zu Afrika ist es dort die meiste Zeit des Jahres heiß und sonnig. Bei Tarifa, der südlichsten andalusischen Stadt, liegen Europa und Afrika nur vierzehn Kilometer voneinander entfernt, getrennt lediglich durch die Straße von Gibraltar.

Ich schlug eine Karte Andalusiens auf und studierte sie. Larissa hatte inzwischen das Handy ausgepackt und erprobte die verschiedenen Anwendungen, die sie noch schnell vor unserem Aufbruch aus dem Internet heruntergeladen hatte.

Nach dem anfänglichen Stress verlief der Rest des Fluges erstaunlich ereignislos. Fast zwei Stunden brummten wir ohne besondere Vorkommnisse durch den strahlend blauen Himmel. Wir überflogen die Alpen, deren schneebedeckte Gipfel für mein Gefühl gefährlich dicht unter unseren Tragflächen vorbeizogen. Einige Zeit später waren dann die Pyrenäen an der Reihe. Zu diesem Zeitpunkt konnte ich schon ohne große Probleme aus dem Fenster blicken. Entweder wirkte jetzt der Baldrian, oder ich hatte meine Angst überwunden.

Es sollten meine letzten ruhigen Stunden für lange Zeit sein.

✤ Córdoba ✤

❧ Eine böse Überraschung ❧

Kurz vor der Landung in Sevilla ging das Flugzeug in den Sinkflug und wir konnten die Landschaft unter uns deutlich erkennen. Das war also Spanien. Die Erde bestand hier aus einem vielgestaltigen Muster aus hellen und dunklen Braun- und Rottönen, unterbrochen von Grünflächen, die wie Inseln in einem braunen Meer trieben.

Wir flogen an einem Hügel vorbei, auf dessen Spitze sich die weißen Häuser eines Dorfes zusammendrückten wie eine Wagenburg. Ab und an wand sich ein Fluss wie eine träge Schlange durch die Landschaft.

Das Land unter uns war, bis auf ein paar kleinere Erhebungen, flach. Lediglich am Horizont ragte wie ein dunkler Schatten eine Bergkette auf. Vielleicht waren es aber auch nur Wolken. Vergeblich hielt ich nach den Windmühlen Ausschau, gegen die der tapfere Don Quijote, Spaniens zweiter Nationalheld nach El Cid, erfolglos angekämpft hatte. Doch das Einzige, was sich hier drehte, waren ein paar Windkrafträder.

Die Maschine sank tiefer. Wir überflogen einen breiten Kanal, der wie ein dunkelgrüner Strich durch den roten Boden gezogen war. Das Gras an seinen Seiten war von der Sonne verbrannt. Während ich mich noch fragte, wie man in einem solchen Klima etwas anbauen konnte, ruckelte das Flugzeug einmal kurz und wir waren gelandet.

Das Aufheulen der Motoren, die jetzt im Rückwärtsgang unseren Schub bremsten, machte mir plötzlich keine Angst mehr. Ja, ich wunderte mich, dass ich überhaupt einen solchen Bammel beim Start gehabt hatte. Hinter uns erklangen ein paar zaghafte Klatscher, und dann stimmte die Mehrzahl der Passagiere in den Beifall ein. Also war ich doch nicht der Einzige mit einem mulmigen Gefühl gewesen! Das beruhigte mich ein wenig.

Die Maschine rollte aus, und unsere Mitreisenden schälten sich aus ihren Sitzen, um ihr Handgepäck aus den Ablagen zu holen.

»So schlimm war es doch nicht, oder?«, fragte mich Larissa und räkelte sich in ihrem Sitz.

»Man gewöhnt sich dran«, erwiderte ich. Jetzt war es mir schon fast peinlich, dass sie Zeuge meiner Flugangst geworden war. Wir warteten in unseren Sitzen, bis die Flugzeugtüren geöffnet waren und die Fluggäste auf den vorderen Plätzen die Maschine verlassen hatten. Als ich meinen Fuß auf die oberste Stufe der Treppe setzte und die frische Luft spürte, war ich trotz allem erleichtert.

Die Hitze war wie ein Faustschlag ins Gesicht. Sie flimmerte über dem Asphalt des Rollfelds, und ich war schon nach wenigen Schritten in Schweiß gebadet. Zum Glück war es nicht weit bis zur Ankunftshalle, die wohltuend klimatisiert war. Wir folgten den Schildern zur Gepäckausgabe, wo bereits die ersten Koffer auf dem Laufband ihre Runden drehten. Es dauerte nicht lange, dann tauchten auch unsere Gepäckstücke auf. Hinter einer Familie, die offenbar ihren ganzen Hausrat mit sich schleppte, trabten wir zum Ausgang.

Der Flughafen von Sevilla ist nicht besonders groß. So brauchten wir nur wenige Minuten, bis wir aus dem Zollbereich heraustraten. An der Absperrung hinter der automatischen Tür warteten zahlreiche Leute auf Neuankömmlinge. Larissa stieß mich an.

»Da, sieh mal«, sagte sie und deutete auf einen Mann, der auf der rechten Seite stand und ein Pappschild in den Händen hielt. Darauf waren mit dickem Filzstift die Worte *Arthur* und *Larissa* geschrieben.

»Damit können nur wir gemeint sein«, vermutete ich, warf aber trotzdem noch einmal einen Blick um mich, ob irgendjemand anderes zielgerichtet auf den Mann zusteuerte. Larissa war, wie so oft, schneller als ich und marschierte gleich in seine Richtung los.

Der Mann setzte ein schiefes Lächeln auf, als er uns auf sich zukommen sah. Er war nicht viel größer als ich und von schmaler Statur, machte allerdings einen drahtigen Eindruck. Er trug einen schwarzen Anzug, der an Handgelenken und Knöcheln ein wenig zu kurz war, und darunter ein weißes Hemd mit einem ausgewaschenen Kragen. Um den Hals hatte er eine dünne schwarze Kunstlederkrawatte gebunden. Auch seine ebenfalls schwarzen Lederschuhe hatten sichtlich schon bessere Tage gesehen, waren aber tadellos poliert.

»Arthur Schneider? Larissa Lackmann?«, fragte er, als wir nah genug herangekommen waren. Seine Aussprache war einwandfrei, dennoch konnte man hören, dass er kein Deutscher war.

Larissa stellte ihren Koffer neben ihm ab. »Kommen Sie von Mario Montalba?«

»*Sí, sí.*« Das Lächeln auf seinem Gesicht wurde noch breiter. »Mein Name ist Onofre Zafón. Ich bin ein Freund von Mario. Er hat mich gebeten, euch abzuholen und zu ihm nach Córdoba zu bringen.«

Trotz seiner aufgesetzten Höflichkeit gefiel mir Zafón nicht. Er hatte irgendetwas an sich, das mich misstrauisch werden ließ. Vielleicht waren es seine leeren grauen Augen, die den Eindruck erweckten, als ob dahinter keine Seele steckte, sondern lediglich ein kalt kalkulierender Automat. Es widerstrebte mir, mit ihm in ein Auto zu steigen.

»Davon hat er uns gar nichts gesagt«, bemerkte ich.

Zafón verstärkte sein schiefes Lächeln. »Mario hat auch vorhin erst erfahren, dass ich zufällig in Sevilla bin. Da hat er mich gebeten, euch doch gleich mitzunehmen.«

Das klang plausibel. Vielleicht war ich einfach zu misstrauisch. Wer sollte uns hier schon etwas tun wollen? Schließlich wussten wir selber vor vierundzwanzig Stunden noch nicht, dass wir um diese Zeit in Sevilla landen würden.

Auch Larissa schien keine Probleme mit dem Mann zu haben. »Na los«, sagte sie und blickte mich ungeduldig an. »Je eher wir in Córdoba sind, desto besser.«

»*Bueno*«, erwiderte Zafón. Wir folgten ihm ins Parkhaus, wo er vor einer schwarzen Limousine haltmachte. Er öffnete den Kofferraum und hievte unser Gepäck hinein. Dann hielt er uns die Tür zu den Rücksitzen auf.

»Chauffeurservice«, staunte Larissa. »Ich fühle mich fast wie ein Staatsgast.«

Wir verließen das Parkhaus. Gleich hinter dem Flughafen begann die Autobahn. Drei große Schilder über der Straße gaben die Richtungen an. Rechts ging es nach Córdoba. Wir bogen jedoch links nach Sevilla ab.

Ich beugte mich über den Beifahrersitz nach vorn. »Warum fahren wir nicht Richtung Córdoba?«, fragte ich unseren Chauffeur.

Zafón zeigte mir im Rückspiegel sein schiefes Lächeln. »Auf der Autobahn wird gebaut. Da würden wir stundenlang im Stau stehen. Wir nehmen einen kleinen Umweg, sind so aber schneller am Ziel.«

Ich ließ mich in meinen Sitz zurückfallen. Zufrieden stellte mich seine Antwort nicht.

»Kommt dir der Kerl nicht etwas merkwürdig vor?«, flüsterte ich Larissa zu.

Sie zuckte mit den Schultern. »Solange er uns zu Montalba bringt ...«

Nach wenigen Minuten ging die Autobahn in eine sechsspurige Schnellstraße über. Rechts und links standen alle paar Meter riesige Reklametafeln, die auf Supermärkte, Möbelhäuser oder Elektronikgeschäfte hinwiesen. Wir fuhren in einen großen Kreisverkehr ein und folgten einem Schild, auf dem ich nur das Wort *Poligono* erkennen konnte. Der Verkehr nahm merklich ab, und schließlich war außer uns kein anderes Fahrzeug mehr auf der Straße zu sehen. Hier gab es auch keine Wohnhäuser, sondern lediglich flache Industriebauten mit großen Parkplätzen davor. Das sah mir nicht nach einer Abkürzung aus.

Das ungute Gefühl, das ich bei Zafóns erstem Anblick empfunden hatte, kam mit Macht zurück. Erneut beugte ich mich nach vorn. »Wohin bringen Sie uns?«

»Das werdet ihr gleich sehen.« Zafóns Lächeln war mit einem Mal gar nicht mehr freundlich. Er bremste ab und bog in eine Toreinfahrt ein. Langsam fuhr er an einem Flachbau vorbei, bis wir in einen Innenhof gelangten. Dort stoppte er.

Ich stieß sofort die Tür auf, um herauszuspringen, aber Zafón war schneller. Als ich mich vor dem Fahrzeug aufrichtete, stand er schon neben dem Auto. In seiner Hand hielt er eine kleine Pistole, die auf mich gerichtet war.

»Keine Bewegung, Junge!«, befahl er. Ich gehorchte und blieb stehen. In dem Moment stieß Larissa ihre Tür auf. Sie traf unseren Entführer voll in die Seite. Er schrie auf, taumelte ein paar Schritte zurück und ließ die Pistole fallen.

»Los!«, rief Larissa und sprintete in Richtung Tor, durch das wir vor einigen Augenblicken gekommen waren. Ich ließ mich nicht zweimal bitten. Es waren nur wenige Meter bis zur Ecke des Gebäudes. Dort würden wir auch aus der Schusslinie sein, sollte Zafón es wirklich wagen, seine Waffe zu benutzen.

Wir rasten um die Ecke – und blieben abrupt stehen. Die Einfahrt, die gerade noch weit offen gestanden hatte, wurde jetzt von einem hohen Metalltor verschlossen, auf dessen Oberkante sich gemein aussehender Stacheldraht ringelte. Und neben dem Tor wartete eine uns nur zu gut bekannte Gestalt: Pontus Pluribus.

Hinter uns hörte ich ein Keuchen, dann war Zafón auch schon bei uns. Er gab mir und Larissa einen groben Stoß in den Rücken.

»Euch werde ich zeigen, was ich mit Kindern mache, die nicht hören können«, schrie er und fuchtelte mit seiner Pistole herum.

»Halt!« Die Stimme von Pluribus ließ ihn mitten in seiner Bewegung innehalten. »Wir sollten unsere Gäste ein wenig höflicher behandeln, mein Lieber. Schließlich möchten wir etwas von ihnen haben.«

Widerwillig trat Zafón ein paar Schritte zurück, hielt seine Pistole aber weiterhin auf uns gerichtet. Pluribus öffnete eine kleine Tür und führte uns in eine leer stehende Fabrikhalle. Durch die Oberlichter fiel das Sonnenlicht auf einen Holztisch mit drei Stühlen.

»Setzt euch«, befahl die Vogelscheuche. Hinter ihm zog Zafón unsere Koffer herein. Er stellte sie neben der Tür ab und holte sofort wieder seine Pistole hervor.

»Habt ihr nicht gehört?«, bellte er, als wir der Aufforderung des Hageren nicht gleich Folge leisteten.

Widerwillig hockte ich mich auf einen der wackligen Holzstühle. Larissa tat es mir nach.

»Beine unter den Tisch!«, kommandierte Zafón. Er hatte sofort gesehen, dass wir, wenn sich eine Möglichkeit zur Flucht ergab, schnell aufspringen konnten.

Pluribus nahm uns gegenüber Platz. Er faltete die Hände vor sich auf dem Tisch. Wer ihn nicht kannte, mochte ihn gut und gerne für einen verschrobenen Geistlichen halten – oder einen harmlosen Bestattungsunternehmer.

»Ich weiß, was ihr denkt«, sagte er mit einem hämischen Grinsen. »Das ist doch nur Pluribus, der alte Narr. Von dem haben wir nichts zu befürchten.« Er beugte sich über den

Tisch zu uns hin und kniff seine Augen zusammen. »Aber der alte Narr hat euch in seiner Gewalt, und kein Antiquar Lackmann ist in der Nähe, um euch zu schützen.«

»Was haben Sie mit uns vor?«, fragte ich. Meine Stimme zitterte leicht.

»Hat es dir deine freche Zunge verschlagen? Gestern hast du noch ganz anders geklungen, Kleiner«, höhnte er.

Wo er recht hatte, da hatte er recht. Aber gestern war es auch ein völlig anderer Pontus Pluribus gewesen. Heute konnte ich gar nichts Lächerliches mehr an ihm entdecken. Deshalb war mir die Lust auf rotzige Antworten in der Tat vergangen.

Es war ein kleiner Trost für mich, dass auch der Bücherwurm Pluribus unterschätzt hatte. Aus dem Geier, der in der Ferne über seiner Beute kreiste, war ein Falke geworden, der auf die Jagd ging.

»Ich verstehe nicht, warum Sie uns gefangen genommen haben«, sagte Larissa. »Wir haben nichts, das für Sie von Interesse sein könnte.«

»Aha.« Er starrte sie einen Moment schweigend an. »Und was ist mit dem Buch der Wege?«

Larissa und ich warfen uns einen Blick zu. »Keine Ahnung«, sagte sie.

»Versucht nicht, mich für dumm zu verkaufen. Immerhin seid ihr auf dem Weg nach Córdoba. Das könnt ihr nur aus dem Register haben. Was stand da sonst noch drin?«

»Nichts«, beteuerte ich. »Es gab lediglich Hinweise, die auf Córdoba deuteten. Aber wir wissen nicht einmal genau, ob wir sie richtig interpretiert haben.«

»Wenn Sie das Register kennen, müssen Sie doch wissen, wie ungenau die Einträge sind«, ergänzte Larissa.

»Pah! Ihr könnt mir viel erzählen! Aber ich glaube euch nicht. Der Alte schickt euch nicht über Nacht los, wenn er sich nicht sicher ist, dass ihr eine heiße Fährte habt. Also noch mal: Wo befindet sich das Buch der Wege?«

Es war aussichtslos. Wir würden ihn nicht überzeugen, egal, was wir ihm erzählten. Denn wie soll man etwas beweisen, das man *nicht* weiß?

Ich versuchte es dennoch. »Wir müssen in Córdoba nach weiteren Hinweisen suchen. Das Register hat wirklich nicht mehr Informationen enthalten. Oder wir haben sie nicht gefunden.«

Pluribus lehnte sich in seinem Stuhl zurück. Dann schoss er wie eine Schlange nach vorn. »Ich weiß, dass ihr den Botschafter der Schatten getroffen habt«, sagte er mit triumphierendem Blick.

»Jetzt fängt er schon wieder mit den Schatten an«, stöhnte ich. Natürlich wusste ich, wovon er sprach. Er bestätigte damit meine Vermutung über den nächtlichen Unbekannten. »Was ist an diesen Schatten nur so Besonderes?«

»Wisst ihr das wirklich nicht?« Er neigte den Kopf zur Seite, sodass ich Angst hatte, er würde von seinem langen Hals abbrechen. Als wir nicht antworteten, fuhr er fort: »Wer die Macht über die Schatten hat, der beherrscht die Welt. Was glaubt ihr denn, warum wir nach den Vergessenen Büchern suchen? Sie sind der Weg, die Kontrolle über die Schatten zu erlangen.« Er streckte seinen Zeigefinger in Larissas Richtung aus. »Und dein Großvater weiß das ganz genau. Er tut nur immer so, als ginge ihn das gar nichts an. Aber in Wirklichkeit wünscht er sich ebenso wie ich die Herrschaft über die Schatten. Er hat nur Pech, dass ich diesmal schneller war als er.«

Er lehnte sich in seinem Stuhl zurück. »Und jetzt frage ich euch zum letzten Mal: Wo befindet sich das Buch der Wege?«

Larissa und ich schwiegen. Onofre Zafón, der die ganze Zeit hinter uns an der Tür gestanden hatte, trat einen Schritt nach vorn.

»Soll ich mich mal um die Kleinen kümmern? Ich bin sicher, sie werden uns ganz schnell erzählen, was wir erfahren wollen.«

Pluribus winkte ab. »Noch nicht, noch nicht.« Er erhob sich von seinem Stuhl und wanderte um den Tisch herum.

»Ich bin kein Unmensch, müsst ihr wissen. Ich verabscheue Gewalt. Aber ich werde nicht davor zurückschrecken, euch meinem Mitarbeiter zu überlassen, wenn ihr nicht freiwillig redet.«

Er blieb hinter unseren Stühlen stehen und beugte sich zu uns herab. Sein fauliger Atem stieg mir in die Nase und ich hielt unwillkürlich die Luft an.

»Ihr habt bis morgen Zeit, es euch zu überlegen. Dann ist meine Geduld am Ende.«

Pluribus richtete sich auf und machte eine Handbewegung. »Bring sie in ihr *Zimmer*«, befahl er Zafón.

Unser Entführer wedelte mit der Pistole. »Los, aufstehen!«, blaffte er. Er dirigierte uns zum anderen Ende der Halle, wo sich eine Reihe von Metalltüren befanden. In einer der Türen steckte ein Schlüssel.

»Aufmachen!«, befahl er. Ich öffnete die Tür und wir traten ein. Wir standen in einem kleinen, fensterlosen Raum ohne jedes Mobiliar. In einer Ecke lag ein Haufen Lumpen, in einer anderen ein zerbeulter Wassereimer. Von der Decke baumelte eine Glühbirne.

Zafón war nicht mit hereingekommen, sondern in der Türöffnung stehen geblieben. »Hier habt ihr alles, was ihr für die Nacht braucht«, sagte er hämisch. »Ihr könnt schreien, so viel ihr wollt. Außer ein paar Ratten wird euch niemand hören.«

Mit diesen Worten zog er die Türe hinter sich zu, und wir hörten, wie sich der Schlüssel mehrmals im Schloss drehte.

Es war stockdunkel in unserer Zelle. Ich tastete mich zur Tür und suchte nach dem Schalter für die Glühbirne. Es dauerte ein wenig, aber dann erhellte ein trüber Lichtschein den kahlen Raum.

Larissa verlor keine Zeit. Sie zog das Handy heraus und starrte auf das Display.

»Mist!«, fluchte sie. »Wir haben kein Netz. Dann muss es eben anders gehen.«

Sie steckte das Mobiltelefon wieder ein und überlegte einen Moment. Dann schritt sie die Wände unseres Gefängnisses ab und klopfte alle fünfzig Zentimeter mit den Fingerknöcheln dagegen. »Das ist alles massiv«, stellte sie fest, nachdem sie den Raum einmal umrundet hatte. »Da kommen wir nicht raus.«

»Was ist mit der Tür?«, fragte ich, denn ich wusste um ihre Geschicklichkeit beim Öffnen von Schlössern. Das war auch etwas, was ich von Larissa gelernt hatte: Wer diese Arbeit, wie sie, als Sport betrieb, sprach nicht vom *Schlossknacken*, sondern vom *Entsperren*.

Sie inspizierte das Schloss, fuhr mit den Fingern darüber und zog schließlich das Etui mit den Spezialwerkzeugen aus einer der Taschen ihrer Cargohose hervor. Sie schob einen vorn leicht gebogenen Metallstab langsam in die Schlossöffnung hinein. Dann stutzte sie, runzelte die Augenbrauen, ruckelte ein paarmal mit dem Stab hin und her und zog ihn wieder heraus.

»Keine Chance«, sagte sie, während sie ihr Etui wegpackte. »Er hat den Schlüssel von außen stecken lassen. Ich komme nicht tief genug hinein.«

Ich seufzte und ließ mich auf den Deckenstapel sinken. »Und was machen wir jetzt?«

Sie stemmte die Hände in die Hüften und sah sich noch einmal genau im Raum um. Ich tat es ihr nach, konnte aber außer den Lumpen, dem Eimer, der Glühbirne und einer dicken Röhre, die sich an der Decke entlangzog, nichts entdecken.

»Ha!«, rief Larissa plötzlich. »Ich glaube, ich weiß, wie wir von hier verschwinden können!«

✢ Die Flucht ✢

Ich starrte sie fragend an.
»Das Rohr«, rief Larissa und zeigte nach oben.
»Was ist damit?«, fragte ich verständnislos. Es war ein normales Heizungsrohr, vielleicht vierzig oder fünfzig Zentimeter im Durchmesser, eingewickelt in eine Dämmschicht aus Glaswolle mit Silberfolie, die mit Draht festgemacht war.
»Siehst du nicht, wo es hinführt?« Die Ungeduld in ihrer Stimme war deutlich zu hören.
»Es kommt von links und geht nach rechts«, sagte ich.
»Genau. Und was befindet sich links und rechts?«
Jetzt dämmerte mir, was sie meinte. »Zwei weitere Räume!«
»Eben. Und die sind vielleicht nicht verschlossen.«
Ich sprang auf. Die Decke unseres Gefängnisses war etwas über zwei Meter hoch. Wenn ich den Arm ausstreckte, konnte ich sie mit den Fingerspitzen gerade erreichen. An die Unterseite des Rohres kam ich bequem heran.
Larissa zog ihren Leatherman hervor, den ich bereits bei unserem letzten Abenteuer kennengelernt hatte. Sie klappte die beiden Seiten auseinander und ließ sie einrasten.
»So, jetzt haben wir einen Drahtschneider. Gibst du mir mal den Eimer?«

Ich drehte den Eimer um und stellte ihn vor ihr hin. Sie stieg hinauf und setzte das Schneidegerät am ersten Draht an.

»Halt mich mal fest«, sagte sie. »Das ist ein wenig wackelig und ich brauche beide Hände.«

Ich fasste sie vorsichtig an der Hüfte.

»Fester!«, rief sie. »Ich bin doch nicht aus Schokolade!«

Ich holte tief Luft, legte meinen rechten Arm um ihre Taille und presste sie an mich.

»So ist es gut.« Ich spürte, wie sie sich streckte, und warf einen Blick nach oben. Sie hatte beide Hände um die Zange gelegt und drückte sie mit aller Kraft zusammen. Dabei schwankte sie leicht hin und her. Als es schließlich »Krack« machte und der dicke Draht durchtrennt war, verlor sie beinahe das Gleichgewicht. Sie fiel gegen mich und stützte sich mit einer Hand an meinem Kopf ab, der sich in ihren Bauch bohrte.

Das war alles sehr verwirrend für mich. Ich spürte Larissas Körperwärme und nahm den angenehmen Geruch ihrer Haut wahr. Bevor ich recht wusste, warum mir der Kopf so schwirrte, war sie bereits vom Eimer herabgesprungen und schob ihn einen halben Meter weiter. Sie schien diese körperliche Nähe völlig kalt zu lassen.

Als der letzte Draht gefallen war, zogen wir vorsichtig die Dämmfolie nach unten und lagerten sie in einer Ecke hinter der Tür. Zum Glück für uns bestand die Röhre nicht aus einem durchgehenden Stück, sondern war kurz vor der Wand mit einem weiteren Rohr zusammengesteckt. Ein umlaufender Metallring, dessen Spannung durch eine große Schraube reguliert wurde, presste die Verbindungsstelle zusammen. Larissa faltete ihr Mehrzweckwerkzeug zweimal hin und her und hielt dann einen Schraubenzieher in der Hand.

Diesmal brauchte ich sie nicht zu halten, denn die Schraube ließ sich überraschend einfach drehen. Kurz darauf reichte sie mir den abgenommenen Metallring entgegen.

Sie steckte den Leatherman in sein Etui am Gürtel zurück und stieg auf den Boden.

»Jetzt ist Kraft gefordert«, sagte sie. »Du musst versuchen, die beiden Rohre auseinanderzuziehen.«

Ich guckte skeptisch nach oben. Auch ohne den Druckring sahen die Röhren ziemlich fest miteinander verkantet aus. Trotzdem stieg ich ohne Widerrede auf den wackeligen Eimer. Diesmal war es Larissa, die meine Beine umfasste. Ich riss mich zusammen, um mich ganz auf meine Aufgabe zu konzentrieren.

Die Röhren waren ziemlich glatt und ich fand keinen richtigen Halt für meine Finger. Ich packte das längere Stück, so gut ich konnte, und ruckelte und zog daran. Zu meiner Erleichterung ließ es sich sofort ein paar Millimeter bewegen. Mit jedem Ruckeln schob es sich weiter hervor. Als ich schließlich das Gefühl hatte, es fehlten nur noch wenige Zentimeter, umfasste ich das längere Rohr, hob meine Beine vom Eimer und drückte sie gegen die Wand. Dann stieß ich mich mit aller Kraft ab. Einmal, zweimal, dreimal – und das Rohr rutschte komplett aus dem Stück in der Wand heraus. Ich hing plötzlich frei in der Luft und wollte gerade loslassen, als das Rohr kurz hinter mir mit einem gewaltigen Knarren abknickte und mich auf dem Boden absetzte.

Der Lärm, den das Abknicken des Rohres gemacht hatte, war gewiss auch in der Fabrikhalle zu hören gewesen. Eine halbe Minute standen Larissa und ich regungslos da. Aber niemand kam zur Tür, um nachzusehen, was wir hier drin veranstalteten.

»Gut«, sagte Larissa. »Dann sind sie wahrscheinlich abgehauen und haben uns hier allein gelassen. Denn jetzt wird es noch lauter.«

Das eine Röhrenstück ragte etwa zehn Zentimeter aus der Wand heraus. Larissas Plan war, es zur anderen Seite durchzuschlagen und dann durch die so entstandene Öffnung in den Nebenraum zu klettern. Aber das war weitaus leichter gesagt als getan.

Zunächst nahm ich den Eimer und schlug damit gegen das Rohr. Die Kante bog sich bei jedem Schlag weiter nach innen ein, aber die Röhre bewegte sich keinen Zentimeter in der von uns gewünschten Richtung. Nachdem ich fast ein Dutzend Mal dagegengehauen hatte, ließ ich den Eimer sinken.

»So kommen wir nicht weiter«, keuchte ich.

Larissa legte ihren Zeigefinger an die Lippen und überlegte. »Wir müssen anders vorgehen«, sagte sie. Sie ging zum Lumpenstapel in der Ecke und fischte zwei verdreckte Decken heraus, von denen sie mir eine hinhielt. Ich nahm sie mit spitzen Fingern entgegen. »Lass uns mal versuchen, an der Röhre zu drehen. Dadurch lockert sie sich vielleicht in der Wand und lässt sich dann leichter bewegen.«

Wir postierten uns rechts und links unter dem Rohrstück. Larissa legte ihre Decke um den Rand der beschädigten Röhre. »Damit wir uns an der scharfen Kante nicht die Hände aufreißen«, erklärte sie. Ich zögerte einen Moment. Eigentlich wollte ich dieses schmutzstarrende Stück Stoff nicht richtig anfassen. Wer weiß, was da für eklige kleine Tiere drin lebten.

»Worauf wartest du?« Larissa schien der Dreck nichts auszumachen.

Ich fügte mich in mein Schicksal und legte die Decke ebenfalls um das Rohrstück. Aus ihren Falten rieselten kleine Teilchen herunter und ich kniff schnell die Augen zusammen. Zum Glück lag mein T-Shirt eng an. So konnten keine Kneifer und Krabbler durch den Kragen hineinrutschen. Trotzdem begannen mein Kopf und Rücken sofort zu jucken.

»Sind wir endlich fertig?«, fragte Larissa genervt.

Ich nickte mit zusammengepressten Lippen. Gleichzeitig fingen wir damit an, an der Röhre zu drehen.

Erst passierte gar nichts. Aber nach einigen Versuchen hörte ich ein leises Knirschen aus der Wand.

»Sie bewegt sich!«, rief Larissa. Auch ich hatte das Gefühl, dass unser Ruckeln Erfolg zeigte. Die Arme wurden mir zwar langsam schwer, aber mit jedem neuen Knirschen und jedem Millimeter, den die Röhre sich weiter drehen ließ, gewann ich neue Kraft. Leider reichte das nicht aus.

»Vielleicht sollten wir ziehen, anstatt zu drücken«, schlug Larissa vor, als wir schließlich eine Pause einlegten. Ich schlackerte mit den Armen, um das Blut wieder in die Fingerspitzen zu befördern.

Wir brauchten noch zwei weitere Anläufe, bis sich das Rohr endlich aus der Wand herausdrehen ließ. Da war er: der Weg in die Freiheit! Jetzt musste nur noch einer von uns da durch.

Es war klar, dass dieser Jemand nur Larissa sein konnte, denn sie war schmaler und leichter als ich.

»Ich mache eine Hühnerleiter und du ziehst dich hoch«, schlug ich vor.

»Sicher. Und dann stürze ich mich auf der anderen Seite kopfüber hinaus«, erwiderte sie spöttisch.

Sie hatte recht: So funktionierte das nicht. Wir mussten einen Weg finden, wie sie mit den Füßen zuerst in die Öffnung gelangen konnte. Nach wenigen Minuten hatten wir eine Lösung gefunden. Wir zogen die Glaswollstreifen der Rohrisolierung bis kurz vor das herabhängende Rohr und packten die zusammengefalteten Decken obendrauf. Larissa räumte ihre Hosentaschen leer. Ich kletterte auf den Stapel und kniete mich hin. Sie stützte ihre Hände auf meine Schultern, schwang sich zu einem halben Handstand auf und schob sich mit den Füßen nach und nach an der Wand hoch.

»Jetzt!«, rief sie. Langsam richtete ich mich auf. Das war gar nicht so leicht mit ihrem Gewicht auf mir. Meine Schultern schmerzten, und meine Muskeln waren zum Zerbersten gespannt, aber es gelang mir, mich ganz aufzurichten und Larissa fast völlig in die Öffnung hineinzudrücken. Ich bewunderte ihre Gelenkigkeit. Schließlich schaute nur noch ihr Kopf aus dem Loch hervor.

»Bis gleich!«, rief sie. »Drück die Daumen, dass die Tür hier offen ist.« Dann verschwand sie. Ich hörte ein dumpfes Geräusch, als sie auf der anderen Seite heruntersprang.

Dann ein lautes »Au!«.

Dann nichts mehr.

»Larissa?!«, rief ich besorgt, erhielt aber keine Antwort. Stattdessen klapperte es nebenan blechern. Ich überlegte noch, ob und wie ich ihr hinterhersteigen sollte, als sich der Schlüssel im Schloss drehte. Die Tür öffnete sich.

»Voilá!« Larissa stand im Eingang, den linken Unterarm voller Blut.

Ich stürzte auf sie zu. »Was ist passiert?«

»Das ist nur ein Kratzer«, winkte sie ab. »Ich bin im Dunkeln gegen irgendwas Scharfes gestoßen.«

»Tut es denn nicht weh?«

»Nur ein bisschen. Vielleicht gibt es hier ein Waschbecken, wo wir den Arm abwaschen können.«

Die Sonne war inzwischen fast untergegangen. Im Zwielicht

konnten wir das Innere der Halle nur noch undeutlich erkennen. Wir eilten zur Tür, durch die wir hereingekommen waren. Unsere Koffer standen noch da, wo Zafón sie abgestellt hatte. Ein paar Meter weiter hing tatsächlich ein altes, abgesplittertes Emailwaschbecken an der Wand. Ich probierte den Wasserhahn aus. Ein dünnes Rinnsal quälte sich heraus.

Ich zog mein T-Shirt aus und hielt es unter das Wasser. Dann wischte ich vorsichtig Larissas Arm ab. Es musste ganz schön schmerzen, denn sie verzog mehrfach das Gesicht. Der Kratzer zog sich vom Ellenbogen bis fast zum Handgelenk.

»Du hast Glück gehabt, dass keine Ader getroffen wurde«, sagte ich. Auch das Bluten hatte aufgehört. Ich holte ein frisches T-Shirt aus meinem Koffer und streifte es über. Larissa tat das Gleiche mit einem langärmeligen Sweatshirt.

Ich probierte derweilen, ob die Tür nach draußen abgeschlossen war.

Sie war es.

»Wir brauchen noch mal deine Entsperrkünste«, sagte ich.

Larissa seufzte. »Wenn wir zurück sind, bringe ich dir bei, wie das geht. Dann kannst du dich auch mal nützlich machen.« Sie zog ihr Etui hervor und ging zur Tür.

Wenige Minuten später standen wir auf dem Hof. Jetzt mussten wir nur noch das Metalltor überwinden, das natürlich ebenfalls geschlossen war.

Hier draußen war es noch etwas heller als in der Halle. »Lass uns gucken, ob es noch einen anderen Ausgang gibt«, sagte Larissa. Wir ließen unsere Koffer am Tor zurück und gingen die Mauer entlang, die das Gebäude eingrenzte.

Auf der Rückseite der Halle fanden wir tatsächlich eine

Stahltür vor. Ich rüttelte daran. Sie bewegte sich ein kleines Stück, war also offenbar nicht verschlossen, sondern nur verklemmt. Das war die Gelegenheit für mich, Larissa zu zeigen, dass ich nicht nur ein nutzloser Herumsteher war.

Ich stemmte mich gegen die Wand und stieß mich mit aller Kraft ab, die Türklinke in den Händen. Erst bewegte sich die Tür nur um Millimeter. Dann flog sie plötzlich auf und ich landete unsanft auf dem harten Steinboden.

Larissa hatte mein Missgeschick gar nicht erst abgewartet, sondern war bereits zurückgelaufen, um die Koffer zu holen. Ich rappelte mich auf und hielt mir die schmerzende Hüfte. So viele blaue Flecken wie in der letzten Stunde hatte ich mir im ganzen letzten Jahr nicht zugezogen!

Vorsichtig humpelte ich zur Türöffnung und spähte auf die Straße. Außer ein paar geparkten Lkw-Anhängern war nichts zu entdecken. Dies schien ein reines Industriegebiet zu sein.

»Wohin jetzt? Links oder rechts?«, fragte ich Larissa, als sie mit den Koffern auftauchte. »Hier können wir wahrscheinlich erst mal endlos latschen, bis wir jemanden finden, der uns den Weg zum Bahnhof zeigt. Falls wir überhaupt auf eine Person treffen, die Deutsch oder Englisch spricht.«

Larissa sagte nichts. Stattdessen zog sie das Handy aus einer ihrer Taschen und hielt es hoch. »GPS lautet das Zauberwort.« Sie drückte ein paarmal auf dem Display herum und wartete. Wenige Sekunden später erschien eine Straßenkarte, in der unser Standort markiert war.

»Das sieht aus wie Google Maps«, bemerkte ich.

»Das *ist* Google Maps«, erwiderte sie. »Jetzt müssen wir nur noch sehen, ob der Bahnhof hier vielleicht in der Nähe ist.«

Sie zog Daumen und Zeigefinger auf der Glasfläche des Geräts auseinander und zoomte so aus der Karte heraus. Wir beugten uns über das Display.

»Da, das sieht so aus wie Gleise«, sagte ich und deutete auf eine kleine Linie.

Larissa zoomte mit einem weiteren Fingerschwung darauf ein. »Stimmt. Und da ist ein Bahnhof, wie man an dem blauen Eisenbahn-Icon erkennt.«

»Wie weit ist das von hier?«

Sie studierte die Karte. »Vielleicht zwanzig Minuten zu Fuß?«

»Dann nichts wie los! Du sagst den Weg an.«

Ich packte mir die beiden Koffer und marschierte hinter Larissa her, die uns mithilfe des Handys den Weg wies. Nach zehn Minuten wurden die Straßen bereits etwas belebter, und eine gute Viertelstunde später erreichten wir eine kleine Anhöhe, auf der ein mächtiges Gebäude thronte. In großen Lettern stand über dem Eingang *Sevilla Santa Justa*.

Den Namen kannte ich von meiner Reiseplanung. Mir fiel ein Stein vom Herzen. »Das ist der Bahnhof, von dem der Zug nach Córdoba fährt!«

Larissa blickte auf die Uhr. »Halb zehn. Hoffentlich geht noch einer um diese Zeit.«

In der lang gestreckten Bahnhofshalle herrschte noch jede Menge Betrieb, obwohl die meisten Läden bereits geschlossen hatten. Lediglich der Fahrkartenverkauf und das Bahnhofsrestaurant hatten noch geöffnet. Zum Glück für uns sprach der Mann hinter dem Schalter Englisch. Er händigte uns Fahrkarten aus, die eher wie die Bordkarten eines Flugzeugs aussahen.

Wir hatten noch Zeit für eine Cola, dann machten wir uns auf zu unserem Zug. Die Bahnsteige lagen unter der Erde. An der Rolltreppe, die hinab zu den Gleisen führte, stand eine junge Frau in der Uniform der spanischen Bahngesellschaft *Renfe* und wollte unsere Fahrkarten sehen.

War diese Überprüfung schon ungewöhnlich, so wurden wir auf dem Bahnsteig noch mehr überrascht. Kurz hinter der Rolltreppe versperrte eine Sicherheitskontrolle den Weg. Wir mussten unsere Koffer und Umhängetaschen auf ein Laufband legen, das durch ein Röntgengerät lief. Auch unsere Fahrkarten wurden noch einmal kontrolliert und der gelochte Coupon abgerissen.

»Das ist ja wie auf dem Flughafen«, staunte Larissa.

»*Sí*«, nickte der Uniformierte, der den Zugang überwachte. »*Como en el aeropuerto.*« Dann fuhr er auf Englisch fort: »Wir hatten vor einigen Jahren einen furchtbaren Terroranschlag auf mehrere Züge in Madrid. Es gab viele Tote und Verletzte. Seitdem kontrollieren wir alle wichtigen Züge auf Sprengstoff.«

»¡*Gracias*!« Ich bedankte mich für die Erklärung mit einem der wenigen spanischen Worte, die ich mir vor unserer Abreise eingeprägt hatte.

Wir gingen weiter. Mit der Fahrkarte hatten wir zugleich einen Sitzplatz zugewiesen bekommen. Der Zug stand bereits am Gleis. Wir suchten den richtigen Waggon, wuchteten die Koffer die hohen Einstiegsstufen hoch und nahmen unsere Plätze in dem hell erleuchteten Großraumwagen ein. Es waren nur wenige Fahrgäste an Bord. Einige Minuten später rollte der Zug auch schon los.

Draußen war es inzwischen fast völlig dunkel. Trotzdem

konnten wir noch ein paar Details der Landschaft erkennen. Sie war vorwiegend flach oder leicht gewellt, immer wieder unterbrochen von größeren Schatten, die einen kleinen Wald oder einen etwas höheren Hügel darstellten. Gelegentlich tauchten ein paar Lichter aus der Nacht auf, eine Häusergruppe oder ein Dorf, bevor der Zug erneut in die Finsternis eintauchte.

»Weißt du, was mich schon die ganze Zeit beschäftigt?«, fragte ich Larissa. »Wie konnte Pluribus davon wissen, dass wir nach Sevilla fliegen? Und wie hat er es geschafft, vor uns hier zu sein?«

»Irgendwer muss es ihm verraten haben«, mutmaßte sie.

»Aber wer? Außer deinem Großvater, dir und mir wusste doch keiner etwas. Und von uns dreien hat er es bestimmt nicht erfahren.«

»Dann hat er uns vielleicht verfolgt oder überwachen lassen.«

»Unwahrscheinlich. So hätte er nie vor uns in Sevilla sein können. Den Flug haben wir über das Internet gebucht, und wenn er uns zum Flughafen gefolgt wäre, hätte er frühestens gleichzeitig mit uns ankommen können.«

Wir spekulierten noch eine Weile herum, kamen aber zu keinem zufriedenstellenden Ergebnis. Zwischen Sevilla und Córdoba hielt der Zug nicht, und so dauerte es nur knapp vierzig Minuten, bis wir unser Ziel erreicht hatten.

Endlich waren wir in der Stadt der Kalifen.

❦ Die Vagabunden der Dämmerung ❦

Inzwischen war es fast elf Uhr, und ich hatte keine Lust, im Dunkeln ziellos durch eine fremde Stadt zu laufen. Die Straße vor dem Bahnhof war bis auf ein älteres Paar, das am Taxistand auf einen Wagen wartete, menschenleer. Larissa stieß mich an und machte eine leichte Kopfbewegung zur gegenüberliegenden Straßenseite hin.

Unter einer Straßenlaterne stand ein hochgewachsener Mann, der unverwandt in unsere Richtung blickte. Details konnte ich nicht erkennen, dafür war die Entfernung zu groß. Zumindest sah er nicht aus wie Zafón oder Pluribus. Im milden Nachtwind flatterten seine Ärmel und Hosenbeine, so als ob er Pluderhosen und ein weites Hemd anhätte.

»Ob der auf uns wartet?«, fragte Larissa.

Ich zögerte einen Moment mit der Antwort. Vielleicht war der Mann einfach nur neugierig und beobachtete uns, so wie wir ihn. Viel anderes gab es um diese Zeit auf der Straße auch nicht zu sehen.

»Wir sollten uns nicht verrückt machen«, erwiderte ich. »Lass uns Montalba anrufen.« Zur Sicherheit behielt ich die Gestalt unter der Laterne allerdings stets im Auge.

Unser Gastgeber war sofort am Telefon und versprach, uns

in zehn Minuten abzuholen. Wir nutzten die Zeit, um uns beim Bücherwurm zu melden. Das übernahm ich. Trotz der Uhrzeit hob er beim ersten Klingeln ab.

»Da seid ihr ja endlich!«, rief er, als er meinen Namen hörte. »Wo steckt ihr denn? Ihr hättet doch schon vor Stunden in Córdoba ankommen sollen.«

Ich berichtete ihm in kurzen Worten, was passiert war. Seine Reaktion war dieselbe wie meine.

»Pluribus? Wie kommt der so schnell nach Spanien?«

»Das haben wir uns auch gefragt, leider ohne eine Antwort zu finden. Und er ist bei Weitem nicht so harmlos, wie wir angenommen haben.«

»Das muss mit den Schatten zusammenhängen«, vermutete der Alte. »Sie haben schon früher ganz andere wild gemacht. Und jetzt hat es Pontus erwischt. Das ändert natürlich die Lage.«

»Was meinen Sie damit?«

»Nach dem, was du mir erzählt hast, hat Pontus skrupellose Helfer, mit denen wir nicht gerechnet haben. Ich würde es lieber sehen, wenn ihr so schnell wie möglich zurückkommt.«

»Das wird Larissa niemals machen«, entgegnete ich.

»Und du?«, fragte er. »Was ist deine Meinung?«

Ich zögerte einen Moment. Larissa war bei der Nennung ihres Namens aufmerksam geworden und beobachtete mich. Was wollte ich? Natürlich hatte mich der Vorfall mit Pluribus und Zafón beeindruckt. Wir mussten damit rechnen, dass sie uns auch weiterhin auf den Fersen blieben. Und wer weiß, was geschehen würde, wenn sie uns das nächste Mal erwischten. So leicht würden wir gewiss nicht wieder davonkommen.

Andererseits war es eine Ehrensache für mich, Larissa nicht

alleine zu lassen. Der Versuch, sie davon zu überzeugen, nach Hause zurückzukehren, war von Anfang an zum Scheitern verurteilt. Und egal, was ich dachte: Entscheidend war, was *sie* wollte. Weil es um ihre Eltern ging, war ihr Urteilsvermögen nicht so klar wie sonst. Und wenn ich nicht auf sie achtgab, würde sie sich vielleicht in Situationen begeben, aus denen sie nicht wieder herauskam.

Ich begriff in diesem Moment einen weiteren Aspekt dessen, was es bedeutet, ein Bewahrer zu sein. Es ging nicht nur um Bücher, nein, es ging mindestens ebenso sehr um Menschen. Als Bewahrer hatte ich die Pflicht, denjenigen, die mir nahestanden, zu helfen, ungeachtet meiner eigenen Sicherheit. Das war mir mit einem Mal völlig klar. Besser fühlte ich mich durch diese Erkenntnis allerdings nicht.

»Arthur?«, klang die Stimme des Bücherwurms am anderen Ende der Leitung. »Bist du noch dran?«

»Ich meine ebenfalls, dass wir weitermachen sollten«, sagte ich.

»Dann solltet ihr ab jetzt besonders vorsichtig sein«, ermahnte mich der Alte.

»Das werden wir«, beruhigte ich ihn, obwohl ich mir nicht sicher war, dieses Versprechen auch halten zu können.

Wir verabschiedeten uns und ich reichte das Telefon an Larissa weiter. Während sie noch mit ihrem Großvater sprach, bog ein kleines, verbeultes Auto um die Ecke und hielt mit quietschenden Reifen direkt vor uns im Halteverbot. Die Fahrertür wurde aufgestoßen und ein schlanker, junger Mann mit einem langen Pferdeschwanz kletterte hinaus. Er kam ohne Zögern auf uns zu.

»Larissa? Arthur?«, fragte er. Die Antwort wartete er gar nicht erst ab. Er ergriff meine Hand und schüttelte sie mehrfach. Dann umarmte er Larissa und gab ihr die in Spanien obligatorischen zwei Luftküsse rechts und links auf die Wangen.

»¡*Hola!* Ich bin Mario«, stellte er sich vor. »Wir waren schon in großer Sorge um euch.«

»Hat uns mein Opa gerade erzählt«, erwiderte Larissa und deutete auf das Telefon in ihrer Hand. Sie verabschiedete sich vom Bücherwurm. Der winzige Kofferraum von Montalbas Auto war bereits mit allem möglichen Kram vollgestopft und es passte nur einer unserer Koffer hinein. Den anderen wuchtete er kurzerhand auf den Beifahrersitz.

Bevor ich hinter Larissa auf den Rücksitz kletterte, warf ich noch einen Blick zu der Gestalt auf der gegenüberliegenden Straßenseite hinüber. Sie hatte sich nicht von der Stelle bewegt. Ich stieg ein und Mario zog die Tür zu und steuerte den Wagen zurück auf die Straße. Ich fragte mich, ob er wusste, warum wir in Córdoba waren.

»Ich habe mit dem ganzen Bücherkram nicht viel zu tun«, erklärte Montalba, als habe er meine Gedanken gelesen. »Meine Eltern sind von Büchern besessen. Ihr habt sie ja kennengelernt, wie ich gehört habe. Vielleicht habe ich deshalb einen ganz anderen Weg gewählt.«

»Sie sind Schauspieler, nicht wahr?«, fragte ich.

»Ihr könnt ruhig Du zu mir sagen«, lachte Montalba. »Ja, die Bühne war mir immer näher als das Buch. Auch wenn es natürlich beim Schauspiel nicht ganz ohne Bücher geht.«

»Hat dir mein Opa gesagt, warum wir hier sind?«, wollte Larissa wissen.

»Nur so ungefähr. Es geht um irgendein altes Buch, das ihr sucht, stimmt's?«

»So kann man es auch sagen«, kommentierte ich.

»Eine große Hilfe werde ich euch dabei nicht sein«, entschuldigte sich Mario. »Buchfreaks zählen leider nicht zu meinem Freundeskreis. Aber jetzt erzählt erst mal, was euch so lange aufgehalten hat.«

Wir lieferten ihm eine Kurzfassung unserer Entführung.

»Was für ein Abenteuer!«, rief er aus. »Da seid ihr gerade mal ein paar Minuten in Spanien und erlebt schon mehr als ich in fünf Jahren!«

Er sah im Rückspiegel unsere Gesichter. »Entschuldigung«, lachte er. »Da ist die Leidenschaft mit mir durchgegangen, die immer nach neuen Reizen sucht. Deshalb bin ich wohl auch Schauspieler geworden. Da muss ich nicht stets dieselbe Rolle spielen.«

»Arbeitest du hier am Theater?«, fragte Larissa.

Er lachte erneut. »Nein, nein, so weit bin ich noch nicht. Ich studiere an der Schauspielschule und habe mit ein paar anderen Studenten eine kleine Truppe gegründet.« Er drehte sich zu uns um. Das veranlasste mich, umso intensiver die Straße vor uns zu beobachten. Mario hingegen schien das Blindfahren überhaupt nichts auszumachen. »Ihr werdet sie gleich kennenlernen«, fuhr er fort. »Ihr wollt sicher erst mal etwas essen und trinken. Anschließend bringe ich euch dann zu einem Freund von mir, der ein kleines Hotel direkt an der *Mezquita* besitzt. Meine Wohnung besteht nämlich nur aus einem Zimmer.«

Zum Glück wandte er sich wieder nach vorn. Ich beschloss,

nichts mehr zu sagen, um ihn nicht noch einmal zu langen Ausführungen in Richtung Rücksitz zu bewegen. Wir fuhren eine breite, mehrspurige Straße entlang, die von Palmen gesäumt wurde. Córdoba sah hier aus wie jede andere Großstadt auch: hässliche Häuserblocks, Neonlichter, Reklameschilder und mehr Beton als Grün.

Das änderte sich schlagartig, als wir in eine Seitenstraße einbogen. Unvermittelt wurden die Straßen schmaler, der Asphalt wurde von Kopfsteinpflaster abgelöst. Anstelle der Wohnblocks ragten jetzt zu beiden Seiten sandsteinfarbene alte Gebäude auf, die von Scheinwerfern angestrahlt wurden.

»Das ist die historische Altstadt«, erklärte Mario. »Ihr werdet in den nächsten Tagen sicher genug Zeit haben, sie zu erkunden, zumal euer Hotel mittendrin liegt. Mit dem Auto darf man nicht weiter hereinfahren, deshalb biegen wir jetzt hier ab.«

Zu unserer Linken lag ein kleiner Park; der Blick auf der rechten Seite wurde durch eine hohe Sandsteinmauer versperrt. Wir kamen auf einen Platz. Mario parkte den Wagen, und wir folgten ihm zu einem Lokal, aus dem lautes Stimmengewirr auf die Straße drang.

Die Bar im vorderen Bereich war auch um diese Stunde noch gut gefüllt. In einer Ecke lief ein Fernseher, in dem ein Fußballspiel übertragen wurde. Offenbar waren die meisten Anwesenden Fans des einen oder anderen Vereins, wie man an ihren unterschiedlichen Schals ablesen konnte. Der Geräuschpegel war enorm. Neben dem Dröhnen des laut aufgedrehten Fernsehers waren es die Stimmen der Gäste, die sich gegenseitig zu übertönen versuchten. Es wurde gelacht, gestöhnt, gerufen, und einer der Lautesten war ein kleiner, hinkender Kellner, der sich mit seinem vollbeladenen Tablett den Weg durch die Menge bahnte.

Wir zwängten uns durch die Fußballfans bis zu einer Tür, die in ein Hinterzimmer führte. Auch hier herrschte Chaos, allerdings von einer anderen Art. Um einen langen Tisch saßen etwa zwanzig Männer und Frauen, alle ungefähr in Marios Alter. Die Tischplatte war übersät mit Blätterstapeln, Rotweinflaschen, Gläsern, kleinen Schälchen mit Tapas, Brotkörben und überquellenden Aschenbechern. Die Luft war zum Schneiden dick. Die Anwesenden führten heftige Diskussionen, unterstützt durch ausgreifende Armbewegungen. Wer sich mit wem unterhielt, war nicht ganz klar, denn alle schienen gleichzeitig zu sprechen.

Mario lotste uns zu drei freien Stühlen am Ende des Tisches. Die Diskutanten, an denen wir vorbeikamen, riefen uns ein freundliches *¡Hola!* zu, ohne ihr Gespräch zu unterbrechen. Auch Mario stieg, sobald er saß, in eine der Diskussionen ein. Zugleich schob er uns zwei saubere Teller und Gläser hin.

»Bedient euch!«, rief er. »Wollt ihr Rotwein? Die Tapas hier sind ausgezeichnet. Nehmt euch etwas Brot! Wollt ihr Wasser?«

Ohne ihre Gespräche zu unterbrechen, reichten uns die Umsitzenden Tapasschälchen, Brotkörbe und Flaschen. Wir sammelten erst einmal alles ein, bis der Tisch vor uns komplett zugebaut war. Die meisten Tapas sahen ziemlich undefinierbar aus. Normalerweise hätte ich sie nicht angerührt, aber in diesem Augenblick war der Hunger stärker. Wir luden uns die Teller voll, und während um uns herum die Diskussionen wogten, genossen wir die erste spanische Mahlzeit unseres Lebens.

Es schmeckte besser, als ich gedacht hatte. Das weiße Brot war saftig, die Soßen, in die die Tapas eingelegt waren, würzig und die Häppchen selbst ausgesprochen schmackhaft. Ich konnte Hähnchen, Paprika und Pilze identifizieren, und es wäre mir wahrscheinlich sogar gleichgültig gewesen, wenn sich in irgendeinem der Schälchen die berüchtigten *achuras* befunden hätten.

Nachdem wir unseren Hunger und Durst gestillt hatten, lehnten wir uns zufrieden in unseren Stühlen zurück. Die Gespräche rund um den Tisch hatten an Heftigkeit eher noch zugenommen. Mir war unklar, wie jemand bei dem Durcheinander etwas verstehen wollte.

Mario wandte sich uns zu, ein Glas Rotwein in der Hand. Sein Kopf war von der Diskussion gerötet und besaß den gleichen Farbton wie der Wein. »Wir sind die *vagabundos del crepúsculo*, die Vagabunden der Dämmerung, und wir werden das Theater revolutionieren«, erklärte er stolz. »Im Augenblick arbeiten wir an der Neufassung eines Werkes von Jacinto Benavente.« Und auf unseren verständnislosen Blick hin fügte er hinzu: »Benavente ist einer der größten Dramatiker Spaniens, der sogar den Nobelpreis für Literatur bekommen hat.«

»Aha«, nickte ich ohne viel Begeisterung. Soeben hatte mich eine tiefe Müdigkeit überfallen. Mario schien dieser Mangel an Enthusiasmus nicht viel auszumachen. Er begann, uns die Mitglieder seiner Truppe vorzustellen.

Auch wenn ich mir die Namen nicht merken konnte, erkannte ich an ihnen doch, dass die Vagabunden eine wirklich multikulturelle Gruppe waren. Neben Spaniern gab es Franzosen, Italiener, Griechen, Deutsche und sogar eine Russin in der Runde. Nur einer der Anwesenden beteiligte sich nicht an der Diskussion. Es war ein Mann mit olivbrauner Haut und pechschwarzen Haaren. Er saß am anderen Ende des Tisches. Seine Gesichtszüge hatten etwas Aristokratisches an sich. Mir kam es so vor, als ob ich ihm schon irgendwo begegnet war; ich konnte mich allerdings nicht entsinnen, wann und an welchem Ort. Sein Gesichtsausdruck war ernst. Ab und an nickte er leicht zu dem, was die *vagabundos* rechts und links von ihm sagten. Dabei ließ er uns nicht aus den Augen.

Ich fühlte mich etwas unbehaglich unter seinem Blick. »Wer ist das da in dem weiten schwarzen Hemd«, fragte ich Mario.

»Seinen Namen kennt keiner von uns. Wir nennen ihn einfach nur den Mauren«, erklärte er.

»Maure? Also Mohr?« Ich zog fragend die Augenbrauen hoch.

»Nein, nein, Maure heißt nicht Mohr. Es ist abgeleitet von dem Wort Mauretanien und bezeichnet die Berberstämme Nordafrikas. Das Wort Mohr hingegen bezieht sich auf einen Menschen mit schwarzer Hautfarbe.«

»Gehört er auch zu eurer Truppe?«

»Er kommt manchmal zu unseren Treffen. Aber mitspielen tut er nicht, wenn du das meinst. Irgendwann war er einfach da.«

»Und keiner von euch weiß, wer er ist, wo er herkommt und was er macht?«

Mario lachte. »Wir haben ihn noch nie ein Wort sprechen hören.«

»Vielleicht ist er stumm«, mutmaßte Larissa. »Oder er beherrscht die spanische Sprache nicht. Bist du nicht neugierig zu erfahren, was mit ihm los ist?«

Mario schüttelte den Kopf. »So ist das einfach bei uns. Jeder ist uns willkommen.« Er senkte seine Stimme zu einem Flüstern ab. »Wer weiß, vielleicht ist er der Sohn eines Scheichs oder Emirs mit viel Geld und will irgendwann unsere Arbeit finanziell unterstützen?«

»Bah, das finde ich fies, so etwas zu denken«, rief Larissa.

»Aber von irgendwas müssen doch auch wir Schauspieler leben«, grinste Mario verschmitzt.

Larissa begriff, dass er seine Bemerkung ironisch gemeint hatte. Sie wechselte schnell das Thema: »Wo tretet ihr denn üblicherweise auf?«

Mario räusperte sich. »Ähm, also ... um ehrlich zu sein: Wir hatten bislang noch keinen Auftritt. Aber es wird nicht mehr lange dauern, und die Theaterwelt wird von uns begeistert sein!«

Larissa gähnte und hielt sich schnell die Hand vor den Mund. »Entschuldigung«, sagte sie. »Das hat nichts mit deinen Erklärungen zu tun. Ich bin einfach nur todmüde.«

»Ich würde auch gern schlafen gehen«, schloss ich mich an.

Mario nickte. »Kein Problem. Das Hotel ist nicht weit von hier. Ich bringe euch hin.«

Er trank sein Weinglas aus und erhob sich. Wir folgten ihm an seinen Freunden vorbei zur Tür. Keiner schenkte uns große Beachtung – bis auf denjenigen, den Mario den Mauren genannt hatte. Sein Blick wich nicht von uns, bis wir den Raum verlassen hatten.

Wir holten die Koffer aus dem Auto. Mario führte uns durch einen Torbogen in der riesigen Mauer, hinter dem wir in ein Gewirr von engen Gassen eintauchten, die mir wie ein Labyrinth vorkamen. Manchmal verengten sie sich so sehr, dass wir nur hintereinander hergehen konnten. An den Häuserwänden waren in großen Abständen Laternen angeschraubt, die ein dämmriges Licht verbreiteten. Das Klappern der Rollkoffer auf dem Kopfsteinpflaster kam mir in der Stille der Nacht unpassend laut vor.

Aus unbestimmten Gründen warf ich einen Blick über die Schulter und glaubte im Halbschatten der Gasse hinter uns eine dunkle Gestalt wahrzunehmen. Beim nächsten Hinsehen war sie allerdings nicht mehr zu erkennen. Ich musste mich wohl getäuscht haben.

»Jetzt kommen wir zu unserem Glanzstück: der Mezquita«, kündigte Mario schließlich an. Wir traten aus einer Gasse auf eine breitere Straße, deren helle Beleuchtung wir schon von Weitem bemerkt hatten. Vor uns ragte ein gigantisches Bauwerk auf, das sich die ganze Straße entlang erstreckte. Eckige Vorsprünge unterbrachen die von Zinnen bekrönte Mauer in regelmäßigen Abständen. Dahinter erhob sich ein Kirchturm, der von Scheinwerfern angestrahlt wurde.

»Früher war dies das Minarett der Großen Moschee«, erklärte Mario. »Nach der Rückeroberung Córdobas und der Vertreibung der Mauren bauten es die Spanier in einen Kirchturm um. Dazu wurde ein weiteres Stück Turm mit Uhr und zwölf Glocken auf das ursprüngliche Bauwerk gesetzt.«

Nach etwa zwanzig Metern gelangten wir auf einen kleinen Platz. Die Bars und Geschäfte hatten um diese Zeit alle geschlossen; lediglich aus einem Torbogen uns gegenüber fiel ein Lichtschein auf das Pflaster.

»Das ist euer Hotel«, sagte Mario. »Es ist ein alter Stadtpalast. Viel besser könnt ihr hier in der Altstadt nicht wohnen.«

In dem Torbogen befand sich eine Glastür, die in einen Gang führte, an dessen Ende ein Mann hinter der Rezeption in seinem Stuhl schlummerte. Als er uns hörte, schlug er die Augen auf und reckte sich.

Mario wechselte ein paar Sätze auf Spanisch mit dem Mann, der zustimmend nickte und zwei Schlüssel aus ihren Fächern nahm. Er legte sie vor uns auf die Theke.

»Müssen wir nicht unsere Personalausweise zeigen?«, fragte Larissa.

Mario lächelte. »Ihr seid nicht als Hotelgäste hier, sondern als Gäste der Familie. Das muss nicht offiziell dokumentiert werden.«

Der Hotelportier wünschte uns *buenas noches* – Gute Nacht. Wir verabschiedeten uns von Mario und verabredeten, am nächsten Tag miteinander zu telefonieren. Dann zogen wir mit unseren Koffern über einen mit Fliesen ausgelegten Innenhof zum Aufzug, der uns in den zweiten Stock zu unseren Zimmern trug.

»Frühstück um neun?«, fragte ich Larissa.

Sie nickte. Ich war hundemüde und auch ihr waren die Strapazen des heutigen Tages deutlich anzusehen.

In meinem Zimmer war es drückend warm. Ich riss das Fenster weit auf und machte mir gar nicht erst die Mühe, meinen Koffer auszupacken. Zahnpasta und Zahnbürste mussten heute Abend genügen.

Das Fenster in dem kleinen Badezimmer war kreisrund. Ich öffnete es ebenfalls – und sah direkt auf den Turm der Mezquita. Er leuchtete gegen den nachtdunklen Himmel. Durch das rotbraune Holz des Fensterrahmens wirkte das Ganze wie ein Gemälde.

Ich starrte bestimmt fünf Minuten auf dieses Bild. Draußen war es um diese Stunde mucksmäuschenstill, was der Situation etwas Unwirkliches verlieh. Es war, als blickte ich in eine andere Welt. In gewisser Weise stimmte das auch, denn der Turm war das Zeugnis einer Kultur, die es schon seit vielen Jahrhunderten nicht mehr gab.

Mit Mühe riss ich mich schließlich los. Wenige Minuten später lag ich in meinem Bett und fiel in einen unruhigen Schlaf. Durch meine Träume geisterten Flugzeugpiloten und Schatten, Pluribus und der Maure, alles begleitet von dem gleichförmigen Rauschen eines fernen Windes, der die Sandkörner in einer unendlichen Wüste bewegte.

⚜ Esteban ⚜

Am nächsten Morgen trafen Larissa und ich uns um neun Uhr im geräumigen Innenhof des Hotels, der zugleich als Frühstücksraum diente. Eine freundliche Frau brachte uns frisch gepressten Orangensaft, *Madalenas* - eine Art Biskuittörtchen aus Hefeteig – sowie zwei große Tassen *café con leche*, eine typisch spanische Mischung aus Espresso und heißer Milch.

Dreißig Minuten später verließen wir das Hotel. Bereits um diese frühe Stunde brannte die Sonne erbarmungslos vom Himmel, und ich war froh, dass ich mich ausgiebig mit Sonnenblocker eingeschmiert hatte.

Ich schielte unter meiner Basecap zu Larissa hin. »Welche Richtung?«, fragte ich.

Sie deutete auf die gewaltige Mauer der Mezquita. »Warum fangen wir nicht gleich hier an?«

Mir war es recht. Direkt gegenüber dem Hotel lag, das wusste ich aus meinem Reiseführer, die *Puerta de Santa Catalina*, einer von mehreren Zugängen, die in die Mezquita oder Große Moschee führten. Letzte Nacht waren die riesigen messingbeschlagenen Türen geschlossen gewesen; jetzt standen sie sperrangelweit offen.

Wir erklommen die Stufen zum Tor und betraten einen großen Innenhof, der rundum von Säulengängen eingefasst war. Er war dicht bepflanzt mit Orangenbäumen und ein paar Zypressen und Palmen. Als wir langsam weiterbummelten, konnten wir das Muster erkennen, in dem er angelegt war. Er teilte sich in drei rechteckige Flächen, in deren Mitte sich jeweils ein von schmiedeeisernen Gittern umgebener Brunnen befand.

»Das ist der *patio de los naranjos*, der Hof der Orangenbäume«, las ich aus meinem Reiseführer vor. »Damals diente er den Gläubigen als Ort für die rituellen Waschungen vor dem Betreten der Moschee.«

Trotz der frühen Stunde hatte sich vor dem Eingang bereits eine lange Schlange von Besuchern gebildet. Wir debattierten kurz, ob wir uns anstellen sollten, entschieden uns aber dann dafür, erst einmal das Viertel rund um die Mezquita zu erkunden.

Wir überquerten den Orangenhof und verließen ihn durch ein großes Tor auf der gegenüberliegenden Seite. Dabei hatten wir Mühe, den Touristen auszuweichen, die in Rudeln in den Hof hineindrängten.

Nur ein Paar Meter hinter der Mezquita gelangten wir in ein Gewirr von kleinen, kopfsteingepflasterten Gassen und Wegen, in dem wir nur wenigen Menschen begegneten. Die weiß gekalkten Häuser mit ihren winzigen, schmiedeeisernen Balkonen waren geschmückt mit unzähligen Blumentöpfen voller Geranien und Nelken in allen erdenklichen Farben. Steinerne Bögen überspannten die Gassen an vielen Stellen, und an etlichen der Haustüren aus massivem Holz hingen schwere eiserne Hände, die als Türklopfer dienten.

»Die Legende behauptet, sie seien ein Symbol für die Hand

von Fatima, die eine Tochter des Propheten war«, wusste ich durch meine knappen Recherchen. »Andere vermuten, die fünf Finger stünden für die fünf Grundfesten des Islam: Glaube, Gebete, Almosen, Fasten und die Pilgerfahrt nach Mekka.«

Die Fenster der meisten Häuser waren klein und vergittert, viele von ihnen mit einer goldgelben Umfassung vom Weiß des Mauerwerks abgesetzt. Das Leben spielte sich, wie schon vor tausend Jahren, im Inneren ab. Wir blieben vor einer halb geöffneten Haustür stehen. Sie führte durch einen Torbogen in einen blumenverzierten Innenhof, an dessen Ende ein kleiner Springbrunnen vor sich hin plätscherte. Der Boden war mit einem feinen geometrischen Muster gefliest, und mehrere Orangenbäume spendeten Schatten für den Tisch, an dem ein Mann in weißem Anzug saß und Zeitung las.

Unser Weg führte uns in einen Gang, der noch um ein Vielfaches enger war als die Straßen, die wir bisher gesehen hatten. Das war die *Calleja del Pañuelo*, die Gasse des Taschentuchs, wie mein Reiseführer uns verriet. Sie hieß so, weil sie an ihrer engsten Stelle so schmal ist, dass man ein Taschentuch von einer bis zur anderen Seite spannen kann.

Larissa wurde langsam unruhig. Sie war nicht an touristischen Attraktionen interessiert, sondern ausschließlich an unserer Mission.

»Gibt es hier auch irgendwelche Antiquariate in der Nähe?«, fragte sie ungeduldig. Das war ein naheliegender Ort, wenn man nach einem alten Buch suchte.

Ich zuckte mit den Schultern. »Auf dem Stadtplan ist nichts verzeichnet. Aber ich glaube, wir sind gestern, auf dem Weg zum Hotel, an einer Buchhandlung vorbeigekommen.«

Nachdem ich uns ein paarmal in die falsche Richtung manövriert hatte, erreichten wir schließlich unser Ziel. Der Buchladen war leicht zu übersehen. Zu erkennen war er lediglich an einer verstaubten winzigen Vitrine, die gerade einmal drei Bücher präsentierte und neben der niedrigen Tür in die Hauswand eingelassen war, sowie dem kleinen Schild mit der Aufschrift *Librería* hinter dem Türglas.

Der Laden sah geschlossen aus. Ich linste durch das Fenster in den Innenraum, konnte aber keinerlei Bewegung erkennen. Larissa, der das zu lange dauerte, drückte einfach die Türklinke herunter und stieß die Tür auf.

»Los, komm schon!«, rief sie und verschwand im Geschäft. Ich folgte ihr widerwillig. Etwas gefiel mir nicht an diesem Ort, ohne dass ich genauer hätte beschreiben können, was es war.

Der Raum, in dem wir standen, war winzig. Die Bücher in dem halbend Dutzend Regalen an den Wänden waren zwar alt, aber nicht antiquarisch. Sie hatten lediglich jahrelang Staub angesetzt und waren nun mit einer fast fingerdicken grauen Schicht überzogen.

Die Luft im Laden roch abgestanden, als ob ewig nicht mehr gelüftet worden sei. Gleich neben der Tür stand auf einem wackeligen Holztisch eine alte Registrierkasse. Im Hintergrund des Raums hing ein zerschlissener Vorhang zwischen zwei Regalen. Die Sonne hatte Mühe, die verdreckten Fensterscheiben zu durchdringen. Obwohl es draußen gleißend hell war, herrschte im Laden lediglich ein dämmriges Zwielicht.

»Mir gefällt das hier nicht«, sagte ich. Larissa ging an den Bücherreihen entlang und antwortete nicht. Als sie den Vorhang erreichte, betrachtete sie ihn kurz und zog ihn dann entschlossen zur Seite.

Sie stieß einen spitzen Schrei aus und machte einen Satz zurück.

Hinter dem Vorhang stand ein Mann.

Oder besser: ein *Männchen* von undefinierbarem Alter, das mir vielleicht bis zum Kinn reichen mochte. Schütteres Haar klebte auf seinem aufgedunsenen Schädel. Er trug eine abgeschabte Hose, ein verwaschenes Hemd und darüber eine löchrige rote Strickjacke.

Das war es allerdings nicht, was in mir sofort Abscheu erregte. Es war sein Gesicht. Er hatte fleischige, dicke Lippen, die zu einem hungrigen Lächeln geformt waren. Die Nase war für den Kopf zu klein, der Mund und die Ohren zu groß, und die winzigen Augen lagen tief in ihren Höhlen, sodass ihre Farbe im Zwielicht des Raums nicht zu erkennen war.

Ein paar Sekunden standen wir alle drei unbewegt da. Ich vermutete bereits, dass wir nur eine Puppe vor uns hatten, als der Mann den Bann brach.

»¡Buenos dias! ¡Buenos dias!«, rief er, schlurfte an uns vorbei zur Eingangstür und drehte den Schlüssel um.

»Jetzt sind wir ungestört, meine Lieben«, strahlte er uns an und schmatzte vernehmlich mit den Lippen. Sein Tonfall war schleimig-freundlich und nicht dazu angetan, mein Vertrauen zu gewinnen.

Ich war zu Larissa getreten und ließ den Gnom nicht aus den Augen.

»Ungestört wobei?«, fragte ich.

»Ihr seid doch hier, weil ihr Fragen habt, auf die ihr Antworten sucht«, erwiderte er und schlurfte auf uns zu. Wir wichen zurück, bis wir von den Regalen hinter uns gebremst wurden.

Das Männchen baute sich vor uns auf und breitete die Arme aus. »Ihr habt doch nicht etwa Angst vor Esteban? Er ist nur ein kleiner Buchhändler, der keiner Fliege etwas zuleide tut.« Seine Stimme hatte einen fast hypnotischen Klang angenommen, und für einen Moment war ich fast so weit, ihm zu glauben. Dann riss mich Larissa aus der beginnenden Trance.

»Woher wollen Sie wissen, was wir suchen?«, fragte sie. »Und wer sind Sie?«

Ich schüttelte den Kopf, um die momentane Benommenheit zu vertreiben. Das Lächeln des Mannes wurde noch breiter als zuvor und ich sah die verfaulten Stumpen in seinem Mund.

»Esteban weiß so manches, was mit den Geheimnissen dieser Stadt zu tun hat«, sagte er. »Und er teilt sein Wissen gerne mit denjenigen, die seiner würdig sind.«

Er legte den Kopf zur Seite und kniff die ohnehin schon kleinen Äuglein noch weiter zusammen. Auf seinen Lippen glänzte Speichel und seine Stimme nahm einen drohenden Unterton an.

»Seid ihr würdig, meine Lieben? Habt ihr Estebans Hilfe verdient?« Er tat einen Schritt auf uns zu. Ich drückte mich noch fester an die Wand und spürte, wie mein Herz schneller klopfte. Der Mann sah nicht besonders kräftig aus. Ich überlegte, ob wir ihn nicht einfach beiseitestoßen und zur Tür laufen sollten, als mich Larissa mit ihrer Antwort überraschte.

»Wenn Sie uns helfen wollen, dann helfen Sie uns«, sagte sie. »Wenn Sie allerdings Theater spielen wollen, dann gehen wir sofort wieder.«

Der Gnom hob beschwichtigend eine Hand und verfiel erneut in einen verführerischen Singsang. »Wahr gesprochen. Esteban sieht, ihr seid in der Tat würdig.«

Er ging zwischen uns hindurch und öffnete eine schmale Tür, die ebenfalls hinter dem Vorhang verborgen gewesen war. »Folgt mir«, forderte er uns auf, als er unser Zögern bemerkte.

Ich warf Larissa einen Blick zu. Wollte sie wirklich da mit reingehen? Sie hatte die Lippen zusammengepresst und nickte nur. Resigniert fügte ich mich in mein Schicksal.

Wir folgten Esteban durch einen engen Flur, der in eine Art Wohnzimmer mündete. Das Zimmer war sparsam eingerichtet. Ein dunkler Holztisch mit kurzen Beinen, um den herum sechs Sitzkissen lagen; ein kleines Buchregal an der einen Wand und eine schmale Anrichte an der anderen. Auf dem Tisch standen auf einer bunten Decke eine schwarze Teekanne mit goldenen Verzierungen und drei henkellose Tassen, die kaum größer waren als Fingerhüte. Hatte er uns etwa erwartet? Zwei flackernde Kerzen in grün angelaufenen Ständern erzeugten mehr Schatten als Licht im Raum. Ein verschmiertes vergittertes Fenster wehrte erfolgreich die Sonnenstrahlen ab.

Der Gnom machte eine einladende Handbewegung. Er ließ sich auf einem der Kissen nieder und schenkte ohne ein Wort eine dampfende, rotbraune Flüssigkeit aus der Kanne in die drei Tassen.

»Setzt euch, setzt euch!«, rief er und schob die gefüllten Tassen in unsere Richtung. Larissa hockte sich ebenfalls hin und verschränkte ihre Beine ineinander. Ich zögerte noch. Das alles gefiel mir nicht. Was hatte der Unbekannte mit uns vor? Seine plötzliche Freundlichkeit verstärkte mein Misstrauen nur noch. Ich setzte mich auf das Kissen neben Larissa. Der Gnom hob seine Tasse mit beiden Händen an. »Lasst uns einen Begrüßungstrunk nehmen, meine Lieben«, sagte er.

Ich nahm das Gefäß vor mir auf und roch daran. Ein aromatischer Duft nach orientalischen Gewürzen stieg mir in die Nase. Der Mann trank seine Tasse in einem Zug aus und sah uns auffordernd an. Ich nippte an dem Getränk, das überraschend gut schmeckte, und leerte meine Tasse ebenfalls. Larissa folgte meinem Beispiel.

Wir blickten unseren Gastgeber fragend an. Mit einer Geschwindigkeit, die ich ihm nicht zugetraut hatte, erhob er sich von seinem Kissen. »Esteban holt jetzt das, was eure Fragen beantworten wird«, erklärte er und verschwand durch eine weitere Tür auf der gegenüberliegenden Seite aus dem Raum.

Ich stand ebenfalls auf und ging zu dem kleinen Fenster, das den Blick in einen kahlen Innenhof eher verwehrte als freigab. »Glaubst du wirklich, dass wir von ihm etwas erfahren, das uns weiterhilft?«, fragte ich.

Larissa antwortete nicht. Ich drehte mich um – und wäre beinahe hinterrücks durchs Fenster gestürzt.

Larissas Gesichtshaut hatte eine aschfahle Tönung angenommen, und ihre Augen waren blutrot und aus den Höhlen hervorgetreten. Speichel lief ihr aus dem geöffneten Mund. Ihre Finger sahen mit einem Mal lang und dünn aus und endeten in scharfen Krallen, die sie jetzt klackend aneinanderschlug, während sie langsam auf mich zukam.

Das Zimmer schien sich zu drehen und ich drückte mich an der Wand entlang von ihr weg. Das konnte nicht wahr sein! Irgendetwas musste in dem Getränk gewesen sein, das uns der Gnom vorgesetzt hatte! Ich zwinkerte mit den Augen, doch das furchterregende Bild blieb. Larissa näherte sich mir langsam mit einem hungrigen Gesichtsausdruck, der nichts Gutes verhieß.

»Larissa!«, rief ich.

Sie gab durch keine Regung zu erkennen, dass sie sich angesprochen fühlte. Ich erkannte zwei Reihen spitzer Zähne in ihrem Mund und wich weiter zurück. Sie stieß einen gurgelnden Laut aus. Der Boden unter meinen Füßen schien zu schwanken.

»Larissa!«, rief ich erneut. »Ich bin's, Arthur! Das ist alles nur eine Halluzination!«

Aber sie reagierte nicht. Ich drückte mich von der Wand ab, machte einen großen Satz über eine der Kissenreihen und rannte auf die Tür zu, durch die wir gekommen waren. Larissa drehte sich langsam um und folgte mir. Sie bewegte sich wie in Zeitlupe.

Ich überlegte, was ich tun sollte. Natürlich konnte ich zurück in den Laden laufen – aber was dann? Wie kam ich nach draußen, falls der Gnom den Schlüssel eingesteckt hatte? Gut, ich konnte immer noch das Schaufenster einschlagen und rausklettern. Aber das würde bedeuten, dass ich Larissa hier zurücklassen müsste. Und das wollte ich auf keinen Fall.

Während ich noch die verschiedenen Möglichkeiten, die sich mir boten, gegeneinander abwog, hatte Larissa sich mir bereits bis auf wenige Schritte genähert.

Ich wollte gerade in den Flur stürzen, um etwas Zeit zu gewinnen, als der Gnom plötzlich wieder im Raum stand. Unter dem Arm trug er ein dickes, ledergebundenes Buch, das sichtlich älter war als alles, was sich vorne in seinem Laden befand. Seine feuchten Lippen waren zu einem hasserfüllten Grinsen verzerrt.

»Nun, meine Lieben, gefällt euch das Spiel?«

Larissa hielt inne, als sie seine Stimme vernahm. Auch ich wartete ab, was jetzt kommen würde.

Der Gnom streckte uns das Buch entgegen. »Ihr seid Bewahrer, das hat Esteban sofort gemerkt. Ihr wollt Esteban das Buch wegnehmen. Aber da habt ihr euch getäuscht! Niemand bekommt das Buch!«

Ich starrte auf den Wälzer. Konnte das das Buch der Wege sein? Hatten wir das Ziel unserer Suche bereits erreicht? Doch dann erkannte ich, dass der Titel in spanischer Sprache und nicht in Latein verfasst war.

»Was ist das für ein Buch?«, fragte ich Esteban. »Soll das eines der Vergessenen Bücher sein?«

»Er fragt, ob es eines der Vergessenen Bücher ist!«, schrie der Gnom. »Er tut so, als wüsste er nicht, was Esteban bewacht! Er will Esteban hereinlegen!«

Er fuchtelte mit dem Buch in der Luft herum und sprang von einem Bein aufs andere. Ich musste versuchen, ihn zu beruhigen, wenn wir hier mit heiler Haut herauskommen wollten.

»Niemand will Ihnen etwas wegnehmen!«, schrie ich zurück. »Behalten Sie Ihr Buch und lassen Sie uns einfach gehen!«

Larissa verharrte immer noch in ihrer abwartenden Haltung. Ich fragte mich, was für eine Art von Halluzination das war, die mich einerseits normale Gespräche führen ließ, mich aber andererseits die Dinge so verzerrt sehen ließ. Mir schwirrte der Kopf. Oder war es am Ende doch keine Täuschung? Aber was hatte Esteban dann mit Larissa angestellt?

Der Gnom hielt mitten in seinem Herumspringen inne und setzte ein tückisches Grinsen auf. »Jetzt bettelst du. Doch wenn ich dich erlöse, dann nimmst du Esteban sein Buch weg.« Er schüttelte seinen Kopf energisch hin und her. »Aber Esteban ist klüger als du! Bewahrer haben immer viele schöne Worte. Sie reden und reden und reden, und am Ende nehmen sie sich das, was sie wollen. Doch mit Esteban funktioniert das nicht mehr. Heute seid ihr dran, meine Lieben.«

Mit einer hektischen Bewegung stieß er das Buch in meine Richtung und warf dabei die Kerze auf dem Tisch um. Sofort fing die Tischdecke Feuer. Der Gnom schien das nicht zu bemerken. Er hatte bereits kehrtgemacht und war auf dem Weg aus dem Zimmer.

»Die Kerze!«, schrie ich. »Es brennt!«

Aber er hörte mich nicht oder wollte mich nicht hören. Er verschwand durch die zweite Tür, ohne sich noch einmal umzudrehen. Laut und deutlich hörte ich, wie sich ein Schlüssel drehte. Dort gab es also keinen Ausweg.

Das Feuer breitete sich rasend schnell aus. Zwei der Sitzkissen standen bereits in Flammen. Ich machte einen Schritt auf den Tisch zu, als Larissa einen fauchenden Laut ausstieß und sich wieder mir zuwandte. Für einen Augenblick verharrte ich unschlüssig in der Tür. Dann machte ich einen entschiedenen Satz in die Mitte des Raums, packte eines der Kissen und schlug damit auf die Flammen ein. Dabei behielt ich meine Verfolgerin immer im Auge. Sie hatte sich zu mir gedreht und war nur noch zwei Schritte von mir entfernt. Ich schleuderte das Kissen in ihre Richtung und sprang über den brennenden Tisch.

Sie fegte das Kissen beiseite, mitten ins Feuer. Inzwischen fing auch der Holzboden des Raums an zu kokeln. Der beißende Rauch stieg mir in die Nase, und meine Augen begannen zu tränen.

Ich taumelte zu dem Bücherregal, zog das dickste Buch heraus und lief damit auf das Fenster zu. Larissa schienen die Flammen und der Qualm nichts auszumachen. Unbeirrt kam sie erneut auf mich zu.

Ich schlug das Buch so fest ich konnte gegen die Scheibe. Mit einem lauten Klirren barst sie in tausend Stücke und ich sog gierig die frische Luft ein. Leider merkte ich zu spät, dass der einströmende Sauerstoff auch dem Feuer neue Nahrung bot. Als ich mich umdrehte, hatte mich nicht nur Larissa fast erreicht, auch der Rückweg zum Flur wurde fast vollständig durch die inzwischen hoch lodernden Flammen versperrt. Sie waren über die Wände bis zur Holzbalkendecke emporgekrochen, die sich sofort entzündet hatte.

Panik stieg in mir auf. Wie sollte ich dem Inferno entkommen und gleichzeitig Larissa retten? Denn sie zurückzulassen, kam für mich nicht infrage, egal, in was sie sich verwandelt hatte. Das vergitterte Fenster bot keine Fluchtmöglichkeit. Meine einzige Chance bestand darin, durch den Laden nach draußen zu fliehen. Vielleicht würde sich die Halluzination ja auflösen, wenn wir im Freien waren.

Larissa hatte mich inzwischen beinahe erreicht. Mit einem grunzenden Geräusch holte sie aus. Ich duckte mich, doch konnte ich nicht verhindern, dass zwei ihrer Krallen mich an der Wange erwischten. Ein stechender Schmerz ließ mich laut aufschreien. Dann war ich auch schon unter ihrem Arm weggetaucht.

Mein einziger Vorteil bestand darin, dass Larissa sich sehr langsam bewegte. Allerdings würde sie deshalb nicht in der Lage sein, sich selbst vor den Flammen zu retten. Innerhalb eines Sekundenbruchteils fasste ich meinen Entschluss.

Ich richtete mich hinter ihr auf, umschlang ihre Oberarme und begann, sie durch den Raum zu schleifen. Das war nicht ganz einfach. Ich hatte zwar im letzten Jahr größenmäßig etwas zugelegt, aber Larissa war immer noch ein paar Zentimeter größer als ich. Zum Glück wog sie weniger.

Ich spürte, wie mir das Blut die Wange herunterlief. Der Qualm nahm mir den Atem und ich bekam nicht genügend Luft in meine Lungen. Zudem wehrte sich Larissa mit aller Kraft gegen mich. Ihre Krallen rissen tiefe Furchen in meine Hände und ich biss mir vor Schmerz auf die Lippen.

Ihr Kopf fuhr herum und sie schnappte nach mir. Dabei stieß sie ein bösartiges Fauchen aus, und ein fauliger Dunst stieg mir in die Nase. Ich wusste, lange konnte ich das nicht mehr durchhalten.

Kleine Flammen züngelten inzwischen über den ganzen Boden. Ich schleifte Larissa bis kurz vor den Flur und ließ sie dann los. Sie brauchte einen Moment, um sich zu orientieren. Ich nutzte die Zeit, um in den ebenfalls rauchgefüllten Gang zu treten. Sofort machte sie sich auf, mir zu folgen.

Gut. Genau das hatte ich bezweckt. Der Schmerz, den ich die ganze Zeit unterdrückt hatte, erwischte mich jetzt mit voller Wucht und ich schwankte durch den Flur zum Laden hin. Das Blut tropfte aus den tiefen Wunden in meinen Händen und ich wäre bei dem Anblick beinahe ohnmächtig geworden.

Vorn angekommen, lief ich zur Eingangstür und rüttelte daran. Sie war natürlich verschlossen. Wie vermutet, steckte kein Schlüssel im Schloss. Ich wünschte mir zum wiederholten Mal, ich hätte etwas mehr Interesse für Larissas Hobby aufgebracht. Dann wäre es mir ein Leichtes gewesen, uns den Weg frei zu machen.

Ich drehte mich um. Die Kasse! Vielleicht konnte ich die

durch die Glasscheibe schleudern und so einen Weg ins Freie schaffen. Ich versuchte, sie mit meinen blutenden Händen anzuheben, aber sie bewegte sich keinen Zentimeter. Panisch ließ ich von ihr ab und blickte mich im Raum um. Inzwischen war auch Larissa aus dem Flur getreten und kam mit einem bösartigen Fauchen auf mich zu. Hinter ihr schlugen bereits die ersten Flammen in den Laden.

Mir blieb nur ein Ausweg: Ich musste meinen Körper benutzen, um nach draußen zu gelangen. Mit letzter Kraft nahm ich Anlauf und warf mich mit der Schulter gegen die Glasscheibe. Dabei drückte ich meinen Kopf so fest wie möglich an meine Brust.

Die Scheibe zersplitterte mit einem lauten Klirren. Ich spürte das Sonnenlicht mehr, als dass ich es sah, und stürzte mit einem Schmerzensschrei auf das harte Pflaster. Das Letzte, was ich wahrnahm, war ein großer schwarzer Schatten, der sich über mich beugte.

Dann wurde es dunkel.

❧ Der Prinz aus der Wüste ❧

Als ich wieder zu mir kam, war das Erste, was ich erblickte, Larissa. Sie stand neben dem Mann, den wir gestern Abend im Restaurant gesehen hatten und den alle nur den Mauren nannten. Er trug, wie bei unserer ersten Begegnung, eine weite, schwarze Hose und darüber ein ebenfalls schwarzes, bauschiges Hemd. Ich versuchte sein Alter zu schätzen, aber es gelang mir nicht. Er konnte dreißig oder auch fünfzig Jahre alt sein.

Larissa sah wieder völlig normal aus. Sobald sie bemerkte, dass ich meine Augen geöffnet hatte, hockte sie sich neben mich und legte ihre Hand auf meinen Arm.

»Arthur«, sagte sie, und ihre Stimme klang so besorgt wie schon lange nicht mehr.

Ich blickte mich um. Vor mir lag ein kleiner Platz, der voller Fahrräder stand. Ich saß, an eine Mauer gelehnt, auf dem Boden. Neben mir führten ein paar Stufen zum Eingang einer Kirche, in deren Schatten ich hockte.

Larissa hielt mir eine Flasche Mineralwasser hin. »Trink erst mal«, forderte sie mich auf. Dankbar ließ ich die kühle Flüssigkeit durch meine ausgedörrte Kehle rinnen. So kalt, wie es war, konnte sie das Wasser gerade erst gekauft haben. Das bedeutete, dass ich eine ganze Weile ohne Bewusstsein gewesen sein musste.

Mein Blick fiel auf meine Hände. Sie wiesen lediglich ein paar rote Kratzer auf anstatt der tiefen, blutigen Risse, die ich zuletzt gesehen hatte. Ich griff mir an die Wange. Auch hier war weder Blut noch eine Wunde zu spüren.

Larissa bemerkte meine Verblüffung, interpretierte sie jedoch falsch. »Ich hab dich wohl da drinnen gekratzt«, entschuldigte sie sich. »Der Gnom muss uns irgendwas in den Tee getan haben. Du hast dich jedenfalls plötzlich in ein Monster mit Reißzähnen und Klauen verwandelt und versucht, mich zu verschleppen. Da musste ich mich natürlich wehren ...«

»Aber das Monster warst du!«, rief ich. »Du hast mich verfolgt und ich bin vor dir geflohen!«

Larissa schüttelte verwirrt den Kopf. »Davon weiß ich nichts.«

»Und das Feuer?«, fragte ich.

»Welches Feuer?« Sie blickte mich erstaunt an.

»Der Buchladen hat doch lichterloh gebrannt«, erklärte ich. »Ich habe dich gepackt, um dich aus den Flammen herauszuziehen. Hast du davon nichts bemerkt?«

Larissa schüttelte den Kopf. »Ich habe kein Feuer gesehen.«

»Dann ist das Gebäude also nicht niedergebrannt?« Ich musste wohl ziemlich ratlos ausgesehen haben, denn der schwarz gekleidete Fremde, der bislang geschwiegen hatte, trat näher heran und beugte sich zu mir herunter.

»Ihr habt Glück gehabt, dass ihr da lebend rausgekommen seid«, sagte er. Er konnte also doch sprechen! Seine Stimme klang tief und weich. »Esteban wartet seit vielen Jahren wie eine Spinne im Netz auf seine Opfer. Und wer sich erst einmal in seiner Gewalt befindet, der hat kaum noch eine Chance.«

»Dann waren das alles nur Halluzinationen?«

Der Fremde nickte. »Esteban ist alt und kennt viele Geheimnisse. Er besitzt die Fähigkeit, Illusionen zu erzeugen. Im Laufe der Zeit ist er wahnsinnig geworden. Jetzt besteht sein Existenzzweck nur noch darin, Nichtsahnende in seine Falle zu locken.«

Ich überlegte einen Moment. »Das muss ein mächtiges Mittel sein, wenn es in jedem von uns eine andere Wahnvorstellung hervorgerufen hat.«

Der Maure nickte erneut. »Es war euer Glück, dass ich zufällig in der Nähe war und euch aus Estebans Gewalt befreien konnte.«

Ich rappelte mich mühsam auf. Meine Beine fühlten sich noch ein wenig wie Pudding an und ich musste mich an der Kirchenwand abstützen.

»Dann bin ich gar nicht durch die Glastür gesprungen?«

»Auch das war eine Illusion. Du bist bewusstlos im Laden gelegen und deine Freundin kniete neben dir. Erst nachdem ich euch nach draußen gezogen hatte, war der Spuk vorbei.«

»Aber die Tür war doch verschlossen!«

Der Maure lächelte. »Ebenfalls eine Täuschung. Esteban hat seine Tür immer geöffnet, damit er nur kein Opfer verpasst.«

Ich nahm meine Basecap ab, strich mir mit der Hand über den brummenden Schädel und nahm noch einen tiefen Zug aus der Wasserflasche. »Warum unternimmt niemand etwas gegen ihn?«

»Weil keiner von seiner Existenz weiß – außer den Suchern und den Bewahrern. Für den Rest der Welt ist er unsichtbar und sein Laden nicht mehr als eine verfallende Ruine.«

Ich sah den Mauren an. Nach unseren Erfahrungen in Amsterdam und Bologna vermutete ich, dass er nicht einfach nur ein arbeitsloser Müßiggänger war, der rein zufällig bei Montalbas Truppe herumhing und uns ebenfalls *rein zufällig* gerettet hatte. Jetzt fiel mir auch wieder der Mann ein, der uns bei der Ankunft vor dem Bahnhof von Córdoba beobachtet hatte. Ich war mir fast sicher, dass es der Maure gewesen war. Wahrscheinlich war er uns seitdem gefolgt. Zum Glück, wie ich einräumen musste.

»Sie wissen eine ganze Menge. Sucher, Bewahrer – dann kennen Sie auch die Vergessenen Bücher?«

Er schwieg einen Moment und seine dunklen Augen schienen weit in die Ferne zu schauen. Dann kehrte er zu meiner Frage zurück.

»Du vermutest richtig. Ich studiere die Bücher und alles, was mit ihnen zu tun hat, schon seit langer Zeit.«

Diese Antwort hatte ich erwartet. Ich warf Larissa einen vielsagenden Blick zu. Sie war von der Auskunft ebenfalls nicht besonders überrascht.

Der Maure wechselte das Thema. »Wenn ihr erlaubt und euch wieder stark genug fühlt, zeige ich euch etwas von meiner Stadt«, sagte er.

Ich machte ein paar vorsichtige Schritte. Langsam kehrten meine Kräfte zurück. Die Kratzer auf meinen Händen brannten zwar ein wenig, aber das war, neben meinen Kopfschmerzen und ein paar blauen Flecken, offenbar alles, was ich von unserem Abenteuer zurückbehalten hatte. »Sind Sie hier geboren?«, fragte ich.

»Das nicht. Aber ich lebe schon ziemlich lange hier«, erwiderte er und lächelte.

Das war dieselbe Art von vagen Aussagen, die ich bereits von Gerrit kannte. Für den Augenblick beschloss ich, ihn nicht weiter auszufragen. Dazu würde später noch genug Gelegenheit sein.

Ich sah Larissa fragend an. Sie nickte. Mit einem einheimischen Führer würden wir vielleicht schneller auf das stoßen, wonach wir suchten. Auch wenn wir nicht wussten, was es war.

Die Sonne brannte erbarmungslos vom Himmel herab. Gleich um die Ecke war das kleine Geschäft, in dem Larissa das Wasser gekauft hatte. Wir versorgten uns mit neuem Vorrat. Dann setzten wir unseren Weg fort.

Schon nach wenigen Schritten war ich wieder in Schweiß gebadet. Im Gegensatz zu uns schien unserem Begleiter die Hitze nichts auszumachen. Er musste meine Gedanken wohl erraten haben.

»Wer die Temperaturen nicht gewohnt ist, braucht einige Zeit, um sich darauf einzustellen«, lachte er und ließ zwei Reihen schneeweißer Zähne sehen. »Wichtig ist, dass ihr euch langsamer bewegt als üblich.«

Das war genau der richtige Ratschlag für die zappelige Larissa. *Langsam* war ein Begriff, der in ihrem Wortschatz schon im Alltag keinen Platz hatte, geschweige denn in einer Situation wie dieser.

»Mir macht die Sonne nichts aus«, erklärte sie im Brustton

der Überzeugung, obwohl die Schweißtropfen auf ihrer Stirn etwas anderes verrieten.

Der Maure führte uns durch eine Reihe von Gassen und erzählte hier und da ein wenig zur Geschichte Córdobas. Trotz der Hitze fühlte ich mich von Minute zu Minute besser, und nach einer halben Stunde war ich wieder ganz bei Kräften.

Dabei fielen mir zwei Dinge bei unserem Begleiter auf. Zum einen sein Äußeres: Mit seinen ledernen Sandalen, nackten Füßen und der bauschigen Kleidung stach er unter allen Menschen, denen wir begegneten, hervor. Mir schien, er hätte besser nach Nordafrika gepasst als hierher nach Andalusien.

Meine zweite Beobachtung war eher eine unbestimmte Empfindung. Sie bezog sich auf die Aura, die ihn umgab. Es war ein Gefühl tiefer Einsamkeit, einer unendlichen Weite, die wie ein zu großer Mantel um seine Schultern lag. In seinen dunklen Augen lag eine Sehnsucht, die ich fast körperlich spüren konnte.

Ich schüttelte den Kopf. Was für ein Anfall von Poesie hatte mich denn da überfallen? Unauffällig ließ ich mich einen Schritt zurückfallen, um etwas mehr Abstand zwischen mich und den Mauren zu legen.

»Wir sind jetzt im alten Judenviertel«, erklärte unser Führer, als wir in eine lange Gasse einbogen. »Unter der Herrschaft der Mauren erlebte Córdoba eine bis dahin in Europa ungekannte kulturelle Blüte. Christen, Moslems und Juden lebten nicht nur friedlich miteinander, sondern hatten vielfältige Kontakte untereinander. Hasday ben Shaprut, Oberhaupt der jüdischen Gemeinde, wurde sogar vom Kalifen Abd ar-Rahman II. zum Minister ernannt. Mit dieser Geisteshaltung stieg Córdoba im elften und zwölften Jahrhundert zur kulturellen Hauptstadt Europas auf. Während anderswo noch das finstere Mittelalter herrschte, war dies ein Zentrum für Wohlstand, Handel und Wissenschaft. Von weit her kamen die Menschen, um an der Universität und in der Bibliothek von Córdoba zu studieren.«

Vor uns öffnete sich ein kleiner Platz, in dessen einer Ecke sich eine Bronzestatue befand. Es war ein Mann mit Turban und Spitzbart, der auf einem rechteckigen Steinblock saß. In der rechten Hand hielt er ein Buch; mit der Linken stützte er sich auf dem Stein ab. Er blickte ernst drein, fast ein wenig traurig. Seine Lippen waren voll, seine Stirn in Falten gelegt.

Unser Begleiter blieb davor stehen. Ich beugte mich vor und las die Aufschrift auf dem Sockel. *Ben Maimonides* stand dort, *Teólogo, Filósofo, Médico.*

»Maimonides ist einer der vielen großen Denker jener Zeit, die Córdoba hervorgebracht hat«, sagte der Maure. »Er wurde zu einem der meistgelesenen jüdischen Philosophen aller Zeiten, dessen Werke auch von Christen und Moslems studiert und geschätzt werden. Er plädierte für einen aufgeklärten Umgang mit der Religion, so wie Averroes, ein muslimischer Gelehrter der Stadt. Sie beide sind, wie viele andere, ein Beweis für den friedlichen Dialog zwischen den Religionen, der damals in Córdoba stattfand. Ihr könnt die beiden übrigens reden hören, wenn ihr wollt.«

Wir blickten ihn erstaunt an. Er lachte. »Natürlich nicht wirklich. Aber auf der anderen Seite der *Puente Romano*, der Römischen Brücke, steht ein alter Wachtturm, der *Torre de la Calahorra*. Er ist heute ein Museum des maurischen al-Andalus, und in einem der Räume gibt es eine Installation mit lebensgroßen Figuren der beiden Philosophen sowie des arabischen Denkers Ibn Arabi und des christlichen Königs Alfons X., genannt der Weise. Man kann ihnen über Kopfhörer zuhören, wie sie ihre Meinungen austauschen.«

Ich warf noch einen letzten Blick auf den jüdischen Gelehrten, während der Maure uns weiter in das Viertel führte. Dabei glaubte ich, aus dem Augenwinkel eine Bewegung wahrzunehmen. Ich blieb stehen und drehte mich um. Außer zwei japanischen Touristen, die ein paar Meter entfernt Fotos von einem der Häuser machten, war nichts zu sehen.

»Was ist?«, fragte Larissa.

»Ich dachte, ich hätte irgendwas gesehen«, sagte ich. »Aber ich muss mich wohl getäuscht haben.«

»Die *Searching Eyes* können es nicht sein«, meinte sie. »Ich habe vor unserer Abreise noch einmal deren Website besucht; die ist immer noch außer Betrieb.«

Die *Searching Eyes* waren eine illegale Organisation, die uns im Auftrag der Slivitskys mithilfe von Teenagern in Amsterdam und Haarlem überwacht hatte. Ich erinnerte mich daran, wie Larissa vor einem Jahr einen Virus auf den Webserver von *Searching Eyes* geschmuggelt und ihn innerhalb weniger Sekunden lahmgelegt hatte. Davon hatten sie sich wohl bis heute nicht erholt – oder wollten nicht erneut das Risiko eingehen, Opfer einer solchen Attacke zu werden.

»Ich habe mich wohl getäuscht«, versuchte ich mich zu beruhigen, obwohl mein Gefühl mir sagte, dass da wirklich etwas gewesen war. Ich nahm mir vor, in Zukunft noch aufmerksamer zu sein als bisher schon.

Die *Calle de los Judíos* war so schmal, dass wir nicht zu dritt nebeneinander gehen konnten, ohne die Häuserwände zu streifen. Unser Führer blieb neben einem unauffälligen Gebäude stehen. »Hier ist die Synagoge, das Gotteshaus der Juden von Córdoba.«

Hinter dem Eingangstor lag ein kleiner Innenhof, über den wir die eigentliche Synagoge erreichten. Die Wände waren teilweise mit filigranen Blumenmustern aus Stuck verziert. Ein siebenarmiger Leuchter stand in einer Nische auf einer Säule. »Das ist eine *Menora*«, erklärte der Maure. »Die sechs Arme repräsentieren die vier Himmelsrichtungen sowie oben und unten, das Licht in der Mitte den Standort des Leuchters. Außerdem steht im jüdischen Denken die Zahl Sieben für die Weisheit Gottes.«

Ansonsten war hier nicht viel zu sehen. Der Raum war leer, ebenso wie das Obergeschoss, das man über eine schmale, für Besucher aber geschlossene Steintreppe erreichen konnte. Der Stuck war teilweise abgebröckelt, darunter befand sich das alte Mauerwerk aus grob behauenen Steinen.

Ich wandte mich zum Gehen. Das war vielleicht für Kunsthistoriker interessant, aber wir würden hier nichts finden. Der Maure hielt mich mit einer leichten Berührung am Arm zurück. Ich drehte mich um und folgte seinem Blick.

Larissa hatte die Finger der linken Hand auf die Steine gelegt und schritt die Wand langsam ab. Dabei blieb sie alle paar Meter stehen und legte den Kopf schief, als ob sie einer für uns unhörbaren Melodie lauschte.

Ich wollte auf sie zugehen, aber der Maure schüttelte den Kopf. Fasziniert beobachtete ich Larissa. Sie schien sich fast wie in Trance zu bewegen. Ihre Augen waren halb geschlossen, und ihrem Gesicht nach zu urteilen, war sie weit, weit weg.

Sie blieb neben einer kleinen Nische stehen. Hier waren die Steine mit Putzresten bedeckt, die über die Fugen hinaus verspachtelt waren. Sie ging in die Hocke und streckte die rechte Hand aus. Gebannt trat ich näher heran, um zu sehen, was sie da machte. Zwischen zwei Steinen war der Putz herausgebrochen. Larissa schob vorsichtig zwei Finger in die Öffnung und zog sie wieder heraus.

Dazwischen steckte ein zusammengerolltes Stück Papier.

Sie richtete sich auf, und ihr Gesicht verlor schlagartig den träumerischen Ausdruck.

Die Neugier trieb mich zu ihr hin. Sie starrte auf das, was sie in den Händen hielt. Das Papier musste schon alt sein, denn es machte einen recht brüchigen Eindruck. Behutsam rollte sie es auseinander.

Ich konnte nicht mehr an mich halten. »Was steht da?«

Statt einer Antwort streckte sie mir den Zettel hin. Ich nahm ihn mit spitzen Fingern entgegen. Darauf war in einer etwas ungelenken Schrift geschrieben:

1293 8 + 7 NES 28343

War das die Botschaft, nach der wir gesucht hatten? Wenn ja, dann hatten wir sie diesmal ausgesprochen schnell gefunden. Allerdings mussten wir zunächst entschlüsseln, was die Zahlen und Buchstaben auf dem Zettel zu bedeuten hatten.

Larissa hatte ihre Benommenheit endgültig abgeschüttelt und sah mir über die Schulter.

»Wirst du schlau daraus?«

Ich schüttelte den Kopf. »Ganz und gar nicht.« Ich blickte von dem Zettel auf. »Wie bist du darauf gekommen, in der Mauer zu suchen?«

»Wenn ich das wüsste!« Sie strich sich über die Haare, als wollte sie ihre Gedanken beruhigen. »Es war so, als würde eine Stimme mich rufen, die aus der Wand kam. Ich konnte zwar keine Worte verstehen, wusste aber, dass das eine Botschaft für mich war.«

»Und dann bist du die Wand entlanggegangen, bis du das Papier gefunden hast.«

»So ungefähr. Ich kann mich nicht mehr genau daran erinnern.«

»Ich hatte auch den Eindruck, dass du irgendwo anders warst«, grinste ich.

»Findest du das lustig?« Der Tonfall der Frage zeigte bereits, wie sie zu der Sache stand. »Ich mag das gar nicht, wenn sich andere in meinem Kopf einnisten, wer auch immer das gewesen sein mag.«

»Immerhin hast du den Hinweis gefunden«, versuchte ich sie zu besänftigen.

»Das ist erst ein Hinweis, wenn wir wissen, was es *bedeutet*«, erwiderte sie ungnädig.

Der Maure hatte die ganze Zeit ohne große Regung im Eingang der Synagoge gestanden. Ich ging zu ihm und zeigte ihm die Nachricht. »Können Sie damit etwas anfangen?«

Er betrachtete die Zeichen und zuckte dann mit den Schultern. »Das sagt mir leider gar nichts.«

Larissa hatte das Handy hervorgeholt und bat mich, ihr die

Zahlen und Buchstaben zu diktieren. Sie tippte sie ein und wartete.

»Was machst du da?«, wollte ich wissen.

»Ich habe den Text bei einer Kryptografie-Website eingegeben. Da werden sie sofort daraufhin überprüft, ob sie einen Code darstellen. Leider ist das Resultat negativ.«

»Krypto-was?«, fragte ich.

»Die Wissenschaft der Verschlüsselung«, klärte Larissa mich auf. »Das ist eine Wortbildung aus den altgriechischen Begriffen *kryptos*, das heißt verborgen, und *graphein*, das heißt schreiben. Es geht also um das Schreiben von geheimen Botschaften.«

»Aha«, sagte ich. »Und wenn es kein Code ist, was ist es dann?«

»Es kann durchaus eine verschlüsselte Botschaft sein«, erwiderte Larissa. »Der Check, den ich durchgeführt habe, überprüft nur das Vorhandensein der relativ einfachen und bekannten Verschlüsselungssysteme. Der Code könnte also lediglich etwas komplizierter sein.«

»Und damit schwieriger zu knacken.«

»Da hast du recht.« Sie steckte das Handy wieder ein.

Frustriert ließ ich den Zettel sinken. »Und was machen wir jetzt?«

»Ich schlage vor, wir setzen unseren kleinen Rundgang fort«, sagte der Maure. »Vielleicht fällt uns ja unterwegs noch etwas ein.«

Da wir auch keine bessere Idee hatten, stimmten wir seinem Vorschlag zu. Fast eine Stunde lang führte er uns durch die anderen Viertel der maurischen Altstadt, bis wir uns schließlich vor einer Bar am Ufer des Guadalquivir niederließen. Der breite Fluss wand sich träge um eine Landspitze herum, auf der man einen gedrungenen Turm erkennen konnte.

»Das ist der *Torre de la Calahorra*«, erklärte der Maure. »Dort hinter der Römischen Brücke befinden sich auch die Mühlen. Der Guadalquivir war eine der Lebensadern des maurischen Córdoba. Mit einem System von Wasserrädern wurden nicht nur die Gärten des Palastes bewässert, sondern auch Korn gemahlen.«

Wenig später standen wir vor dem großen Schöpfrad, das gerade restauriert wurde. Von dort waren es nur wenige Meter zurück zur Mezquita. Unser Führer deutete auf ein hohes Gebäude gegenüber den Mauern der Moschee. »Bis hierhin reichte früher der *Alcázar*, der Palast der Emire und Kalifen«, sagte er. »Er erstreckte sich bis dorthin, wo heute noch der Alcázar der Christlichen Könige steht.«

Der heutige Alcázar lag etwa hundert Meter entfernt. Er war eine Festung mit dicken Mauern und vier Türmen. Dahinter verbarg sich ein wunderschöner arabisch-andalusischer Garten, wie ich in meinem Reiseführer gelesen hatte. Leider konnten wir ihn nicht besichtigen, denn der Palast war für heute bereits geschlossen. Wir ließen uns auf dem Vorplatz auf einer Bank im Schatten zweier mächtiger Palmen nieder. Vom Fluss her wehte ein leichter Wind, der angenehme Kühlung brachte. Jetzt, um die Mittagsstunde, musste das Thermometer über vierzig Grad zeigen.

Ich nahm einen tiefen Zug aus meiner Wasserflasche und wischte mir den Schweiß vom Gesicht. Der Maure machte eine ausholende Handbewegung.

»Hier, wo wir jetzt sitzen, befand sich früher ein Teil der Großen Bibliothek von Córdoba«, sagte er. »Sie wurde gegründet von Abd ar-Rahman dem Ersten, einer außergewöhnlichen Persönlichkeit. Seine Geschichte ist eng mit derjenigen der Vergessenen Bücher verwoben.«

Er machte eine kleine Pause. »Jetzt ist es Mittag. Die Menschen ziehen sich in ihre Häuser zurück und suchen den Schatten und die Ruhe. Das ist die richtige Zeit für eine Geschichte.«

»Ich würde lieber versuchen, den Code zu entschlüsseln«, murrte Larissa.

»Interessiert es dich denn nicht, warum du diesen Zettel überhaupt hast finden können?«, fragte der Maure.

Larissa zuckte mit den Schultern. »So ähnlich wahrscheinlich wie Arthur seine Bücher, vermute ich. Na und?«

»Auch das sind Talente, die tief in der Geschichte dieser Stadt verborgen sind. Und je mehr ihr darüber wisst, desto besser seid ihr auf die Aufgaben vorbereitet, die noch vor euch liegen.«

»Na gut«, seufzte sie. »Zum Denken ist es jetzt sowieso zu heiß. Dann können wir uns ebenso gut eine Geschichte anhören.«

»Ganz meinerseits«, pflichtete ich ihr bei und ging in eine etwas bequemere Sitzposition. Wir waren die einzigen Menschen auf dem Vorplatz. Nur gelegentlich zuckelte auf der Straße eine der Pferdekutschen vorbei, die man für Rundfahrten mieten konnte.

»Der Ruhm Córdobas begann mit einem jungen Mann aus der Wüste«, hob der Maure an. »Er hieß Abd ar-Rahman ibn

Muawiya al Dajil, *Diener des Barmherzigen, Sohn des Muawiya, des Einwanderers,* und war ein Prinz aus dem Geschlecht der Umayyaden, deren Hof sich in Damaskus befand, das heute die Hauptstadt Syriens ist. Im Jahre 750 wurden die Umayyaden durch die Abbasiden von ihrem Thron vertrieben. Der Anführer der Abbasiden war grausam und hinterhältig; er gab sich selbst den Beinamen *der Blutvergießer.* Nach einer blutigen Verfolgungswelle verkündete er eines Tages eine Amnestie und rief alle überlebenden Umayyaden dazu auf, zu einem großen Versöhnungsmahl in seinen Palast zu kommen. Als alle versammelt waren, ließ er sie niedermetzeln. Teppiche wurden über die Toten und Sterbenden geworfen, und die Abbasiden setzten das Festmahl in dem blutverschmierten Saal fort.«

Bei diesen Worten musste ich an das Haus mit den Blutflecken in Amsterdam denken. Dort war ich auf eine Tafel gestoßen, die von allen Anwesenden offenbar vor langer Zeit fluchtartig verlassen worden war. Die Atmosphäre des Raums war erfüllt von etwas unsagbar Bösem. So musste es auch damals im Palast der Abbasiden gewesen sein.

»Abd ar-Rahman war damals ein junger Mann, vielleicht neunzehn oder zwanzig Jahre alt«, fuhr der Maure fort. »Er war einer von mehreren Hundert Angehörigen des alten Kalifen und hatte seine Zeit bis dahin mit Müßiggang und den Freuden des Palastes zugebracht. Nur durch Zufall kam er nicht zum Versöhnungsmahl und entging so dem Tod. Doch damit war die Gefahr für ihn nicht vorbei.

Ein treuer Freund der Familie ritt zum Versteck Abd ar-Rahmans und seines Bruders Yahya, um sie von dem Blutbad zu unterrichten und zu warnen. Was er nicht wusste, war, dass er von Kriegern des neuen Herrschers verfolgt wurde. Zum Glück war Abd ar-Rahman nicht in seiner Hütte, als der Bote eintraf. Die Verfolger ermordeten Yahya und den Boten, konnten den Prinzen aber nicht finden.

Abd ar-Rahman floh mit seinem jüngeren Bruder, zwei Schwestern, seinem vierjährigen Sohn Suleyman und seinem Diener und Freund Badr, einem ehemaligen Sklaven, dem er die Freiheit geschenkt hatte, weiter in die Wüste, aber die Verfolger blieben ihm stets auf den Fersen. Tiefer und tiefer wagte er sich in das endlose Sandmeer hinein. Schließlich ließ er seine Familie in einem Beduinendorf zurück und folgte, begleitet von Badr, einem nur für ihn hörbaren Ruf, der ihn direkt in die Rub al-Khali, die Große Leere, führte.«

Bei der Erwähnung der Rub al-Khali horchte Larissa auf. Dies war auch die Wüste, in der ihre Eltern verschollen waren und aus der, der Legende nach, die Schatten und die Vergessenen Bücher stammen sollten.

»Was genau sie dort gefunden haben, ist nicht bekannt. Es wird aber überliefert, dass sie mit einer Kiste von Büchern aus der Wüste zurückkehrten.«

»Den Vergessenen Büchern«, platzte es aus mir heraus.

Der Maure lächelte. »Vielleicht. Oder sogar wahrscheinlich. Denn seit jenem Zeitpunkt verwandelte sich der zuvor verweichlichte Junge in einen unbarmherzigen Krieger.«

»Weil er über das Wissen der Vergessenen Bücher verfügte!«, rief Larissa.

»Ein naheliegender Gedanke. Aber ihr müsst bedenken, dass man die Vergessenen Bücher nicht einfach lesen kann wie gewöhnliche andere Bücher. Man benötigt dafür besondere Fähigkeiten, und ich bezweifle, ob der junge Prinz diese besaß. Nein, ich glaube eher, es waren seine Erfahrungen in der Wüste, die ihn reifen ließen.«

»Sie meinen, er hat überhaupt nicht in die Bücher reingeguckt?«, fragte ich.

»Selbstverständlich hat er das«, erwiderte der Maure und fügte dann hinzu: »Jedenfalls nehme ich das an. Doch ich glaube nicht, dass er daraus großen Nutzen gezogen hat. Sonst wäre seine Geschichte anders verlaufen. Denn kaum war er zurückgekehrt, spürten die Abbasiden ihn und seine Familie auf. Er und Badr überlebten als Einzige das Massaker, das seine Verfolger anrichteten. Jetzt war er der letzte Überlebende des einstmals so ruhmreichen Umayyaden-Geschlechts.

Er trat den langen Weg quer durch Nordafrika an, bis er die Berberstämme in Mauretanien erreichte. Dort gab es noch Gefolgsleute der Umayyaden, die er um sich scharte. Er war ein sehr charismatischer Mensch ...« Hier unterbrach der Maure seine Erzählung und schwieg einen Moment, wobei ein wehmütiges Lächeln seine Lippen umspielte.

Als er merkte, dass wir ihn anstarrten, gab er sich einen Ruck. »Allerdings waren ihm seine Verfolger auch nach all den Jahren noch auf der Spur. In keinem der vielen Berber-Königreiche Nordafrikas war er wirklich sicher. Immer wieder musste er bei Nacht und Nebel fliehen, bis er schließlich die nordafrikanische Hafenstadt Ceuta erreichte. Von dort schickte er den treuen Badr nach Spanien, das damals bereits von den Arabern besetzt war und zum Reich der Abbasiden gehörte. Er sollte ausloten, wer noch treu zu den Umayyaden hielt und Abd ar-Rahman unterstützen würde.

Über ein Jahr lang wartete er auf die Rückkehr Badrs. Der Stamm, bei dem er Unterschlupf gefunden hatte, wurde ungeduldig, denn man fürchtete die Verfolgung durch den Kalifen. Abd ar-Rahman wurde krank und verlor ein Auge, aber er gab die Hoffnung nie auf. Von Ceuta aus konnte er die spanische Küste sehen, die nur wenige Schiffsstunden entfernt war. Dort wollte er sich das neu aufbauen, was ihm die Abbasiden genommen hatten.

Nach dreizehn Monaten schließlich tauchte ein Segel am Horizont auf. Als das Boot näher kam, erkannte er Badr an Deck. Der Diener wartete nicht, bis das Schiff angelegt hatte, sondern sprang ins Wasser, um schneller zu seinem Herrn zu gelangen.«

Der Maure erzählte die Geschichte so lebendig, als habe er sie selbst erlebt. Seine Augen nahmen einen leicht verklärten Blick an. »Badrs Mission war erfolgreich gewesen. Er hatte Verbündete gefunden, die Abd ar-Rahman unterstützen wollten. Der Umayyaden-Prinz ging an Bord, und sofort legte das Boot wieder ab. Am Abend des 14. August 755 betrat Abd ar-Rahman in Almuñécar zum ersten Mal den Boden Andalusiens.

Er ließ sich in der Festung Torrox bei Syrern nieder, die ihm wohlgesinnt waren. Die Herrschenden in al-Andalus wussten nicht, was sie von dem Neuankömmling halten sollten. Der Statthalter Córdobas, Yusuf, war sogar so besorgt, dass er den unbekannten Prinzen in seine Stadt einlud und ihm große Ländereien und die Hand einer seiner Töchter anbot.

Aber Abd ar-Rahman wollte keine Almosen. Er wollte Córdoba ganz. Im März 756 brach er mit einer Armee aus Syrern, Jemeniten und Berbern in Richtung Córdoba auf. Viele Soldaten Yusufs liefen zu ihm über. Beim Einmarsch in Sevilla wurde er von der Bevölkerung wie ein Herrscher empfangen.

Der Statthalter wusste jetzt, woran er war. Vor den Mauern Córdobas trafen die beiden Heere aufeinander. Yusuf erlitt eine vernichtende Niederlage. Am 15. Mai 756 ritt Abd ar-Rahman als Emir, als Herrscher von al-Andalus, in die Stadt ein.«

Der Maure lehnte sich mit geschlossenen Augen zurück und legte den Kopf nach hinten. Sein Gesicht nahm erneut einen verklärten Ausdruck an, so als habe er das Ereignis, das er uns soeben beschrieben hatte, in allen Einzelheiten vor Augen. Auch ich konnte mir gut vorstellen, wie von den Mauern, an denen wir entlanggelaufen waren, die Männer Yusufs auf das Heer des Umayyaden-Prinzen herabgeblickt hatten. Vielleicht voller Angst, vielleicht noch voller Siegeszuversicht. Und ich sah den siegreichen Heerführer, den treuen Badr an seiner Seite, durch eines der Tore reiten, die wir selbst bereits durchschritten hatten. In meiner Fantasie hatte Badr die Züge des Mauren.

Es dauerte ein paar Minuten, bis unser Begleiter in die Gegenwart zurückkehrte. »Abd ar-Rahman war es, der den Grundstein legen ließ für die Mezquita, die Große Moschee, die von seinen Nachfolgern ständig weiter ausgebaut wurde. Und er war es, der in seinem Alcázar die größte Bibliothek der damaligen Welt begründete.«

»Mit den Vergessenen Büchern«, sagte ich.

»Mit den Vergessenen Büchern«, nickte der Maure. »Abd ar-Rahman und seine Nachfolger ließen aus aller Welt Manuskripte und Schriftrollen nach Córdoba schaffen. Jede Karawane, jeder Händler erhielt den Auftrag, nach bestimmten

Werken Ausschau zu halten. Besonders der Kalif al-Hakam der Zweite steckte einen großen Teil seines Vermögens in die Bibliothek. Er sandte Boten in alle Teile der bekannten Welt, die wertvolle Erstausgaben für viel Geld erwarben und nach Córdoba schickten. Tag und Nacht arbeiteten Kopisten an Abschriften der Manuskripte, katalogisierten Bibliothekare die neu angekommenen Stücke und forschten Philosophen, Theologen und Wissenschaftler aller Religionen in den Werken. Lediglich die Vergessenen Bücher waren für die Öffentlichkeit nicht zugänglich. Bereits Abd ar-Rahman der Erste hatte eine Handvoll ausgesuchter Bibliothekare ausgewählt, welche die Bücher vor den Augen Unbefugter bewahren sollten. Daher stammt auch der Name Bewahrer.«

»Aber irgendwann müssen die Bücher doch von hier verschwunden sein«, sagte ich.

»Jedes Streben nach Wissen findet seine Grenzen in dem Streben nach Macht«, erwiderte der Maure. »Das war in al-Andalus nicht anders. Auch hier kamen Herrscher auf den Thron, deren Interesse an der Bibliothek nicht so groß war wie ihr Wunsch nach Macht. Der Erste Minister al-Mansûr war ein solcher Mann. Er wollte die konservativen moslemischen Geistlichen auf seine Seite bringen und war bereit, dafür einen Teil der Bücher aus der Großen Bibliothek zu opfern. Sie wurden aus den Regalen gerissen und auf dem Platz vor dem Alcázar verbrannt. Nur dem beherzten Eingreifen der damaligen Bewahrer ist es zu verdanken, dass die Vergessenen Bücher nicht ebenfalls dieses Schicksal erlitten.«

»Und die haben die Bücher dann in aller Welt verteilt?«, fragte Larissa.

»Der ursprüngliche Plan war, die Bücher so lange sicher zu verbergen, bis wieder Ruhe eingekehrt war, und sie dann in die Bibliothek zurückzubringen. Aber einer der ersten Bewahrer war ein Verräter. Ihm war das Versprechen der Macht, das die Bücher in sich bergen, zu Kopf gestiegen, und er versuchte, sie zu rauben. Das gelang ihm zwar nicht, war aber eine Warnung für die Bewahrer. Wo ein Verräter war, da konnten auch andere kommen. So begannen sie, Gleichgesinnte anzuwerben, die dann jeder eines der Bücher übernehmen und es fortschafften. Doch der abtrünnige Bewahrer warb ebenfalls Bundesgenossen an, die ihm bei der Suche nach den Vergessenen Büchern helfen sollten.«

»Die Sucher waren also ursprünglich einmal Bewahrer?«, staunte Larissa.

Der Maure nickte. »Jedes Ding trägt seinen Widerspruch in sich. Im Guten befindet sich auch immer die Möglichkeit des Schlechten. Und so war es auch bei den Bewahrern. Das macht die Sucher so gefährlich, weil sie viele Details über die Bücher kennen, die sonst nur den Bewahrern vorbehalten sind.«

»Und was ist mit den besonderen Fähigkeiten?«, wollte ich wissen. »Woher stammen die?«

»Aus den Vergessenen Büchern selbst.« Der Maure sah meinen erstaunten Blick und lächelte. »Ja, Arthur, du trägst einen Teil der Bücher in dir. Die ersten Bewahrer hüteten sie nicht nur, sie hatten sie auch intensiv studiert. Und als sie merkten, dass die Sucher stärker wurden, nutzten sie ihre Kenntnisse, um den Bewahrern etwas mitzugeben, das die Sucher nicht besaßen: die Fähigkeit, den Zufall für ihre Aufgabe zu nutzen.«

Er stand von der Bank auf und reckte sich. »Zeit für die Siesta«, sagte er.

Ich hätte ihn gerne noch mehr gefragt, spürte aber, dass dies nicht der richtige Moment dafür war. Und wie ich Larissa kannte, würde sie nach dem langen Zuhören bestimmt lieber aktiv werden. Die letzten zehn Minuten war sie schon unruhig auf der Bank hin und her gerutscht.

Ich erhob mich ebenfalls. »Dann gehen wir jetzt in die Mezquita.«

»Eine gute Idee«, erwiderte der Maure. »Dort ist es um diese Zeit nicht so voll. Und vor allem ist es kühl.« Er legte die rechte Handfläche in Höhe des Herzens auf seine Brust und verneigte sich leicht. »Wir werden uns wiedersehen.«

»Wann und wo?« Eine solche Aussage war Larissa zu vage.

»Wo Gott will«, lächelte er. Dann drehte er sich um und verließ uns. Schon nach wenigen Minuten war er verschwunden. Larissa blickte ihm nachdenklich hinterher.

»Er hat uns eine ganze Menge erzählt«, sagte sie. »Aber wir sind unserem Ziel keinen Meter näher gekommen.«

»Dafür wissen wir jetzt mehr über die Geschichte der Vergessenen Bücher«, entgegnete ich.

»So?« Ihre Stimme klang skeptisch. »Wir wissen nur, was er uns berichtet hat. Bist du sicher, dass es die Wahrheit ist? Oder vielleicht nur Episode aus Tausendundeiner Nacht?«

Ich verstand ihre Einwände nicht. »In Amsterdam war ich es, der Gerrit voller Misstrauen begegnet ist, und du diejenige, die ihm jedes Wort geglaubt hat.«

»Für dich ist der Maure also das spanische Gegenstück zu Gerrit?«

»Was soll er sonst sein? Ein Mann ohne Geschichte und ohne Namen, der so viele Details über die Vergessenen Bücher kennt ...«

»Details, die uns bei unserer Suche nicht weiterhelfen. Vielleicht will er uns auch nur ablenken, weil er nicht möchte, dass wir das Buch der Wege finden. Hast du daran schon mal gedacht?«

Es war zwecklos. Sie war so verbissen, dass jedes Argument an ihr abprallte. Ich hob beschwichtigend die Hände. »Lass uns darüber nicht streiten. Vielleicht stoßen wir ja in der Mezquita auf einen Hinweis, der uns weiterbringt.«

Fünf Minuten später standen wir vor dem schmiedeeisernen Tor, das in das Innere der Großen Moschee führte.

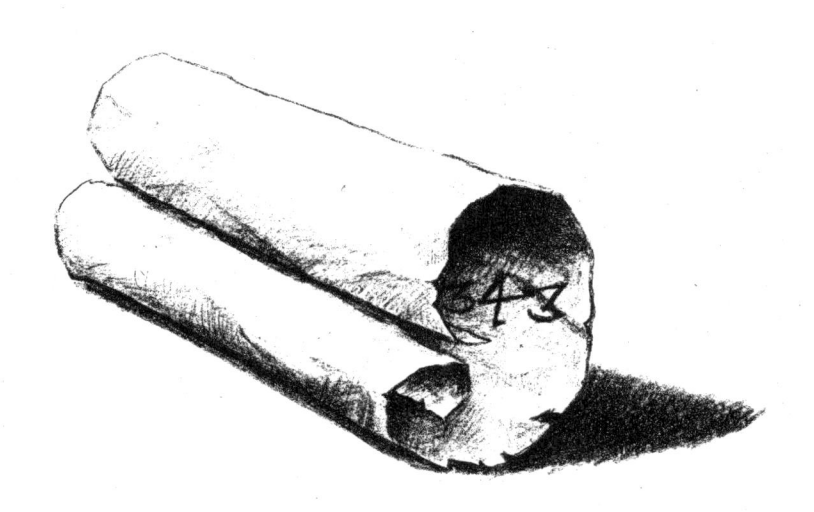

❖ Das Geheimnis der Großen Moschee ❖

Der erste Eindruck raubte mir den Atem.
Wir standen in einem Wald voller Säulen, die sich unendlich weit in alle Richtungen zu erstrecken schienen. Über den Säulen erhoben sich jeweils zwei Bögen aus weißem Stein und roten Ziegeln. Stellenweise flutete das Sonnenlicht durch Dachfenster herein und zauberte ein verschlungenes Muster aus Schatten auf den Steinboden. Von der Decke hingen alle paar Meter schwarze schmiedeeiserne Lampen herab, die mit kerzenförmigen Glühbirnen bestückt waren.
 Meine Augen benötigten ein paar Minuten, bis sie sich an das Dämmerlicht gewöhnt hatten. Wir standen im ältesten Teil der Mezquita, dessen Bau noch von Abd ar-Rahman dem Ersten, dem Prinzen aus der Wüste, begonnen worden war. Seine Nachfolger hatten die Moschee in den folgenden Jahrhunderten Zug um Zug erweitert, bis sie die heutige Größe hatte.
 Über tausend Säulen aus Jaspis, Onyx, Marmor und Granit hatten die alten Baumeister errichtet. Das Material hatten sie aus den Überresten eines römischen Tempels gewonnen, der hier einmal gestanden hatte, sowie aus anderen Ruinen.
 Nach dem Fall des letzten maurischen Kalifats war der ka-

tholischen Kirche die Große Moschee ein Dorn im Auge gewesen, und sie hatte darauf bestanden, dass sie in eine christliche Kathedrale umgewandelt wurde. Das Resultat lag mitten in der Unendlichkeit der Säulengänge: eine vor Gold und Prunk nur so glänzende Kirche, die direkt in die Moschee hineingebaut worden war. Die mit Schmuck und Edelsteinen überladenen Kanzeln wirkten in der Weite und Stille des Säulenwaldes wie Fremdkörper.

Wir durchschritten die Bögen, bis wir am anderen Ende den *Mihrab* erreichten, die prächtige Gebetsnische. Mit ihren verschlungenen, feinen Mosaiken kam sie mir vor, als sei sie aus einem orientalischen Märchen entsprungen. Hierhin kam der Kalif über einen mit acht Türen verschlossenen Gang direkt aus seinem Palast, um zu beten.

Larissa hatte für die Schönheiten der Mezquita kein Auge. Sie wollte nirgendwo verweilen, sondern drängte mich zum Weitergehen. Wir umrundeten den Innenraum einmal komplett, vorbei an kleinen Ausstellungen mit alten Schrifttafeln und dem ersten Glockenwerk des Kirchturms und an zahllosen christlichen Kapellen, in denen es vor goldenem Zierrat und überdimensionalen Heiligengemälden nur so glänzte.

Die paar Hundert Besucher, die außer uns noch anwesend waren, verloren sich in dem riesigen Raum. Man hörte ihre gedämpften Stimmen überall im Hintergrund. Auch wir unterhielten uns automatisch im Flüsterton.

»Wenn du an allem so vorbeirast, werden wir hier keinen Hinweis entdecken«, wisperte ich Larissa ärgerlich zu.

»Was sollen wir hier schon finden?« Sie verschränkte die Arme vor der Brust. »Oder willst du jede einzelne Kapelle auf

Details absuchen? Dann sind wir in einer Woche noch nicht fertig.«

»Ich weiß nur, dass wir durch Hetzen nichts gewinnen. Ob wir uns hier mehr Zeit nehmen oder draußen, das macht keinen Unterschied.«

»Ich frage mich inzwischen, ob wir in Córdoba überhaupt etwas entdecken können. Vielleicht hat dich dein Gefühl doch getrogen.«

Ich hätte ihr gerne mit einem klaren »Nein« darauf geantwortet, aber ich war mir selbst nicht mehr so sicher, ob wir hier eine Spur zum Buch der Wege finden würden. Das wollte ich Larissa aber nicht merken lassen.

»Wir sind erst einen Tag hier. In Bologna haben wir auch mehrere Tage gebraucht, bis wir endlich auf die richtige Fährte gestoßen sind.«

»Damals ging es auch nicht um meine Eltern«, schnappte sie. »Jeden Tag, den wir vergeuden, sitzen sie länger in ihrem Gefängnis.«

Sie nervte mich. »Durch zielloses Herumirren kannst du ihnen auch nicht helfen«, erwiderte ich etwas schärfer als beabsichtigt. »Wir müssen systematisch vorgehen, sonst können wir gleich aufgeben.«

»Dann geh mal systematisch voran«, sagte sie sarkastisch. »Wir werden ja sehen, was dabei herauskommt.«

Jetzt hatte ich den Schwarzen Peter. Und wenn schon – ich war überzeugt, dass wir nicht umsonst hier waren. Also marschierten wir wieder los. Diesmal riss Larissa sich zusammen, wenn ich vor einer Kapelle oder einer Gebetsnische etwas länger verweilte. Leider wusste ich auch nicht, wonach ich

Ausschau halten sollte. Aber einfach aufgeben kam für mich nicht infrage.

Überall standen Reisegruppen herum und lauschten ihren Führerinnen oder Führern. Deutsch, Englisch, Französisch, Russisch, Chinesisch – hier war man offenbar auf Besucher aus allen Ländern der Erde eingestellt. Wir blieben kurz bei einer deutschen Gruppe stehen und hörten ein wenig zu. Die Führerin erklärte gerade die verschiedenen Phasen, in denen die Mezquita errichtet worden war. Als sie begann, sehr ausführlich verschiedene Details der Baugeschichte des Gebäudes vorzutragen, gingen wir weiter.

Wir erreichten erneut den Bereich, in dem das alte Uhrwerk und andere Artefakte ausgestellt waren. Suchend drehte ich mich um meine eigene Achse, als mir etwas ins Auge fiel, das wir bei unserem ersten schnellen Rundgang übersehen hatten: eine Handvoll prächtiger alter Bücher, die in verglasten Holzvitrinen lagen.

Ich zog Larissa mit zur ersten Vitrine. Die in roten, grünen und blauen Samt gebundenen Bände, deren Ecken mit ziseliertem Metall versehen waren, schienen Gebetsbücher zu sein. Sie stammten also aus einer Zeit lange nach der Herrschaft der Mauren. Das wurde bei näherem Hinsehen auch durch die kurzen Beschreibungen darunter bestätigt: Das älteste der Bücher war im 18. Jahrhundert entstanden, hatte also eigentlich gar nichts mit der Mezquita zu tun.

In den Boden vor den Buchvitrinen war eine Reihe von Grabtafeln eingelassen. Hier waren wohl prominente Bürger der Stadt beerdigt. Ich studierte die Texte, entdeckte aber nichts Außergewöhnliches. Das Wappen auf einer der Tafeln erinnerte mich vage an eine Kompassnadel, was mich wiederum an Himmelsrichtungen denken ließ. Ich wollte zur nächsten Grabtafel gehen, aber der Gedanke an die Himmelsrichtungen ließ mich nicht los. Da war doch was ... Ich versuchte, mich zu erinnern. Da lag irgendwas in meinem Kopf verborgen, ich spürte es genau. Ich schloss die Augen und tastete mich wie durch einen Nebel voran: Kompass, Himmelsrichtungen, Nord, Süd, Ost, West ...

Da war es! »Der Zettel!«, rief ich, und meine Stimme hallte in dem Gebäude wie ein Donnergrollen. Ein Mann in schwarzem Anzug und mit weißem Kragen, offenbar ein Geistlicher, blickte streng zu uns herüber. Sofort senkte ich meine Stimme wieder.

»Der Zettel«, flüsterte ich Larissa zu und streckte meine Hand aus. Sie sah mich begriffsstutzig an. »Der Zettel, den du in der Synagoge gefunden hast.«

Sie gab ihn mir. Ich starrte auf die Buchstaben:

1293   8   +   7   NES   28343

NES. Konnten das die Abkürzungen für irgendwelche Himmelsrichtungen sein? Ich zog mein Reisewörterbuch hervor und schlug nach. N konnte für *norte* stehen, das spanische Wort für Norden, E für *este*, also Osten, und S für *sur*, Süden. Aber Norden Osten Süden ergab keinen Sinn, zumal mit den vier Zahlen drum herum.

»Darf man fragen, was du da treibst?« Larissa blickte mir über die Schulter.

»Einen Moment«, vertröstete ich sie, denn soeben blitzte

eine weitere Gedankenverbindung in meinem Kopf auf. Als wir vorhin an einer der Reisegruppen vorbeigekommen waren, hatte die Führerin gerade darüber gesprochen, dass in der Mezquita ursprünglich 1293 Säulen gestanden hatten. Und 1293 war die erste Zahl auf dem Zettel! Das konnte doch nur bedeuten, dass sich der Hinweis auf diesen Ort bezog.

Ich teilte Larissa, die unruhig auf eine Antwort wartete, meine Vermutungen mit. Zum ersten Mal, seit wir den Mauren verabschiedet hatten, blitzte es wieder in ihren Augen auf.

»Hast du es schon mit den Zwischenrichtungen versucht?«, fragte sie mich. »Also Nordosten – das könnte doch vielleicht *noreste* sein, also NE.«

Ich schlug das Wort nach. Das gab es tatsächlich. »Also könnte NES Nordosten und Süden heißen.«

»Und 7 und 8 sind Entfernungen«, ergänzte Larissa. »Jetzt müssen wir nur noch herausfinden, worauf sich diese Angaben beziehen. Und welche Maßeinheit dazugehört: Kilometer, Meter oder Zentimeter.«

»Warum fangen wir nicht hier an?«, fragte ich. Ich hatte aus dem Hotel einen einfachen Stadtplan mitgenommen, den ich jetzt auseinanderfaltete.

»Mal sehen ... Wir stehen in dieser Ecke der Moschee ... Die Wand mit dem Mihrab ist die Südwand.«

»Bist du sicher?«, unterbrach mich Larissa. »Mussten die Gebetsräume der Muslime nicht immer nach Osten, also nach Mekka, zeigen?«

Nun konnte ich erneut mit meinem Wissen aus dem Reiseführer glänzen. »Eigentlich schon. Aber diese hier zeigt nach Damaskus, in Richtung des Heimatorts des Wüstenprinzen.«

Ich nahm meine Berechnungen wieder auf. Wir standen nahe der nordöstlichen Ecke der Mezquita. Ich suchte die Umgebung nach irgendetwas ab, was als Maßeinheit für die beiden Zahlen dienen könnte. Während ich noch überlegte, hatte Larissa das Handy hervorgeholt und einen virtuellen Kompass auf den Bildschirm gezaubert.

»Nordosten ist da«, sagte sie. »Aber in was sollen wir messen? Meter? Schritte?«

Mir fiel es wie Schuppen von den Augen. »Säulen natürlich«, grinste ich. »Das liegt doch eigentlich nahe, oder?«

Wir zählten von der Ostseite aus sieben Säulen in den Raum hinein und dann acht in Richtung Süden. Der Punkt befand sich exakt vor einer der beiden Buchvitrinen, die ich vorhin entdeckt hatte. In dieser lagen vier dicke Bücher.

»Das ist es«, sagte ich. »Eines dieser Bücher muss es sein.« Ich warf einen Blick auf den Zettel in meiner Hand. »Aber was bedeutet 28343?«

»Lass mal sehen.« Sie schaute mir über die Schulter auf die Zahl. »Fünf Zahlen – vier Bücher. Das passt nicht zusammen. Ob es Seitenzahlen sein können?«

»Aber für welches Buch? Und welche Seiten? 2? 28? 283?«

»Das müssen wir herausbekommen.« Larissa begann bereits, die Umgebung abzusuchen. Der Boden vor den Vitrinen war nicht gefliest, sondern aus Holz. Und nicht nur das: Zwei Eisenringe deuteten darauf hin, dass sich hier eine Klapptür befand. Das erinnerte mich sehr stark an unser Versteck in Teylers Museum in Haarlem. Sofort stieg ein mulmiges Gefühl in mir auf, denn es kam natürlich das, was ich erwartet hatte.

»Vielleicht können wir uns da drunter verbergen?«, mutmaßte Larissa.

»Mag sein. Aber wie kommen wir da rein?« Ich machte eine ausholende Handbewegung. »Hier sind überall Leute. Da werden wir kaum unbeobachtet verschwinden können. Und selbst wenn: Wie wollen wir die Bücher hier herausschaffen?«

»Das müssen wir gar nicht. Wir können sie doch direkt vor Ort studieren.«

»Nachts, in der Mezquita? Das funktioniert nie! Hier gibt es bestimmt Wachen, die regelmäßig alles abgehen. Ganz zu schweigen von Überwachungskameras.«

»Kameras gibt es keine, das habe ich bereits überprüft.« So schnell war Larissa von ihrer Idee nicht abzubringen. »Und vor den Nachtwächtern können wir uns in einer der ausgehöhlten Säulen in der Nähe der Kathedrale verstecken.«

Ich wusste, was sie meinte. Am Ende der Kathedrale waren zwei breite Steinsäulen in die Moschee eingebaut worden, zu denen man über eine kleine Holztür Zutritt hatte und die zwei Fensteröffnungen aufwiesen.

Trotzdem gefiel mir der Gedanke nicht. Larissa war bereits dabei, mit dem Handy die Vitrine und das Umfeld zu fotografieren. Ich hatte das Gefühl, wir würden im Mittelpunkt der Aufmerksamkeit stehen, und blickte mich möglichst unauffällig um. Aber niemand schien sich um uns zu kümmern.

Niemand – bis auf Onofre Zafón.

Er stand etwa zwanzig Meter von uns entfernt, halb verdeckt von einer Säule. Ob er uns wohl schon lange beobachtete? Jedenfalls entgingen ihm unsere Aktivitäten rund um die Büchervitrine nicht.

Ich stieß Larissa leicht an. »Sieh mal, wer da steht.«

Sie erkannte ihn sofort. Aber auch Zafón hatte bemerkt, dass wir ihn entdeckt hatten. Mit einem hämischen Grinsen auf dem Gesicht kam er hinter der Säule hervor und ging auf uns zu.

»Wir sollten besser verschwinden«, sagte ich. »Bei den vielen Menschen hier drin wird er es zwar nicht wagen, uns etwas anzutun, aber ich möchte es nicht drauf ankommen lassen.«

Kurz vor uns ging eine Gruppe japanischer Touristen gerade in Richtung Ausgang. Wir schlossen uns ihnen an. Ein Blick über die Schulter zeigte mir, dass Zafón uns im Abstand von wenigen Metern folgte.

»Was machen wir, wenn wir draußen sind?«, fragte Larissa.

»Der Orangenhof hat drei Ausgänge. Er wird erwarten, dass wir den nächstgelegenen nehmen. Also tun wir genau das Gegenteil.«

Die Moschee erschien mir mit einem Mal noch größer als vorhin. Vor allem der Weg bis zum Ausgang sah unendlich lang aus. Die Japaner plauderten munter miteinander und hatten es nicht besonders eilig. Immer wieder blieben einzelne Teilnehmer stehen, um ein Foto von sich machen zu lassen. Und alle anderen warteten natürlich!

Endlich war die Tür nur noch wenige Meter entfernt. Larissa und ich überholten die Gruppe und gingen hinaus, in der Hoffnung, die Japaner würden hinter uns den Ausgang blockieren und Zafón dadurch aufhalten. Sobald wir im Freien waren, fielen wir in einen leichten Trab.

Wir überquerten den Orangenhof, bis wir die *Puerta de los Deanes* erreichten. Ein kurzer Blick zurück zeigte uns, dass Zafón bereits die halbe Strecke zurückgelegt hatte. Er wollte wohl nicht laufen, weil das Aufsehen erregt hätte, aber mit schnellen Schritten kam er uns trotzdem bedrohlich näher.

Wir sprangen die Stufen vor dem Tor herab und rannten Richtung Alcázar. Kurz hinter dem Palast gabelte sich die Straße. Wir tauchten nach rechts in eine schmale Gasse mit niedrigen weißen Häusern ein und sprinteten los, so schnell wir konnten. Schließlich gelangten wir auf einen kleinen Platz, von dem ein Tor durch die Stadtmauer aus der Altstadt hinausführte.

Hinter dem Tor hielten wir das erste Mal kurz an. Zu unserer Rechten sahen wir eine Statue, die einen würdevollen Mann in maurischen Gewändern darstellte. Er stand mit einer Pergamentrolle in der Hand da und blickte streng auf das ausgetrocknete Bett eines Kanals herab. Vor uns erstreckte sich eine kleine Brücke über die Vertiefung zu einer viel befahrenen Straße. Zu unserer Linken führte ein schmaler Weg an der Stadtmauer entlang, der nach wenigen Metern um eine Ecke verschwand.

Ich überlegte fieberhaft, wohin wir uns wenden sollten. Auf der Straße würden wir uns nicht vor unserem Verfolger verstecken können. Also entschied ich mich für den Weg. Ich zog Larissa mit mir und wir rannten um die Mauerecke.

Hier fühlte ich mich etwas sicherer. Die Mauer wurde fünfzig Meter weiter wieder durch einen Vorsprung unterbrochen, um den sich der Weg herumwand. Wir liefen, bis wir auch diese Ecke umrundet hatten, und verlangsamten dann unsere Schritte. Wenn uns Zafón nicht am Anfang des Weges entdeckt hatte, dann konnte er uns jetzt nicht mehr sehen.

Obwohl die Mittagshitze vorüber war, lief uns der Schweiß in Strömen das Gesicht herunter. Wir trabten an der Stadtmauer entlang. Der Kanal, der den Weg auf der anderen Seite begrenzte, war offenbar schon lange nicht mehr in Betrieb, denn Gras und Sträucher hatten sich in seinem Bett breitgemacht und den Beton zum Platzen gebracht.

Wir kletterten ein paar Stufen empor und kamen an ein Tor in der Mauer. Dahinter lag ein kiesbestreuter Platz. Ein Mann in schwarzem Kostüm und mit einem kleinen roten Cape um den Hals führte ein Pferd herum.

»Das müssen die ehemaligen königlichen Reitställe sein«, sagte ich. »Sie erstrecken sich bis zum Alcázar. Vielleicht kommen wir auf diese Weise zurück, ohne dass Zafón uns sieht.«

Als der Mann bemerkte, dass wir durch das Tor gehen wollten, winkte er mit beiden Armen. »¡No! ¡No!« Wir blieben stehen. Er merkte wohl, dass wir kein Spanisch sprachen. »*You cannot pass here!*«, rief er. »*This is private property!*«

Hier kamen wir also nicht weiter. Wir machten kehrt. Zum Glück war von unserem Verfolger weit und breit nichts zu sehen. Wir wechselten auf einer kleinen Brücke auf die andere Seite des ausgetrockneten Kanals und folgten einem staubigen Fahrweg, der uns bis ans Ufer des Guadalquivir brachte. Rechts von uns strömte der Fluss entlang, links versperrte ein weiteres Stück alter Stadtmauer den Weg zur Straße. Kurz vor dem großen Schöpfrad an der Römischen Brücke endete der Weg. Hier führte ein kleiner Pfad auf die Straße zurück.

Von Zafón war nach wie vor nichts zu sehen. »Vielleicht haben wir uns die ganze Mühe umsonst gemacht und er ist uns gar nicht nachgelaufen«, mutmaßte Larissa.

»Ich gehe lieber auf Nummer sicher«, sagte ich. »Er kann sich immer noch irgendwo hier herumtreiben. Wir sollten auf der Hut sein.«

Wir folgten der Straße, bis wir die Römische Brücke erreicht hatten. Auf der anderen Seite ragte die *Puerta del Puente* auf, ein Stadttor aus dem sechzehnten Jahrhundert.

Dagegen gelehnt stand eine vertraute Gestalt: Zafón.

Er hatte die Arme verschränkt und grinste selbstzufrieden, ganz so, als hätte er hier seit einer halben Stunde seelenruhig unsere Ankunft erwartet.

Die Fußgängerampel sprang auf Grün, und er stieß sich vom Tor ab, um die Straße zu überqueren. Ohne zu zögern, rannten wir auf die Brücke, die um diese Zeit von zahlreichen Passanten bevölkert war. Haken schlagend erreichten wir das andere Ende. Direkt vor uns ragte der *Torre de la Calahorra* auf, dessen Eingangstür offen stand. Ohne groß zu überlegen, liefen wir hinein.

Warum wir nicht einfach weiterliefen, weiß ich heute nicht mehr. Sich in ein Gebäude mit nur einem Zugang zu flüchten, war sicherlich das Dümmste, was wir in dieser Situation tun konnten. Ich denke, wir sahen darin den einzigen Ort, der uns zwischen der ungeschützten Brücke und dem offenen Gelände dahinter einigermaßen Sicherheit vor unserem Verfolger bot.

Gleich hinter der Tür saß eine junge Frau, die Eintrittskarten verkaufte. Wir lösten zwei Tickets, lehnten die uns angebotenen Kopfhörer ab und gingen in die Ausstellung.

Unsere Hoffnung, durch Museumsbesucher besser geschützt zu sein, wurde sofort enttäuscht. Wir waren offenbar die Einzigen, die sich so kurz vor der Schließung noch im Turm aufhielten. Ein Blick in die Runde überzeugte uns zudem davon, dass die Räume im Erdgeschoss zu überschaubar waren, um sich dort zu verstecken.

Im ersten Stockwerk sah es nicht viel besser aus. Hier würden wir Zafón wie auf dem Präsentierteller ausgeliefert sein. Das galt auch für die nächste Etage. Eine Treppe führte zur Aussichtsplattform auf der Spitze des Turms. Ein anderes Mal hätte ich sicher die Aussicht genossen, die sich von hier auf die Mezquita und die Altstadt bot. Heute interessierte mich nur, ob uns Zafón tatsächlich gefolgt war.

Wir schlichen geduckt bis zur Umrandung des Daches und spähten vorsichtig zwischen zwei Zinnen hindurch. Unter uns lag die Brücke, die wir soeben überquert hatten. Und mitten darauf stand, den Blick nach oben gerichtet, Zafón. Wir zogen sofort die Köpfe zurück, aber als wir einen Moment später durch einen anderen Zwischenraum erneut nach unten linsten, war er verschwunden.

»Er hat uns gesehen und kommt hoch«, sagte ich resigniert. »Das war's dann wohl. Wir sitzen wie die Ratten in der Falle.« Ich wagte mir nicht vorzustellen, was er wohl mit uns anstellen mochte. Wenn ich nicht von der Hitze bereits so geschwitzt hätte, wäre mir der Angstschweiß ausgebrochen.

»Ratten wissen sich zu wehren.« Larissa inspizierte eine mannshohe Holzverschalung, die offenbar eine Lüftungsanlage umgab. »Es gibt nur zwei Orte, wo wir uns verstecken können«, sagte sie. »Hier hinter dem Holzaufbau oder hinter dem Turm.« Damit meinte sie das niedrige Türmchen, durch das man ins Treppenhaus gelangte.

Auf keinen Fall wollte ich ihm auf dem Dach begegnen. Ich wollte ihm überhaupt nicht in die Hände laufen. Wie konnte Larissa in dieser Situation nur so cool bleiben?

»Wenn er hier oben ankommt und uns nicht sieht, wird er uns sofort da vermuten«, sagte ich. »Wir sollten lieber runter vom Dach und uns irgendwo in der Ausstellung verstecken.«

»Da haben wir keine Chance. Hast du die Räume nicht gesehen? Sie sind viel zu eng, um ihm dort aus dem Weg zu gehen.«

»Das können wir hier oben auch nicht.«

»Stimmt. Aber hier können wir ihn zumindest überraschen. Und das reicht vielleicht aus.«

Sie deutete auf einen hüfthohen Holzkasten, der an der Seitenwand des Türmchens befestigt war. »Hilf mir mal hoch.«

»Willst du etwa …?«

»Genau. Du versteckst dich hinter dem Turm. Wenn er aus der Tür kommt, springe ich ihm in den Nacken. Wir müssen dann nur schnell genug ins Treppenhaus gelangen, um ihn auszusperren.«

»Das klappt doch nie!«

»Hast du eine andere Idee?« Sie nahm ihre Umhängetasche ab und streckte sie mir hin. »Hier. Und jetzt hilf mir endlich nach oben.«

Das Dach des Türmchens bestand aus einer gemauerten Kuppel. Lediglich über der Tür ins Treppenhaus war ein kleiner Absatz, an dem man sich abstützen konnte. Larissa kletterte auf den Holzkasten und versuchte, mit ihren Fingern an der Kuppel irgendwo Halt zu finden. Das schien gar nicht so einfach zu sein. Ich packte sie an den Knöcheln und hob sie mit aller Kraft nach oben, bis sie mit ihren Händen den höchsten Punkt der Kuppel umfassen konnte.

Sie zog ihr linkes Bein hoch. Einen Moment lang glaubte ich, sie würde wieder abrutschen, doch dann stützte sie sich mit dem linken Fuß auf den Absatz und schob sich ganz hoch. Sie drehte sich mit einer schnellen Bewegung um und ging über der Tür in die Hocke.

»Los, versteck dich«, flüsterte sie. Das ließ ich mir nicht zweimal sagen. Ich presste mich an der Rückseite des Türmchens an die Wand, bereit, jeden Augenblick loszusprinten. Hier konnte ich zwar von unserem Verfolger nicht sofort gesehen werden. Umgekehrt war es aber auch für mich unmöglich festzustellen, wann er durch die Tür trat. Ich konnte nichts tun und war ganz auf Larissa angewiesen.

Mein Herz wummerte in meiner Brust, nicht nur wegen der Anstrengung vorhin. Wie hatte Larissa doch am Flughafen gesagt: »Du hast Angst, weil du die Situation nicht kontrollieren kannst.« Genauso war es. Ich war in diesem Moment nicht mehr Herr der Lage. Mein Schicksal hing von anderen ab, von

Larissa und Zafón. Dieses Gefühl des Ausgeliefertseins war schlimmer noch als die Furcht vor unserem Verfolger.

Es kam mir so vor, als würde ich eine Ewigkeit hinter dem Turm warten. Dann ging alles ganz schnell: Ich hörte ein dumpfes Geräusch, ein Stöhnen und Larissas Stimme, die »Arthur!« rief. Wie ein geölter Blitz fegte ich um das Türmchen herum. Vor mir lag Zafón auf dem Boden, der jedoch schon wieder dabei war, sich aufzuraffen. Larissa war bereits im Treppenhaus verschwunden.

Ich warf mich durch die Türöffnung und taumelte einige Stufen herunter, bevor ich mein Gleichgewicht wiederfand. Hinter mir knallte Larissa die Tür zur Aussichtsplattform zu. Gerade noch rechtzeitig, denn schon eine Sekunde später wurde von der anderen Seite wütend dagegengetrommelt.

Wir sprangen die Stufen hinunter und rannten ohne anzuhalten aus dem Turm und über die Römische Brücke in Richtung Altstadt. In der Mitte der Brücke, etwa in Höhe der Statue des Erzengels Rafael, hielten wir an und warfen einen Blick zurück. Zafón war immer noch auf dem Dach eingeschlossen. Wir sahen ihn zwischen den Zinnen stehen und wütend seine Fäuste in der Luft ballen. Es sah so aus, als hätten wir ihn diesmal tatsächlich abgehängt.

Als wir an der Mezquita ankamen, war diese bereits geschlossen. Ich war darüber nicht unglücklich, Larissa schon.

»Jetzt verlieren wir einen ganzen Tag«, schimpfte sie. Sie hatte wirklich geplant, sich in der Moschee einschließen zu lassen. Mir gefiel der Gedanke überhaupt nicht. Ich war mir sicher, dass das schiefgehen musste. In Haarlem hatte es zwar geklappt, aber man sollte sein Glück nicht über Gebühr strapazieren.

»Ich brauche jetzt erst einmal eine Dusche«, erklärte ich, ohne näher auf ihre Bemerkung einzugehen. Ich fühlte mich schmutzig und verschwitzt und meine Kleidung klebte mir am Körper.

Larissa folgte mir murrend zum Hotel. Unterwegs kauften wir uns noch ein *bocadillo*, ein belegtes Brötchen, in einer Bar, denn keiner von uns hatte Lust, heute noch einmal unsere Herberge zu verlassen und Zafón in die Arme zu laufen. Und wenn wir die nächste Nacht in der Mezquita verbringen wollten, dann konnten wir jede Minute Schlaf brauchen.

Nachdem ich geduscht und gegessen hatte, legte ich mich auf mein Bett, um noch ein wenig in meinen Unterlagen über Córdoba zu lesen. Durchs offene Fenster wehte der wabernde Gesang eines Muezzins herein. Er kam heutzutage von einem Tonband, ein letztes Zugeständnis an die ehemalige Mehrheit der Stadt.

Ich lehnte mich gegen das Kissen und schloss die Augen. Der Gesang versetzte mich um tausend Jahre zurück in das Córdoba der Vergessenen Bücher. Ich hockte in einer Runde von Gelehrten auf dem Boden des Lesesaals der Großen Bibliothek. Hinter uns und um uns erstreckten sich die endlosen Regale, vollgestopft mit dem Wissen der Welt. Im Lichte dicker Kerzen studierten wir die Schriften, machten uns Notizen und tauschten unsere Meinungen dazu aus. Ich fühlte mich furchtlos und frei, denn dies war ein Ort, an dem man keine Angst haben musste. Uns alle verband der Wunsch, aus der Welt einen besseren Ort zu machen.

Mit diesen angenehmen Gedanken fiel ich in den Schlaf.

❖ Der Code wird geknackt ❖

Als wir am nächsten Morgen nach dem Frühstück den Orangenhof betraten, wimmelte es dort von Uniformierten. Vor dem Eingang in die Mezquita hatte sich eine riesige Menschentraube gebildet. Eine unangenehme Vorahnung überfiel mich. Wir überquerten den Hof und näherten uns der Menge.

Der Zugang selbst war mit drei rotweißen Holzböcken versperrt, hinter denen sich zwei Polizisten aufgebaut hatten. Auf der anderen Seite der Barrikade standen eine Handvoll Reporter. Sie streckten einem elegant gekleideten Mann vor der Absperrung ihre Mikrofone und Kameras entgegen. Leider konnten wir kein Wort von dem, was er sagte, verstehen.

»Wo ist der Maure, wenn man ihn braucht?«, fragte ich frustriert. »Wie sollen wir erfahren, was da drin passiert ist, wenn wir kein Spanisch können?«

»Psst!« Larissa hielt den Kopf nach vorn gereckt, als ob sie verstehen würde, was an der Absperrung gesprochen wurde.

»Willst du wissen, was l-l-los ist?« Ein kleiner dicker Mann sprach mich von der Seite in stotterndem Deutsch an.

»Ja, sehr gerne«, erwiderte ich automatisch.

»Man ist in der Nacht in die Moschee eingeb-b-brochen«, sagte er. »Das ist noch nie vorgek-k-kommen.«

Auch Larissa wandte ihre Aufmerksamkeit dem Mann zu.
»Wurde etwas gestohlen?«, fragte sie.
»Das ist ja das M-merkwürdige. Die D-diebe haben die w-wertvollsten Sachen nicht angerührt. Sie haben nur ein paar G-gebetbücher mitgenommen.«
»Weiß man schon, welche Bücher das sind?«, fragte ich.
Der Mann nickte. »Sechs M-m-messbücher, die in Glasvitrinen ausgestellt waren.«
Larissa und ich sahen uns an. Das konnte kein Zufall sein! Ich musste sofort an Zafón denken. Er hatte gestern mit Sicherheit unser Interesse an den Messbüchern bemerkt. Ich war überzeugt davon, dass er und Pluribus hinter dem Diebstahl steckten. Larissa gab mir durch eine leichte Kopfbewegung zu verstehen, dass sie derselben Meinung war wie ich.
Dem Mann war unsere Reaktion aufgefallen. »Täusche ich mich oder seid auch ihr an d-d-diesen Büchern interessiert?«
»Ähm ... tja ...«, stotterte ich.
»Wir haben die Bücher gestern gesehen«, kam mir Larissa zu Hilfe. »Sie sind uns einfach nur aufgefallen.«
»So, so«, lächelte er. Dann streckte er erst ihr und anschließend mir seine Hand hin.
»Ich heiße Juan Torres.«
»Larissa Lackmann«, sagte Larissa.
»Arthur Schneider«, schloss ich mich an.
»¡Encantado!«, sagte Torres und verbeugte sich leicht. »Ihr müsst k-k-keine Angst haben vor mir«, beteuerte er. »Ich bin kein P-polizist, sondern P-privatdetektiv.«
Er sah überhaupt nicht so aus, wie ich mir einen Privatdetektiv vorstellte. Er war klein und dick, hatte einen Bürsten-

schnitt und einen sauber gestutzten Schnurrbart sowie ein freundliches Gesicht mit vielen Lachfalten. Detektive waren für mich harte Kerle mit einem stahlharten Blick, die einen Trenchcoat und dazu einen Schlapphut trugen. Torres war nichts von dem. Mit seinem kurzärmeligen karierten Hemd und seiner hellen Hose sah er eher wie ein Tourist aus. Aber wahrscheinlich war das alles nur Teil seiner Tarnung.

Er sah sich um. Immer mehr Schaulustige strömten herbei. »Vielleicht k-k-können wir uns an einem ruhigeren Ort ein wenig unterhalten? Ich lade euch ein.«

»Warum nicht?«, sagte Larissa. »Hier können wir im Augenblick sowieso nicht viel ausrichten.«

»*Bueno*«, freute sich Torres. »Ich k-k-kenne hier ein nettes Lokal in der Nähe. Es wird euch gef-f-fallen.«

Ohne großes Zögern drehte er sich um und bahnte sich einen Weg durch die Menge. Wir folgten ihm durch die *Puerta de Santa Catalina* und bogen schräg gegenüber in eine kleine Gasse ein.

Ein paar Meter weiter hielt er vor einer Tür an. Das Restaurant hieß *Mesón los 5 Arcos*. Warum, das bemerkten wir sofort nach dem Eintreten: Der Innenraum wurde von fünf geschwungenen Bögen auf Säulen dominiert, die exakt denen in der Mezquita nachempfunden waren. Torres winkte uns durch eine Tür, die in einen blumengeschmückten Innenhof führte, der zum Schutz gegen die Hitze mit einem weißen Leinentuch überspannt war.

Trotz der frühen Stunde war das *Meson* schon gut besucht. Die Gäste sahen eher wie Einheimische als wie Touristen aus. Vor sich hatten sie Tapasteller und Rotweingläser stehen.

Zielsicher steuerte der Detektiv einen der wenigen freien Tische an.

»W-w-wollt ihr etwas essen?«, fragte er, als wir alle Platz genommen hatten. »Hier gibt es einige t-t-typische Spezialitäten der Region.«

Ich musste an die Innereien denken und lehnte dankend ab. »Ich möchte nur einen Orangensaft.«

Larissa schloss sich meiner Wahl an. Torres schien den Kellner gut zu kennen, jedenfalls begrüßten die beiden sich überschwänglich. Wenige Minuten später standen zwei frisch gepresste Säfte vor uns. Torres hatte sich für ein Mineralwasser entschieden.

»Woher können Sie so gut Deutsch?«, fragte Larissa.

»M-meine Mutter ist D-deutsche und ich bin die ersten z-zehn Jahre meines Lebens in Köln aufgewachsen«, antwortete er. »Ich freue m-mich immer, wenn ich Gelegenheit habe, m-mich darin zu üben. W-wir können natürlich auch g-gerne Spanisch sprechen, wenn ihr das w-wollt.«

»Nein, nein, vielen Dank«, wehrte ich ab. »Deutsch ist völlig okay.«

»Gut.« Er atmete einmal tief durch. »Seit einigen M-monaten treibt ein gerissener D-dieb sein Unwesen in der Stadt. Er bricht in M-museen und B-bibliotheken ein und entwendet historische Skulpturen und Schriftstücke. Der P-p-polizei ist es bislang nicht gelungen, ihn dingfest zu machen. Deshalb hat die Versicherung eines d-der gestohlenen Gegenstände mich beauftragt, eigene Ermittlungen anzustellen.«

Er nahm einen langen Schluck aus seinem Wasserglas.

»Das M-merkwürdige an der Sache ist, dass der Täter nur

ausgewählte Stücke mitgehen lässt und auf Werke von viel höherem Wert verzichtet. Darum vermute ich, dass der Diebstahl der M-m-messbücher ebenfalls von demselben oder denselben Tätern begangen worden ist. Und darüber scheint ihr etwas zu wissen, oder?«

Er bemerkte unser Zögern und hob seine rechte Hand wie zum Schwur in die Höhe. »Ich verspreche euch, dass ich nichts w-w-weitersagen werde.«

Ich hatte das Gefühl, dass wir Torres vertrauen konnten. Larissa nickte mir kurz zu. »Die gestohlenen Bücher haben wirklich eine besondere Bedeutung«, sagte ich. Ohne ihm etwas über die Vergessenen Bücher zu berichten, erzählte ich von den Hinweisen, die uns zu den Messbüchern geführt hatten.

»Eine seltsame G-geschichte«, kommentierte Torres. »Ihr findet in einer Mauerspalte zufällig einen Zettel und glaubt, das sei eine B-botschaft für euch?«

Ich verstand, dass ihm das merkwürdig vorkommen musste. Schließlich ging es mir nicht anders. Doch was hatte der Maure gesagt? Der Zufall ist das Werkzeug der Bewahrer. Wie sollte das jemand verstehen, der nicht zu den Eingeweihten zählte?

»Wir sind keine Spinner«, verteidigte ich uns. »Auch wenn es unwahrscheinlich klingt: Diese Botschaft war für uns bestimmt.«

»Wir wollten uns die Bücher sogar selbst holen«, gab Larissa zu. »Aber das ist ja jetzt wohl nicht mehr möglich.«

»Darüber solltet ihr froh sein«, sagte Torres. »Sonst hätte eure Reise w-w-wahrscheinlich in einem unserer Gefängnisse geendet. Wo die Diebe über k-k-kurz oder lang auch landen werden.«

»Da bin ich mir nicht so sicher«, murmelte ich.

Torres spitzte die Ohren. »Habt ihr etwa einen Verdacht?«

»Es gibt da jemanden, der uns gestern verfolgt hat«, erklärte ich. »Vielleicht hat er mit dem Diebstahl nichts zu tun. Aber zutrauen würde ich es ihm schon. Er heißt Onofre Zafón.«

»Zafón?« Torres lachte. »Da habt ihr euch aber einen schönen B-b-bären aufbinden lassen!«

Larissa und ich starrten ihn verständnislos an.

»Carlos Ruiz Zafón ist ein bekannter spanischer B-bestsellerautor. Es wäre ein großer Zufall, wenn euer Onofre denselben Nachnamen t-tragen würde. Ich vermute, es handelt sich um eine Erfindung und er heißt in W-w-wirklichkeit ganz anders.«

»Gut möglich«, räumte ich ein. »Aber das ist jetzt sowieso egal. Er hat die Messbücher und damit auch die einzige Spur, die wir hatten.«

»Nicht so schnell, nicht so schnell. Lasst uns doch noch mal einen B-blick auf eure B-botschaft werfen.«

Larissa legte den Zettel auf den Tisch, den wir in der Synagoge gefunden hatten. Torres zog ein Brillenetui aus der Hosentasche, entnahm ihm eine randlose Brille und setzte sie sich auf die Nase. Dann beugte er sich über den Code und studierte ihn einige Minuten lang. Keiner von uns sagte ein Wort.

»Es ist also die rätselhafte Z-zahl 28343, die wir knacken müssen«, bemerkte er.

»Wenn wir das Buch hätten, könnten wir versuchen, etwas herauszukriegen«, klagte Larissa. »Wie sollen wir jetzt die Lösung finden?«

»Nur Geduld«, beruhigte sie unser Gegenüber. »Vielleicht

hat die Z-zahl ja gar nichts mit den Messb-b-büchern zu tun, sondern mit dem Ort, an dem ihr gestanden habt.«

»Aber da war nichts außer den Büchern«, protestierte ich.

»Es ist immer etwas da«, sagte Torres. »Man m-muss es nur sehen. Habt ihr zufällig F-fotos von den Büchern gemacht?«

»Haben wir.« Larissa zog das Handy hervor und navigierte mit dem Finger durch die Fotogalerie, bis sie bei den passenden Bildern war. Sie hielt Torres das Display hin. »Hier«, sagte sie. »Und hier und hier.« Dabei scrollte sie jeweils ein Foto weiter.

»Noch einmal z-zurück, bitte.« Torres nahm ihr das Handy aus der Hand und legte es vor sich auf den Tisch. Er vertiefte sich in das Foto. »Kann man das auch verg-g-größern?«, fragte er schließlich.

Larissa zoomte mit einer Fingerbewegung über das Glas näher heran. Torres hatte den Bogen sofort raus. Er verschob das Foto, vergrößerte es noch einmal, verschob es wieder. Dann zog er aus der Brusttasche seines Hemdes einen Notizblock, an dessen Seite in einer Lasche ein Bleistift steckte.

Er schlug ein leeres Blatt auf und notierte untereinander die Wörter MISAL, EPISTOLAS und EVANGELIOS, die auf kleinen Schildern unter den Büchern in der Vitrine standen.

»Misal b-bedeutet Messbuch. Epistolas sind die Apostelbriefe. Und Evangelios sind d-die Evangelien«, erklärte er.

»Kryptografie!«, unterbrach ihn Larissa. »Dass ich da nicht eher draufgekommen bin! Und wir hatten es die ganze Zeit vor Augen!«

Ohne zu fragen, zog sie Torres den Block weg und nahm ihm den Bleistift aus der Hand. Sie schrieb ein paar Buchstaben auf, dann darunter eine zweite Reihe und setzte den Vorgang fort, bis sie acht Wörter untereinanderstehen hatte. Dann drehte sie ihre Liste so, dass wir sie sehen konnten:

IISAS
IASAS
PAISI
VIANA
OAILI
APLOL
AISIS
ALSIS

Ich studierte die Begriffe, die sie aufgeschrieben hatte.

»Ich werde daraus nicht schlau«, musste ich schließlich einräumen. »Wie kommst du darauf?«

»Ich habe die drei Wörter in allen möglichen Kombinationen hintereinandergenommen und dann die Buchstaben aufgeschrieben, die der jeweiligen Zahl entsprechen, also den zweiten, dann den achten, dann den dritten und so weiter. Anschließend habe ich das Ganze dann noch mal rückwärts gemacht, also von den letzten Buchstaben der Wörter aus.« Sie seufzte. »Allerdings ergibt für mich auch keine der Kombinationen einen Sinn. Das wäre wohl auch zu einfach gewesen.«

»G-ganz und g-gar nicht«, mischte sich Torres ein. »Die L-lösung ist perfekt.«

Wir sahen ihn fragend an.

»Ihr könnt es nicht w-wissen, denn ihr kennt Córdoba nicht so gut«, strahlte er. »Da, das v-vierte Wort von oben, Viana.

Es gibt hier den Palast des Marquis von Viana. Er d-dient heute als Museum und ist b-bekannt für seine ausgesprochen große, alte B-bibliothek.«

Wir fuhren beide wie elektrisiert in die Höhe. Ob das der Ort sein konnte, an dem das Buch der Wege versteckt war?

»Ist dieser Palast weit von hier?«, fragte Larissa.

Torres schüttelte den Kopf. »Eine V-viertelstunde zu Fuß. Aber er schließt um v-vierzehn Uhr. Wir sollten uns also beeilen.«

Der Kellner hatte mit unseren Getränken einen kleinen Teller auf dem Tisch zurückgelassen, auf dem mit einer Plastikklammer die Rechnung festgeklemmt war. Torres zog sie heraus, warf einen kurzen Blick darauf und legte dann ein paar Euromünzen auf das Tellerchen.

Wenig später eilten wir wieder hinter ihm her durch das Labyrinth der Altstadt. Der Detektiv war erstaunlich gut zu Fuß. Obwohl ihm der Schweiß in Strömen über das Gesicht lief, schien ihm die Hitze nichts auszumachen. Er hatte sogar genügend Energie, uns über die Schulter Erklärungen zu den Gebäuden, an denen wir vorbeikamen, zuzurufen.

»Das sind die arabischen B-bäder«, rief er, oder: »Das ist das M-museum des größten Cordobeser M-malers, der übrigens ein Namensvetter von mir ist: Julio Romero de Torres.« Oder: »Diese Statue ohne K-kopf ist die des römischen Philosophen Seneca, der in Córdoba geboren w-wurde.«

Wir kamen an eine Kreuzung. Rechts von uns konnten wir den Guadalquivir sehen. Torres bog nach links ab. Das war jetzt keine Gasse mehr, sondern eine richtige Straße, ein Zeichen, dass wir die historische Altstadt verlassen hatten. Sie führte einen Hügel empor, auf dessen Gipfel eine Reihe majestätischer Säulen hinter Maschendraht standen, umgeben von hässlichen neuen Bürobauten.

»Die Überreste eines römischen T-tempels«, sagte Torres, ohne anzuhalten. »Er war wahrscheinlich der Anbetung des K-kaisers gewidmet.«

Er bog nach rechts ein. »Was ist das eigentlich für ein Palast, zu dem wir gehen?«, keuchte ich. Der Maure hatte uns geraten, uns langsam zu bewegen, aber Torres schien davon noch nichts gehört zu haben. Mein ganzer Körper war in Schweiß gebadet.

»Der Palacio de Viana war noch bis 1980 der St-tammsitz der Marquis von Viana«, erwiderte er. »Er ist fünfhundert Jahre alt und berühmt für seine v-vierzehn blumengeschmückten Innenhöfe. Und natürlich für seine B-bibliothek. Außerdem enthält er ungezählte Kunstwerke: G-gemälde, alte Möbel, Schmuck, Porzellan und vieles mehr.«

Ohne den Schritt zu verlangsamen, bog er nach links ab. »Wir sind gleich da«, verkündete er und deutete nach vorn. Ich konnte nicht viel erkennen.

»Die Paläste der Adligen in Córdoba sind von außen s-sehr schlicht gehalten«, sagte er, als habe er meine Gedanken gelesen. »Den Prunk findet man m-meistens im Inneren.«

Als wir endlich vor dem Gebäude standen, musste ich Torres zustimmen. Ich wäre nie auf die Idee gekommen, dass sich hinter den schmucklosen Mauern ein Palast verbergen würde. Wir folgten dem Detektiv zum Eingang und kauften unsere Tickets. Es waren noch zahlreiche Besucher in den Innenhöfen des Palastes unterwegs. Wir hielten uns nicht lange mit den Sehenswürdigkeiten dort auf, sondern steuerten direkt die Bibliothek an.

Es war ein großer Raum, dessen Wände mit vergitterten Bücherschränken vollgestellt waren, die bis unter die Decke reichten. Davor standen an mehreren Stellen alte Sessel und kleine antike Schreibpulte, die allerdings nicht zur Benutzung durch die Besucher gedacht waren, sondern dem Raum lediglich etwas mehr Atmosphäre verleihen sollten.

Ein weißer, billiger Teppich war als Besucherweg über den polierten Holzboden und die wertvollen Wollteppiche der Bibliothek gelegt worden. Langsam traten wir in den Raum und ließen unsere Augen über die Buchrücken wandern. Viele davon waren sicherlich mehrere Hundert Jahre alt.

»Jetzt bist du dran«, sagte Larissa. Sie flüsterte, obwohl sich außer uns niemand in dem lang gezogenen Raum befand.

Ich konzentrierte mich auf irgendwelche Signale, die von einem Buch ausgehen mochten, spürte aber, wie immer, nichts. Wir folgten dem weißen Weg langsam um eine Ecke. Am anderen Ende des Raums war eine Tür, vor der an einem Tischchen ein Mann saß, der uns gelangweilt beobachtete.

Ich blieb vor einem der Bücherschränke stehen. Einen besonderen Grund dafür gab es nicht; ich hätte ebenso gut den nächsten oder übernächsten Schrank nehmen können. Manche Leute stellen sich die Fähigkeit eines Bewahrers, Bücher zu finden, so vor, als würden sie wie von einem unsichtbaren Magneten angezogen. Bei mir war das ganz und gar nicht so. Weder spürte ich eine Kraft, noch gab es eine Art inneren Kompass. Ich blieb einfach irgendwo stehen und griff rein zufällig nach einem Buch.

Ich konnte selbst nicht so recht glauben, dass das alles war. Immer wieder versuchte ich, Signale zu empfangen, die doch sicherlich von den gesuchten Büchern ausgingen. Aber bislang hatte das noch nie funktioniert. Wahrscheinlich war ich nur zu blöd, sie wahrzunehmen.

Ich ging in die Hocke und studierte die Buchtitel hinter dem vergitterten Glas. Die Buchstaben waren zum Teil erheblich verblichen und ich konnte kaum etwas erkennen. Dann richtete ich mich wieder auf. Im obersten Regal stach ein in hellrotes Leder gebundenes Buch mit goldenen Lettern auf dem Rücken aus dem Einerlei der grünen und weißgelben Buchrücken hervor. Wenn ich gekonnt hätte, dann hätte ich es aus dem Regal gezogen. Aber das ging leider nicht.

Ich hob den Arm und deutete auf das Buch. »Das da oben würde ich mir gerne mal ansehen.«

Torres, der hinter mir stand, nickte. »Ich frage mal. Man k-kennt mich hier, vielleicht habe ich Glück und wir dürfen das B-buch herausnehmen.«

Er ging zu dem Wachmann, der sich kerzengerade aufrichtete, als er Torres nahen sah. Er war noch etwas beleibter als der Detektiv, und es sah komisch aus, wie er seine Mütze zurechtschob, die nicht so recht auf den dicken Kopf mit den abstehenden Haarbüscheln passen wollte.

Zwischen den Männern entspann sich ein heftiger Disput. Beide gestikulierten mit ihren Händen, und immer wieder schüttelte der Wachmann den Kopf. Als Torres schließlich zurückkehrte, konnten wir ihm seinen Ärger ansehen. »So ein sturer Bürokrat! Nur eine Aushilfskraft, aber tut so, als sei er der Direktor persönlich! Er war nicht mal b-bereit, den

K-kurator zu rufen. Da müssen w-wir wohl morgen noch mal herkommen.«

»So lange können wir nicht warten«, konstatierte Larissa. Torres blickte sie verblüfft an. Der Wachmann beobachtete unseren Wortwechsel aufmerksam. Ich gab den beiden ein Zeichen und wir verließen die Bibliothek.

»Wir sollten keine übereilten Entschlüsse fassen«, sagte ich, als wir wieder draußen standen.

»Aber du hast etwas gefunden!«, protestierte Larissa.

»Sagen wir mal lieber, ich hätte ein Buch aus dem Schrank herausnehmen können. Ob es irgendeine Bedeutung hat, weiß ich nicht.«

»Das ist besser als nichts.« Sie hatte eine Entscheidung getroffen, das sah ich ihr an. »Eine andere Spur haben wir nicht. Also holen wir uns das Buch.«

»M-moment!«, mischte sich Torres ein. »Ich werde dafür bezahlt, Diebstähle zu verhindern! Da könnt ihr nicht erwarten, dass ich euch dabei helfe, ein B-buch aus dem Viana-Palast zu klauen.«

»Wir wollen es nicht klauen«, beruhigte ich ihn. »Wir möchten es lediglich ausleihen und einen Blick hineinwerfen. Und tagsüber geht das nicht, wie Sie soeben selbst gesehen haben.«

Das überzeugte ihn nicht. »Ich kenne die Leute, die den P-palast verwalten. Ich kann mit denen reden und eine Erlaubnis erwirken, dass ihr in das B-buch Einblick bekommt.«

»Und wie lange dauert das?«, fragte Larissa skeptisch.

Torres trat von einem Fuß auf den anderen. »Solche Vorgänge müssen stets ihren g-geregelten Gang gehen. Da sind F-formulare auszufüllen, Beglaubigungen zu erstellen ...«

Larissa zog verächtlich die Mundwinkel herab. »Also eine oder zwei Wochen?«

Torres machte eine unglückliche Miene. »Vielleicht b-bekommen wir auch die Erlaubnis, sofort einen B-blick hineinwerfen zu d-dürfen«, mutmaßte er.

«Vielleicht, vielleicht.« Larissa war ihre Ungeduld deutlich anzumerken. »Und vielleicht erst in einer Woche, wenn alles zu spät ist.«

«Aber ihr könnt doch nicht ... Ich kann nicht ...« Hilflos hob er die Hände. Er tat mir leid. Er war angestellt worden, um einen Dieb zu fassen, und hier standen wir und sprachen ganz offen darüber, ein Buch aus dem Viana-Palast herauszuholen.

Während unseres Gesprächs waren wir langsam bis zur Straße weitergegangen. Mit einem Mal blieb Larissa stehen und packte mich am Arm.

»Sieh mal, wer da drüben in dem roten Auto sitzt. Aber unauffällig!«

Ich bückte mich, so als wollte ich mir die Schnürsenkel zubinden, und ließ meinen Blick über die parkenden Autos am Straßenrand gleiten. Hinter dem Steuer eines verbeulten Kleinwagens saß Zafón und beobachtete uns.

Ich erhob mich wieder und drehte mich zu Torres um. »Da im roten Auto hinter mir sitzt Onofre Zafón«, flüsterte ich. »Er muss uns die ganze Zeit gefolgt sein.«

»Ich kann mir schon denken, warum er hier ist«, sagte Larissa. »Gestern hat er uns in der Mezquita beobachtet, und dann wurden letzte Nacht die Messbücher gestohlen. Ich wette, das ist heute nicht anders. Er will sehen, hinter was wir her sind, damit er und Pluribus es sich unter den Nagel reißen können.«

»Ihr m-meint also, der Mann dort ist verantwortlich f-für die Einbrüche?«, fragte Torres.

»Er führt sie zumindest aus«, sagte ich. »Aber ich bin mir sicher, dass Pluribus dahintersteckt.«

»Pluribus? W-wer ist Pluribus? Davon habt ihr bislang nichts erwähnt.«

Ich überlegte, wie viel ich Torres erzählen sollte, und entschied mich für die Wahrheit – zumindest teilweise. »Pontus Pluribus ist der Auftraggeber von Zafón. Er glaubt, dass wir wissen, wo sich ein bestimmtes Buch befindet, das er unbedingt besitzen will. Deshalb ist er hinter uns her. Und deshalb müssen wir auch an dieses Buch im Viana-Palast rankommen.«

»Wenn Zafón tatsächlich der Dieb ist, dann arbeitet er vielleicht schon länger für die Vogelscheuche«, mutmaßte Larissa. »Das würde auch erklären, warum nur bestimmte Stücke aus den bestohlenen Sammlungen verschwunden sind. Denn Pluribus geht es nicht um Geld, sondern um Informationen. Und aus irgendeinem Grund glaubt er, diese in Córdoba finden zu können.«

»Das könnte auch erklären, wie es Pluribus gelingen konnte, so schnell Hilfe vor Ort anzuheuern.« So langsam klärten sich einige Dinge auf. »Wenn er Zafón schon vorher hier in seinem Auftrag Diebstähle ausführen ließ, dann war es natürlich ein Leichtes, ihn umgehend nach Sevilla zu beordern.«

»Ein Grund mehr, das Buch so schnell wie möglich in die Hände zu bekommen.« Larissa war entschlossener denn je.

Torres schüttelte nur traurig den Kopf.

»Wir sind Ihnen sehr dankbar für Ihre Hilfe«, sagte ich. »Aber vielleicht ist es jetzt sinnvoll, wenn wir uns trennen.

Mit Zafón haben Sie nun eine heiße Spur. Je eher Sie ihn festnageln, desto besser, auch für uns.«

Torres legte seine Stirn in Sorgenfalten. »Mag sein, dass du recht hast. Ich hoffe nur, ihr macht k-keinen Unsinn. Sonst müsste ich euch n-nachher ...«

»Bestimmt nicht«, unterbrach ich ihn. »Wir werden Ihnen keinerlei Scherereien bereiten.« Ich warf Larissa einen Blick zu. Sie verstand meinen Hinweis und nickte zustimmend.

»Z-zur Sicherheit werde ich euch b-bis zu eurem Hotel begleiten«, sagte Torres, und diesmal widersprach ihm auch Larissa nicht. Schweigend liefen wir nebeneinander her, bis wir wieder in den Gassen der Altstadt waren. Zafón war uns augenscheinlich nicht gefolgt. Vor unserem Hotel verabschiedeten wir uns von dem Detektiv, der uns immer noch mit einem nachdenklichen Gesicht ansah.

Wie um die Mittagszeit üblich, war der Strom der Touristen rund um die Mezquita ein wenig verebbt. Die Verkäufer der Andenkengeschäfte hatten jetzt Zeit, in der Tür zu stehen und ein Schwätzchen mit dem Nachbarn zu halten. Auch das Café gegenüber unserem Hotel hatte genügend freie Tische zu bieten.

Wir setzten uns und bestellten jeder ein *bocadillo* und eine Cola. Tagsüber, unter der brennenden Sonne, hatte ich nur Durst gehabt; jetzt kam der Hunger mit Macht. Larissa ging es ebenso. Während wir in die Baguettebrötchen mit Serranoschinken bissen, schmiedeten wir unseren Plan für die kommende Nacht.

»Meinst du, es gelingt uns, in den Viana-Palast reinzukommen?«, fragte ich Larissa.

Sie kaute nachdenklich auf ihrem Brötchen herum. »Keine Ahnung. Aber ich bin sicher, dass Zafón etwas plant. In der Mezquita ist er uns zuvorgekommen. Das wird er diesmal auch wieder versuchen. Und wenn *er* reinkommt, dann schaffen wir das auch.«

Ich wiegte meinen Kopf zweifelnd hin und her. »Wer weiß, ob er nicht noch weitere Helfer hat. Er kennt sich hier aus, spricht die Sprache – vielleicht besticht er die Wachen oder Ähnliches. Diese Möglichkeiten haben wir nicht.«

»Dafür können wir andere Dinge. Und wir wissen mehr als er.«

»Da bin ich mir nicht so sicher. Schließlich hat er Pluribus auf seiner Seite, dessen Kenntnisse der Vergessenen Bücher die unseren bei Weitem übersteigen.«

»Und doch kommt auch er ohne uns nicht voran. Das ist unser Vorteil, den müssen wir nutzen.«

»Indem wir in den Viana-Palast einbrechen?«, fragte ich ohne große Überzeugung. »Ich weiß nicht einmal, ob da ein Buch steht, das uns weiterhilft.«

»Das sagst du jedes Mal«, gab Larissa zurück. »Manchmal habe ich das Gefühl, du willst dich nur vor deinen Fähigkeiten drücken. Ich dachte, du wolltest mir helfen, meine Eltern zu retten.«

Ich antwortete nicht sofort, sondern zählte innerlich langsam bis zehn. Insgeheim sehnte ich mich zurück nach der Zeit, als wir uns noch unterhalten konnten, ohne dass Larissa bei jedem Widerspruch explodierte. Ich hatte das Gefühl, in ihrer Gegenwart wie auf rohen Eiern zu balancieren.

Vielleicht hatte sie sogar recht. Was nützt einem eine Begabung, von der man nichts merkt? Der Einbruch in den Viana-Palast war reine Spekulation! Die Chancen, dort etwas zu finden, was uns weiterhelfen würde, standen ebenso hoch wie die auf eine Niete.

Ich seufzte. »Ich will mich nicht vor meinen Fähigkeiten drücken. Ich wünschte nur, ich würde sie besser verstehen.«

»Ich denke, es mangelt dir an Vertrauen.« Larissa klang deutlich versöhnlicher. »Dein Kopf akzeptiert deine Gabe, aber dein Herz nicht. Du fürchtest dich stets davor zu scheitern. Und das wirkt sich auf dein ganzes Denken und Handeln aus.«

»Ich bin nicht der Einzige, bei dem sich etwas auswirkt«, brummte ich.

Das Klingeln des Handys unterbrach unsere Diskussion. Es war Mario, der hören wollte, wie es uns ging.

»Wir proben gerade unser neues Stück«, sagte er. »Habt ihr nicht Lust vorbeizukommen?«

Ich hätte mich lieber unter die Dusche gestellt und anschließend eine Siesta gehalten. So langsam begann ich, diesen Brauch zu schätzen. Aber wir schuldeten es unserem Gastgeber, seine Einladung anzunehmen.

Er erklärte uns den Weg zur Schauspielschule. Sie lag höchstens zehn Minuten von unserem Hotel entfernt. Wir versprachen, in einer halben Stunde da zu sein.

Kaum war das Gespräch beendet, klingelte das Telefon erneut. Diesmal war es der Bücherwurm. Larissa berichtete ihm in Kurzform, was uns an den letzten beiden Tagen widerfahren war. Er schien nicht begeistert zu sein, denn sie musste ihm mehrfach versichern, dass wir wohlauf seien und alles in bester Ordnung sei. Das war natürlich die Übertreibung des Jahres!

»Ihr nehmt euch vor Pluribus und seinen Spießgesellen in Acht?«, fragte er auch mich, als ich das Handy übernahm.

Was sollte ich ihn unnötig beunruhigen. »Keine Sorge. Wir passen schon auf uns auf.«

»Das sagst du so einfach. Aber ich mache mir durchaus Sorgen, Arthur. Jetzt, da die Schatten im Spiel sind, ist der Einsatz deutlich höher als im vorigen Jahr. Das heißt, auch das Risiko für euch ist größer.«

»Bislang läuft alles ganz gut«, wiederholte ich. »Und wenn wir Glück haben, sind wir in zwei Tagen schon wieder zu Hause.«

»Ihr habt also eine Spur?«

»Es sieht so aus.« Ich wollte ihm keine Details verraten. Wenn er erfuhr, dass wir planten, in eines der bekanntesten Museen Córdobas einzubrechen, hätte er wahrscheinlich einen Herzinfarkt bekommen. »Ich muss jetzt Schluss machen, wir sind mit Mario verabredet.«

Ich spürte, dass er gern noch mehr erfahren hätte. Schnell verabschiedete ich mich und unterbrach die Verbindung. Ich reichte Larissa das Handy zurück. »Wegen mir können wir los.«

Unterwegs versuchte ich noch einmal, sie von ihrem Vorhaben abzubringen, natürlich ohne Erfolg. »In ein paar Stunden können wir das Buch der Wege in der Hand halten! Diese Chance lasse ich mir auf keinen Fall entgehen. Egal, ob du mitkommst oder nicht«, war alles, was sie dazu sagte.

Der Probenraum war ein kleiner, dunkler Saal mit ein paar

Dutzend Stühlen vor einer niedrigen Bühne, die von mehreren Scheinwerfern mehr schlecht als recht bestrahlt wurde. Einige der *vagabundos* saßen auf dem Bühnenrand und strichen in ihren Textbüchern herum, andere gingen auf der Bühne hin und her und deklamierten leise Texte vor sich hin. Mario Montalba saß in der ersten Reihe und besprach sich mit einem seiner Kollegen. Als er uns sah, sprang er auf und kam uns entgegen.

»¡*Hola!* Wie geht es euch? Wollt ihr etwas trinken? Setzt euch! Wir haben Wasser und Cola. Habt ihr Hunger?« Er überfiel uns mit einer Serie von Fragen, von denen er die erste schon vergessen hatte, als wir die letzte beantworteten. Dann führte er die Diskussion mit seinem Nebenmann übergangslos fort.

Ein paar Stuhlreihen weiter hinten im Halbdunkel entdeckten wir den Mauren. Nachdem wir uns ein paar Kekse und Wasser von einem wackeligen Tischchen vor der Bühne geholt hatten, setzten wir uns neben ihn.

»¡*Hola!*«, grüßte ihn Larissa. »Wir haben den Code geknackt.«

Der Maure zog fragend die Augenbrauen hoch. Larissa berichtete von der Spur, die in den Viana-Palast führte.

»Und ihr seid sicher, das, was ihr sucht, dort zu finden?« Sein durchdringender Blick wanderte von Larissa zu mir und zurück.

»Sicher bin ich nicht«, räumte ich ein. »Aber eine andere Möglichkeit sehen wir im Augenblick nicht.«

Der Maure hob die Hand. »Mal angenommen, ihr findet nichts. Was macht ihr dann?«

Ich zuckte mit den Schultern. »Wieder von vorn anfangen.«

»Wir finden etwas«, sagte Larissa bestimmt. »Wir haben in der Synagoge den Zettel gefunden und in der Mezquita den Text für den Code. Das kann kein Zufall sein.«

»An Zufälle glaube ich ebenfalls nicht«, lächelte der Maure. Ich gab ihm innerlich recht. Wer hatte uns denn in die Synagoge geführt? Das war er gewesen. Ganz so, als hätte er gewusst, dass wir dort auf einen Hinweis stoßen würden.

»Es war auch kein Zufall, dass wir Sie getroffen haben«, warf ich ein. »Jemanden, den niemand wirklich kennt und der *zufällig* jede Menge über die Vergessenen Bücher weiß.«

Er betrachtete mich nachdenklich. »Du hast recht, ich habe euch erwartet«, sagte er schließlich.

Irgendwie überraschte mich das nicht. »Und woher wussten Sie, dass wir kommen würden? Selbst wir hatten vor vier Tagen davon noch keine Ahnung.«

»Das Eintreffen der Schatten hat uns alarmiert«, erwiderte er.

»Wer ist *wir*?«, wollte Larissa wissen.

Der Maure machte eine kreisende Handbewegung. »Alle, die mit den Vergessenen Büchern zu tun haben. Wo auch immer sie sich befinden mögen.«

»Und unsere Namen? Woher kennt ihr uns und wisst, wie wir zu finden sind?«

»Das müssen wir nicht. Ihr seid Bewahrer und findet den Weg zu uns. Wir brauchen nur zu warten.«

Warum, warum, warum, hämmerte es in meinem Kopf. Jede seiner Antworten warf neue Fragen auf. So war das auch bei Gerrit in Amsterdam gewesen.

»Man muss nicht immer den Grund für einen Sachverhalt verstehen.« Der Maure beugte sich zu mir hin. »Manchmal genügt es auch, die Dinge einfach so zu akzeptieren, wie sie sind.«

»Auch die Schatten?«, gab ich zurück.

Er zögerte keine Sekunde mit der Antwort. »Auch die Schatten. Gerade die Schatten.«

»Können Sie uns wenigstens sagen, wer sie sind?«, fragte Larissa. »Sie halten wahrscheinlich meine Eltern gefangen. Und wenn ich nichts über die Schatten weiß, kann ich meinen Eltern auch nicht helfen, sondern muss tun, was sie von mir verlangen.«

Das Gesicht des Mauren wurde ernst. »Du darfst dich auf das Wort eines Schattens nie verlassen. Sie haben eine andere Moral als wir. Gut und Böse existieren nicht in ihrer Welt. Sie sind zornig, weil ihnen die Vergessenen Bücher geraubt wurden, und würden alles tun, um sie wiederzuerlangen. Dazu brauchen sie allerdings die Hilfe eines Bewahrers. Nur wenn sie aus seinen Händen eines der Bücher erhalten, können sie dessen Kraft auch für sich nutzbar machen.«

»Genau das wollte der Schatten doch auch von dir!«, rief ich, zu Larissa gewandt.

Sie schüttelte den Kopf. »Ich bin doch gar kein Bewahrer. Und dich hat er nicht aufgefordert, das Buch zu bringen.«

»Unterschätze nicht deine Fähigkeiten.« Der Maure legte Larissa die Hand auf die Schulter. »Du trägst eine große Verantwortung. Dessen musst du dir immer bewusst sein, egal, was dir deine Gefühle sagen. Sonst werden die Schatten leichtes Spiel mit dir haben.«

Er stand auf. »Ich muss jetzt gehen. Vielleicht sehen wir uns noch einmal, bevor ihr meine Stadt verlasst.«

Er verneigte sich leicht vor uns. Dann glitt er durch die Stuhlreihen und aus dem Raum. Ich hatte noch so viele Fragen, die ich ihm stellen wollte! Und diese letzte Bemerkung: Sollte das heißen, dass wir ihn vielleicht nicht mehr wiedersehen würden?

Larissa war auf den Stuhl gesunken, in Gedanken vertieft. Die Schauspieler, einschließlich Montalba, hatten sich inzwischen alle auf der Bühne eingefunden und schienen eine erste gemeinsame Probe durchführen zu wollen. Wir schauten eine Weile zu. Die *vagabundos* irrten auf der Bühne hin und her, aber so etwas wie eine Handlung war nicht erkennbar. Wie sie damit das Theater revolutionieren wollten, war mir nicht recht klar. Schließlich zog ich Larissa am Arm.

»Komm, lass uns gehen. Ein wenig Schlaf wird uns vor heute Nacht nicht schaden.«

Wir winkten Mario zu, der zwar zurückwinkte, dabei aber das Gespräch mit seinen Nebenleuten für keine Sekunde unterbrach. Vom Theater aus bummelten wir durch das Einkaufsviertel Córdobas langsam zum Hotel zurück. Dort verabredeten wir, uns um 23.00 Uhr unten im Innenhof zu treffen.

Zum Glück ahnte ich nicht, was uns in dieser Nacht erwarten würde. Sonst hätte ich wahrscheinlich kein Auge zugetan.

❖ In der Falle ❖

In Andalusien wird es später dunkel als daheim. Als wir um kurz nach elf aus dem Hotel traten, war der Himmel deshalb noch nicht tintenschwarz, sondern wies noch einige hellere Streifen auf. In den engen Gassen war es allerdings schon tiefe Nacht. Lediglich die an den Häusern befestigten Laternen spendeten etwas Licht für unseren Weg.

Um diese Zeit waren rund um die Mezquita kaum noch Menschen unterwegs. Das Nachtleben der Stadt spielte sich anderswo ab. Die meisten Restaurants und Geschäfte hatten geschlossen. Nur aus einem Lokal hörten wir noch die melancholischen Klänge einer Gitarre.

Sobald wir die Gassen der Altstadt verlassen hatten, wurden die Straßen etwas belebter. Zum Glück änderte sich das, als wir uns dem Viana-Palast näherten.

Einen wirklichen Plan hatten wir immer noch nicht. Bei unserem kurzen Rundgang durch den Palast am Mittag hatte selbst Larissas geschultes Auge nichts entdeckt, was uns ein Eindringen erleichtern konnte. Ich musste an ein buddhistisches Sprichwort denken, das ich vor vielen Jahren einmal gelesen und das sich mir tief eingeprägt hatte: Der Weg ist das Ziel. Das beschrieb unser Vorgehen perfekt. Seitdem wir in Córdoba eingetroffen waren, wussten wir nie, wohin uns der nächste Schritt führen würde.

Wir erreichten die *Plaza Don Gome*, an der unser Ziel lag. Im Schatten der gegenüberliegenden Häuser hielten wir an, um den Palast zu beobachten. Der spärlich erleuchtete kleine Platz vor dem Eingang war leer bis auf einen Lieferwagen mit der Aufschrift eines Autoverleihs auf der Seite.

»Wir sollten uns die Tür mal näher ansehen«, flüsterte Larissa.

Ich wollte gerade aus dem Schatten der Häuser heraus auf die Straße treten, als sich von hinten eine schwere Hand auf meine Schulter legte. Mein Herzschlag setzte für den Bruchteil einer Sekunde aus und ich erstarrte mitten in meiner Bewegung.

»Nicht w-weiter«, hörte ich Torres stottern und er zog mich in den Schatten zurück. Er deutete auf die Fahrerkabine des Lieferwagens. »Sieh mal g-genau hin.«

Ich folgte seiner Anweisung. Zuerst bemerkte ich nichts Auffälliges. Dann sah ich einen roten Punkt in der Kabine aufglühen und wieder verlöschen. Jemand saß hinter dem Lenkrad und rauchte eine Zigarette!

»Was macht ein Mann in einem Lieferwagen nachts vor einem Palast?«, fragte Larissa.

»Dasselbe wie wir wahrscheinlich«, antwortete ich.

»Und was macht ihr?«, echote Torres.

»Das wollen Sie nicht wirklich wissen«, sagte ich. »Aber warum sind Sie hier?«

»Deshalb.« Er deutete auf den Lieferwagen. »Endlich kann ich meine D-diebe auf frischer Tat ertappen.«

Er hatte diese Worte kaum ausgesprochen, als sich die

Eingangstür des Viana-Palasts öffnete. Zunächst kam eine Gestalt heraus und blickte sich um. Die Figur war unverkennbar: Dick, mit abstehenden Haarbüscheln – das war der Wachmann, der sich bei unserem Besuch geweigert hatte, uns einen Blick in das Buch werfen zu lassen. Jetzt trug er allerdings keine Uniform. Er winkte jemandem zu, der sich noch im Gebäude befand.

Eine Sekunde später schwebten vier große Kartons durch die Tür. Zumindest sah es so aus; beim näheren Hinsehen erkannte ich, dass sie auf einem Rollbrett aufgestapelt waren, das von einem Komplizen durch den Ausgang geschoben wurde. Der Mann im Auto sprang heraus und riss die Türen zum Laderaum des Lieferwagens auf. Die anderen beiden schoben das Rollbrett in seine Richtung.

Kurz bevor sie den Wagen erreicht hatten, verfing sich eines der Rollbretträder in einer Rille des unebenen Pflasters. Die Kartons gerieten ins Rutschen. Einer der Einbrecher bekam den obersten Karton zwar noch zu fassen, doch er war zu schwer und rutschte ihm durch die Finger. Die Kiste prallte auf den Boden, sprang auf, und ein gutes Dutzend Bücher purzelten auf die Steine.

Wir hörten ein unterdrücktes Fluchen. Der Wachmann zog etwas aus der Tasche. Eine Sekunde später erfasste der Lichtstrahl einer kleinen Taschenlampe die herausgefallenen Bücher. Sein Kompagnon zischte ihn in scharfem Ton an und der Dicke knipste die Lampe wieder aus. Der kurze Moment hatte uns aber ausgereicht, um zu erkennen, dass eines der Bücher in rotes Leder eingebunden war.

Larissa stieß mich an. Ich nickte. »Das ist unser Buch.«

Die Männer stopften die Bücher zurück in den Karton und hievten die Kisten in den Laderaum des Lieferwagens. Einer von ihnen drehte sich in unsere Richtung und ich zog mich schnell tiefer in den Schatten zurück. Für eine Sekunde erreichte der trübe Strahl einer Straßenlaterne sein Gesicht: Es war Zafón.

Er war uns also wieder zuvorgekommen! Der Wachmann hatte sich offenbar bestechen lassen und ihm nicht nur berichtet, an welchen Büchern wir Interesse gezeigt hatten, sondern auch bei deren Diebstahl geholfen.

Sobald der letzte Karton eingeladen war, schlug der Fahrer die Türen zu und lief zur Kabine. Zafón drückte dem Wachmann etwas in die Hand, wahrscheinlich den Lohn für seine Hilfe. Dann verschwand der Dicke im Dunkel der Nacht. Die anderen beiden Männer kletterten ebenfalls in die Fahrerkabine.

»Schnell!«, drängte Torres uns. Er riss die Tür eines kleinen Kombis auf, der direkt hinter uns geparkt war. Wir hechteten auf die Rückbank. Der Lieferwagen vor uns hatte die Scheinwerfer eingeschaltet und fuhr genau in unsere Richtung.

»Ducken!«, rief Larissa. Wir tauchten ab, so tief wir konnten. Torres, dessen Bewegungsspielraum durch seine Leibesfülle und das Lenkrad eingeengt war, warf sich einfach längs über den Beifahrersitz.

Zafón und seine Kumpane brausten vorbei, ohne uns zu bemerken. Kaum hatten sie uns passiert, da saß Torres auch bereits wieder hinter dem Steuer und ließ den Motor an. Er wendete und folgte dem Lieferwagen, ohne die Scheinwerfer einzuschalten.

Die Einbrecher schienen zunächst nur ziellos durch die engen Straßen rund um den Palast zu kreuzen, bevor sie in eine Hauptverkehrsstraße einbogen. Ich atmete erleichtert auf. Torres schien mir nicht der sicherste Fahrer zu sein. In den Seitenstraßen hätte er beinahe mehrmals eines der dort parkenden Fahrzeuge gerammt, weil er es ohne Licht nicht rechtzeitig gesehen hatte. Jetzt betätigte er endlich den Hebel für die Scheinwerfer. »In den k-kleinen Gassen hätten sie sofort b-bemerkt, dass ihnen jemand f-folgt«, erklärte er.

Hier, auf der mehrspurigen Hauptstraße, hatten wir eher das Problem, sie nicht aus den Augen zu verlieren. Auch mit Licht fuhr Torres nicht viel besser. Er wechselte die Spuren so unverhofft, dass ich uns ein paarmal mit anderen Fahrzeugen zusammenstoßen sah, bremste mitten in der Spur und gab dann plötzlich wieder Gas. Seltsamerweise ereignete sich kein Unfall; lediglich ein paar Huper begleiteten uns auf dem Weg.

Zumindest gelang es dem Detektiv, an Zafón und Co. dranzubleiben. Schließlich verließen sie die Hauptstraße und bogen in eine Nebenstraße ein, die von heruntergekommenen Gebäuden gesäumt wurde. Vor einem der vielen Rolltore, mit denen hier die Häuser gesichert waren, hielt der Lieferwagen an. Torres war etwa zwanzig Meter zurückgeblieben und hatte die Scheinwerfer und den Motor ausgestellt.

Die drei Männer stiegen aus. Einer machte sich an dem Rolltor zu schaffen, die anderen beiden öffneten die Türen zum Laderaum des Lieferwagens. Sekunden später fiel ein Lichtstrahl auf die Straße. Der Mann am Rolltor schob es halb hoch und seine Komplizen schafften die ersten beiden Kartons in den dahinterliegenden Raum.

Wir beobachteten das Geschehen gebannt. Der Mann, der das Rolltor aufhielt, war eindeutig Zafón. Die Gesichter seiner Helfershelfer konnten wir nicht erkennen. Ob dies der Ort war, an dem sie das gesamte Diebesgut aufbewahrten? Denn es stand außer Frage, dass Zafón und seine Bande diejenigen waren, nach denen Torres bereits seit Wochen suchte. Und wahrscheinlich steckte Pluribus mit ihm unter einer Decke, auch wenn von dem Hageren keine Spur zu sehen war.

Zafón verabschiedete seine Komplizen, die wieder in den Lieferwagen stiegen und davonfuhren. Doch anstatt selbst in dem Raum hinter dem Rolltor zu verschwinden, hielt er es weiterhin auf, so als ob er noch jemanden erwartete.

Ich wollte gerade fragen, was wir jetzt tun sollten, als jemand die Tür auf Larissas Seite aufriss und sie am Arm aus dem Auto zerrte. Ich hörte ihren erstaunten Aufschrei und sah eine Hand mit einer Pistole, die sich gegen ihren Hals legte.

»Macht keinen Unsinn und kommt schön langsam raus, wenn der Kleinen nichts passieren soll«, zischte eine Stimme. Ich öffnete die Tür auf meiner Seite und kletterte auf die Straße. Über das Autodach konnte ich das Gesicht des Mannes sehen, der Larissa in seiner Gewalt hatte.

Es war Onofre Zafón.

❖ Der doppelte Zafón ❖

Meine Blicke wechselten zwischen Larissas Kidnapper und dem Mann am Rolltor. Beides war eindeutig Zafón. Aber das konnte gar nicht sein! Es sei denn ... Und dann begriff ich. Zafón hatte einen Zwillingsbruder! Diese Erkenntnis kam jetzt natürlich zu spät. Die Zafóns hatten uns überlistet. Auch Torres war inzwischen aus seinem Auto geklettert und stand mit erhobenen Händen da. Zafón zwei machte eine Bewegung mit seiner Waffe.
»Los, vorwärts! Und keine Mätzchen.«
Zafón eins hatte auch eine Waffe gezogen. Er grinste uns breit und hämisch an, als wir näher kamen. Die beiden trieben uns in den Raum und ließen dann das Rolltor herunter.
Wir befanden uns in einer großen Garage, die von einer Reihe von Neonleuchten an der Decke in ein grelles Licht getaucht wurde. In der Mitte stand ein blauer Lieferwagen mit geöffneten Hecktüren, der mit einem halben Dutzend Metallkisten beladen war. Über einer Werkbank an der Wand hingen an Wandhaken alle möglichen Werkzeuge. Daneben waren weitere Metallkisten gestapelt.
Im Lichtschein konnte ich die beiden Zafóns zum ersten Mal genauer mustern. Sie sahen in der Tat absolut identisch

aus. Das Gesicht, die Kleidung, die Haltung: Sie waren eindeutig eineiige Zwillinge. Wer davon nun *unser* Zafón war, vermochte ich nicht zu sagen.

»Lassen Sie uns v-vernünftig miteinander reden«, sagte Torres, der bislang geschwiegen hatte.

»Schnauze!«, herrschte ihn Zafón zwei an. »Hier redet nur einer, und das sind wir.«

Zafón eins bleckte die Zähne. »Wir wissen, wer du bist, Torres. Ein erfolgloser Schnüffler, der glaubt, uns austricksen zu können.«

»Dafür musst du schon früher aufstehen«, höhnte Zafón zwei. »Und jetzt ab mit euch! Wir haben zu tun.«

Er dirigierte uns mit einer Bewegung seiner Waffe zu einer von zwei Türen in der Rückwand des Raums. »Aufmachen!«, befahl er Torres. Dahinter lag ein fensterloser Raum, der offenbar als Schrottabladeplatz benutzt wurde. Alte Reifen, verbogene Metallstangen, ein Stapel Apfelsinenkisten, ein Berg Müllsäcke, leere Öldosen und etliche Farbeimer nahmen fast jeden Zentimeter ein.

Torres versuchte es noch einmal. »Sie machen einen F-fehler ...«, begann er. Weiter kam er nicht. Zafón eins, der direkt hinter ihm stand, hieb ihm mit dem Pistolenknauf in die Seite. Der Detektiv beugte sich mit schmerzverzerrtem Gesicht vor. Zafón zwei versetzte ihm einen Fußtritt, und Torres taumelte in den kleinen Raum hinein, stolperte über einen Farbeimer und stürzte mit lautem Getöse hin.

Die Zafóns lachten meckernd. Falls einer von uns an Gegenwehr gedacht haben mochte, so war diese Idee spätestens jetzt verflogen. Die beiden schienen nicht zimperlich zu sein.

»W-w-wir ma-ma-machen ke-ke-keine Fe-fe-fehler«, verhöhnte Zafón zwei den Detektiv. Er schob uns grob in den Raum. Sein Zwillingsbruder drängte sich nach vorn und streckte uns die Hand entgegen.

»Eure Taschen«, forderte er uns auf. Widerwillig händigten Larissa und ich ihm unsere Umhängetaschen aus. »Und die Hosentaschen!« Er hatte also aus seinen Erfahrungen in Sevilla gelernt, als wir aus einem scheinbar sicher verschlossenen Raum entkommen waren.

»Sieh mal, was wir da haben«, grinste er, als Larissa ihm ihr Entsperrset reichte. Außerdem hatte sie noch eine Taschenlampe, einen Beutel Gummibänder, unser Handy und eine Schachtel Streichhölzer in den Taschen.

»Echte Profis, was?«, lachte Zafón zwei, der mich nach irgendwelchen versteckten Gerätschaften abtastete. Außer etwas Kleingeld und einem Nagelknipser fand er allerdings nichts.

Sein Bruder beugte sich über Torres und riss ihn unsanft in die Höhe. »Arme hoch!«, bellte er. Er war nicht besonders zimperlich bei der Leibesvisitation, die ihm ein Handy, einen Kugelschreiber und einen Notizblock sowie einen Schlüsselbund einbrachte.

Als sie genug Beute gemacht hatten, verließen sie die Kammer, und die Tür fiel hinter ihnen ins Schloss. Ich hatte beim Hereinkommen einen Lichtschalter gesehen, nach dem ich jetzt tastete. Er funktionierte tatsächlich. Eine nackte Glühbirne an der Decke bequemte sich, uns ein mageres Licht zu schenken.

Wir halfen Torres auf die Beine. Er hielt sich die Stelle, an der ihn Zafón eins getroffen hatte.

»Mit denen ist nicht gut K-kirschen essen«, stöhnte er. »Ihr hättet mich w-warnen sollen.«

»Wir wussten doch selbst nicht, wie brutal sie sein können«, protestierte ich. »Und außerdem: Was hätten wir denn machen sollen? Einen Schnellkurs in Kampfsport besuchen?«

»Schon gut«, beschwichtigte mich Torres. »So w-war das nicht gemeint.«

»Seid mal still«, sagte Larissa, die ein Ohr an die Tür gelegt hatte. »Ich versuche gerade, sie zu verstehen.«

Torres schlurfte zu ihr herüber und drückte seinen Kopf ebenfalls an das Metall.

»Was ist das für eine Sprache?«, fragte Larissa ihn.

Torres lauschte noch einen Moment, dann nickte er langsam. »Russisch«, sagte er. »Sie unterhalten sich auf Russisch.«

Ich war erstaunt. »Können Sie das verstehen?«

Torres nickte erneut. »Ein w-wenig. Ich habe mal ein halbes Jahr auf einer russischen Ölbohrinsel g-gearbeitet.«

Torres auf einer Bohrinsel? Mein Respekt vor ihm wuchs. Dann war er also nicht immer so rund gewesen.

»Was sagen sie?«, drängte Larissa.

»Soweit ich es verstehen kann, w-wollen sie ihre Beute noch heute von hier fortschaffen. Nach Cádiz.«

»Ist das weit von hier?«, fragte ich.

»Etwa zwei Stunden mit dem Auto. Cádiz ist eine Hafenstadt an d-der Atlantikküste.«

»Eine Hafenstadt!«, rief Larissa. »Das bedeutet, sie wollen das Diebesgut verschiffen!«

Bevor jemand antworten konnte, hörten wir ein Geräusch, das wie das Klingeln eines Telefons klang.

»Psst.« Torres legte einen Finger vor den Mund und lauschte. Undeutlich konnte ich die Stimme eines Mannes vernehmen. Dann quietschte das Rolltor.

»Sie sind zu einem T-treffen mit ihrem Auftraggeber g-gerufen worden«, erklärte der Detektiv. »Wir sind jetzt alleine hier. Die G-gelegenheit sollten wir nutzen.«

»Sie haben meine Werkzeuge einkassiert.« Larissa trat frustriert gegen den Reifenstapel. »Wie sollen wir nur hier rauskommen?«

Torres lächelte. »Hiermit«, sagte er und zog einen kleinen Revolver aus der Tasche.

»Sie sind bewaffnet?«, staunte ich. »Wieso haben die beiden den nicht gefunden?«

»M-manchmal hat es seine Vorteile, ein wenig beleibter zu sein.« Torres grinste verschmitzt. »D-da hat man mehr Falten, in d-denen sich etwas verstecken lässt.«

»Und warum haben Sie die Waffe dann nicht vorhin benutzt?«

»Weil das keine Schusswaffe ist«, unterbrach mich Larissa. »Das ist eine Dietrichpistole.«

Ich starrte sie verständnislos an. »Ein automatischer Dietrich.« Sie deutete auf Torres.

Der hatte einen gekrümmten Metallstift vorne in die Pistole eingesetzt und führte ihn vorsichtig in das Schloss ein. Ein Druck auf den langen Abzug, ein kurzes knackendes Geräusch – und Torres öffnete die Tür.

Er zog seine Dietrichpistole wieder aus dem Schloss und verstaute sie.

»Warum hast *du* so etwas nicht?«, fragte ich Larissa.

»Weil es unsportlich ist«, maulte sie. »Viel länger hätte ich mit meinem Werkzeug auch nicht gebraucht.«

»Das ist nur für Leute, die nicht besonders fingerfertig sind«, sagte der Detektiv, als ob er sich dafür entschuldigen wollte.

Die Zwillinge waren wirklich nicht da, denn sonst hätten sie sich längst bemerkbar gemacht. Auf der Werkbank fanden wir unsere Taschen und Hosentascheninhalte. Wir sammelten schnell alles auf. Vor uns lagen die vier Kartons, die wir Zafón eins und seine Helfer aus dem Viana-Palast hatten schleppen sehen. Sie waren leer, das Diebesgut war wahrscheinlich umgeladen in Metallkisten und im Lieferwagen verstaut.

Torres öffnete die Tür neben unserem Gefängnis. Sie führte in einen dunklen Flur, aus dem uns ein muffiger Geruch entgegenschlug. Larissa inspizierte inzwischen das Schloss des Rolltors. Diesmal wollte sie sich von Torres nicht die Butter vom Brot nehmen lassen. Sie griff gerade nach ihrem Set, als wir draußen ein Geräusch hörten. Die Zafóns kamen zurück!

Ich sah mich verzweifelt nach einem Versteck um, während Larissa zu uns zurücklief. Schon glitt außen der Schlüssel ins Schloss. Larissa und ich standen da wie die Kaninchen im Scheinwerferlicht. Lediglich Torres reagierte geistesgegenwärtig. Er riss eine der Hecktüren des Lieferwagens auf, stieß uns hinein und hievte sich ebenfalls keuchend hinauf. Im selben Augenblick, als das Rolltor in die Höhe ging, zog er die Tür hinter uns zu.

Wir tasteten uns in der Dunkelheit voran, bemüht, keinen Lärm zu machen. Hinter einem Stapel Metallkisten quetschten wir uns zusammen. So konnten wir wenigstens nicht sofort entdeckt werden, sollte jemand die Tür öffnen.

»Warum sind wir nicht durch den Flur abgehauen?«, flüsterte ich.

»Weil wir nicht w-wissen, wohin er führt, und sie g-genau das annehmen werden«, erwiderte Torres.

Draußen hörten wir lautes Rufen und Fluchen auf Russisch. Die Zafóns hatten herausgefunden, dass wir uns nicht mehr in unserem Gefängnis befanden. Wenn sie logisch dachten, mussten sie schnell draufkommen, dass es nur zwei Fluchtwege für uns geben konnte: den Flur und den Lieferwagen. Und tatsächlich: Kaum hatte ich den Gedanken gedacht, wurde auch schon eine der Hecktüren geöffnet und Licht fiel ins Wageninnere.

Ich hielt den Atem an. Waren wir gut genug versteckt, vor allem Torres? Oder ragte ein Fuß oder eine Schulter von ihm hervor? Wenn die Zafóns den Laderaum bestiegen, dann würden sie uns mit Sicherheit entdecken.

Sein Zwillingsbruder rief etwas und die Tür wurde wieder zugeschlagen. Gleich darauf hörten wir die Fahrer- und Beifahrertür ins Schloss fallen. Jemand ließ den Motor an und der Wagen setzte sich rückwärts in Bewegung. Offenbar hatten sie es eilig und keine Zeit, weiter nach uns zu suchen. Ob das ein Glück für uns war, musste sich erst noch herausstellen.

Wer je ohne Halt in einem dunklen Lieferwagen gesessen hat, der weiß, welche Kräfte bereits bei niedrigen Geschwindigkeiten auf einen einwirken. Schneller als zehn Kilometer fuhr das Auto beim Zurücksetzen auf die Straße sicher nicht, und doch wurden wir beim Bremsen ordentlich gegen die Kisten geschleudert. Wir hielten noch einmal kurz, wahrscheinlich, weil einer der beiden Zwillinge das Rolltor wieder herunterließ. Diese Zeit nutzten wir, um uns einen einigermaßen festen Halt an und zwischen den Kisten zu verschaffen. Dann gab der Fahrer Gas.

In den nächsten zehn Minuten wurde ich so durchgeschüttelt wie in meinem ganzen Leben nicht. Der Fahrer nahm die Kurven, von denen es einige gab, ohne groß abzubremsen, und wir fielen mehrfach übereinander, bis wir uns einigermaßen arrangiert hatten. Dabei mussten wir zudem noch aufpassen, nicht allzu viel Lärm zu machen. Der Motor übertönte zwar die meisten Geräusche, aber die Zafóns brauchten nur den kleinsten Verdacht zu schöpfen, und es wäre um uns geschehen.

Die Zeit, bis wir endlich die Autobahn erreichten, kam mir endlos vor. Doch irgendwann fuhren wir auf gerader Strecke und das Hin- und Herschleudern hörte auf. Nun hatten wir zum ersten Mal seit der Abfahrt die Gelegenheit, uns zu unterhalten.

Larissa zog das Handy heraus und ließ sich unsere Position über GPS auf Google Maps anzeigen. Wir bewegten uns in der Tat in Richtung Sevilla. Dort ging es dann wahrscheinlich auf die Autobahn nach Cádiz. Das hoffte ich zumindest, denn ich verspürte keinerlei Lust, die Fabrikhalle wiederzusehen, in die uns Zafón eins nach unserer Ankunft entführt hatte.

»Wir sollten die Zeit nutzen und einen Plan entwickeln, wie wir den Zafóns entwischen können«, sagte ich.

»Sie heißen nicht Zafón«, erwiderte Torres müde. »Der Name ist ein P-pseudonym, wie ich gleich vermutet habe. Ihr wirklicher Name lautet K-karasamoff.«

»Woher wissen Sie das?« Larissa blickte von ihrem Handy auf.

»Vorhin am T-telefon hat sich einer von ihnen so gemeldet. Karasamoff ist ein r-r-russischer Name. Und sie sprechen R-russisch. Das passt zusammen.«

»Und Spanisch und Deutsch sprechen sie auch sehr gut«, bemerkte ich.

»Nicht jeder Gauner ist ein D-dummkopf«, erklärte der Detektiv. »Ganz im Gegenteil. Ich bin in meinem Leben m-mehr Schwachköpfen bei den Behörden begegnet als in der Unterwelt. Und die b-beiden sind umso gefährlicher, weil sie recht intelligent sind.«

»Dann müssen wir noch cleverer sein. Wie lautet also unser Plan?«

Die Antwort war ein betretenes Schweigen. Was soll man auch für Pläne machen, wenn man im Laderaum eines fahrenden Autos gefangen sitzt und es nur einen einzigen Ausgang gibt? Doch ich wollte mich einfach nicht damit abfinden, keinen Handlungsspielraum zu haben.

»Wir könnten rausspringen, wenn sie langsamer werden«, schlug ich vor.

»Zu riskant«, erwiderte Larissa. »Einer schafft es vielleicht – aber wenn sie dann wieder beschleunigen, hängen die anderen beiden fest. Und das bei geöffneter Tür. Das macht die Karadingsbums erst recht auf uns aufmerksam.«

»Und wenn wir vor einer Ampel halten?«

»Auch da wissen wir nicht, wann sie wieder losfahren. Und ob es überhaupt eine Ampel ist oder nicht ein Lagerhaus, bei dem einer von ihnen schon vor der Tür steht, wenn wir sie öffnen.«

»Dann sollen wir einfach nur abwarten?« Das war das Schlimmste, das ich mir vorstellen konnte. »*Irgendwas* müssen wir doch tun können!«

»Aber kein Sprung aus dem Auto, wenn wir nicht wissen, was uns erwartet«, pflichtete Torres Larissa bei. »Das Überraschungsmoment ist unser einziger V-verbündeter. Sie rechnen nicht damit, uns hier zu f-finden. Vielleicht gelingt es uns, sie zu überrumpeln und so genug Zeit zu gewinnen, um zu fliehen.«

Das war gar kein guter Plan, fand ich. Leider konnte ich keine bessere Alternative bieten. Larissa und ich knipsten unsere Taschenlampen an, und wir suchten den Laderaum nach irgendetwas ab, das wir als Waffe verwenden konnten. In einer Ausbuchtung neben der Hecktür entdeckten wir ein Pannenset mit einem zweiteiligen Wagenheber. Das war schon mal besser als nichts. Ich nahm den Eisenstab, der als Hebel diente, an mich, Torres den Wagenheber selbst. Dann schoben wir vorsichtig einige der Metallkisten in Richtung Tür.

»Wenn sie die Tür öffnen, können wir ihnen die oberste Kiste entgegenkippen«, hatte Larissa vorgeschlagen. »In der so ausgelösten Verwirrung stehen unsere Fluchtchancen bestimmt besser.«

Ich hatte so meine Zweifel, machte aber brav mit. Tatsache war, dass wir erneut wie die Ratten in der Falle saßen. Nur: Diesmal gab es keinen Ausweg. Alles, was wir an Plänen hatten, war *Augen zu und durch*. Das klang in meinen Ohren nicht besonders beruhigend.

Nachdem wir unsere Vorbereitungen getroffen hatten, setzten wir uns wieder hin. Ich kämpfte gerade heftig mit meiner Müdigkeit, als Larissa uns die neueste Positionsmeldung von ihrem Handy durchgab: »Wir befinden uns jetzt auf der Autobahn nach Cádiz.«

»Dann sind w-wir noch etwa eine Stunde unterwegs«, sagte Torres und warf einen Blick auf das leuchtende Zifferblatt seiner Armbanduhr. »Ihr könnt ruhig schlafen. Ich w-wecke euch rechtzeitig.«

Das ließ ich mir nicht zweimal sagen. Inzwischen war es schon fast Morgen. Wenn wir Cádiz erreichten, würde bereits die Sonne aufgehen. Und dann mussten wir hellwach sein! Ich schloss meine Augen, fiel aber lediglich in eine Art Dämmerzustand zwischen Schlafen und Wachen.

Ich hatte das Gefühl, gerade einmal fünf Minuten so vor mich hin gedöst zu haben, als mich Torres anstieß.

»Cádiz«, sagte er.

❖ Eine neue Spur ❖

Cádiz rühmt sich, die älteste Stadt Europas zu sein. Wenn sie auch nicht, wie es die Legende behauptet, vom griechischen Sagenhelden Herkules gegründet worden war, so war sie doch ganz schön alt. Archäologen haben bewiesen, dass hier bereits vor fast dreitausend Jahren eine Siedlung existierte. Damals war Cádiz eine Insel; heute ist die Stadt über ein schmales Stück Land mit dem Festland verbunden.

Kurz nachdem mich Torres alarmiert hatte, hielt der Lieferwagen an. Wir hörten, wie sich die Beifahrertür öffnete. Dann konnten wir Stimmen vernehmen.

»Sollen wir nicht einfach laut schreien?«, fragte Larissa.

»Wir w-wissen nicht, mit wem sie reden«, widersprach Torres. »V-vielleicht ein Komplize.«

Also schwiegen wir und hielten uns hinter dem Kistenstapel vor der Tür in Bereitschaft. Wir hörten ein metallisches Geräusch, dann setzte der Wagen sich wieder in Bewegung. Diesmal fuhr er nur sehr langsam und auch nicht sehr weit. Als er das nächste Mal anhielt, schaltete der Fahrer den Motor aus.

Wir legten unsere Hände gegen die oberste Kiste, bereit, sie beim Öffnen der Hecktür sofort nach vorne zu kippen. In der Rechten hielt ich zudem den Eisenstab des Wagenhebers. Allerdings war ich überzeugt, dass unsere Aktion nur in einer Katastrophe enden konnte. Die Zwillinge hatten Schusswaffen und zögerten gewiss nicht, diese bei Bedarf auch zu benutzen.

Wir hörten, wie sich die Fahrertür öffnete und wieder zufiel. Jetzt konnte es nur noch Sekunden dauern ...

Ein lautes Brummen ließ uns auffahren. Es war mein Magen, der sich ausgerechnet diesen Moment aussuchen musste, um seinen Unmut über mangelnde Essenszufuhr kundzutun.

»Sorry«, flüsterte ich. Wir standen weiter im Dunklen und warteten.

Die Sekunden verstrichen, dann die Minuten. Nichts passierte. Schließlich ließ ich die Hände sinken. »Ich glaube, die sind abgehauen.«

»Scheint so.« Larissa fummelte ihre Taschenlampe hervor, knipste sie an und quetschte sich um den Kistenstapel herum zur Tür. »Dann können wir ja gehen.«

»Hey!«, rief Torres. »N-nicht so eilig!«

»Wieso nicht?«, fragte Larissa. »Habt ihr vorhin die Zentralverriegelung nicht klacken gehört? Wenn sie das Auto abgeschlossen haben, sind sie wohl nicht mehr da.«

»Ich habe nichts wahrgenommen«, sagte ich.

»Wahrscheinlich, weil dein Magen zu laut geknurrt hat«, erwiderte Larissa.

Torres legte sein Ohr an die Tür und lauschte. »Bist du dir ganz sicher?«

»Absolut. Wollt ihr hier nun warten, bis sie zurückkommen, oder was? Ich haue jedenfalls ab.«

Sie zog den Verriegelungshebel der einen Türhälfte in die Höhe und drückte die beiden Türen nach außen. Ein angenehm frischer Luftzug wehte herein. Jetzt merkte ich erst, wie stickig es im Laderaum gewesen war.

Draußen zeigte sich ein erster Lichtstreif am Horizont. Wir sprangen aus dem Wagen und sahen uns um. Das Fahrzeug war zwischen zwei Containerreihen geparkt. Vor uns zeichneten sich am Kai zwei Kräne dunkel gegen die Dämmerung ab. Von den Karasamoffs war nichts zu sehen. Weit und breit waren wir die einzigen Menschen.

»Wir sind im Hafengebiet«, stellte Torres fest. »Wahrscheinlich haben sie den W-wagen hier abgestellt, um die F-fracht später auf ein Schiff zu bringen.«

»Dann sollten wir das verhindern.« Larissa machte sich daran, wieder in den Laderaum zu klettern.

»Was hast du vor?«, rief ich. »Willst du etwa alle Kisten durchsuchen?«

»In einer davon ist das Buch, das sie aus dem Viana-Palast haben mitgehen lassen. Und das ist vielleicht das Buch der Wege!«

Mir wäre es lieber gewesen, wir hätten sofort das Weite gesucht. Torres schien ebenfalls nicht begeistert, hier länger als notwendig zu verweilen. Aber Larissa ließ das alles kalt. Also kletterte ich widerwillig in den Laderaum und betrachtete die etwa zwanzig Metallkisten, die da standen. Alle waren mit dicken Vorhängeschlössern gesichert.

»Bis wir die durchsucht haben, ist es Mittag«, stellte ich fest. »Und bis dahin sind die beiden bestimmt zurück.«

Larissa trat frustriert gegen eine der Kisten. »Kannst du nicht wenigstens versuchen, das Buch ausfindig zu machen?«, rief sie.

»Du weißt, so funktioniert das nicht. Jetzt komm und lass uns abhauen!«

»D-das ist die beste Lösung«, mischte sich der Detektiv ein, der an die Ladekante getreten war. »D-der Wagen steht bestimmt noch länger hier. Wir k-könnten die Zeit nutzen, um herauszufinden, welches Schiff heute den Hafen v-verlässt.«

»Aber erst mal sollten wir verschwinden«, rief ich und sprang von der Ladefläche. »Wenn uns die Brüder erwischen, können wir nämlich gar nichts mehr tun.«

Larissa zögerte. Da hatte ich eine Idee.

»Sieh doch mal nach, ob es nicht eine Webcam im Hafen gibt.«

Sofort blitzten ihre Augen wieder auf. Die Suche bei Google dauerte etwas länger, denn die wenigen Webcams in Cádiz waren gut versteckt. Nach ein paar Minuten hatte sie eine gefunden. Wir riefen das Bild auf. Es war ziemlich undeutlich, und wir brauchten eine Weile, bis wir genau identifizieren konnten, worum es sich handelte. Aber wir hatten Glück. Es war tatsächlich eine Ansicht desjenigen Hafenteils, in dem der Lieferwagen der Zwillinge geparkt war. Trotz der Dämmerung machten wir den Wagen als kleinen Punkt auf dem Display aus. Das reichte, um zu kontrollieren, ob er sich bewegte.

Larissa legte ein Lesezeichen für die Webcam an und loggte sich aus. »Gute Idee, Arthur«, sagte sie. »Zumindest bleiben wir so auf dem Laufenden, auch wenn wir nicht eingreifen können.«

Jetzt war sie bereit, uns zu folgen. Torres, der sich hier offenbar auskannte, übernahm die Führung. Wir marschierten im Schatten der Container den Kai entlang, bis wir sein Ende erreicht hatten. Vor uns ragten haushoch die vielen Stockwerke eines Kreuzfahrtschiffes auf. Hinter einigen Fenstern brannte bereits Licht. Das war entweder die Mannschaft oder Frühaufsteher, die den Sonnenaufgang in Cádiz nicht verpassen wollten. Ich stellte mir die bequemen Betten vor, aus denen die Touristen jetzt gerade aufstanden, und konnte ein Gähnen nicht unterdrücken.

Wir kamen an einen Pavillon, neben dem auf beiden Seiten Schranken die Durchfahrt versperrten.

»Die Z-zollkontrolle«, flüsterte Torres. »Haltet euch hinter mir.«

Wir ließen uns etwas zurückfallen. Der Detektiv ging direkt auf das kleine Fenster im Pavillon zu und stellte sich davor. Mit seiner Leibesfülle nahm er dem Beamten dahinter fast die gesamte Sicht.

»¡Hola!«, rief er vernehmlich. Dabei winkte er uns hinter seinem Körper zu, an ihm vorbei nach draußen zu schlüpfen.

Von drinnen antwortete eine müde Stimme. Torres ließ einen Wortschwall auf den bemitleidenswerten Zöllner los, während wir einfach weitergingen. Vor der Hafenausfahrt lag ein großer Kreisverkehr, in dessen Mitte eine Säule aufragte, auf der ein Mann aus Stein in wehendem Mantel vor einem Stuhl stand und aufs Meer schaute. Den Wegweisern entnahmen wir, dass es links zu weiteren Docks, geradeaus zum Bahnhof und rechts in die Stadt ging. Also marschierten wir langsam Richtung stadteinwärts. Nach wenigen Minuten holte uns Torres ein.

»Das war ein K-kinderspiel«, strahlte er. »Jetzt brauche ich erst mal einen *café con leche*.«

»Um diese Zeit?«, fragte ich skeptisch. »Da ist doch noch alles geschlossen.«

Es wurde zwar langsam hell, aber die große Uhr über der Hafeneinfahrt zeigte gerade einmal vier Uhr an.

»Nicht alles«, lachte Torres. Er schien sich sichtlich wohlzufühlen. Ich erinnerte mich daran, dass er erzählt hatte, mehrere Jahre in Cádiz gewohnt zu haben.

Wir überquerten die leere Straße (bislang war noch kein einziges Auto vorbeigekommen) und folgten ihm zu einem palmenbestandenen Platz, der von stattlichen weißen Gebäuden mit Säulen und kleinen Balkonen gesäumt wurde.

Auf der gegenüberliegenden Seite tauchten wir in eine schmale Gasse ein. Die Häuser hier waren in vielen verschiedenen warmen Rottönen gestrichen. Aus einem Fenster hörten wir die Stimme eines Radiosprechers. Vor uns schob ein Mann ein Fahrrad aus einem Hauseingang, warf uns einen fragenden Blick zu und radelte dann davon. Langsam erwachte die Stadt zum Leben.

Die gepflasterte Gasse führte leicht bergauf. Wir bogen um ein paar Ecken und kamen in ein Viertel, in dem die Häuser etwas weniger prächtig waren als unten am Hafen. Die Gassen wurden schmaler. Auf den winzigen Bürgersteigen rechts und links versperrten Müllsäcke und alte Holzkisten den Weg. In der Luft lag der Geruch von verfaultem Fisch.

»W-willkommen in der Neuen Welt«, lachte Torres, als er meinen angewiderten Gesichtsausdruck bemerkte. »Dieses V-viertel heißt *Nuevo Mundo*, besser bekannt als *barrio de la viña*, weil hier vor einigen Jahrhunderten noch W-weinberge standen. Es ist das V-viertel der Seeleute, der Fischer, der Hafenarbeiter und der einfachen Leute. Und es ist die Ecke von Cádiz, wo man zu jeder Stunde immer eine offene B-bar findet.«

Er blieb vor einem geduckten Haus stehen. Hinter einem verdreckten kleinen Fenster konnte man mit Mühe einen Lichtschein erkennen. Ansonsten gab es keine Schilder oder Leuchtreklamen, die hier etwas anderes als ein heruntergekommenes Wohnhaus vermuten ließen.

Torres führte uns durch eine Türöffnung in einen dunklen Flur. Hier roch es nach abgestandenem Bier und kaltem Rauch. Wir stiegen drei steinerne Stufen hinab und er stieß eine Holztür zur Rechten auf.

Wir standen in einem langen, schmucklosen und nur spärlich erleuchteten Raum. Durch die schmutzigen Fenster gelangte kaum Tageslicht hinein. Zudem hing unter der Decke eine dichte Wolke aus Tabaksqualm. An fünf oder sechs Tischen saßen knapp zwei Dutzend Personen, allesamt Gestalten, denen ich im Dunkeln lieber nicht alleine begegnet wäre. Die Männer hatten zerfurchte, von Wind und Sonne gegerbte Gesichter und ihre Arme waren über und über von Tätowierungen bedeckt. Auch die wenigen Frauen sahen so aus, als sei mit ihnen nicht gut Kirschen essen.

Hinter einem kurzen Holztresen stand eine ältere, schwarzhaarige Frau, die ebenso dick war wie Torres.

»¡Juan!«, rief sie, als sie den Privatdetektiv erkannte. »¿Qué tal? ¡Hace mucho que no te había visto!«

Sie kam um die Theke herum und schloss Torres in ihre Arme.

»¡Isabel!«, quetschte er hervor. »Estoy bien, gracias.«

»¡Qué alegría!«, rief sie, bevor sie ihn endlich losließ. Die übrigen Anwesenden blickten von ihren Getränken auf, um zu sehen, was da vor sich ging.

Larissa und ich waren an der Tür stehen geblieben. Das Lokal war uns beiden nicht besonders geheuer. Aber Torres fühlte sich hier offenbar ganz zu Hause. Er schob uns zur Wirtin hin.

»D-das ist Isabel, eine alte F-freundin von mir. *Isabel, quisiera presentarte Larissa y Arthur. Están amigos de mi.*«

Sofort wurden auch wir an den Busen der Wirtin gepresst. Ich schnappte noch nach Luft, als Torres uns zu dem einzigen freien Tisch im Raum bugsierte. Von irgendwoher war Flamencomusik zu vernehmen, so leise, dass sie vom Gemurmel der Gäste fast übertönt wurde.

»Sind Sie sicher, dass uns hier nichts passiert?«, fragte ich ihn flüsternd.

Der Detektiv lachte. »Keine Sorge. Ich k-komme häufiger her, wie ihr gerade g-gemerkt haben werdet. D-die Leute sehen zwar ein wenig w-wild aus, aber sie tun uns g-garantiert nichts.« Er beugte sich mit verschwörerischer Miene über den Tisch. »Als D-detektiv braucht man viele Informationsquellen. D-das hier ist eine meiner besten.«

Das beruhigte mich etwas. Wirklich entspannen konnte ich mich trotzdem nicht.

»Wollten wir nicht was essen?«, fragte Larissa. »Mein Magen knurrt ganz schön.«

»Natürlich«, nickte Torres. »*¡Trés café con leche y trés croissants!*«, rief er Isabel zu und hob zur Unterstützung drei Finger in die Luft. Sie begann sofort, an der Espressomaschine hinter dem Tresen zu hantieren. Die Chromoberfläche war ziemlich abgestumpft. Dennoch sah sie neuer aus als das restliche Inventar in der Kneipe.

Kaum stand mein Croissant vor mir, hatte ich es bereits verputzt. »¿*Mucha hambre, eh?*«, lachte Isabel. »¿*Uno más?*« Das brauchte mir keiner übersetzen. Ich nickte, während ich noch mit vollem Mund kaute. Isabel brachte uns gleich drei weitere Hörnchen sowie drei riesige Tassen Milchkaffee.

»Und hier sollen wir etwas über das Ziel des Diebesgutes herausfinden?«, fragte Larissa skeptisch, nachdem auch sie und Torres ihren ersten Hunger gestillt hatten.

Der Detektiv nickte. Er drehte sich in seinem Stuhl um und sprach einen der Männer am Nebentisch an. Nach einem kurzen Wortwechsel, aus dem ich lediglich das Wort *Famagusta* herauszuhören glaubte, bedankte er sich und wandte sich wieder uns zu.

»In den nächsten T-tagen gehen Frachter nach Agadir, F-famagusta und Rijeka ab«, sagte er. »Also wird die F-fracht wohl für eines dieser Schiffe gedacht sein.«

Larissa holte das Handy heraus und googelte die Namen. Agadir war eine Hafenstadt im Süden Marokkos, Famagusta lag auf Zypern und Rijeka im Norden Kroatiens. Keiner der Namen ließ irgendetwas bei mir klingeln.

»Was will Pluribus mit den Sachen bloß in einem dieser Länder?«, fragte Larissa. »Warum lässt er sie nicht einfach zu sich schaffen? Das muss doch irgendwas zu bedeuten haben!«

»Es sind alles alte Städte, das weiß ich«, erwiderte Torres. »Und natürlich Hafenstädte. Ideale Orte für G-gesindel und zwielichtige G-geschäftemacher aller Art. Vielleicht will euer Pluribus das D-diebesgut verkaufen?«

Larissa schüttelte den Kopf. »Das glaube ich nicht. Die Sucher sammeln für sich, nicht für andere. Und außerdem ist er nicht *unser* Pluribus.«

»Sorry.« Torres hob entschuldigend die Hände. »Ich k-könnte natürlich beim Hafenmeister nachfragen, ob er etwas über die Lieferung weiß.«

»Und der gibt darüber Auskunft? Einfach so?«

Der Detektiv grinste. »*Einfach so* funktioniert nirgendwo.« Er rieb Daumen und Zeigefinger aneinander. »Aber einfach *so* bringt m-manchmal erstaunliche Resultate.«

Während die beiden sich unterhielten, driftete ich allmählich ein wenig weg und hatte Mühe, meine Augen offen zu halten. Ich war frustriert und hatte das Gefühl, auf einer völlig falschen Spur zu sein. Hier saßen wir unausgeschlafen in einer Spelunke in Cádiz und waren weiter von den Vergessenen Büchern entfernt als je zuvor.

Im Hintergrund unterhielten sich ein paar Männer auf Spanisch, und die fremde Sprache bildete einen beruhigenden Klangteppich. Ab und zu schnappte ich ein Wort auf, das ich zu verstehen glaubte, aber ich war viel zu träge, um weiter darüber nachzudenken. So war ich ziemlich überrascht, als sich eines der Wörter plötzlich ständig in meinem Kopf wiederholte.

Mit einem Mal war ich hellwach. »Rakusa!«, rief ich und beugte mich vor.

Torres und Larissa blickten mich erstaunt an.

»Wo ist der Zettel?« Ich öffnete meine Umhängetasche und begann, darin herumzukramen.

»Ist alles in Ordnung, Arthur?«, fragte der Detektiv besorgt.

»Alles bestens!« Ich hatte gefunden, wonach ich suchte: den

Zettel, auf dem ich mir die Hinweise aus dem Register von Leyden notiert hatte. Ich faltete ihn auseinander und legte ihn auf den Tisch.

»*Achuras*«, erklärte ich und deutete auf den Begriff. »Wir haben das mit ›Innereien‹ übersetzt, weil wir bei *sol* sofort an Spanien gedacht haben und alles andere so wunderbar dazupasste. Aber was wäre, wenn wir mit unseren Überlegungen beim falschen Wort angefangen hätten?«

»Du meinst, wir hätten bei *achuras* beginnen sollen?«, fragte Larissa.

»Hat mal einer was zu schreiben?« Torres fummelte in seiner Jackentasche herum und hielt mir einen Bleistift hin. Ich schrieb die Buchstaben von *achuras* in einer anderen Reihenfolge auf: RACHUSA. Wenn man das »ch« wie die Spanier aussprach, dann entsprach das genau dem Wort, das mir im Kopf herumging: Rakusa.

Einer der Männer am Nachbartisch drehte sich zu uns um und stellte Torres eine Frage auf Spanisch. Dabei fiel das Wort erneut.

»Er möchte wissen, was du an Rakusa so interessant findest«, übersetzte der Detektiv.

Sofort kehrte das ungute Gefühl zurück, das ich beim Betreten der Kneipe gehabt hatte. Was war, wenn der Mann sauer war, weil ich sein Gespräch belauscht hatte?

Verstohlen warf ich aus dem Augenwinkel einen Blick auf ihn. Es war eine drahtige Gestalt mit kurzen blonden Haaren und vielen kleinen Narben im Gesicht. Auf seinen Armen prangten eintätowierte Schlangen, Dolche und zahllose ineinander verwobene Linien.

Ich war wohl nicht unauffällig genug gewesen, denn er zeigte mit dem Finger auf mich und sprach mich direkt in gebrochenem Englisch an. »*What you want to know about Rachusa?*«

Torres nickte mir aufmunternd zu. Ich drehte mich zu dem Mann um und fragte, ebenfalls auf Englisch:

»Können Sie mir sagen, was Rachusa bedeutet?«

Der Mann machte auf Spanisch eine Bemerkung zu seinen Tischgenossen, die darauf in ein gedämpftes Lachen ausbrachen.

»Rachusa, eh?«, fragte er, wieder zu mir gewandt. In seinem Gebiss klafften mehrere Lücken. »Rachusa – oder auch Ragusa – ist der alte Name von Dubrovnik.«

Er bemerkte meinen fragenden Blick und zog die Augenbrauen hoch: »Du weißt nicht, wo das liegt, was? Dubrovnik ist eine Stadt im Süden von Kroatien. Sie war früher eine eigenständige Republik, die fast ebenso mächtig war wie Venedig. Die beiden Städte beherrschten damals nahezu den gesamten Handel im Mittelmeer.«

Ich bedankte mich für die Auskunft und er nickte freundlich. »*De nada*«, sagte er.

»Siehst du«, lächelte Torres, der mein Unbehagen bemerkt hatte. »Man m-muss nur höflich fragen.«

»Rijeka«, sagte Larissa. »Eines der Schiffe im Hafen fährt nach Rijeka. Das ist ebenfalls in Kroatien. Ob das ein Zufall ist?«

»Langsam, langsam«, bremste ich sie. »Wir sollten nicht zu vorschnell auf die nächste Spur aufspringen. Lasst uns erst mal sehen, wie die anderen Wörter zu Dubrovnik passen. *Sol*, das ist nicht nur das spanische, sondern auch das lateinische Wort für Sonne. Check doch mal die Temperaturen in Dubrovnik.«

»Ziemlich warm, mit vielen Sonnentagen«, verkündete sie nach einer kurzen Webrecherche. »Also weiter: *Sanitas* ist das lateinische Wort für Gesundheit. Gibt es da einen Zusammenhang?«

Diesmal dauerte die Suche etwas länger. Auf dem kleinen Display musste man auch gehörig herumscrollen, um eine ausführlichere Webseite zu lesen.

»In Dubrovnik gibt es seit 1317 die älteste Apotheke Europas«, teilte uns Larissa schließlich mit. »Sonst habe ich nichts gefunden, was mit Gesundheit in Zusammenhang stehen würde.«

»Ist doch nicht übel. Und was ist mit *Sephardi*?«

Diesmal wurden wir gleich beim ersten Mal fündig. Nach

der Vertreibung der Juden aus Spanien im Jahre 1492 flüchteten viele von ihnen ins Osmanische Reich, das sich damals vom Mittleren Osten bis fast über den ganzen Balkan erstreckte. Manche führte der Weg von Italien nach Ragusa, wo sie sich niederließen. So entstand dort eine der größten sephardischen Gemeinden außerhalb Spaniens.

»Na bitte. Passt doch alles zusammen«, strahlte ich. Meine Müdigkeit war wie weggeblasen.

»Willst du damit sagen, dass alles, was wir in Córdoba entdeckt haben, bedeutungslos war? Auch das Buch aus dem Viana-Palast, wegen dem wir jetzt hier sitzen?«, fragte sie und blickte mich scharf an. Ihr Ton verhieß nichts Gutes.

Klar, natürlich war es wieder meine Schuld! Sie vergaß nur, dass es der Bücherwurm gewesen war, der als Erster Spanien ins Spiel gebracht hatte.

»Ich bin mir nicht mehr sicher«, räumte ich ein.

»So, du bist dir nicht mehr sicher.« Der Sarkasmus in ihrer Stimme war unüberhörbar.

Ich überlegte, bevor ich antwortete. Vor unserer Abreise war ich überzeugt gewesen, dass wir das Buch der Wege in Córdoba finden würden. Doch seitdem waren wir nur in die Irre gelaufen und ich traute meiner Überzeugung nicht mehr. Ich konnte vielleicht ein bestimmtes Buch aus einer Bibliothek herausfinden, aber darüber hinaus reichten meine Fähigkeiten nicht. Entsprechend vorsichtig fiel meine Antwort aus.

»Dubrovnik scheint eine gute Alternative zu Córdoba zu sein. Mehr kann ich nicht sagen.«

»Pah!« Sie machte eine wegwerfende Handbewegung. »Jetzt haben wir drei Tage in Spanien vertrödelt, weil du davon überzeugt warst, in Córdoba das Buch der Wege zu finden. In Wahrheit ist es wahrscheinlich ganz woanders!«

»Vergiss nicht das Buch aus dem Viana-Palast«, erinnerte ich sie.

»Warum sollte das etwas Besonderes sein? Wenn die Spur nach Córdoba falsch war, dann ist auch das Buch wertlos für uns. Wir vergeuden hier also nur unsere Zeit und sollten sehen, dass wir schnellstens nach Dubrovnik kommen.«

Ich zuckte mit den Schultern. Larissa war immer schon ein Mensch, für den es nur hundert Prozent oder gar nichts gab. Und durch die Sorge um ihre Eltern war dieser Wesenszug sogar noch extremer geworden. Vor einer Stunde war sie es noch gewesen, die die Bücherkisten keine Sekunde aus den Augen lassen wollte. Jetzt schien ihr das auf einmal völlig egal zu sein.

»Für mich steht noch nicht fest, dass wir die Zeit hier umsonst verbracht haben«, erklärte ich mit mehr Überzeugung in der Stimme, als ich wirklich besaß. »Immerhin haben wir etwas gefunden. Den Hinweis in der Synagoge, den Code in der Mezquita …«

»Das kann auch alles nur Zufall gewesen sein«, unterbrach sie mich. »Wir wissen ja nicht einmal, ob wir den Zettel überhaupt richtig interpretiert haben. Und selbst wenn er uns zu einem der Vergessenen Bücher führt, wer sagt uns, ob es das Buch der Wege ist?«

Darauf wusste ich keine Antwort. Das waren Fragen, die ich mir auch schon gestellt hatte. Aber ich wollte einfach nicht glauben, dass die Begegnung mit dem Mauren und die Spur zum Viana-Palast nichts mit unserer Suche zu tun haben sollten.

Larissa machte einige Eingaben in ihr Handy und blickte dann frustriert auf. »So ein Mist! Es gehen nur ein paar Flüge von Spanien nach Dubrovnik, und die sind alle ausgebucht! Die nächsten freien Plätze gibt es erst wieder in vier Tagen.«

»D-da kann ich vielleicht helfen«, meldete sich Torres zu Wort. »Manche F-frachter nehmen auch P-passagiere mit an Bord. Mag sein, dass das Schiff nach Rijeka d-dazugehört.«

»Dann sollten wir das so schnell wie möglich klären.« Larissa stand auf. »Wo erfahren wir das?«

»B-beim Hafenmeister. Da können wir auch gleich nachfragen, ob er etwas über die Lieferung weiß.« Torres erhob sich ebenfalls. Ich tat es den beiden nach. Der Detektiv verabschiedete sich überschwänglich von der Wirtin und wir traten auf die Straße hinaus.

Inzwischen war die Sonne ganz aufgegangen. Ich musste blinzeln, als ich als Erster über die Schwelle trat. Deshalb sah ich nicht sofort, wer gerade rechts von mir die Gasse entlangkam. Und als sich meine Augen an die Helligkeit gewöhnt hatten, war es zu spät.

Da hatten mich die Karasamoffs bereits gepackt.

⁂ Freunde in der Not ⁂

War es Zufall, dass die beiden Brüder und Pluribus genau in dem Moment vor der Bar auftauchten, aus der wir kamen? Oder hatten sie uns die ganze Zeit beobachtet?

Die Zwillinge hielten mich zwischen sich fest. Larissa, die hinter mir herauskam, wurde von Pluribus am Arm gepackt, bevor sie reagieren konnte. Torres, der die Situation schneller als wir erfasst hatte, wollte wieder in den Flur zurücktreten, wurde aber von den Karasamoffs daran gehindert, die jeder eine Pistole gezogen und auf ihn gerichtet hatten.

Langsam trat er in die Gasse hinaus und konnte gerade noch »Isabel!« rufen, ehe ihm einer der Zwillinge einen Tritt in die Kniekehle verpasste und ihn grob zu Boden stieß. Die wenigen Passanten, die außer uns zu dieser frühen Stunde schon unterwegs waren, sahen zu, dass sie möglich schnell genügend Abstand zwischen sich und die Bewaffneten legten.

Mein Mut sank. Zweimal waren wir den Zwillingen entkommen. Ein drittes Mal würden sie das bestimmt nicht zulassen.

Doch dann bot sich meinen Augen ein ganz außerordentlicher Anblick.

Einer nach dem anderen kamen die Gäste der Kneipe aus der Tür, allen voran die Wirtin Isabel. Pluribus schüttelte

Larissa, die vergeblich versuchte, sich loszureißen, am Arm. »So sieht man sich wieder«, höhnte er. »Eigentlich glaubte ich euch sicher festgesetzt in Córdoba. Aber ihr seid ja schlimmer als die Kletten. Aber so viel verspreche ich euch: Das war das letzte Mal, dass ihr uns entkommen seid.«

Während er seinen Monolog hielt, versuchten ihn die Zwillinge darauf aufmerksam zu machen, was sich hinter seinem Rücken abspielte. Schließlich gelang es ihnen, und Pluribus drehte sich um. Inzwischen waren alle Gäste nach draußen gekommen, Männer ebenso wie Frauen. Keiner von ihnen sagte ein Wort oder machte eine schnelle Bewegung. Sie stellten sich einfach wortlos im Halbkreis um uns herum auf.

»Brennt ihnen was auf den Pelz, wenn sie frech werden«, kreischte Pluribus. Doch die Zwillinge befolgten seine Anweisung nicht. Ich verstand rasch, warum. Die Gäste schienen überhaupt keine Angst vor den Schusswaffen zu haben! Langsam zogen sie den Kreis immer enger. Zunächst fuchtelten die Karasamoffs noch mit ihren Waffen herum. Doch als sie merkten, dass sich unsere Helfer davon nicht im Geringsten beeindrucken ließen, senkten sie die Pistolen. Ihnen war offensichtlich klar, dass sie vielleicht einige ihrer Gegner verwunden konnten, aber nicht alle. Und was die mit ihnen anstellen würden, wenn einer der Ihren getroffen war, das wagte ich mir gar nicht auszumalen.

Nur Pluribus wollte nicht einsehen, dass die Lage für ihn aussichtslos war. »Ihr Feiglinge!«, beschimpfte er seine Komplizen, völlig außer sich. Immer noch hielt er Larissa fest.

Der Mann, der mich vorhin über Dubrovnik aufgeklärt hatte, baute sich vor der Vogelscheuche auf.

»*Let her go*«, sagte er in seinem gebrochenen Englisch.

»Verschwinde, oder ich tue dem Mädchen was an!« Hasserfüllt starrte der Hagere seinen Widersacher an. Der ließ sich nicht aus der Ruhe bringen.

»*You – let – her – go*«, wiederholte er mit einer deutlichen Pause zwischen den Worten. Pluribus warf einen Blick auf seine beiden Kumpane. Zwei Männer hatten ihnen inzwischen ihre Pistolen abgenommen.

Die Vogelscheuche erkannte die Ausweglosigkeit der Situation. Ohne seine Komplizen war er machtlos. Widerwillig löste er seinen Griff um Larissas Arm. »Freut euch nicht zu früh«, zischte er. »Wir sehen uns wieder.«

Er wollte gehen, aber der tätowierte Mann berührte ihn an der Schulter. »*You stay*«, befahl er, als Pluribus sich zu ihm hin drehte.

Isabel wechselte ein paar schnelle Sätze auf Spanisch mit Torres. Dann wandte er sich an uns. »W-was meint ihr, sollen w-wir sie laufen lassen?«

»Wir haben noch ein paar Dinge vor«, überlegte ich laut. »Vielleicht wäre es gar nicht so schlecht, wenn sie bis heute Mittag unseren Weg nicht mehr kreuzen können.«

Larissa, die sich den schmerzenden Oberarm rieb, an dem Pluribus sie festgehalten hatte, nickte zustimmend. Der Detektiv übermittelte unsere Bitte an die Wirtin.

»*Bueno*«, sagte sie. Jeweils zwei der Männer nahmen einen unserer drei Widersacher in die Mitte, um sie in die Kneipe zu geleiten. Erst sah es so aus, als wolle Pluribus sich dagegen zur Wehr setzen, doch dann fügte auch er sich.

»*¡Muchas gracias!*«, riefen Larissa und ich der Truppe hinterher, die langsam wieder in der Bar verschwand. Nur Isabel blieb noch, um sich von uns zu verabschieden. Erneut wurden wir von ihr geherzt. Diesmal erwiderte ich die Umarmung. Ohne sie würden wir uns jetzt in den Fängen von Pluribus befinden.

Besonders herzlich verabschiedete sie sich von Torres, der ihr offenbar versprechen musste, bald wieder vorbeizukommen. Dann endlich konnten wir uns auf den Weg zur Hafenmeisterei machen.

Sobald die Gefahr vorbei war, hatte sich die Straße in Windeseile belebt. An einer Ecke hatte ein Mann eine Holzkiste auf eine Mülltonne gelegt, in der er Muscheln zum Kauf anbot. Ein weiterer hielt drei große Krabben auf einem Stand aus Pappkartons feil.

»Das ist f-frischer F-fang«, erklärte Torres. »D-diese Leute haben nicht viel Geld. Sie kaufen ein wenig d-direkt von den Booten und verkaufen es hier mit einem kleinen Aufschlag.«

Erste Kundinnen standen bei den Verkäufern und prüften deren Ware. Auch anderswo in der Gasse entstanden behelfsmäßige Verkaufsstände. Wir folgten Torres bis zu einer bereits recht geschäftigen Ecke. Vor allem Frauen mit großen Einkaufstaschen bestimmten das Bild. Wir bogen links ab und sahen, dass sie alle in ein flaches, langes Gebäude strömten.

»Der *Mercado Central*, die M-markthalle von Cádiz«, klärte uns Torres auf. »Das solltet ihr euch nicht entgehen lassen.«

Wir überquerten die schmale Straße und betraten den Markt durch zwei gläserne Türen. Drinnen war die Luft klimatisiert. Zu beiden Seiten erstreckten sich lange Reihen von Verkaufsständen. In einer Reihe gab es nur Fisch, in der nächsten Geflügel, Fleisch und Wurst, in einer weiteren Obst und Gemüse und in der letzten Käse, Trockenfrüchte, Gewürze, Backwaren, Konserven und Wein.

Langsam drängten wir uns an den Ständen vorbei. So viele und so verschiedene Fische hatte ich noch nie gesehen. Sie lagen auf Eis, so, wie sie aus dem Meer gekommen waren: hässliche Seeteufel mit ihrem breiten, bedrohlichen Maul, lange Seehechte mit schwarzer Zunge, prächtige Dorsche und jede Menge Tintenfische. Der Geruch war so überwältigend wie der Anblick, und ich war froh, als wir den Fischbereich verließen.

Der Obst- und Gemüsegang quoll nur so über von Farben und Früchten in allen Formen. Manche der Auslagen sahen mit ihren blank polierten Äpfeln aus wie gemalt. Mir lief das Wasser im Mund zusammen, und Torres kaufte eine Tüte Weintrauben und einen Beutel voller saftiger roter Kirschen für uns, die wir sofort zu vertilgen begannen.

Es gab Stände mit Gewürzen, getrockneten Früchte, Backwaren, Geflügel und Fleisch, Wurst, Schinken und Wein. An einer Bar drängten sich die Gäste um ihren morgendlichen *cortado*, einen kleinen Espresso mit etwas Milch.

Etwas weniger angenehm duftete es beim Käse, der fast noch stärker roch als der Fisch. Der Detektiv konnte von den Düften nicht genug bekommen, aber mir wurde beinahe schlecht davon. Völlig geplättet von diesen intensiven Eindrücken verließen wir die Markthalle durch den Ausgang auf der anderen Seite.

Schlagartig veränderte sich das Straßenbild. Wo vorher kleine Läden mit handgemalten Schildern die Szene bestimmt hatten, präsentierten sich hier Modeketten in schick herausgeputzten Gebäuden. Hölzerne Erker glänzten weiß in der Sonne, Ladenfronten waren mit Marmor oder goldglänzendem Messing verkleidet, und Stuckblumen rankten sich an Häuserwänden empor.

Nach wenigen Minuten erreichten wir das Hafenbecken. Wir folgten der Straße zurück bis zum Kreisverkehr. An einer Seite lag das verwitterte Gebäude der ehemaligen Marinekommandantur. Ihr gegenüber war der Zoll in einem prächtigen rotbraunen Bau mit weißen Säulen untergebracht.

Die Hafenmeisterei befand sich im abgesperrten Bereich. Wir warteten vor der Hafeneinfahrt, während Torres seine Erkundigungen einholte. Als er schließlich wieder auftauchte, schwenkte er einen Zettel in der Hand.

»D-der Frachter nach Rijeka ist die *Ann Catherine*, die m-morgen erst einläuft. Ich habe die Telefonnummer der Reederei. Der Hafenmeister meint, sie nimmt P-passagiere auf.«

»Und was ist mit der Diebesfracht?«, fragte ich.

Larissa verzog das Gesicht. »Das ist doch völlig egal«, sagte sie.

»Mir nicht«, betonte ich. Im Gegensatz zu Larissa war ich nämlich nicht davon überzeugt, dass das Buch aus dem Viana-Palast keine Bedeutung für unsere Suche besaß.

Der Detektiv zuckte mit den Schultern. »B-bisher nichts. Ich werde bei der Reederei noch mal nachfragen.«

»Gibt es wirklich keinen schnelleren Weg nach Dubrovnik?« Larissa war der Frust über die Warterei deutlich anzumerken. »Von Rijeka aus müssen wir ja auch noch mal durchs ganze Land fahren!«

»Ich bin mir fast sicher, dass die Bücher nach Kroatien verschifft werden«, sagte ich. »So können wir zwei Fliegen mit einer Klappe schlagen. Wer weiß, vielleicht finden wir doch noch einen Hinweis in dem Buch aus dem Viana-Palast.«

»Pah!« Meine Argumente prallten an Larissa ab. Für sie zählte nur noch, möglichst schnell nach Dubrovnik zu kommen. Ich gab es vorerst auf, sie davon zu überzeugen, dass die Bücher aus Córdoba vielleicht doch wichtig sein könnten.

»Was machen wir jetzt?«, fragte ich Torres.

»Ich schlage vor, wir fahren z-zurück nach Córdoba, bevor es Mittag ist und die Ganoven wieder freikommen.«

Der Bahnhof lag nur wenige Meter von der Hafeneinfahrt entfernt. Der nächste Zug nach Sevilla ging erst in einer knappen Stunde. Wir kauften Fahrkarten und sahen uns um. Im Gegensatz zu den Bahnhöfen von Sevilla und Córdoba hatte Cádiz in dieser Hinsicht nicht viel zu bieten. In der riesigen Bahnhofshalle gab es lediglich einen Kiosk, der Getränke und ein paar Snacks verkaufte.

»W-was haltet ihr von einem kleinen Spaziergang?«, fragte Torres.

Mich hatte die Müdigkeit wieder eingeholt und ich hätte mich am liebsten auf eine der Bänke sacken lassen und geschlafen. Auch Larissa sah nicht begeistert aus.

»Es ist nicht weit und eure V-verfolger sind noch sicher w-weggesperrt«, insistierte er, als er unser Zögern bemerkte. »W-wenn ihr schon einmal in Cádiz seid, solltet ihr auch etwas m-mehr von der Stadt sehen.«

Ich seufzte. Warum nicht? Es war ja nur für eine kurze Zeit. Wir folgten Torres aus dem Bahnhof und zurück zur *Plaza Sevilla*, dem Platz vor der Hafeneinfahrt.

»Wer ist das eigentlich da oben auf dem Denkmal?«, fragte ich, um ein wenig Interesse zu zeigen.

»D-das ist Segismundo Moret y Prendergast«, erwiderte Torres. »Er wurde in Cádiz g-geboren und war spanischer M-ministerpräsident. Weil die Statue in den letzten Jahren so oft den Standort gewechselt hat, g-gibt es hier in Cádiz den Spruch *Du ziehst ja öfter um als Moret.*«

Hinter der Plaza Sevilla bogen wir links ein und stiegen den Hügel empor. Die Altstadt von Cádiz war an dieser Stelle recht schmal, und so erreichten wir in weniger als zehn Minuten das offene Meer. Wir überquerten eine mehrspurige Straße und gelangten auf eine breite Promenade, die sich an dem steinigen Ufer entlangzog. Und auf einmal verstand ich, warum Torres uns das noch unbedingt zeigen wollte.

Vor uns breitete sich in allen Schattierungen von Blau bis Grün der Atlantik aus und verschmolz am Horizont mit dem strahlend blauen Himmel. Es regte sich kaum eine Brise, und das Meer plätscherte nur in kleinen Wellen an die aufgetürmten Steinquader vor der Mauer, auf deren Spitze wir standen. Die Sonne brannte auf die hellen Steine der Promenade und ließ sie leuchten. Das Zusammenspiel von Sonne, Luft, Farben und Wellengeräuschen strahlte eine ungemeine Ruhe aus, die ich bereits nach wenigen Minuten in meinem Inneren spüren konnte.

Wortlos standen Larissa und ich an der kleinen Mauer, welche die Promenade begrenzte, und saugten den Frieden und die unendliche Weite in uns auf.

»Von hier aus b-brachen im 16. Jahrhundert die Schiffe auf ihre lange Reise nach Amerika auf«, unterbrach Torres die

Stille. »Damals trafen sich K-kaufleute aus allen europäischen Ländern in Cádiz, denn dies war das Zentrum, in dem alle Reichtümer des K-königreichs zusammenkamen.«

In meiner Fantasie sah ich hölzerne Karavellen mit voll gesetzten Segeln auf dem ruhigen Wasser davongleiten, einer ungewissen Zukunft entgegen. Ich stellte mir vor, wie die Matrosen einen letzten Blick auf die Stadt zurückwarfen. Vielleicht stand genau an der Stelle, an der ich mich befand, die Frau eines Seefahrers und winkte ihm mit Tränen in den Augen hinterher.

Es war die pragmatische Larissa, die die Ruhe unterbrach. »Wir sollten uns langsam auf den Rückweg machen. Unser Zug geht gleich.«

Schweigend wanderten wir den Hügel hinab. Mit einem Mal sah ich Cádiz mit anderen Augen. Welche Abenteuer, welche Dramen mochten sich in diesen Straßen abgespielt haben, die jetzt so friedlich in der Sonne ruhten? Die stattlichen Häuser zeugten von dem Wohlstand, den der Handel der Stadt gebracht hatte, wenn auch nicht für alle. Die Kehrseite war in dem Viertel zu besichtigen, in dem wir heute Morgen Isabel und ihre Freunde getroffen hatten. Dort hatten diejenigen gelebt, durch deren Arbeit die Reichtümer erst über den gewaltigen Ozean hierher geschafft werden konnten.

Unser Zug war bereits eingetroffen. Wir suchten uns unsere Plätze und wenige Minuten später rollte er aus dem Bahnhof.

Den größten Teil der Rückfahrt muss ich geschlafen haben. Ich erwachte nur ab und an, und die Szenen, die ich durch das Fenster sah, vermischten sich in meinem Kopf zu einem einzigen riesigen Panorama.

Große Herden von braunen und weißen Schafen weideten neben endlosen Olivenhainen. Eine palmengesäumte Allee zog sich parallel zur Bahn hin, auf der eine Parade festlich geschmückter Pferde und Kutschen stattfand. Ein Esel stand vor einem kleinen Haus. Staubfahnen stiegen hinter Lastwagen auf, die über unbefestigte Wege durch verbranntes Land fuhren, und wurden vom Wind über vertrocknete Äcker geweht. Ein grüner Hügel mit weißen Häusern wuchs aus der Dürre der Umgebung hervor. Riesige Silos wechselten sich ab mit kakteenbewachsenen Steppen, hübsch gekachelte Bahnhöfe mit grüngelb leuchtenden Hügelketten am Horizont.

Ein Stoß in die Rippen holte mich in die Wirklichkeit zurück. »Sevilla«, sagte Larissa. »Wir müssen umsteigen.« Sie blickte mich vorwurfsvoll an, so als wolle sie sagen: Wie kannst du nur schon wieder schlafen? Aber das war mir in diesem Moment gleichgültig. Ich hielt die Bilder in meinem Kopf noch einen Augenblick fest, damit ich mich später auch auf jeden Fall daran erinnerte.

Dann konzentrierte ich mich wieder auf die Gegenwart.

⁂ Überraschende Enthüllungen ⁂

Es war früher Nachmittag, als wir Córdoba erreichten. Torres wollte zunächst sein Auto holen, das ja wahrscheinlich immer noch vor der Lagerhalle stand, in der die Karasamoffs uns gestern Nacht eingesperrt hatten. Larissa und ich entschieden uns, erst mal zum Hotel zurückzukehren und uns ein wenig auszuruhen. Wir verabredeten uns mit dem Detektiv für den Abend in den *5 Arcos*, die nur ein paar Minuten vom Hotel entfernt lagen.

Nach ein paar Stunden Schlaf und in frischen Klamotten fühlte ich mich gleich wie ein anderer Mensch. Auch Larissa sah deutlich besser aus. Als wir das Restaurant betraten, war Torres bereits da. Er saß, wie bei unserem ersten Besuch, im Innenhof. Wir waren um diese Zeit die einzigen Gäste, denn die Spanier essen erst ab etwa neun Uhr zu Abend.

»Ich habe neue Informationen v-vom Hafenmeister«, berichtete Torres. »Dieser P-pluribus hat die Kisten vor einer Stunde z-zur Verschiffung nach Rijeka eingeliefert.«

»Wusste ich es doch!«, rief ich und sah Larissa triumphierend an. Ihre Reaktion war nur ein müdes Schulterzucken.

Der Detektiv machte ein ernstes Gesicht. »Wir haben ein

P-problem. Ich muss der P-polizei melden, wo sich der Wagen mit dem D-diebesgut befindet. Dafür werde ich bezahlt.«

»Das können Sie nicht tun!«, rief ich entsetzt. »Dann werden wir nie mehr an das Buch aus dem Viana-Palast herankommen!«

»Aber ich k-kann nicht zulassen, d-dass sie die gesamte Beute außer Landes schaffen. D-das sind Kulturgüter von unschätzbarem W-wert.«

Er blickte ein unglücklich drein. Man sah ihm an, wie gerne er uns helfen würde und wie sehr es ihn schmerzte, dass es mit seiner Pflicht nicht vereinbar war.

»Ich glaube, ich weiß eine Lösung«, sagte ich. »Was halten Sie davon, die Polizei erst dann zu informieren, wenn der Frachter den Hafen verlassen hat? Sie können die Beute doch von ihren Kollegen bei der Landung in Rijeka abfangen lassen. Das gibt uns genügend Zeit, während der Überfahrt nach dem Buch zu forschen.«

Er blickte uns nachdenklich an. »Ihr habt mir nicht w-wirklich viel darüber erzählt, w-was euch eigentlich hertreibt. Ich habe d-das Gefühl, ihr traut mir nicht.« Er klang ein wenig beleidigt.

Ich bekam sofort ein schlechtes Gewissen. Torres hatte uns von Anfang an beigestanden. Ohne ihn wären wir Pluribus und seinen Helfershelfern nicht entkommen. Da war Offenheit das Mindeste, was wir ihm schuldeten.

Also begann ich, ihm die Geschichte der Vergessenen Bücher und unseres Auftrags zu erzählen. Ich fasste mich so kurz wie möglich und bemühte mich, trotzdem nichts Wichtiges wegzulassen. Larissa hielt mich nicht zurück, also war sie wohl einverstanden. Nachdem ich geendet hatte, schwieg Torres eine ganze Weile. Ich wartete gespannt auf seine Reaktion.

»Das k-klingt so unglaublich, dass es fast schon w-wieder wahr sein kann«, sagte er schließlich. »Und ihr b-beiden seid gewiss keine Lügner. Auch wenn ihr nicht immer d-die *ganze* Wahrheit sagt.« Dabei zwinkerte er uns zu. »Auf jeden Fall handelt es sich hier nicht um einen der üblichen Fälle, mit d-denen ich sonst zu tun habe. D-deshalb, und weil ich euch mag, werde ich zum ersten M-mal von meinen Prinzipien abweichen und euch entgegenkommen.«

Mir fiel ein Stein vom Herzen.

»D-das Versteck hier in Córdoba kann ich d-direkt melden«, fuhr er fort. »Die B-beschreibung der K-karasamoffs und dieses Pluribus auch. F-falls sie noch in Cádiz verhaftet werden, umso b-besser für euch. Sobald das Schiff den Hafen v-verlassen hat, werde ich die Behörden in K-kroatien informieren. So habt ihr die g-ganze Reise über Zeit, die B-bücher zu überprüfen.«

Mit dieser Regelung waren wir einverstanden. Ich war zufrieden, weil wir das Buch aus dem Viana-Palast genauer untersuchen konnten. Und Larissa hatte keine Einwände, weil es ihr sowieso gleichgültig war. Wir stießen darauf an, Torres mit Rotwein und wir mit Cola. Dann wurde sein Gesicht wieder ernst.

»W-wenn es stimmt, dass nur ihr die Hinweise aus d-diesem Register kennt, woher w-wusste dann Pluribus von Córdoba? Und vor allem, w-wie hat er von D-dubrovnik erfahren?«

Das war die Frage, die mir seit Cádiz auch schon durch den Kopf ging. Konnte es sein, dass es außer dem Register von Leyden noch weitere Hinweise auf die Vergessenen Bücher gab? Und wenn ja, warum war Pluribus dann so scharf darauf, uns auszuquetschen? Eigentlich musste er doch mehr wissen als wir. Wie sollte er uns sonst immer einen Schritt voraus sein?

»Apropos«, meldete sich Torres zu Wort. »Ich habe für euch zwei K-kabinen auf der *Ann Catherine* gebucht.«

Er reichte uns einen Zettel über den Tisch. »D-das ist die Reservierungsnummer. D-die Tickets müsst ihr euch vor der Abfahrt beim Agenten der Reederei abholen. D-die Adresse habe ich dazugeschrieben.«

Ich steckte das Blatt ein. »Vielen Dank«, sagte ich. »Sie haben uns wirklich sehr geholfen.«

»K-keine Ursache.« Der Detektiv strahlte. »Eine Hand w-wäscht die andere. Durch euch k-konnte ich meinen Auftrag erfüllen und das gestohlene D-diebesgut finden. Ich hoffe nur, dass es euch gelingt, Larissas Eltern w-wiederzufinden.«

Wir riefen Montalba an, um ihn über unsere bevorstehende Abreise zu informieren. Er befand sich mit seinen *vagabundos* wieder in seinem Stammlokal und lud uns ein, doch mit Torres vorbeizukommen.

Ich fand es ganz gut, dass der Detektiv Lust hatte, uns zu begleiten. Ich glaubte zwar nicht, dass Pluribus und die Karasamoffs zurück nach Córdoba kommen würden, aber man wusste ja nie. Allerdings hatten Larissa und ich gewisse Schwierigkeiten, uns im Labyrinth der Altstadt zu orientieren. Nachdem wir dreimal an der richtigen Straße vorbeigelaufen waren, gelangten wir schließlich auf den Platz vor dem Stadttor. Von hier aus fanden wir den Weg zu Marios Stammlokal leicht.

Vorne wurde wieder Fußball geguckt. Aus dem Hinterzimmer schallte uns rhythmisches Klatschen entgegen. Als wir die Tür öffneten sahen wir, dass fünf der *vagabundos* einen komplizierten Rhythmus mit ihren Händen klatschten. Eine junge Frau tanzte dazu. Sie trug Schuhe mit hohen Absätzen, die sie im Takt der Klatscher auf den Boden schlug, fast wie bei einem Stepptanz. Dazu bewegte sie ihre Arme, hob sie vor den Körper oder über den Kopf und machte schnalzende Laute mit ihren Lippen, die sich nahtlos in den geklatschten Rhythmus einfügten. Ich fühlte, wie mir der Takt unter die Haut ging und mein Herz schneller klopfte, je heftiger die Frau aufstampfte.

Das Klatschen wurde immer intensiver und rasanter, ebenso wie die Fußbewegungen der Tänzerin. Dann hörte alles wie auf Kommando auf. Die Frau verneigte sich, und die Zuschauer applaudierten begeistert, uns eingeschlossen.

Wir hatten an der Tür gewartet, bis das Spektakel beendet war. Jetzt drängten wir uns an den *vagabundos*, die die Tänzerin umringten, vorbei zu Mario Montalba.

»¡*Hola*!«, rief der Sohn des Bologneser Antiquars, als er uns erblickte. »Wie hat euch der Flamenco gefallen?«

Damit meinte er wohl den Tanz, den wir gerade gesehen hatten.

»Gut«, antworteten Larissa und ich gleichzeitig.

»Ha! Nur gut? Das war ein *Erlebnis*! Wir werden das in unser Stück einbauen! Nichts steht mehr für Andalusien als der Flamenco! Er vereint Einflüsse der Mauren, der Juden, der Araber, der Afrikaner, der Spanier und der Gitanos, die alle unsere Kultur geprägt haben. Was meinen Sie, Señor?« Dabei sah er Torres an.

Der Detektiv nickte. »*Sí, absolutamente. Una b-bailadora fantástica.*«

»Ganz richtig, sie ist eine wunderbare Tänzerin. Sie müssen Torres sein?«

»*Sí.* Und Sie Montalba? *Encantado.*«

»*Encantado*«, erwiderte Mario. Damit hatten sie die Grußfloskeln ausgetauscht. Mario bugsierte uns zu einer Ecke des Tisches und versorgte uns mit Essen und Getränken.

Ich war noch immer beeindruckt von dem Tanz und hörte nur mit halbem Ohr zu, worüber Mario und Torres sprachen. Larissa gab mir einen Schubs und machte eine Kopfbewegung zur Tür. Soeben war der Maure hereingekommen. Er ließ seinen Blick durch den Raum wandern und kam dann zielstrebig auf uns zu.

»So sehen wir uns doch noch einmal«, lächelte er und verneigte sich leicht. »Darf ich mich setzen?«

Ohne eine Antwort abzuwarten, zog er sich einen Stuhl heran. Torres beobachtete den Neuankömmling aufmerksam. »Sie müssen der Mann mit den ausgezeichneten Geschichtskenntnissen sein. Gestatten, Torres.« Er deutete ebenfalls eine Verbeugung an.

»Und Sie haben Larissa und Arthur geholfen. Dafür bin ich Ihnen sehr verbunden«, erwiderte der Maure.

»*¡Con mucho gusto!*« Der Detektiv neigte den Kopf.

»Und was habt ihr nun vor?«, fragte der Maure uns.

Wir berichteten von unseren Erlebnissen in Cádiz und der bevorstehenden Schiffsreise nach Rijeka.

»Ah, Ragusa«, sagte der Maure mit verträumter Miene. »Ein Ort mit vielen Erinnerungen ...«

»Sie waren schon einmal in Dubrovnik?«, fragte ich.

Er schüttelte den Kopf. »Nein, *Dubrovnik* kenne ich nicht. Dubrovnik *war* einmal Ragusa, ist es aber nicht mehr. Dazu ist in den Jahren zu viel passiert.«

»Aber der Name Ragusa bedeutet etwas für Sie? Hat er etwas mit den Büchern zu tun?«

An seiner Stelle beantwortete Torres die Frage. »Ragusa war eine Republik mit einer hoch entwickelten Kultur, bereits zu jener Zeit, als die Mauren in al-Andalus herrschten. Die Stadt war für ihr Streben nach Unabhängigkeit und für ihre Toleranz bekannt. Es heißt, dass Averroës, als er beim Kalifen in Ungnade fiel, eine Reise nach Ragusa unternommen hat, bevor er sich ins marokkanische Exil begab.«

Larissa und ich starrten ihn mit offenem Mund an. Zum einen, weil er diese Dinge wusste, zum anderen aber, weil er kein einziges Mal gestottert hatte. Das musste ihm wohl auch selbst aufgefallen sein, denn er fuhr sich mit der Hand an den Mund.

Der Maure lächelte. »Sie haben das Leben von Ibn-Rushd studiert?«

»Ibn-Rushd ist der arabische Name von Averroës«, erklärte Torres, als er unseren fragenden Blick bemerkte. Jetzt sprach er ganz langsam, so als wolle er jeden stotterfreien Satz genießen. Sein Gesicht nahm einen glücklichen Ausdruck an. »Ja, ich habe Philosophie und Geschichte studiert und meine Abschlussarbeit über Averroës geschrieben.«

Der Detektiv war ein Mensch, der voller Überraschungen steckte. Ich fragte mich, weshalb er nicht an der Universität lehrte, sondern auf der Jagd nach Verbrechern war.

»Jetzt fragt ihr euch gewiss, warum ich diesen Job ausübe, was?«, echote er meine Gedanken. »Die Antwort ist ganz einfach: Als Stotterer sind deine beruflichen Aussichten leider immer noch sehr eingeschränkt. Also habe ich mir einen Beruf gewählt, in dem es nicht so darauf ankommt.«

»Haben Sie denn schon immer gestottert?«, fragte Larissa.

»Seitdem ich denken kann«, erwiderte er. »Anfangs war es ziemlich hart, vor allem in der Schule. Als Stotterer hast du wenig Freunde und bei den Mädels ausgesprochen schlechte Karten.«

»Aber man muss doch etwas dagegen tun können!«, rief ich.

»Kann man auch. Ganz weg geht das Stottern zwar nie, aber es lässt sich durch Training in Grenzen halten.« Er grinste. »Ich muss euch allerdings gestehen, dass ich faul bin und meine Übungen nicht regelmäßig mache. Vielleicht auch deshalb, weil ich spüre, dass das Stottern ein Teil von mir ist. Früher habe ich mich oft nicht getraut, den Mund aufzumachen. Heute stehe ich dazu. Wer Torres will, der muss auch sein Stottern nehmen.«

»Wir waren bei Averroës«, erinnerte ihn der Maure mit milder Stimme.

»Ach ja.« Torres gab sich einen Ruck. »Er war ein bekannter Arzt, Jurist und Philosoph. Und er gehörte einer Geheimgesellschaft an, über die man leider nie viel in Erfahrung gebracht hat. Aber das war zu jener Zeit nichts Besonderes. Diese Gesellschaften gab es an jeder Ecke.«

»Die Bewahrer«, warf Larissa ein.

»Dann hat er vielleicht eines der Vergessenen Bücher nach Ragusa gebracht!«, rief ich.

»Schon möglich«, räumte Torres ein. »Es gibt nämlich keinen bekannten plausiblen Grund, warum er diese Reise angetreten haben sollte – wenn er sie denn tatsächlich gemacht hat.«

»Aus meinen Quellen weiß ich, dass er in Ragusa war«, sagte der Maure.

»Und Ihre Quellen sind zuverlässig?«, fragte der Detektiv.

Der Maure zog leicht die Augenbrauen hoch. »So zuverlässig, als wenn ich selbst dabei gewesen wäre.«

»Dann scheint unsere neue Interpretation der Hinweise im Register von Leyden ja doch zu stimmen«, vermutete Larissa.

Ich nickte. Irgendwie war mir immer noch nicht klar, wie ich mich so hatte irren können. »Wenn das Buch der Wege tatsächlich in Dubrovnik ist, dann haben wir einen gewaltigen Umweg gemacht.«

»Und viel Zeit verloren«, ergänzte Larissa.

»Habt ihr das wirklich?«, fragte der Maure. »Manchmal muss man viele Umwege gehen, um sein Ziel zu erreichen. Und oft ist der direkte nicht der beste Weg zum Ziel.«

»Zumindest haben wir Sie kennengelernt und damit einiges über die Geschichte der Bücher erfahren«, stimmte ich ihm zu. »Aber für Larissa waren diese Tage verlorene Zeit.«

»Da Sie ja so viel über die Geschichte und die Vergessenen Bücher wissen: Können Sie uns auch etwas über das Buch der Wege erzählen?« Larissas Frage war an den Mauren gerichtet.

Einen Moment lang glaubte ich, er habe die Frage überhört. Sein Blick war in die Ferne gerichtet und er antwortete nicht. Dann kehrte er aus seinen Gedanken zu uns zurück.

»Das Buch der Wege ist eines der Grauen Bücher. Es zeigt

dem, der es zu lesen versteht, den besten Weg zu seinem Ziel.«

»Eine Art Atlas also«, stellte ich fest.

Der Maure schüttelte den Kopf. »Es geht nicht um geografische Orte, sondern um Ziele, die man sich setzt. Das Buch der Wege hilft bei der Erfüllung von Wünschen nach Macht, Reichtum, Glück, Erfolg.«

»Und was soll daran so gefährlich sein?«

»Menschen können sich auch unmoralische Ziele setzen. Macht zum Beispiel erlangt man immer nur auf Kosten anderer. Oder wenn du das Ziel hast, einen Nebenbuhler auszuschalten, dann zeigt dir das Buch möglicherweise einen Weg, der den Tod des Konkurrenten zur Folge hat. Das hängt ganz von dem ab, der es liest«

»Dann muss es einen Grund geben, warum die Schatten gerade dieses Buch haben wollen.«

Der Maure nickte. »Sie suchen seit vielen Jahrhunderten nach dem Weg aus ihrer Verbannung. Das Buch der Wege könnte ihnen diesen weisen.«

»Dann sollte man das Buch nicht in ihre Hände fallen lassen«, mischte sich Torres ein. Damit rief er natürlich sofort Larissas Protest hervor.

»Wie können Sie so was sagen?«, rief sie. »Es geht schließlich um meine Eltern. Von mir aus sollen die Schatten das Buch doch haben!«

»Wenn es stimmt, was wir bislang über die Schatten erfahren haben, dann könnte das viele andere in Gefahr bringen«, wandte ich ein. »Wir sollten uns also genau überlegen, was wir tun.«

»Die Einzige, die hier etwas zu überlegen hat, bin ich!«, schnappte Larissa zurück. »Niemand sonst hat das Recht dazu.«

»Das sehe ich aber ganz anders ...«

Der Maure hob die Hand und brachte mich zum Schweigen. »Wir sollten darüber nicht streiten. Egal, was wir denken, die Entscheidung liegt allein bei Larissa.«

»So ist es«, triumphierte sie, froh über diese Unterstützung. Ich verstand nicht, warum der Maure für Larissa Partei ergriff. Gerade er hatte uns doch auf die Gefahren aufmerksam gemacht, die drohten, sollte das Buch der Wege in die falschen Hände fallen! Torres legte mir beschwichtigend eine Hand auf den Arm.

»Es gibt ein Sprichwort: Man soll das Fell des Bären nicht verteilen, bevor man ihn nicht erlegt hat. Erst mal müsst ihr das Buch der Wege finden, bevor Pluribus es tut. Dann ist immer noch genügend Zeit, darüber nachzudenken, was ihr damit macht.«

»Sehr richtig«, pflichtete ihm der Maure bei. Er erhob sich. »Und jetzt muss ich mich endgültig von euch verabschieden.« Er wandte sich zu Larissa und blickte ihr ernst in die Augen. »Mögest du eine weise Entscheidung treffen, wenn der Zeitpunkt dafür gekommen ist.«

Sie nickte wortlos. Dann war ich an der Reihe. Seine Augen schienen tief in meine Seele zu blicken. Ich konnte in ihnen die unendliche Weite der arabischen Wüste ahnen.

»Dir wünsche ich, stets zu erkennen, wann du zweifeln musst und wann vertrauen.«

Als Letzter kam Torres dran. »Sie haben das geschafft, was

nur wenigen gelingt: Ihre Schwäche zu akzeptieren und sie damit zu überwinden. Ich verneige mich vor Ihnen, Señor.« Er machte eine tiefe Verbeugung. Torres war das eher peinlich. »Das ist doch nichts«, murmelte er.

Der Maure richtete sich wieder auf. »Vielleicht ist es nichts. Vielleicht ist es aber auch alles.« Mit diesen Worten drehte er sich um, warf Mario und den anderen noch einen kurzen Blick zu und verließ den Raum.

»Ein b-beeindruckender Mann, euer Freund«, meinte Torres. Das Stottern war wieder zurück, und er schien darüber, ebenso wie wir, nicht besonders erstaunt zu sein.

Ich nickte wortlos. Mario, der die ganze Zeit mit einer Gruppe von Schauspielern diskutiert hatte, kam zu uns herüber.

»Habe ich das gerade richtig gesehen?«, fragte er. »Der Maure hat mit euch gesprochen? Wisst ihr denn nun, wer er ist?«

»Leider kein reicher Sohn eines Ölscheichs«, erwiderte ich.

Mario seufzte theatralisch. »Wieder um eine Hoffnung ärmer.«

Wir mussten über seinen Gesichtsausdruck lachen.

»Aber vielleicht kennt er einen wohlhabenden Gönner«, war er gleich wieder obenauf. »Ich werde ihn danach fragen, wenn ich ihn das nächste Mal sehe.«

»Ich fürchte, das wird so bald nicht sein«, sagte ich, denn ich hatte eine Ahnung, dass der Auftrag des Mauren in Córdoba vorerst erledigt war.

Wir informierten Mario über unsere Pläne, und er erklärte sich sofort bereit, uns am nächsten Abend zum Schiff nach Cádiz zu bringen. Dann verwickelte er Torres in ein Gespräch über modernes Theater, das mich nicht wirklich interessierte.

Larissa warf mir anfangs noch ein paar böse Blicke zu, weil ich ihr vorhin so vehement widersprochen hatte, beruhigte sich dann aber wieder.

Schließlich wurde Mario anderswo im Raum gebraucht. Torres und wir nutzten die Gelegenheit, um uns zu verabschieden. Der Detektiv brachte uns bis zu unserem Hotel. Im Innenhof ließ er sich auf einem Sofa nieder.

»Ich w-werde die Nacht über hierbleiben«, erklärte er. »So könnt ihr w-wenigstens in Ruhe schlafen.«

Wir protestierten vergebens. Also wünschten wir ihm eine gute Nacht (was unter den gegebenen Umständen etwas ironisch war) und zogen uns in unsere Zimmer zurück.

✥ Auf der Ann Catherine ✥

Als wir am nächsten Morgen nach unten kamen, war Torres nicht mehr da. Er rief uns während des Frühstücks an, um uns mitzuteilen, dass das Diebesgut tatsächlich für die *Ann Catherine* bestimmt war. Damit war unsere Reise nach Rijeka bestätigt. Nachdem wir unsere Koffer gepackt hatten, blieb noch Zeit für einen Bummel durch die Altstadt, bevor Mario kam, um uns abzuholen.

Bei der Rückkehr ins Hotel wartete der Detektiv bereits auf uns. Er hatte Ringe unter den Augen und seine Kleidung war zerknittert.

»Ihr d-dachtet doch nicht, ich lasse euch abreisen, ohne mich z-zu verabschieden«, lächelte er.

Wir umarmten einander. Ich hatte mich so an seine Gegenwart gewöhnt, dass ich ihn gerne mit an Bord genommen hätte. Aber das war natürlich nicht möglich.

Wenig später erschien Mario mit seinem zerbeulten Kleinwagen. Torres warf mit gespieltem Entsetzen die Arme in die Luft. »D-darin zu fahren ist ja gefährlicher als alles, w-was wir bislang erlebt haben!«

Montalba grinste. »Was wäre das Leben ohne ein bisschen Gefahr?«

Er hatte gut reden. Ich hätte nur zu gerne mit ihm und seiner sorglosen Existenz mit den *vagabundos* getauscht. Es waren Sommerferien, und ich sollte mich eigentlich von der Schule erholen und mich nicht in halb Europa mit irgendwelchen Finsterlingen herumschlagen.

Andererseits hatte ich in den letzten beiden Jahren wahrscheinlich mehr erlebt als die meisten Menschen in einem ganzen Leben. Das war zwar manchmal sehr unangenehm (und, wie in Bologna, sehr schmerzhaft), aber missen wollte ich es auch nicht.

»Ihr müsst euer B-buch finden, bevor das Schiff Rijeka erreicht«, sagte Torres, bevor wir in Marios Wagen kletterten. »Ich informiere morgen die P-polizei. Wahrscheinlich w-werden die K-kisten dann direkt bei der Ankunft b-beschlagnahmt.«

»Mit etwas Glück zusammen mit Pluribus und seinen Konsorten«, wünschte ich mir. Der Detektiv winkte uns nach, bis wir außer Sichtweite waren.

Die Fahrt nach Cádiz war ereignislos, sah man einmal von Marios Fahrweise ab, die der von Torres zum Verwechseln ähnelte. Ob alle Spanier so Auto fuhren? Zumindest erreichten wir die Hafenstadt ohne Unfall. Montalba fragte sich zu der Straße durch, in der das Büro des Reedereiagenten war. Eine freundliche junge Frau händigte uns unsere Tickets aus. Die fünf Nächte an Bord kosteten uns mit Vollpension insgesamt fünfhundert Euro. Gut, dass uns der Bücherwurm eine Kreditkarte mitgegeben hatte. Während Larissa und Mario im Büro warteten, suchte ich einen Geldautomaten in der Nähe und hob den Betrag ab.

Mit unseren Tickets und der Aufforderung versehen, auf jeden Fall vor 18 Uhr an Bord zu gehen, verließen wir die Agentur. Mario lud uns noch zu einem Imbiss in eine Bar ein.

»Ich fürchte, ich war euch keine große Hilfe«, sagte er.

»Keine Sorge«, erwiderte ich. »Dafür waren ja Torres und der Maure da.«

»Ja, der Maure«, sinnierte Montalba. »Ein rätselhafter Mensch. Ihr habt ihn ja nun etwas näher kennengelernt. Was hat er euch denn, abgesehen davon, dass er kein Scheichsohn ist, sonst noch über sich erzählt?«

»Eine ganze Menge«, sagte ich vorsichtig. »Aber das meiste nur sehr indirekt. Wir haben uns hauptsächlich über Geschichte unterhalten.« Ich konnte Mario schlecht meine Vermutung mitteilen, woher der Maure wirklich stammte, zumal ich mir selbst nicht ganz sicher war.

Mario betrachtete mich nachdenklich, fragte aber nicht weiter nach, und so mampften wir in Ruhe unsere Baguettes und brachen dann zum Hafen auf. An der Einfahrt zeigten wir unsere Tickets am Kontrollpunkt vor und der Wachmann dirigierte uns zur Anlegestelle der *Ann Catherine*.

»Hoffentlich laufen wir jetzt nicht Pluribus und den Karasamoffs in die Arme«, sagte ich.

»Keine Sorge«, erwiderte Larissa. »Ich habe vorhin noch die Webcam überprüft. Der Lieferwagen steht nicht mehr da. Wahrscheinlich haben sie die Kisten ausgeladen und sind dann verschwunden.«

Ich war jedenfalls froh, dass uns Mario bis fast vor die Gangway fuhr. Der Frachter war gigantisch. Er war bestimmt fast zweihundert Meter lang. Direkt über uns ragte das Deckhaus wie ein Wolkenkratzer in die Höhe. Auf dem Kai davor standen noch die abgeladenen Container herum, die jetzt Stück um Stück von Hafenarbeitern davongeschafft wurden.

Mario verabschiedete sich von uns. »Ich wünsche euch eine gute Reise und immer eine Handvoll Wasser unter dem Kiel, wie die Seeleute sagen.«

Wir stapften die ziemlich steile Gangway empor, winkten Mario noch einmal zu und gingen dann an Bord. Oben erwartete uns ein Filipino in Turnschuhen, brauner Leinenhose und weißem T-Shirt.

»*Tickets, please*«, lächelte er uns freundlich an

Wir zeigten ihm unsere Karten, und er bat uns, ihm zu folgen. Das Deck und das Deckhaus sahen von Nahem noch viel größer und imposanter aus, und ich kam mir wie eine Ameise vor.

Unser Begleiter stellte sich auf Englisch als der Messesteward vor. Sein Name war Robin. »Wenn ihr etwas braucht, dann wendet euch an mich.« Er führte uns in einen hellen, freundlichen Raum mit Polstersesseln um kleine Tischchen und einer Bar an einer Seite.

»Bitte, setzt euch«, sagte er. »Der Kapitän kommt gleich, um euch zu begrüßen.«

Auf einem Tisch standen ein paar Flaschen Wasser, eine Kaffeekanne und ein Teller mit Keksen. Wir ließen uns in den Sesseln nieder und schenkten uns jeder ein Wasser ein.

Nur wenige Minuten später betrat ein Mann in schwarzem T-Shirt und grauer Cargohose den Raum. Er trug einen wuscheligen Vollbart und eine Goldrandbrille auf der Nase.

»Ich bin Kapitän Peter Jensen«, sagte er auf Deutsch, während er uns seine Hand hinstreckte. Er bemerkte meine Überraschung wohl. »Ihr habt sicher gedacht, ein Kapitän trägt immer eine weiße Uniform mit Rangabzeichen und eine Kapitänsmütze, was?«, schmunzelte er. »Die habe ich auch. Aber im Bordalltag lassen wir es alle gern etwas bequemer angehen.«

Er setzte sich zu uns und schenkte sich einen Kaffee ein. »Es kommt nicht allzu oft vor, dass Passagiere auf einem Containerschiff wie diesem mitfahren. Wer es eilig hat, fliegt, und wer das Meer genießen will, macht eine Kreuzfahrt. Was bringt euch hierher?«

Larissa sah mich mit großen Augen an. Wir hatten nicht daran gedacht, uns eine passende Geschichte zu überlegen. Dabei war es eigentlich vorhersehbar, dass zwei allein reisende Teenager wie wir mit Fragen überhäuft wurden.

»Die Reise ist ein Geburtstagsgeschenk für meine Cousine«, erwiderte ich schnell. »Mein Onkel hat uns nach Cádiz gebracht und mein Vater holt uns in Rijeka wieder ab.«

»Ja«, ergänzte Larissa, »ich interessiere mich für alle Arten von Schiffen. Ich möchte einmal selbst Kapitänin werden.«

»Interessant«, sagte Jensen und ein wohlwollendes Lächeln umspielte seine Lippen. »Ich habe leider nicht viel Zeit, denn wir beginnen gleich mit dem Beladen, damit wir heute Nacht pünktlich auslaufen können. Wir haben aber während der Fahrt noch genug Gelegenheit, miteinander zu plaudern. Bis dahin wird euch Robin alles Nähere erklären. Wichtig ist eigentlich erst mal nur unser Essensplan: Frühstück um halb acht, Mittagessen um halb zwölf und Abendbrot um halb sechs.«

»Das sind ja Zeiten wie im Krankenhaus«, rief ich aus. Vor zwei Jahren waren mir die Mandeln rausgenommen worden, und ich hatte schon damals nicht verstanden, warum in der Klinik so früh geweckt wurde. Wir Patienten hatten doch alle Zeit der Welt!

»Wir haben hier unseren eigenen Rhythmus an Bord«, lachte der Kapitän. »Und da gibt es keine Ausnahmen.« Er stürzte seinen Kaffee herunter und erhob sich. »Ich muss wieder an die Arbeit. Wir sehen uns nachher in der Messe.«

Kaum war er gegangen, stand Robin in der Tür. »Ich bringe euch jetzt zu euren Kabinen«, sagte er. »Sie befinden sich im zehnten Deck. Leider haben wir keinen Fahrstuhl. Nun wisst ihr auch, warum wir hier alle so schlank sind.«

Er nahm unsere Koffer und ging voraus. Zehn Stockwerke sind ganz schön hoch, ob an Land oder auf einem Containerschiff. Der Kapitän und seine Offiziere mussten sogar noch höher klettern als wir. Und das Steuerhaus befand sich im 14. Stock.

Unsere Kabinen waren schöner, als ich erwartet hatte. Sie waren hell, geräumig und mit Fernseher, Stereoanlage und Computer ausgerüstet. Neben dem Wohn- und Schlafraum gab es ein geräumiges Bad mit Dusche. Aus dem Fenster hatte man einen herrlichen Blick auf Cádiz.

Larissa kam zu mir herüber, und wir riefen den Bücherwurm an, solange wir noch in Landnähe waren. Er war überrascht über die Entwicklung der letzten vierundzwanzig Stunden und unsere Reise nach Dubrovnik.

»Ich glaube, ich kenne da jemanden«, sagte er. »Es ist schon lange her, dass wir uns gesehen haben, und ich weiß nicht, ob sie noch im Geschäft ist. Sie heißt Lidija Pjorotić und hatte bis vor einigen Jahren ein kleines Antiquariat in der Stadt. Ich werde das überprüfen und euch ihre Adresse und Telefonnummer mailen.«

»Hast du noch irgendwas von Pluribus gehört?«, fragte Larissa.

»Nichts. Ich habe meine Fühler ausgestreckt, aber niemand weiß etwas über seine Pläne. Allgemein gibt es eine große Unruhe, seitdem es heißt, dass die Schatten wieder aufgetaucht sind. Mit einem Mal kriecht alles aus den Löchern und will ein Stück vom Kuchen abhaben. Seht euch also vor.«

Wir versprachen ihm zum wiederholten Mal, vorsichtig zu sein, und verabschiedeten uns dann. Larissa steckte gerade das Handy ein, als ein lautes Donnergrollen ertönte. Wir sahen uns fragend an. Ein Blick aus dem Fenster verschaffte uns Aufklärung. Das Laden der Container hatte begonnen.

In den folgenden Stunden nahm das Poltern nicht ab. Container für Container wurde an Deck gehievt. Anfangs fand ich es interessant, dabei zuzusehen, aber auf Dauer war es recht ermüdend. Auf dem Nachttisch neben meinem Bett lag eine fotokopierte Broschüre über die *Ann Catherine*, die auch eine schematische Darstellung des Schiffs enthielt.

Larissa und ich studierten den Plan genau. Im Deckhaus befanden sich außer dem Steuerhaus und den Unterkünften für die Passagiere noch die Räume der Mannschaft (insgesamt nur siebzehn an der Zahl), die Offiziersmesse, die Kombüse (also die Bordküche), der Speisesaal für die Mannschaft, die Bar, eine Lounge, die Krankenstation, eine Videothek sowie verschiedene Staurräume.

Gleich unter dem Deckhaus lag der Maschinenraum. Daran führte auch der Weg in den Laderaum vorbei, in dem kleinere Frachtstücke untergebracht waren. Dort mussten wir also nach dem Diebesgut suchen.

Nachdem wir geduscht und uns umgezogen hatten, gingen wir zum Abendessen in die Offiziersmesse. Das war ein heller, freundlicher Raum mit mehreren runden Tischen. An den Wänden hingen bunte Kunstdrucke von gemalten Schiffen und durchs Fenster hatten wir einen guten Ausblick auf den Hafenkai.

Auch Kapitän Jensen hatte sich für den Anlass frisch eingekleidet. Er trug jetzt ein weißes Hemd mit Schulterstreifen sowie eine weiße Hose. Robin kam aus der Kombüse, die gleich nebenan hinter einer Metalltür lag, und warf eine Tischdecke über unseren Tisch. In Sekundenschnelle waren vier Plätze eingedeckt.

»Wir erwarten noch einen weiteren Passagier«, erklärte der Kapitän. »Er hat heute Nachmittag erst gebucht und ist gerade an Bord gekommen. Er wird in wenigen Minuten zu uns stoßen.«

Larissa und ich tauschten einen beunruhigten Blick. Ich versuchte, mein mulmiges Gefühl zu unterdrücken. Nichts sprach dafür, dass der neue Passagier etwas mit Pluribus oder den Karasamoffs zu tun hatte.

Am Nebentisch nahmen drei Offiziere Platz, ebenfalls in weißen Hemden. Der Kapitän stellte sie uns kurz vor. »Oleg Podymov, Erster Offizier, Rasmus Mortensen, Zweiter Offizier, und Chief Roman Rybarski, der Leiter unserer Maschinenanlage.«

Wie viele Nationen umfasste die Mannschaft wohl? Bislang hatten wir einen Deutschen, einen Filipino, einen Russen, einen Schweden und einen Polen kennengelernt. Ich war gespannt, auf welche Nationalitäten wir noch stoßen würden.

Robin deckte auch den Nachbartisch ein. »Ah, da ist ja unser anderer Gast«, rief der Kapitän und erhob sich. Ich drehte mich in meinem Stuhl um – und das Herz rutschte mir in die Hose.

Durch die Tür hinter uns trat einer der Karasamoff-Zwillinge ein!

Larissa griff unwillkürlich nach meiner Hand. Zum Glück hatten weder der Kapitän noch die Offiziere unsere Reaktion bemerkt, und wenn Karasamoff es gesehen hatte, ließ er sich davon nichts anmerken. Er musterte uns zwar kurz, tat aber so, als würde er uns nicht erkennen.

»*Mister Fawcett, please have a seat*«, sagte der Kapitän und wies dem Neuankömmling seinen Stuhl zu. Hatte man sich also ein neues Pseudonym zugelegt! Karasamoff nahm Platz und bedankte sich in fließendem Englisch beim Kapitän.

Larissa und ich hatten uns von unserem ersten Schrecken einigermaßen erholt. Solange die Mannschaft anwesend war, stellte Karasamoff hier in der Messe für uns keine Bedrohung dar. Die Frage war nur, was er plante und wie es uns später gelingen würde, ihm zu entkommen.

Robin servierte als ersten Gang eine exotisch schmeckende Suppe. Dazu gab es einen Korb mit Weißbrot. Während wir still vor uns hin löffelten, erklärte uns der Kapitän einige weitere Regeln des Bordlebens.

»Rasmus wird Sie morgen nach dem Frühstück als Erstes in die Sicherheitsvorkehrungen einweisen. Auf der Brücke sind Sie immer willkommen, ebenso in der Bar. Die wird allerdings erst am Abend geöffnet. Wenn Sie den Maschinenraum besichtigen wollen, sprechen Sie Roman darauf an. Am Bug und am Heck haben wir ein paar Sonnenstühle aufgestellt. Die können Sie jederzeit benutzen. Laufen Sie bitte nur nicht zwischen den Containern hindurch, sondern immer über die ausgewiesenen Wege an der Reling.«

Wir nickten pflichtschuldig. Robin räumte die Suppenteller ab und brachte das Hauptgericht, ein lecker duftendes Hühnchencurry mit Reis. Unser Genuss wurde lediglich durch unser Gegenüber getrübt, das uns jetzt aufmerksam betrachtete.

»Was macht ihr beiden denn auf diesem Schiff?«, fragte Karasamoff zwischen zwei Bissen. Seine Stimme hatte einen höflichen Plauderton.

Ich wiederholte in knappen Worten die Geschichte vom Geburtstagsgeschenk.

»So ein Geschenk hätte ich mir als Kind auch gewünscht«, erwiderte der vorgebliche Mister Fawcett. »Die Jugend von heute hat es schon gut, nicht wahr, Kapitän?«

Jensen nickte. »Wenn ich da an meine Kindheit denke ...«

Zum Glück hatten beide wohl keine große Lust auf ein Gespräch mit dem Thema *Zu unserer Zeit war alles viel härter*. Robin brachte einen frischen Obstsalat als Dessert und danach für jeden einen *cortado*.

Karasamoff unterhielt sich mit dem Kapitän über das zu erwartende Wetter auf der Reise und wir entschuldigten uns und gingen zurück in meine Kabine.

»Hammer!«, rief ich und ließ mich auf mein Bett fallen.

Larissa ging unruhig vor mir auf und ab. »Dieses Schiff bietet genug Ecken, in denen er uns verschwinden lassen kann, wenn er will«, meinte sie. »Ich habe doch gleich gesagt, wir hätten lieber fliegen sollen.«

Ich ignorierte ihre Bemerkung. »Aber warum ist er an Bord?«, fragte ich. »Er konnte doch nicht wissen, dass wir hier sind! Vielleicht ist er ja nur da, um die Diebesbeute zu bewachen.«

»Jetzt nicht mehr«, sagte Larissa.

Ich ließ die Szene in der Messe noch mal vor meinem geistigen Auge vorüberziehen. Sicher war ich mir nicht, ob der Mann uns wirklich schon einmal begegnet war. Seine Reaktion auf uns war seltsam unbeteiligt gewesen. So als ob er uns tatsächlich nicht kannte. Plötzlich fiel es mir wie Schuppen von den Augen.

»Sie sind Drillinge!«, rief ich.

Larissa starrte mich verständnislos an.

»Wir haben die Karasamoffs als Zwillinge kennengelernt. Was ist, wenn sie in Wirklichkeit Drillinge sind?«

»Weißt du, wie die Chancen dafür stehen?«, fragte sie und zog das Handy heraus. Das Googeln dauerte nicht lange. »Eins zu zweihundert Millionen!«

»Ups. Dann haben wir es hier mit einem Wunder der Natur zu tun.«

»Ich denke, wir sollten lieber sichergehen und annehmen, dass er einer unserer beiden Bekannten ist. Selbst wenn er ein Drilling ist, dann haben ihm die anderen wahrscheinlich schon von uns erzählt. Das heißt, wir bleiben immer zusammen und achten darauf, dass er nicht in unserer Nähe ist.«

Ich grinste. »Okay. Vielleicht solltest du dann auch in meinem Zimmer übernachten ...«

»*So* viel Angst habe ich nun auch wieder nicht, dass ich dafür deine Schweißfüße ertragen würde.«

»Ich verspreche dir, sie auf jeden Fall zu waschen.«

»Vergiss es«, rief sie. »So leicht kriegst du mich nicht zu dir ins Zimmer.«

Ich zog ein beleidigtes Gesicht. »Du unterstellst mir niedere Motive. Dabei bin ich nur an deiner Sicherheit interessiert. Und außerdem *bist* du bereits in meinem Zimmer.«

»Das ich jetzt verlassen werde. Ich brauche frische Luft. Dieses Gepoltere macht mir Kopfschmerzen.«

Seit Stunden donnerten ununterbrochen Container auf das Deck, das noch nicht einmal halb gefüllt war. Ich öffnete die Kabinentür und warf einen vorsichtigen Blick auf den Flur. Der Weg war frei. Larissa und ich sprangen die Stufen herunter, bis wir den Ausgang zum Achterdeck erreichten. Im Gegensatz zu den klimatisierten Räumen war es hier noch ordentlich warm.

An der Reling stand ein großer Schwarzer und rauchte genüsslich eine Zigarette. Über einem weißen T-Shirt hatte er eine ebenfalls weiße Schürze umgebunden, die allerdings voller Flecken war. Als er uns sah, setzte er ein breites Lächeln auf und kam auf uns zu.

»'at euch das Essen geschmeckt?«, fragte er uns auf Deutsch mit einem starken französischen Akzent, während er erst Larissa und dann mir die Hand schüttelte.

»Sehr gut. Sind Sie der Koch?«, fragte ich zurück.

Er nickte. »*Smutje* nennen wir das 'ier an Bord. Isch bin Werner Kokou Gongé.« Er bemerkte unseren erstaunten Blick. »Isch komme aus Togo, das war einmal eine deutsche

Kolonie. Mansche Eltern geben ihren Kindern immer noch deutsche Vornamen. Aber alle nennen misch nur Kokou.«

Wir stellten uns ebenfalls vor.

»Isch 'abe acht Jahre Deutsch gelernt in der Schule, aber leider nischt viel be'alten«, sagte er.

»Das finde ich gar nicht«, widersprach ich. »Sie sprechen auf jeden Fall besser Deutsch als ich Togolesisch.«

Er lachte. »Togolesisch gibt es nicht. Meine Muttersprache ist Kabiyé, und das ist nur eine von neununddreißisch Sprachen, die in Togo gesprochen werden. Damit wir uns untereinander verstehen können, lernen wir in der Schule alle Französisch.« Er schnippte die Zigarettenkippe ins Wasser. »Eine schlechte Angewohn'eit«, erklärte er. »Isch will schon seit einem 'alben Jahr damit auf'ören, aber es klappt nischt. Ihr raucht doch 'offentlisch nischt?«

Ich hatte zwar vor ein paar Jahren mal an einer Zigarette gezogen, aber es hatte mir überhaupt nicht geschmeckt. Und außerdem war mir mein Geld dafür zu schade. Larissa und ich schüttelten den Kopf.

»Isch muss jetzt die Kombüse aufräumen«, sagte er. »Es ist noch etwas Obstsalat da. 'abt ihr noch 'unger?«

Hunger nicht wirklich, aber für Obstsalat war immer Platz. Wir folgten Kokou in die Küche, in der Robin beim Abwasch war. Es war erstaunlich geräumig, mit Schränken und Arbeitsflächen aus Edelstahl und einem großen Herdblock in der Mitte des Raumes. Kokou drückte jedem von uns eine Glasschale und einen kleinen Löffel in die Hand und füllte sie aus einem Plastikbehälter mit Obstsalat.

Wir lehnten uns an einen Schrank an der Fensterseite und

löffelten genüsslich, während Kokou damit begann, den Herd abzuwaschen und zu polieren. »Wenn ihr zwischen den Mahlzeiten mal 'unger 'abt, dann kommt einfach vorbei«, sagte er. »Irgendetwas zu essen gibt es 'ier immer.«

Wir blieben noch eine Weile in der Kombüse und gingen dann zurück aufs Deck. Neben dem Deckhaus waren Liegestühle aufgestapelt, von denen wir zwei auseinanderklappten. Die Sonne stand bereits tief. Nach wie vor rumpelten die Container aufs Deck.

»Heute Nacht wird das wohl nichts mehr mit der Suche nach dem Buch«, sagte ich. »So wie das aussieht, wird das Beladen noch eine Weile dauern.«

Larissa gähnte. »Das ist mir ganz recht. Mein Schlaf ist mir wichtiger als deine falschen Fährten.«

Ich verkniff mir eine Antwort darauf. Wir hielten die Augen nach Karasamoff offen, doch niemand störte uns, und so blieben wir auf Deck, bis es langsam dunkel wurde. Dann klappten wir die Liegestühle wieder zusammen und gingen zurück zu unseren Kabinen. Von Karasamoff war noch immer nichts zu sehen. Ich wartete auf dem Gang, bis Larissa ihre Tür von innen verriegelt hatte. Anstatt meine Kabine aufzusuchen, stieg ich hinunter in die Bar. Ich war nicht wirklich müde und bei dem Lärm der Container würde ich sowieso nicht einschlafen können.

In der Bar traf ich Kokou und Robin wieder, die mit zwei anderen Matrosen, beide Filipinos, Darts spielten. Kokou lud mich ein mitzumachen. Wir warfen ein paar Runden, dann setzten wir uns an einen der kleinen Tische und unterhielten uns. Kokou erzählte mir, dass er seinen Lohn sparte, um später ein eigenes Restaurant in Paris zu eröffnen. Vor seiner Zeit als Schiffskoch hatte er in der französischen Hauptstadt Betriebswirtschaft studiert und nebenbei in verschiedenen Restaurants gearbeitet.

»Und ich mache mit als Oberkellner«, lachte Robin.

»Als einziger Kellner, meinst du wohl«, korrigierte ihn Kokou. »Zumindest für den Anfang.«

Es tat gut, den beiden zuzuhören, wie sie über ihre Träume sprachen. Ein wenig von ihrem Optimismus sprang auch auf mich über und ich sah die kommenden Tage nicht mehr ganz so schwarz.

Irgendwann erhob sich Kokou. »Isch muss jetzt ins Bett. Morgen um fünf beginnt meine Schicht.« Ein Blick auf die Uhr zeigte mir, dass es bereits kurz vor elf war, und ich verabschiedete mich ebenfalls.

Trotz des Polterns der Container schlief ich erstaunlich gut ein. Mitten in der Nacht wurde ich von einem starken Vibrieren des Deckhauses geweckt. Vom Verladen war nichts mehr zu hören. Dafür wummerte jetzt der Motor des Schiffs. Ich kämpfte mich aus dem Bett und warf einen Blick aus dem Fenster. Wir hatten abgelegt. Die Lichter von Cádiz wurden langsam immer kleiner und verschwanden schließlich ganz.

Nun war ich selbst auf der Fahrt ins Ungewisse, von der ich gestern auf der Uferpromenade der Stadt geträumt hatte.

❧ Abenteuer in Marseille ❧

Am nächsten Morgen hatte ich mich an das ständige leichte Brummen gewöhnt. In der Messe bekamen wir ein reichhaltiges Frühstück mit frisch aufgebackenen Brötchen serviert. Von Karasamoff war nichts zu sehen. Robin erklärte uns, dass wir die Straße von Gibraltar bereits durchfahren hatten und uns im Mittelmeer befanden. Auf Backbord, also zu unserer Linken, konnten wir die spanische Küste erkennen, die aus dieser Entfernung aus einer Mischung von grünen und gelben Farben bestand.

Nach dem Frühstück erhielten wir unsere Sicherheitseinweisung. Dann machten wir uns auf, das Schiff näher zu erkunden. Ich wollte so schnell wie möglich in den Laderaum, um nach dem Buch aus dem Viana-Palast zu suchen. Larissa hatte sich zwar bereit erklärt, mir dabei zu helfen, war aber nicht wirklich mit dem Herzen bei der Sache. Für sie stand fest, dass es sich bei allem, was mit Córdoba zu tun hatte, um reine Zeitverschwendung handelte.

Wir kletterten die Treppe zum Reich des Chiefs herab. Hinter der Metalltür erwarteten uns zu unserer Überraschung keine ölverschmierten Gestalten mit großen Schraubenschlüsseln, sondern ein Pult mit zahlreichen Anzeigen und

Steuerhebeln, das von mehreren Monitoren und Tastaturen flankiert wurde. Deckenhohe Schaltschränke säumten die Wände. Alles war pieksauber.

Der Chief und einer seiner Leute waren anwesend. »Willkommen im Maschinenkontrollraum«, begrüßte er uns, um uns anschließend mit Erklärungen zur Technik der *Ann Catherine* zu überhäufen. Dies war die Befehlszentrale für den Schiffsantrieb, wo alle Informationen in Echtzeit zusammenliefen.

Der Chief wechselte ein paar Worte mit seinem Mitarbeiter. Dann holte er aus einem Wandschrank zwei Ohrenschützer und hielt sie uns hin. »Martin ist der Zweite Ingenieur«, sagte er. »Er wird euch jetzt zeigen, was uns antreibt.«

Wir folgten Martin tiefer hinab in die Unterwelt des Frachters. Das Dröhnen war hier deutlich stärker und trotz der Ohrenschützer noch recht laut zu hören. Im Maschinenraum präsentierte er uns stolz die blitzblanken, gewaltigen Zylinder der Hauptmaschine, von denen jeder über zwei Meter lang war. Von dort ging es weiter zur riesigen Antriebswelle, an der wir auf einer Arbeitsplattform entlanggehen konnten.

Wir erfuhren, dass die Maschine über 30.000 PS hatte und am Tag über hundert Tonnen Schweröl verschlang, um ihre Reisegeschwindigkeit von zwanzig Knoten, das sind fast vierzig Stundenkilometer, zu erreichen. Nachdem mir bereits der Kopf vor lauter Zahlen und Fakten schwirrte, zeigte Martin Gnade und entließ uns.

Als wir wieder vor der Tür standen, wandten wir uns nicht der Treppe zu, sondern gingen in die andere Richtung. Dort führte eine weitere Tür in den Laderaum. Sie war zum Glück nicht verriegelt. Warum auch? Hier an Bord konnte ja niemand etwas klauen.

Im Frachtraum war es zappenduster. Wir knipsten unsere Taschenlampen an und suchten uns vorsichtig einen Weg hindurch zwischen den kleineren Behältern, die hier gestapelt waren. Offenbar hatte man die Kisten mit dem Diebesgut ebenfalls in einem Container untergebracht, denn wir konnten in allen vier hintereinanderliegenden Räumen keine Spur von ihnen entdecken.

»Und nun?«, fragte Larissa, nachdem wir wieder zu unserem Ausgangspunkt zurückgekehrt waren.

Ich war ratlos. An den Containern waren keinerlei Schilder oder Etiketten angebracht, an denen man den Inhaber oder den Inhalt hätte ablesen können.

»Lass uns noch einmal anfangen«, sagte ich.

Larissa seufzte, widersprach aber nicht. Langsam gingen wir zwischen den Metallkästen durch. Ich hoffte auf eine Eingebung. Und darauf, dass unser Ziel nicht in der zweiten oder dritten Reihe gestapelt war, denn dort würden wir kaum hinkommen.

Larissa blieb bei einem blauen Container stehen. »Lass uns hier mal reingucken.«

Er war zum Glück nicht verschlossen. Wir zogen die vier Schließhebel herunter und öffneten die Türen. Larissa leuchtete hinein. Fehlanzeige: Der Container war randvoll gefüllt mit zugenagelten Holzkisten.

Auch zwei weitere Versuche brachten kein besseres Ergebnis. Schließlich versuchte ich es mal und tippte auf gut Glück auf einen gelben Container. Der war allerdings mit einem dicken Vorhängeschloss verriegelt. Larissa klemmte die Taschenlampe zwischen ihre Zähne und holte ihr Dietrichset hervor. Innerhalb einer Minute hatte sie das Schloss geöffnet. Wir klappten die Türen zurück.

Volltreffer!

In dem Container befanden sich, fein säuberlich aufgestapelt, die Metallkisten, die wir zuletzt im Lieferwagen der Karasamoffs gesehen hatten.

Ich hörte ein Geräusch und blickte nervös zur Tür. Aber es war falscher Alarm. Hastig und ohne nachzudenken, deutete ich auf eine Kiste in der zweiten Reihe. Wir wuchteten sie herunter und Larissa beschäftigte sich kurz mit dem Schloss. Dann klappte sie den Deckel zurück.

Die Kiste war vollgestopft mit Büchern, alten Schinken wie im Viana-Palast. Der Bücherwurm hätte wahrscheinlich leuchtende Augen bekommen bei diesem Anblick. Ich hingegen hatte plötzlich ein ungutes Gefühl und wollte nur noch raus hier.

Eilig durchwühlten wir den Inhalt, bemüht, nichts zu beschädigen. Die meisten Bücher waren in grünes oder braunes Leder gebunden. Nur ein Band trug einen roten Ledereinband mit goldenen Lettern darauf, wie der im Viana-Palast. Ich stopfte ihn in meine Umhängetasche.

»Nichts wie weg«, sagte ich, aber Larissa schien mich nicht zu hören. Wie damals in der Synagoge hatten ihre Augen einen leeren Ausdruck angenommen. Sie packte sorgsam ein Buch nach dem anderen beiseite und griff schließlich nach einem schmalen Band mit schwarzem Einband.

Ich schob sie sanft zur Seite und klappte den Deckel der

Kiste zu. Als ich mich wieder zu ihr umdrehte, war ihr Blick klar und sie starrte erstaunt auf das Buch in ihrer Hand.

»Das hast du dir gerade rausgesucht«, flüsterte ich. »So wie den Zettel in der Synagoge.«

Larissa schüttelte den Kopf, um ihre Benommenheit zu vertreiben. Sie steckte das Buch wortlos ein und half mir, die Kiste an ihren ursprünglichen Platz zurückzustellen. Anschließend drehte sie das Vorhängeschloss vor der Tür so hin, dass es wie verschlossen aussah, sich allerdings mit einer Handbewegung öffnen ließ. Dann machten wir uns auf den Rückweg.

Mir fiel ein Stein vom Herzen, als wir wieder im erleuchteten Flur standen. Wir steuerten zielstrebig auf die Treppe zu, als sich die Tür zum Maschinenkontrollraum öffnete und Karasamoff heraustrat. Er war ebenso überrascht, uns hier anzutreffen, wie wir ihn.

Ich versuchte, mich an ihm vorbeizudrücken, aber er stellte sich quer in den Flur und versperrte uns den Weg. Seine Augen schienen uns zu durchbohren.

»Gibt's da drinnen was Interessantes zu sehen?«, fragte er.

»Sackgasse«, antwortete Larissa. »Wir dachten, da geht es noch weiter, aber das ist nicht so.«

»Aha.« Er nickte, rührte sich aber keinen Zentimeter von der Stelle. »Ihr solltet vorsichtig sein. So ein Containerschiff hat viele dunkle Ecken.«

Das klang wie eine klare Drohung. Die Tür zum Maschinenkontrollraum war nur einen Schritt von mir entfernt, und ich bereitete mich darauf vor, im Notfall schnell die Klinke zu ergreifen. Doch einen Moment später trat er beiseite und ließ uns passieren.

»Ihr kennt doch sicher das englische Sprichwort *curiosity killed the cat*?«, rief er uns nach, als wir an ihm vorbeieilten. »Neugier ist der Katze Tod. Darüber solltet ihr mal nachdenken.«

Wir liefen ohne zu antworten weiter. Eines war klar: Er wusste, wer wir waren. Falls er wirklich ein Drilling war, dann hatten ihn seine Brüder über uns informiert. Wir taten also gut daran, ihm künftig aus dem Weg zu gehen und den Laderaum zu meiden. Wenn er geahnt hätte, was wir in unseren Umhängetaschen trugen! Dann hätte er wahrscheinlich hier und an dieser Stelle kurzen Prozess mit uns gemacht.

Wir verlangsamten unsere Schritte erst, als wir das Treppenhaus erreicht und ein Stockwerk hochgelaufen waren.

»Du und dein blödes Buch!«, schimpfte Larissa. »Beinahe hätte er uns erwischt!«

»Leise«, ermahnte ich sie. »Er ist vielleicht direkt hinter uns.« Ich kletterte zwei weitere Treppen hoch und hielt dann an. »Immerhin hast du auch ein Buch mitgenommen. Und es sah nicht so aus, als ob das ein Zufall gewesen wäre.«

Darauf wusste sie nichts zu erwidern. Sie zuckte trotzig mit den Schultern. »Wie auch immer. Lass uns die Bücher untersuchen. Dann wissen wir wenigstens, ob sich das Risiko gelohnt hat.«

In meiner Kabine angekommen, packten wir die beiden Bände aus und inspizierten sie vorsichtig. Ihrem Äußeren nach zu urteilen, waren beide mehrere Hundert Jahre alt. Das Exemplar, das ich eingesteckt hatte, schien ein altes Kaufmannsjournal zu sein. Es enthielt auf jeder Seite Kolumnen mit für uns kaum lesbaren handschriftlichen Einträgen. In einer Spalte standen offenbar die Bezeichnungen und Mengen der Waren, um die es ging, in einer weiteren der Preis. In der dritten Spalte glaubten wir Namen und Adressen zu entziffern; wir konnten einige Wörter als *Londinium*, *Venetiis*, *Roterodamum*, *Massilia* und tatsächlich auch *Ragusa* identifizieren. Das war zumindest noch ein Hinweis darauf, dass es eine Verbindung zwischen Córdoba und Dubrovnik gab.

Das Buch, für das sich Larissa entschieden hatte, war kein Journal, sondern ein gedrucktes Exemplar. Es trug die Aufschrift *De Vermis Mysteriis*. Der Verfasser war ein gewisser Ludwig Prinn.

»Von den Geheimnissen der Würmer«, übersetzte ich. »Was für ein merkwürdiger Titel.«

Das Buch war komplett in Latein verfasst. Wir konnten zwar einzelne Wörter übersetzen, aber kaum einen Satz, geschweige denn einen zusammenhängenden Text. Zudem schienen viele Begriffe mit Latein nicht viel zu tun zu haben, zum Beispiel *Nyarlathotep*, *Tsathoggua* oder *Azathoth*. Mehrfach entdeckten wir das Wort *umbrae*, also Schatten.

»Ein Buch mit einer Erwähnung der Schatten, eines mit Ragusa«, stellte ich fest. »Aber kein Hinweis, der uns auf der Suche nach dem Buch der Wege weiterhilft.«

»Ich hab doch gleich gesagt, dass Córdoba ein Fehlschlag war«, murrte sie. »Wenn ich mir vorstelle, dass ich für ein wertloses Kaufmannsjournal beinahe in den Palast eingebrochen wäre! Zumindest habe *ich* ein Buch gefunden, das mit unserer Aufgabe zusammenhängt. Wenn ich auch noch nicht weiß, wie.«

Das war natürlich klar. *Ich* machte die Fehler, nur *sie* nicht.

Mir lag eine scharfe Antwort auf der Zunge, aber ich schluckte sie herunter. Es hätte eh nichts gebracht.

Wir saßen eine Weile frustriert herum und blätterten ziellos in den Büchern, ohne auf etwas Neues zu stoßen. Der Rest des Tages verstrich schleppend langsam. Larissa war wortkarg und verkroch sich bald in ihre Kabine. Nach dem Mittagessen plauderten wir ein wenig mit Kokou, der uns anbot, am Abend mit ihm einen Landgang in Marseille zu machen. Wir wussten bis dahin nicht, dass wir den Hafen überhaupt anlaufen würden. Larissa war nicht besonders begeistert.

»Das kostet uns wieder wertvolle Zeit!«, schimpfte sie.

»'abt ihr es denn eilig?«, fragte Kokou. »Isch denke, ihr macht eine Urlaubsreise?«

»Machen wir auch«, beeilte ich mich zu versichern. »Aber Larissa ist immer etwas ungeduldig. Sie kann es gar nicht erwarten, Rijeka zu sehen.«

»Warte erst mal ab, bis du Marseille erlebt 'ast«, versprach ihr Kokou. »Und wenn ihr eusch langweilt, dann geht doch einfach mal zum Kapitän auf die Brücke.«

Wir nahmen den Vorschlag dankend an. »Wenn wir in Marseille sind, habe ich endlich wieder ein Netz fürs Handy und kann im Internet nach diesem Ludwig Prinn recherchieren«, meinte Larissa, während wir die Treppen hinaufkletterten. »Vielleicht bringt uns das auf eine Spur.«

Das Steuerhaus befand sich fast fünfzig Meter hoch über dem Wasserspiegel. Entsprechend atemberaubend war der Blick von hier oben. Es war, ähnlich wie der Raum des Chiefs, eine glänzende Hightechwelt, mit beinahe zwanzig Metern Breite allerdings etwas größer. Kapitän Jensen saß auf einem bequemen Drehsessel vor einer Konsole, die außer einem kleinen Steuerrad und ein paar Hebeln und Knöpfen keine weiteren Lenkvorrichtungen aufwies. Über der vorderen Fensterreihe leuchteten und blinkten zahlreiche Anzeigen. Rechts von ihm hockte der Zweite Offizier vor einer Reihe von Bildschirmen. Das Ganze hatte nichts mit den Vorstellungen zu tun, die ich von Schiffssteuerung hatte.

Der Kapitän übergab an seinen Kollegen und stand auf, um uns zu begrüßen. Wir durften uns in Ruhe alle Instrumente ansehen und uns sogar einmal auf seinen Stuhl setzen und das Steuerrad in die Hand nehmen. »Ihr könnt gern mal dran drehen«, sagte er. »Im Augenblick fahren wir auf Autopilot. Der Computer steuert also das Schiff.«

»Wozu werden Sie dann noch gebraucht?«, wollte Larissa wissen.

»Für all das, was der Rechner nicht kann«, lachte Jensen. »Heute ist die See ruhig und der Verkehr überschaubar. Da müssen wir nur die Instrumente überwachen und zum Eingreifen bereit sein, falls etwas Unvorhergesehenes passiert. Aber wenn die Fahrstraßen enger werden oder das Wetter schlechter, dann sind wir manchmal ganz schön gefordert.«

Nach dem Besuch im Steuerhaus umwanderten wir einmal das gesamte Schiff. Am Bug legten wir uns ein wenig in die Sonne. So brachten wir die Zeit bis zum Abendessen herum. Das fiel heute nur sehr kurz aus, denn wir hatten bereits fast Marseille erreicht.

Ein schnittiger motorisierter Katamaran ging längsseits, und einer der Matrosen warf eine Strickleiter über Bord. Kurz darauf stand ein junger Mann in Jeans und Turnschuhen an

Deck und wurde vom Ersten Offizier empfangen. Das war der Lotse, der uns sicher in den Hafen geleiten sollte.

Er manövrierte die *Ann Catherine* langsam durch die schmale Einfahrt des Containerhafens bis zu unserem Liegeplatz. Dort warteten schon die Hafenarbeiter, um umgehend mit dem Entladen zu beginnen.

Wir hatten uns mit Kokou um acht Uhr in der Bar verabredet. Der Kapitän hatte uns erlaubt, bis Mitternacht das Schiff zu verlassen. Robin musste allerdings zurückbleiben, um den Matrosen Kaffee und einen Imbiss zu servieren.

Am Hafenausgang wartete ein Dutzend Taxis auf Fahrgäste. Kokou gab als Fahrtziel die Altstadt an, und knappe zehn Minuten später standen wir in einem Gewirr von kleinen Gassen, die sich einen Hügel hinauf zogen. Wir kletterten auf bröckelnden Stufen fast bis ganz nach oben. Über uns waren Wäscheleinen gespannt, so als wollten sie die Gebäude zusammenhalten. Alte Häuser wechselten sich ab mit Neubauten, die lieblos zusammengewürfelt aussahen. Kinder spielten auf kleinen Plätzen Fußball, Jugendliche bastelten an ihren Mofas herum. Alte Männer saßen auf Stühlen vor offenen Haustüren und rauchten.

»Das *Quartier de Panier* war das Viertel Marseilles, in dem frü'er die meisten Einwanderer wohnten«, erklärte Kokou. »Vielleischt ist das der Grund dafür, dass isch misch 'ier so wohlfühle.«

Er führte uns weiter hinein in das Labyrinth der kleinen Straßen und steilen Treppen, bis ich völlig die Orientierung verloren hatte. Aus geöffneten Fenstern strömten orientalisch klingende Popmusik und der Duft von exotischen Gewürzen zu uns. Wir kamen an arabischen Imbissen und Bäckereien vorbei und erreichten schließlich einen etwas größeren Platz, in dessen Mitte unter Sonnenschirmen die Stühle und Tische eines Cafés aufgebaut waren.

Wir folgten Kokous Beispiel und setzten uns. »'ier gibt es den besten Pfefferminztee außerhalb Marokkos«, sagte er. »Wir sind 'ier im *Quartier de Belsunce*, dem arabischen Viertel der Stadt.«

Er rief einem Kellner, der ein langes, farbiges Hemd mit weißen Stickereien auf Kragen und Ärmeln trug, ein paar Worte zu, und kurz darauf kam dieser mit einem Silbertablett zurück, auf dem drei silberne Teekannen und drei kleine Gläser standen. In hohem Bogen goss er den Tee ein, ohne einen Tropfen zu verschütten.

Das Getränk schmeckte vorzüglich. Ich musste kurz an Esteban denken und an den merkwürdigen würzigen Tee, den er uns in seinem Wohnzimmer serviert hatte. Der Pfefferminztee hier hatte allerdings nichts mit seinem gefährlichen Gebräu gemein, sondern war einfach nur intensiv und belebend. Schweigend saßen wir da und ließen die Atmosphäre auf uns einwirken. An den Nachbartischen hockten ausschließlich Männer, die lautstark miteinander diskutierten, Tee tranken und Gebäck aus silbernen Schalen aßen.

Kokou riss mich aus meinen Gedanken. »Wir sollten so langsam zurück zum alten 'afen«, sagte er. »Dort können wir noch einen 'appen essen und dann müssen wir auch schon wieder aufs Schiff.«

Er bezahlte, ließ dem Kellner ein Trinkgeld auf dem Teller mit der Rechnung liegen und führte uns erneut hinein ins Labyrinth. Inzwischen war es fast völlig dunkel geworden. Die Häuser, an denen wir jetzt vorbeikamen, machten einen unwirtlichen Eindruck. Türen waren mit Brettern zugenagelt, Fenster mit rostigen Gittern verriegelt. Statt nach gutem Essen roch es nach altem Urin.

Vor uns hörten wir das Echo eines einsamen Paars hochhackiger Schuhe. Aus einem Durchgang rechts vor uns kam eine junge Frau. Im müden Licht der Straßenlaterne sah man, dass sie gut gekleidet war und so gar nicht in diese Ecke der Stadt passte. Sie erblickte uns, stutzte einen Moment und bog dann eilig vor uns auf die Treppe ein, sichtlich bemüht, möglichst viel Abstand zwischen sich und uns zu legen.

Die Treppe mündete am Ende in einen kleinen Platz. Die junge Frau war bereits nicht mehr zu sehen. Wir hatten den Platz fast erreicht, als wir laute Hilferufe hörten. Mit zwei gewaltigen Schritten war Kokou um die Ecke verschwunden. Wir folgten den Bruchteil einer Sekunde später.

Vor uns sahen wir zwei Männer, die die Frau in einen Wagen zerren wollten, dessen Türen offen standen. Ein dritter Mann lieferte sich ein Handgemenge mit Kokou. Einen Moment lang verharrten wir unentschlossen, dann stürzte sich Larissa auf die beiden Kerle, die an der Frau zerrten. Ich tat es ihr nach.

Larissa sprang einem der Männer von hinten um den Hals und klammerte sich fest. Der versuchte, sie abzuschütteln, und ließ dabei die Frau los. Ich trat dem anderen Mann in die Kniekehle, so wie ich es Karasamoff bei Torres hatte machen sehen. Mit einem Schmerzensschrei knickte er ein und zog sein Opfer mit sich herunter. Gleichzeitig holte er mit der

Hand aus. Ich duckte mich zwar, aber er erwischte mich noch an der Stirn. Die Kraft seines Schlages war so groß, dass ich gegen den Wagen taumelte.

Kokou hatte seinen Gegner, der kleiner war als er, inzwischen niedergerungen und mit einem kräftigen Faustschlag außer Gefecht gesetzt. Larissas Widersacher hatte sie abgeschüttelt und stürzte sich auf den Koch. In seiner Hand blitzte ein Schnappmesser auf.

Kokou konnte nicht mehr rechtzeitig ausweichen. Das Messer fuhr ihm in den linken Oberarm. Er heulte vor Schmerz auf und wich zurück. Der Messermann setzte ihm nach. Kokou stolperte über einen losen Stein und fiel rücklings hin. Mit einem triumphierenden Grinsen näherte sich sein Gegner. Ich stieß mich vom Auto ab und warf mich einfach mit aller Kraft in seine Seite.

Der Mann fiel gegen die Hauswand, ging aber nicht in die Knie. Mit gefletschten Zähnen ging er auf mich los und hätte mir wahrscheinlich das Messer in den Leib gerammt, wenn Kokou ihm nicht die Beine weggeschlagen hätte. Der Messerschwinger stürzte in meine Richtung, und ich konnte gerade noch zur Seite springen, bevor er vor mir aufschlug. Das Messer fiel ihm beim Aufprall aus der Hand und rutschte unter das Auto.

Der dritte Mann hatte es mit Larissa und der Frau zu tun, die ihm einen erbitterten Kampf lieferten. Er stieß Larissa von sich und schob die Frau zum Auto hin. Sie beugte sich über seinen Arm und biss ihn kräftig ins Handgelenk. Der Kidnapper jaulte auf und ließ sie für einen Moment los. Das reichte ihr, um sich seinem Griff zu entwinden. Sie wollte davonlaufen, doch der Messerschwinger kniete bereits wieder und riss sie grob zu Boden.

Kokou war inzwischen herangekommen und nahm den Mann am Auto in den Schwitzkasten. Der trommelte auf seinen Gegner ein, doch das schien dem Koch nichts auszumachen. Larissa und ich wandten uns dem Messerschwinger zu. Der hatte sich aufgerichtet, die Frau mit hochgezogen und seinen Arm von hinten um ihren Hals gelegt.

»*Je la bousille!*«, schrie er, als er uns kommen sah.

»Du murkst niemanden ab«, knirschte Larissa. Der Mann brauchte beide Hände, um die Frau festzuhalten. Wir teilten uns und gingen rechts und links um ihn herum. Er wich zurück, um nicht einen von uns im Rücken zu haben, aber wir waren schneller. Mit einem Mal war die Taschenlampe in Larissas Hand. Sie sprang von hinten auf den Kidnapper zu und schlug sie ihm mit voller Kraft auf den Kopf.

Mit einem Schrei griff er sich an die Stelle, an der sie ihn getroffen hatte. Ich nutzte die Gelegenheit, um meinen Kniekehlentritt zu wiederholen. Er sackte aufs Pflaster und die Frau konnte sich befreien. Auch Kokou hatte seinen Gegner überwältigt. Er fasste die Frau, die etwas benommen war, am Arm und zog sie quer über den Platz. Auf der anderen Seite führte eine enge Treppe weiter in Richtung Ufer nach unten. So schnell wie möglich sprangen wir die Stufen hinab. Erst nach der Hälfte hielten wir an, um Atem zu holen.

Hinter uns war nichts zu hören. Die Angreifer waren entweder zu schwach, um uns zu verfolgen, oder sie wollten sich nicht noch einmal mit uns anlegen. Kokou lief das Blut am linken Oberarm herab.

»*Mon dieu, vous êtes blessé!*«, rief die Frau. Vorsichtig schob sie Kokous T-Shirt hoch.

»*C'est rien*«, erwiderte der Koch. »Das ist doch nichts.« Doch die Frau ließ sich davon nicht beeindrucken, nahm ihr Halstuch ab und band es dem protestierenden Kokou um den Arm.

»Kannten Sie die Leute, die Sie entführen wollten?«, fragte ich die Frau auf Englisch.

Sie schüttelte den Kopf. »*Non*. Ich habe sie noch nie vorher gesehen.«

»Es waren wohl einfach nur Straßenräuber«, sagte Kokou. »Dieses Viertel ist nischt ungefährlisch für eine junge Frau.«

»Ich habe mich verlaufen«, entschuldigte sie sich. »Irgendwie habe ich völlig die Orientierung verloren.«

Das konnte ich gut nachvollziehen. Auf mich allein gestellt, wäre ich wahrscheinlich auch stundenlang durch dieses Labyrinth geirrt, ohne einen Ausweg zu finden.

Wir gingen die Treppe ganz hinunter und kamen auf eine Straße, die belebter und besser beleuchtet war als die letzten Gassen, die wir durchquert hatten. Von hier war es nicht mehr weit bis zur Hauptstraße, die am Ufer entlanglief.

Am Taxistand blieben wir stehen. Hier gab es mehr Licht als Schatten und ich konnte die Frau zum ersten Mal in Ruhe betrachten. Sie war jung, bestimmt nicht älter als Mitte zwanzig. Ihre Kleidung war zwar durch das Handgemenge etwas ramponiert, man sah aber, dass sie nicht billig war. Sie trug schulterlange blonde Haare und hatte ein hübsches, freundliches Gesicht, dem man die Strapazen der letzten halben Stunde allerdings noch deutlich ansah.

»Kommen Sie von 'ier aus allein nach 'ause?«, fragte Kokou die Frau.

»Ich wohne im Hotel. Ich bin nur zu Besuch in Marseille«, erwiderte sie.

»Dann sollten Sie ab sofort aufpassen. Vielleischt 'aben die Kerle Sie vom 'otel aus verfolgt.«

»Keine Sorge. Ich reise morgen sowieso ab. Und solange werde ich das Hotel nicht mehr verlassen.«

Sie suchte in ihrer Handtasche herum. »Sie haben mir wahrscheinlich das Leben gerettet. Ich möchte mich dafür gerne erkenntlich zeigen.«

»Das müssen Sie nicht!«, riefen Larissa und ich unisono. Auch Kokou winkte sofort ab.

Sie sah, dass wir es ernst meinten. »Aber ein kleines Geschenk nehmen Sie doch sicher an, oder?« Sie zog einen bestickten schmalen Samtbeutel aus der Tasche, der oben mit einem Band verschlossen war. Daraus fischte sie drei winzige Gegenstände.

»Das sind historische Münzen aus meiner Heimat, die keinen großen Wert besitzen. Ich möchte, dass Sie sie als Andenken an diesen Abend behalten.«

Wir zögerten, doch als ich den Ausdruck in ihrem Gesicht sah, streckte ich meine Hand aus. Larissa und Kokou folgten meinem Beispiel.

Wir verabschiedeten uns voneinander. Die junge Frau kletterte in ein Taxi und wir taten es ihr nach. Der Fahrer starrte misstrauisch auf Kokous blutverschmierten Arm, aber der versicherte ihm, dass alles getrocknet sei und keine Gefahr für seine Polster bestehe.

Eine halbe Stunde später befanden wir uns wieder an Bord. Kurz darauf lief die *Ann Catherine* aus Marseille aus.

In den nächsten beiden Tagen auf See konzentrierten wir uns auf die Bücher, die wir aus dem Container genommen hatten. Kurz vor dem Ablegen hatte Larissa noch eine schnelle Internetrecherche über Ludwig Prinn angestellt. Es gab nur spärliche Informationen über ihn. Er hatte im 15. oder 16. Jahrhundert gelebt und war in Brüssel als Hexer von der Inquisition verbrannt worden. Dabei soll sein Geburtsdatum vierhundert Jahre früher gelegen haben. Prinn behauptete, beim neunten Kreuzzug von den Arabern gefangen genommen worden zu sein und bei den Zauberern der Wüste die Kunst der Magie erlernt zu haben.

Über sein Werk *De Vermis Mysteriis* war bekannt, dass es sich um eine Sammlung von Beschwörungsformeln handeln sollte, mit denen der Eingeweihte unbeschreibliches Grauen auf die Welt bringen konnte.

Das wies zwar alles in die richtige Richtung, gab uns aber auch keinen konkreten Hinweis auf das Buch der Wege. Ich begann daran zu zweifeln, ob es sich bei dem Buch im roten Ledereinband tatsächlich um denselben Band handelte, den ich im Viana-Palast gesehen hatte. Sobald ich jedoch einen erneuten Ausflug in den Laderaum vorschlug, machte Larissa sofort dicht.

»Wann wirst du endlich akzeptieren, dass es da unten keinen weiteren Hinweis gibt? Wir sind bisher einer falschen Spur gefolgt. Und ich bin mir nicht mal sicher, ob das in Dubrovnik so viel anders sein wird.«

»Aber wir sind doch gerade deshalb hier an Bord, um die Bücher zu untersuchen«, wandte ich ein.

»*Du* bist deswegen hier. *Ich* fahre nur mit dem Schiff, weil es keinen schnellen Flug gab und weil ich dir einen Gefallen tun wollte. Das Ergebnis siehst du ja: Wir müssen ständig vor diesem Karasamoff auf der Hut sein, die Bücher helfen uns nicht weiter und wir verlieren wertvolle Zeit.«

Wenn wir nicht miteinander stritten, gab es zwischen uns einen brüchigen Waffenstillstand. Die meiste Zeit verbrachten wir dann damit, mit Kokou zu plaudern, dessen Wunde zum Glück schnell verheilte, über Deck zu wandern, uns zu sonnen und Karasamoff aus dem Weg zu gehen. Letzteres war nicht besonders schwierig, da er sich, außer zu den Mahlzeiten, kaum auf Deck blicken ließ. Das bestätigte unsere Vermutung, dass er den Lagerraum im Auge behielt.

Die Situation war äußerst unbefriedigend. Wenn wir Dubrovnik erreichten, würden wir erneut ohne Hinweis in der Stadt umherirren. Doch was mich wirklich besorgt machte, war Larissas Verhalten. Seit unserer Begegnung mit dem Schatten hatte sie sich mehr und mehr von mir zurückgezogen und unsere Gespräche waren auf das Allernötigste reduziert. Ich verstand zwar, dass ihr in der momentanen Situation die Leichtigkeit abhandengekommen war, die sie sonst so auszeichnete; was ich allerdings nicht verstehen konnte, war ihre Gereiztheit. Bei jedem Wort, das ich zu ihr sagte, fragte ich mich vorher, ob sie es vielleicht in den falschen Hals bekommen könnte. Das wollte ich auf Dauer nicht mitmachen. Wir waren gemeinsam auf der Suche nach dem Buch der Wege, und sie sollte eigentlich wissen, wer ihre Freunde waren.

Obwohl mir klar war, damit dünnes Eis zu betreten, beschloss ich, sie noch mal darauf anzusprechen. Vielleicht gab es ja irgendetwas, das ich nicht wusste und das ihr Verhalten erklärte. Eine Gelegenheit dazu ergab sich nach dem Essen, als wir uns wieder einmal in den Liegestühlen am Heck sonnten.

»Sag mal«, begann ich, »was hast du eigentlich letztes Jahr in Amsterdam über mich gedacht?«

Sie drehte den Kopf zu mir hin. »Was meinst du damit?«

»Na ja, ich stand seinerzeit ziemlich neben mir, wenn du dich noch erinnern kannst ...«

Sie zögerte einen Augenblick, bevor sie antwortete. »Das stimmt. Jetzt, da du es sagst, fällt es mir wieder ein. Du warst meistens ganz schön gereizt.«

Obwohl ich wusste, dass sie recht hatte, versetzte es mir doch einen Stich, das so deutlich aus ihrem Mund zu hören. Ich schämte mich dafür, wie kindisch ich mich in Amsterdam aufgeführt hatte. Aber darum ging es jetzt nicht.

»Und weißt du auch, was mir damals am meisten geholfen hat?«, fuhr ich fort.

Sie zuckte mit den Schultern. »Keine Ahnung.«

»Dass ich mit dir darüber reden konnte.«

»Aha.« Sie zog die Augenbrauen hoch. Ich hatte das Gefühl, sie wusste bereits, worauf ich hinauswollte.

»Deswegen dachte ich ...« Ich stockte. Jetzt ging es darum, die richtigen Worte zu finden. »Manchmal werden die Dinge für einen klarer, wenn man mit jemandem darüber spricht. Man kann sich leicht in etwas verrennen, wenn man alles nur mit sich selbst ausmacht.«

»Du meinst also, ich brauche deine Hilfe?« Sie war noch

immer ruhig. Zu ruhig, wie ich fand. Aber zumindest explodierte sie nicht sofort. Das nahm ich erst mal als ein gutes Zeichen.

»Das kannst nur du entscheiden. Ich wollte eigentlich nur sagen, dass ich da bin, wenn du mal reden willst.«

Wieder schwieg sie einige Sekunden und starrte aufs Meer hinaus.

»Weißt du«, sagte sie schließlich, »es gibt Situationen, durch die kann man nur alleine durch. Ganz einfach deshalb, weil niemand verstehen kann, was in einem vorgeht.«

Ich glaubte zu wissen, wovon sie sprach. Dieses Gefühl der Einsamkeit hatte ich in Amsterdam ebenfalls gehabt. Und trotzdem hatte es mir geholfen, sie an meiner Seite zu haben und ihre Meinung zu hören. Ich entschloss mich, etwas weiter auszuholen.

»Im Philosophieunterricht haben wir mal über Philosophen gesprochen, die genau das sagen: Letzten Endes ist jeder Mensch allein und muss mit einem Gefühl der Einsamkeit leben. Das heißt aber nicht, dass wir einander nicht helfen können. Wir können uns zuhören, uns gegenseitig den Spiegel vorhalten und gemeinsame Erfahrungen machen.«

Ich hatte die Worte kaum ausgesprochen, da merkte ich bereits, dass ich einen Fehler gemacht hatte. Larissas Gesicht verfinsterte sich zunehmend.

»Danke für den Vortrag«, kommentierte sie sarkastisch. »Das mag in deinen Büchern und in der Theorie so sein. Aber die Praxis sieht völlig anders aus. Das würdest du auch merken, wenn du deine Augen mal wirklich öffnen würdest. *Ich* habe dich nicht um deine Hilfe gebeten. Du begleitest mich, weil *du* das willst. Aber das bedeutet nicht, dass du ein Anrecht auf meine Gedanken hast.«

»Das behaupte ich auch gar nicht«, protestierte ich. »Ich wollte nur sagen ...«

Weiter kam ich nicht. Larissa sprang auf. Ihre Augen blitzten, und sie ließ die Zurückhaltung, die sie sich offenbar zuvor mühsam auferlegt hatte, fallen.

»Ich weiß, was du willst!«, rief sie. »*Gemeinsame Erfahrungen* machen – pah! Das bedeutet doch nichts anderes, als dass ich die Dinge so sehen soll wie du! Und Trost brauche ich auch nicht! Ich bin alt genug, um allein mit der Situation zurechtzukommen, falls du das noch nicht bemerkt haben solltest!«

Mit diesen Worten stürmte sie davon. Zitternd vor hilfloser Wut sprang ich ebenfalls auf und versetzte dem Liegestuhl einen kräftigen Fußtritt. »Bleib hier!«, brüllte ich ihr hinterher, aber sie drehte sich nicht einmal um, sondern verschwand im Deckhaus.

Zornig rannte ich auf dem Deck herum. Da wollte ich ihr eine Brücke bauen, und sie verdrehte mir die Worte im Mund! Was bildete sie sich eigentlich ein? Ihr ging es schlecht, okay, aber das gab ihr nicht das Recht, nach Belieben auf mich einzuschlagen! Das war das letzte Mal, dass ich so mit mir reden ließ!

Nach ein paar Minuten hatte ich mich wieder einigermaßen beruhigt. An eine entspannte Siesta im Liegestuhl war jetzt allerdings nicht mehr zu denken. Ich lehnte mich an die Reling und starrte aufs Meer hinaus.

Plötzlich bemerkte ich Kokou nicht weit von mir an der Reling. Er hatte seine Arme aufs Geländer gelegt und betrachtete ebenfalls das Kielwasser, das sich wie ein weißer Strich über die blaue Fläche zog. Eine Weile sagte keiner von uns ein Wort. Dann brach er das Schweigen.

»Eins 'abe isch vor vielen Jahren gelernt: Frauen ticken anders als wir Männer. Das müssen wir akzeptieren, wenn wir mit ihnen zurechtkommen wollen.«

Ich sah ihn von der Seite an. Sein Blick war nach wie vor aufs Meer gerichtet. »Du meinst Larissa?«

Er nickte. »Isch 'abe eure Auseinandersetzung mitbekommen. Du bist sauer, das verstehe isch. Aber deiner Freundin geht es noch schlechter. Sie leidet.«

»Ich leide auch«, erwiderte ich trotzig. »Nur scheint das niemanden zu interessieren.«

Kokou kam auf mich zu und strich mir in einer ironischen Geste mit der Hand über den Kopf. »Soll *isch* disch bedauern?«, grinste er.

Ich schüttelte ihn verärgert ab. »Mach dich nur lustig über mich!«

Er wurde wieder ernst. »Jeder hat ein Anrecht auf Selbstmitleid. Du solltest disch nur nischt zu bequem darin einrichten.«

»Ich habe das Gefühl, dass auf dieser Reise nur Larissa zählt«, seufzte ich. »Es gibt kein *Gleichgewicht* zwischen ihr und mir. Das ist kein Selbstmitleid, sondern Realität.«

»Du magst sie sehr, nischt?«, fragte er mich.

Ich nickte. »Das macht es ja so schwer. Sie tut so, als sei ihr das, was ich denke, egal. Nur ihre Meinung ist wichtig.«

Eine Weile starrten wir wieder schweigend aufs Meer. In der Ferne zogen weitere Frachter ihre Bahn.

»Larissa hat ein großes Problem«, sagte Kokou schließlich. »Sie sieht es vielleischt anders, aber sie braucht deine 'ilfe. Sie kann im Augenblick nischt klar denken. Du musst Geduld mit ihr 'aben.«

»Ich weiß. Und trotzdem ...«

»Niemand 'at gesagt, dass es leicht ist.« Er schlug mir auf die Schultern. »Aber du wirst sie beschützen, *non*?«

»Natürlich werde ich das«, sagte ich. Kokou hatte recht: Ich durfte mich von Larissas momentanem Verhalten nicht beirren lassen. Wenn dieses Abenteuer vorbei war, dann kehrte vielleicht auch wieder *die* Larissa zurück, die ich kannte. Bis dahin musste ich Geduld haben, auch wenn es mir schwerfiel.

»Das ist mein Mann«, lächelte Kokou. »Und jetzt spendiere isch uns ein Eis. Was 'ältst du davon?«

Das war der beste Vorschlag, den ich seit Langem gehört hatte. Ich folgte ihm in die Kombüse, wo uns Robin drei große Schalen Eis mit frischen Erdbeeren zubereitete. Die gute Laune der beiden verscheuchte die Wolken in meinem Kopf, und als ich anschließend wieder auf Deck kam, war mein Ärger fast verraucht.

Die *Ann Catherine* war von Marseille aus an Sardinien vorbeigefahren und hatte von dort aus Kurs auf Sizilien genommen. Leider hielt sich das schöne Wetter nicht. Am zweiten Tag der Reise verdunkelte sich der Himmel und der Wind nahm zu. Auch wenn der Frachter aufgrund seiner Last schwer im Wasser lag, so konnte man die immer höher wachsenden Wogen doch deutlich spüren. Larissa ging mir aus dem Weg und ich hatte auch keine große Lust auf ein Gespräch. Das Frühstück aßen wir schweigend nebeneinander, dann ging jeder zurück in seine Kabine.

Die See wurde immer rauer. Es entwickelte sich zwar kein ausgewachsener Sturm, doch der hohe Seegang reichte mir schon. Einen halben Tag brachte ich im Badezimmer zu und entleerte meinen Magen im Rhythmus der Wellen. Als sich das Wetter und meine Befindlichkeit schließlich besserten, hatten wir den Südzipfel des italienischen Stiefels bereits umrundet und waren in das Adriatische Meer eingefahren. Ich konnte es kaum erwarten, endlich wieder festen Boden unter den Füßen zu spüren.

Es war die letzte Nacht an Bord. Ich schlief unruhig, wälzte mich hin und her und wachte um vier Uhr morgens auf. Wenn ich noch einmal in den Laderaum wollte, dann war jetzt die letzte Gelegenheit dazu. Irgendwann musste auch Karasamoff schlafen. Mit ein wenig Glück konnte ich vielleicht doch noch einen Hinweis entdecken, der uns die Suche in Dubrovnik erleichtern würde.

Die Erkenntnis, dass das Buch in rotem Leder uns bei unserer Aufgabe nicht weiterhalf, hatte mich erneut an meinen Fähigkeiten zweifeln lassen. Entweder hatte ich von Anfang an das falsche Buch ausgewählt, oder das Buch, das ich in meiner Tasche trug, war nicht das, was ich im Viana-Palast gesehen hatte. Um auf diese Frage eine Antwort zu finden, musste ich einfach noch einmal in den Laderaum.

Ich zog mich an, nahm meine Tasche und schlich mich die Treppen herab in den Bauch des Schiffes. Larissa und ich hatten zwar verabredet, Einzelausflüge zu unterlassen, aber sie hatte mehr als deutlich zum Ausdruck gebracht, dass sie eine weitere Suche zwischen den Büchern aus Córdoba für sinnlos hielt.

Auf Zehenspitzen huschte ich am Maschinenkontrollraum vorbei und verschwand im Laderaum. Ich zog meine Taschenlampe heraus und lief zum Container mit dem Diebesgut. Die Türen waren schnell geöffnet. Ich klappte den Deckel der Kiste hoch, aus der wir die beiden Bücher herausgeholt hatten. Dann begann ich, nach einem weiteren Buch in einem roten Einband zu suchen.

Ich hatte etwa die halbe Kiste durch, ohne dass mir etwas aufgefallen wäre, als ich die Tür zum Laderaum aufgehen hörte. Jemand schaltete das Licht ein. Zum Glück wies die Öffnung des Containers von der Tür weg. Sofort machte ich die Taschenlampe aus und zog vorsichtig die Containertüren von innen zu. Dann schob ich die Stangen in ihre Arretierung, damit sich die Hebel außen an der Tür wieder in der richtigen Position befanden. Herzklopfend wartete ich ab, was nun passieren würde. Ob mir Karasamoff doch gefolgt war?

Draußen hörte ich ein lautes, schabendes Geräusch. Dann erklangen Stimmen vor meinem Container. Eine davon gehörte tatsächlich dem Drilling, die anderen beiden mussten Besatzungsmitglieder sein. Hatte er etwa Helfer an Bord?

Ich verkroch mich so tief wie möglich in dem Container. Leise packte ich die Bücher, die ich aus der Kiste herausgenommen hatte, im Dunkeln wieder zurück und schloss den Deckel. So fiel wenigstens nicht auf den ersten Blick auf, dass sich jemand daran zu schaffen gemacht hatte.

Das Motorgeräusch des Schiffsdiesels veränderte seinen Rhythmus. Ein lauter Knall auf dem Containerdach ließ mich zusammenzucken. Die Stimmen draußen schrien etwas. Dann stieß jemand mit dem Fuß gegen die Containerwand.

Der Lärm und das metallische Geklapper setzten sich die nächsten zehn Minuten fort. Dann knallte etwas oben auf mein Gefängnis. Gleichzeitig erstarb das Geräusch des Schiffsmotors zu einem Murmeln. Was ging da draußen vor? Warum stoppte das Schiff auf offener See? Und was hatte diese Betriebsamkeit im Laderaum zu bedeuten?

Die Antwort sollte ich schnell erhalten. Durch den Container ging ein Ruck. Es knirschte rechts und links an den Wänden, als ob sich Metall an Metall reiben würde. Dann erhob sich die Blechkiste, in der ich gefangen saß, in die Luft.

Ich hielt mich so gut es ging an zwei Kisten fest. Das erinnerte mich fatal an die Situation im Lieferwagen zwischen Córdoba und Cádiz. Nur wussten wir damals, wohin wir fuhren, während ich jetzt wortwörtlich im Dunklen tappte.

Der Container schwankte hin und her und setzte dann mit einem Ruck auf, der mich fast umgeworfen hätte, wenn ich nicht so fest zwischen den Kisten eingekeilt gewesen wäre. Erneut hörte ich Stimmen und Klappern an den Containerwänden. Dann kehrte mit einem Mal Ruhe ein.

Der Container war irgendwo abgesetzt worden – aber wo? Auf Deck, weil er als Erster entladen werden sollte? Das war unwahrscheinlich, denn ich spürte kein Vibrieren, wie es an Bord überall zu fühlen war. Ich musste mich also an Land befinden.

Wieder hörte ich Stimmen neben dem Container, dann das Klappen von Autotüren. Einen Augenblick später ertönte ein brummendes Geräusch, das eindeutig nach Automotor klang.

Ich wurde nach vorn gegen eine der Kisten gedrückt. Offenbar war der Container auf einem Fahrzeug abgesetzt worden, das jetzt losfuhr.

Schnell schob ich eine der Stangen aus der Arretierung und öffnete die Containertür ein wenig. Draußen war es bereits hell. Der Container stand tatsächlich auf der Ladefläche eines Lkws, der einen Kai entlangfuhr, von dessen Ende die *Ann Catherine* gerade ablegte.

Ich war an einem unbekannten Ort gestrandet.

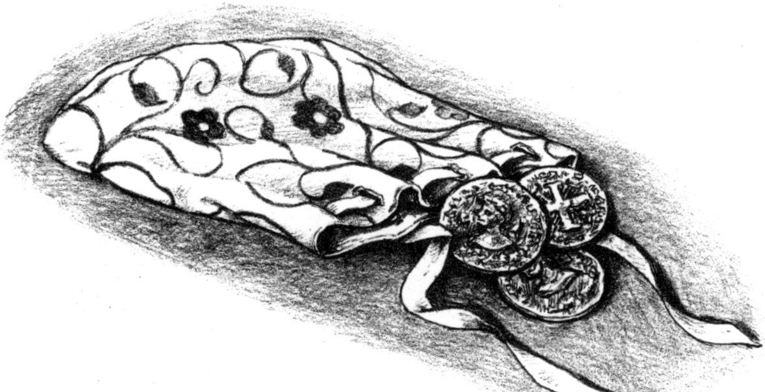

✥ **Dubrovnik** ✥

❧ Allein in Dubrovnik ❧

Ich schob die Tür weiter auf und schlüpfte hindurch. In diesem Augenblick bremste der Lastwagen abrupt, sodass ich unsanft gegen die Türkante geworfen wurde. Zum Jammern hatte ich keine Zeit. Ich nutzte das kurze Anhalten des Fahrzeugs, um mich über die Heckklappe und auf die Straße zu schwingen.

Der Laster beschleunigte sofort wieder, und ich drückte mich in den Türeingang eines Hauses, um vom Fahrer nicht im Rückspiegel entdeckt zu werden. Als die Gefahr vorüber war, studierte ich meine Umgebung und versuchte herauszufinden, wo ich gelandet war. Ich tat mein Bestes, um mich an meinen Geografieunterricht zu erinnern. Welche Staaten grenzten an die Adria? Mir fielen natürlich Italien und Kroatien ein und dann tippte ich noch auf Albanien und Montenegro.

Ein Schild über einer Ladentür zeigte mir, dass Italien ausschied. Die Kennzeichen der Autos, die vorbeifuhren, begannen alle mit den Buchstaben DU. Das ließ mich sofort an Dubrovnik denken. Wenn dem so war, dann befand ich mich ja bereits, wenn auch unbeabsichtigt, am Ziel unserer Reise. Da weder Kokou noch der Kapitän diesen Zwischenstopp erwähnt hatten, nahm ich an, dass er kurzfristig von Karasamoff organisiert worden war. Vielleicht hatten Pluribus und seine Helfer Wind davon bekommen, dass die Polizei in Rijeka auf sie wartete. Durch den Zwischenhalt in Dubrovnik war die Diebesbeute nach wie vor im Besitz der Ganoven. Das würde Torres überhaupt nicht freuen.

Vor mir erstreckte sich eine lang gezogene, schmale Bucht, aus deren Ende die *Ann Catherine* gerade verschwand. Sie würde in etwa neun Stunden in Rijeka anlegen. Mit der Ankunft Larissas in Dubrovnik war also vor morgen nicht zu rechnen.

Da stand ich nun mutterseelenallein in einem fremden Land, dessen Sprache ich nicht beherrschte. Der Mut, der mich vor einer Stunde noch in den Laderaum der *Ann Catherine* getrieben hatte, war wie weggeblasen. Bislang hatte mich Larissa immer begleitet. In diesem Moment wurde mir erneut bewusst, wie wichtig sie mir war.

Ein paar Minuten stand ich mit hängenden Schultern am Kai. Ich wünschte mir sehnlichst, zu Hause zu sein. Wie schön wäre es, jetzt einfach nur in meinem Zimmer herumzulungern, in ein paar Büchern zu schmökern und die Gewissheit zu besitzen, dass jenseits meiner Zimmertür die Welt in Ordnung war.

Hier war leider gar nichts in Ordnung.

Obwohl es noch sehr früh war, besaß die Morgensonne bereits eine ungemeine Kraft. Das Wasser der Bucht glänzte unter ihren Strahlen. Auf der gegenüberliegenden Seite lagen fast ausschließlich kleinere Segel- oder Motorboote vor Anker. Hinter mir stieg eine an dieser Stelle dicht bebaute Hügelkette an.

Es war ein schöner Morgen in einer schönen Ecke der Welt.

Dennoch konnte ich mich an dem Anblick nicht erfreuen. Ich beneidete die Menschen, die hier in ihren Häusern lebten, denn dies war ihr Zuhause, und jeder Winkel war ihnen vertraut.

Nachdem ich mich eine Weile selbst bemitleidet hatte, musste ich plötzlich an Kokou denken. *Jeder 'at ein Anrecht auf Selbstmitleid. Du solltest disch nur nischt zu bequem darin einrichten*, hatte er zu mir gesagt. Ich atmete tief durch, richtete mich auf und marschierte los. Um das Ende der Bucht herum zog sich ein winziger Park. Ihm gegenüber stand eine Art Einkaufszentrum und ein paar Meter weiter kam eine Kreuzung. Ein Schild wies auf Englisch das historische Stadtzentrum aus.

Ich folgte dem Wegweiser. Entlang der Straße erstreckten sich moderne Gebäude, die keinerlei Hinweis darauf gaben, dass es sich bei Dubrovnik um einen Ort mit über tausendjähriger Geschichte handelte. Das Gelände war hügelig. Mal ging es leicht bergauf, dann wieder bergab. Der bebaute Küstenstreifen war recht schmal und wurde durch die Hügelkette vom dahinterliegenden Land getrennt. Die Hügel machten einen unwirtlichen Eindruck. Sie waren nur spärlich bewachsen. Aus ihrer Flanke ragten kahle Felsbrocken hervor, an denen sich hier und da ein Busch oder ein windgebeugtes Bäumchen festklammerte.

Nach einer knappen halben Stunde führte die Straße etwas steiler aufwärts. Zur Rechten lag ein kleiner bewaldeter Park. Als ich die letzten Bäume passiert hatte, tauchte dahinter plötzlich das Meer auf.

Es war ein fantastischer Anblick. Von der Straße aus fiel die felsige Küste steil ab und endete in einer spiegelglatten, endlosen blauen Fläche, die eine ungeheure Ruhe ausstrahlte. Am

Horizont zog ein Frachter seine Bahn. Die Sonnenstrahlen zauberten silbrig glänzende Muster auf die Wasseroberfläche. Der friedvolle Eindruck wurde allerdings durch die Autos und Lastwagen, die sich hinter mir die enge Straße entlangzwängten, massiv gestört. Schon so früh am Morgen hatte sich eine Abgaswolke gebildet, die einen harten Kontrast zu der scheinbar unberührten Natur darstellte.

Allmählich veränderte sich auch der Charakter der Häuser. Es gab zwar immer noch hässliche Zweckbauten und geduckte, wie an den Straßenrand geworfene kleine Cafés und Geschäfte, aber mehr und mehr wurden sie ersetzt durch majestätische Villen mit teilweise parkähnlichen Gärten drum herum, über deren gusseiserne Zäune sich Büsche voller rosafarbener und violetter Blumen wölbten.

Die Straße belebte sich. Souvenirgeschäfte lösten die kleinen Gemüseläden und Cafés ab. Vor mir erhob sich eine meterdicke Mauer, die sich nach links und rechts erstreckte und an deren Ecken mächtige Bollwerke aufragten.

Ich stand vor den Toren Ragusas.

Es war nicht viel später als acht Uhr morgens, aber schon wälzten sich Ströme von Besuchern durch ein Tor in der Mauer in die Altstadt von Dubrovnik hinein. Der Weg dorthin führte über eine Brücke, deren hinterer Teil als Zugbrücke konstruiert war.

Das Stadttor wurde von zwei Männern in historischen Uniformen flankiert. Es lag in einem halbkreisförmigen Vorbau etwa acht Meter vor der eigentlichen Stadtmauer. Darin befand sich ein zweites Tor, zu dem man über eine Treppe herabstieg.

Ich ließ mich im Strom der Touristen mittreiben. Durch das

Tor gelangte ich auf einen kleinen Platz. Auf den ersten Blick fiel mir auf, dass alles, wirklich alles, was ich sehen konnte, aus demselben sandfarbenen Stein gebaut war, der sich nur manchmal in seinen Schattierungen unterschied: die Mauern, die Häuser, die Kirche zu meiner Linken und das Gebilde direkt vor meinen Augen, dessen Bedeutung sich mir nicht sofort erschloss. Es war ein etwa fünf bis sechs Meter hohes, kreisförmiges Bauwerk, über dem eine Kuppel aus Ziegelsteinen aufragte. Rundherum war eine kleine Mauer gezogen. Beim näheren Hinsehen erkannte ich, dass es sich bei den in die Wand des Gebildes eingelassenen Skulpturen um Wasserspeier handelte. Es schien ein alter Brunnen zu sein.

Hinter dem Brunnen erstreckte sich eine schnurgerade Promenade, deren Steine glitzerten wie fließendes Wasser und die auf beiden Seiten von zweistöckigen Häusern aus demselben hellen Stein flankiert wurde wie die Bauwerke rund um den Platz.

Gleich rechts von mir hing über einem Gebäude das Schild *Tourist Information*. Genau das, was ich brauchte. Drinnen sah es zwar eher wie in einem Andenkenladen aus, aber man konnte mit Euro bezahlen, und ich kaufte einen Stadtplan und einen kleinen Reiseführer über Dubrovnik in deutscher Sprache.

Vor der Tür studierte ich den Plan. Auf den ersten Blick sah alles recht überschaubar aus. Die Altstadt, die komplett von hohen Mauern umgeben war, maß in beiden Richtungen im Durchmesser kaum mehr als dreihundert bis vierhundert Meter. Zum Glück hatte ich mir die Adresse der Antiquarin, die der Bücherwurm kannte, notiert. Es konnten nur ein paar Minuten bis zu ihrem Haus sein.

Ich prägte mir die ungefähre Richtung ein und trat auf die Promenade. Nach wenigen Metern stieß ich auf eine Wechselstube, in der ich fünfzig Euro in die kroatische Landeswährung *Kuna* eintauschte. Für einen Euro bekam man etwas mehr als sieben Kuna, das machte das Umrechnen leicht.

Mit einem dünnen Bündel Kuna-Scheinen in der Tasche setzte ich meinen Weg fort. Die Promenade, die den Namen *Placa* trug, aber von allen nur *Stradun* genannt wurde, verdiente laut Stadtplan als einzige die Bezeichnung »Straße«. Der Rest der Stadt bestand aus unzähligen kleinen Gassen. Sie erstreckten sich zu beiden Seiten des Stradun und gingen nach einigen Metern in Treppen über, die irgendwo im Schatten der dicht gedrängten Häuser verschwanden. Alle waren durch ein Geflecht von Quergassen miteinander verbunden, und ich merkte schnell, dass das, was auf dem Stadtplan so übersichtlich aussah, in der Realität etwas komplizierter war. Kleine Torbögen, winzige Plätze und Nebengänge, die im Plan nur schlecht zu erkennen waren, erschwerten mir die Orientierung, und so benötigte ich eine geschlagene Viertelstunde, bis ich vor dem Geschäft stand, das ich suchte.

Es befand sich abseits der Touristengeschäfte rund um den Stradun, kurz vor den ersten Stufen auf der Seeseite der Stadt. Hinter einer winzigen Fensterscheibe waren ein Dutzend Bücher ausgestellt, die alle schon bessere Zeiten gesehen hatten.

Ich hatte Glück. Der Laden war bereits geöffnet. Er war nicht mehr als ein schmaler, länglicher Raum mit einem hohen Bücherregal an der einen und einem alten Schreibtisch an der anderen Seite. Dahinter saß eine gut aussehende Frau von etwa fünfzig Jahren. Sie trug ein schwarz-weiß gemustertes

Kleid und ihre schwarzen Haare waren im Nacken zu einem Zopf zusammengebunden.

Als sie mich eintreten hörte, blickte sie von dem Buch auf, in das sie vertieft war, und nickte mir freundlich zu. »*Dobar dan!*«, sagte sie.

»Hallo«, erwiderte ich. »Sprechen Sie Deutsch?«

»Ein wenig.«

»Sind Sie Lidija Pjorotić?«, fragte ich.

Sie musterte mich genauer. »Bist du der Junge, von dem Johann gesprochen hat?«

Johann war der Vorname des Bücherwurms. Ich nickte und trat näher heran. Sie deutete auf einen Stuhl, der hinter dem Schreibtisch verborgen war. »Setz dich. Und wo ist deine Begleiterin?«

»Auf dem Weg nach Rijeka.« Sie sah mich fragend an. Doch bevor ich berichten konnte, was passiert war, fuhr sie fort: »Möchtest du etwas trinken? Einen Kaffee? Ein Wasser?«

»Ein Wasser wäre nicht schlecht.« Erst jetzt merkte ich, wie durstig ich war. Seit gestern Abend in der Bar der *Ann Catherine* hatte ich nichts mehr getrunken.

Sie verschwand durch eine Tür am Ende des Raums und kehrte kurz darauf mit einem Glas und einer Wasserflasche zurück, die sie vor mir abstellte.

Ich schüttete mir das Glas voll und leerte es fast vollständig in einem Zug.

»Haben Sie ein Handy, das ich mal kurz benutzen kann?«, fragte ich.

Sie zog ein bereits etwas älteres Modell aus einer Schublade ihres Schreibtisches hervor und hielt es mir hin. *Mir geht's gut.*

Bin in Dubrovnik bei Lidija. Bücher aus Cordoba auch hier. Sei vorsichtig. Bis morgen, Arthur tippte ich ein und schickte die SMS an Larissa ab. Jetzt wusste sie wenigstens, wo ich war, und musste sich keine Sorgen machen.

»Und jetzt erzählst du«, forderte die Buchhändlerin mich auf.

Ich zögerte einen Moment.

»Du kannst ruhig offen zu mir sein«, sagte sie. »Johann hat mich über den Grund eurer Reise informiert, und über die Vergessenen Bücher bin ich ebenfalls im Bilde.«

Also berichtete ich von den Ereignissen auf dem Frachter und meiner missratenen Suchexpedition in der vergangenen Nacht. »Ich nehme an, dass Larissa von Rijeka aus direkt nach Dubrovnik kommen wird. Wahrscheinlich wird sie morgen hier eintreffen.«

»Und was hast du in der Zwischenzeit vor?« Ihre Stimme war voll und tief und die rollenden R verliehen ihr ein besonderes Gewicht.

»Ich dachte, ich sehe mich ein wenig um. Vielleicht finde ich ja eine erste Spur.«

»Soll das heißen, ihr seid ohne jede Spur nach Dubrovnik gekommen?« Sie konnte ihr Erstaunen nicht verbergen. »Ich lebe nun schon viele Jahre hier und kenne die Stadt in- und auswendig. Aber noch nie habe ich auch nur irgendeinen Hinweis auf die Vergessenen Bücher gefunden.«

Mir fiel das Buch in meiner Tasche ein, das ich aus dem Container mitgenommen hatte. Ich zog es hervor und schob es ihr hin. »Das ist das Einzige, was wir haben. Allerdings sind wir daraus nicht besonders schlau geworden.«

Sie zog das Buch zu sich hin und schlug es vorsichtig auf. Aus einer Schublade holte sie eine randlose Brille, die sie sich auf die Nase klemmte. Dann beugte sie sich über die Seiten. Dabei brummte sie immer wieder »hmmm, hmmm« vor sich hin.

Schließlich hatte sie ihr Studium beendet. »Das ist ein Kaufmannsjournal«, sagte sie. »Der ehemalige Besitzer hat vorwiegend mit Tuch gehandelt. Und einer seiner Handelspartner hat in Ragusa gelebt.«

»Das haben wir uns auch schon gedacht«, erwiderte ich entmutigt. »Aber ein Hinweis ist das nicht direkt.«

»Außerdem ist noch die Rede von der Ragusa-Elle«, ergänzte sie. »Einige der Tücher sind in dieser Einheit gemessen. Sie war das Standardmaß im alten Ragusa. Ihre Länge betrug 51,2 Zentimeter, was exakt der Länge des Ellenbogens der Rolandsfigur am Ende der Placa entspricht.«

Ich fand es zwar interessant, dass sie früher in Ragusa eine eigene Längeneinheit gehabt hatten, sah aber keinen Zusammenhang zu unserer Suche. Lidija Pjorotić seufzte. »Mehr kann ich dir dazu leider auch nicht sagen.«

Ich leerte den Rest des Glases aus und stand auf. »Dann will ich mal sehen, ob ich irgendwas herausfinde. Können Sie das Buch solange für mich aufbewahren?«

»Kein Problem.« Sie erhob sich ebenfalls. »Ich habe Johann übrigens versprochen, dass ihr bei mir übernachten könnt. Ich wohne direkt über dem Laden. Aber bis abends um acht bin ich sowieso hier im Geschäft.«

Ich bedankte mich für das Wasser und ihre Hilfsbereitschaft und trat auf die Straße. Wohin sollte ich mich wenden? Ich dachte an die Geschichte mit der Ragusa-Elle. Die Rolandsfigur war ein ebenso guter Startpunkt wie jeder andere. Also ging ich zurück zum Stradun.

Als Erstes kaufte ich mir in einem der vielen Touristenläden eine neue Basecap, denn meine befand sich noch auf der *Ann Catherine*. So hatte ich zumindest einen gewissen Schutz gegen die Sonne, die von Stunde zu Stunde heißer herabbrannte.

Die Rolandssäule stand auf dem *Luža*, einem Platz am Ende des Stradun. Sie war Anfang des 15. Jahrhunderts errichtet worden, wie mein Stadtführer wusste. Vier Jahrhunderte lang hatte über ihr die Fahne der Republik geflattert. Die Figur des Ritters war eher schlicht gehalten und nicht besonders beeindruckend. In die Stufen zu seinen Füßen war die Elle von Ragusa eingelassen.

Ich umrundete die Statue mehrfach. Dann studierte ich sie aus der Nähe, konnte allerdings nichts entdecken, was mich irgendwie weitergebracht hätte. Das einzig Auffällige war eine Art Reim, den jemand mit Kreide auf die Rückseite der Säule geschmiert hatte: *Rich Rach Roch* stand da in krakeliger Schrift geschrieben.

Während ich noch darüber nachbrütete, fuhr ein kleiner Elektrokarren vor, dem ein Mann im Overall mit dem Wappen Dubrovniks darauf entstieg. Er nahm einen Eimer von der Ladefläche und begann mit einem Tuch, die Aufschrift von der Säule abzuwischen.

Frustriert machte ich kehrt. Gleich an der Ecke war ein Café. Ich ließ mich in einen der Sessel fallen. Die Getränkekarte war sowohl in Kroatisch als auch in Englisch abgefasst. Ich bestellte einen Zitronensaft und vertiefte mich in meinen Stadtführer. Bevor ich ziellos durch die Gegend wanderte, war es vielleicht besser, etwas über die Eigenheiten der Stadt zu erfahren.

Dubrovnik war, das stellte ich schnell fest, ein einziges Denkmal. Nahezu an jeder Ecke gab es irgendwelche historisch bedeutsamen Bauwerke zu besichtigen. Kein Wunder in einer Stadt, die seit so vielen Jahrhunderten fast unverändert geblieben war.

Ich überflog die Liste der Museen, Klöster, Paläste und Kirchen. Dabei sprang mir ein Wort ins Auge: *St. Roch*. Wo hatte ich diesen Namen schon einmal gesehen? Ich grübelte nach, während mein Blick über den Platz schweifte. Der städtische Mitarbeiter war immer noch mit der Reinigung der Rolandssäule beschäftigt.

Genau! Das war es! *Rich Rach Roch* lautete die Schmiererei an der Säule. Und jetzt stellte ich fest, dass es eine Kirche namens St. Roch gab.

Das war wahrscheinlich alles nur Zufall, aber da ich sowieso kein festes Ziel hatte, konnte ich ebenso gut als Nächstes St. Roch besuchen. Im Stadtführer war nicht viel über die Kirche zu finden. Sie war zwischen 1540 und 1564 errichtet worden. St. Roch war der Schutzheilige der Pestkranken, und die Bruderschaft von St. Roch kümmerte sich um die zum Tode Verurteilten.

Die Kirche war heute vor allem bekannt durch eine beinahe fünfhundert Jahre alte Inschrift an ihrer Wand. Sie lautet: »Friede sei mit euch. Denkt daran, dass auch ihr sterben müsst, die ihr jetzt Ball spielt.« Offenbar hatte sich schon damals jemand über fußballspielende Kinder geärgert und seinem Unmut Luft gemacht.

Nachdem ich meinen Zitronensaft ausgeschlürft und bezahlt hatte, machte ich mich auf, die Kirche zu suchen. Das war nicht so einfach, denn sie stach weder durch ihre Bauart noch durch ihre Größe hervor.

Ich musste den Stradun ganz zurückgehen, fast bis zu dem Brunnen, den ich bei meinem Eintritt in die Stadt zuerst gesehen hatte und der – das wusste ich jetzt – Großer Onofrio-Brunnen hieß. Kurz davor bog ich in das Gassengewirr in Richtung Meer ein. Die ohnehin schon schmalen Durchgänge wurden noch mehr verengt, weil die zahlreichen Restaurants ihre Tische nach draußen gestellt hatten und bereits um diese frühe Stunde mit Pizza und Meeresfrüchten um Kunden warben.

Schließlich stand ich vor der legendären Inschrift in der Seitenwand von St. Roch, die wahrscheinlich das älteste Graffiti Europas war:

PAX VOBIS MEMENTO MORI QUI LUDETIS PILLA
1597

Hätte ich die Übersetzung im Reiseführer nicht gelesen, wäre mir die Entzifferung sicher schwergefallen. Ich musste an das Haus mit den Blutflecken in Amsterdam denken. Auch dort hatte eine jahrhundertealte Botschaft an der Außenwand eine Nachricht für uns enthalten. Vielleicht war das hier ebenso? Ich wünschte mir, Larissa wäre da, denn gemeinsam knackten wir solche Rätsel einfach leichter.

Andererseits hatte ich Zeit und keine heiße Spur. Also stellte ich mir als Erstes die Frage: Was ist, wenn 1597 gar keine Jahreszahl ist, sondern ein Schlüssel zur Entzifferung einer Botschaft? Der erste Buchstabe des Satzes war ein P, also 1 = P. Der fünfte Buchstabe war ein O, also 5 = O. Der neunte Buchstabe war ein M, also 9 = M. Und der siebte Buchstabe war ein I, also 7 = I. Das Ergebnis meines Entschlüsselungsversuchs lautete POMI.

Das Wort erinnerte mich an Pommes frites und daran, dass ich kein Frühstück gehabt hatte. Einen Hinweis zum Buch der Wege bot es nicht. Ich murmelte das Wort in verschiedenen Formen vor mich hin: »Poms, Po, Pom...«

»Pomet, zu Euren Diensten, Herr«, ertönte hinter mir eine Stimme.

Ich fuhr herum. Vor mir stand ein junger Mann mit einem

breiten Grinsen. Er war gekleidet wie einer der vielen Musiker, die in der Stadt herumliefen: eng anliegende braune Hosen, darüber beinahe kniehohe Stiefel, ein weißes Hemd mit weiten Ärmeln unter einer schwarzen Lederweste, die von Schnüren zusammengehalten wurde. An einem Ledergürtel um die Hüfte baumelte eine Tasche in der Größe eines kleinen Schulheftes. Auf seinen rotbraunen, lockigen Haaren saß ein verwegenes Barett.

Solche Kleidung war hier in der Stadt nichts Besonderes. Ich war bereits einigen jungen Leuten im Mittelalter-Look begegnet, die zur Freude der zahlreichen Touristen als Gaukler, Musiker oder Soldaten posierten.

»Wie bitte?«, fragte ich überrascht.

Er sah mich aus lachenden blauen Augen an. Dann nahm er sein Barett ab, machte eine tiefe Verbeugung und wiederholte: »Pomet, zu Euren Diensten.«

Er richtete sich wieder auf. »Ich hörte, dass Ihr meinen Namen rieft. Dreimal erschallte der Ruf nach Pomet, doch wagtet Ihr nicht, ihn vollends auszusprechen.« Er beugte sich vor, setzte eine Verschwörermiene auf und flüsterte hinter vorgehaltener Hand: »Ich kann es wohl verstehen. Denn Neider lauern hinter jeder Ecke.«

Na klasse. Jetzt hatte ich auch noch den Stadtnarren am Bein! »Ich habe dich nicht gerufen«, sagte ich. »Ich habe nur vor mich hin gesprochen.«

»So sagt ich's doch, Euer Wohlgeboren. Ihr sprecht, ich komme.«

Was fing ich mit dem Kerl nur an? Ich vermutete, diese Leute wurden von der Stadtverwaltung bezahlt, um für etwas mehr historische Atmosphäre zu sorgen. Wahrscheinlich mussten sie auch mehrsprachig sein, um sich mit den Touristen aus aller Welt unterhalten zu können. Aber beinhaltete ihr Auftrag auch die Einzelbetreuung?

»Ich habe jede Menge zu tun und keine Zeit für nutzloses Geplauder«, sagte ich so abweisend wie möglich und drehte mich zum Gehen.

»In der Tat, mein Herr, das habt Ihr. Ihr müsst das Buch der Wege finden«, antwortete er.

Ich hielt in meiner Bewegung inne. Hatte ich richtig gehört?

»Was hast du gesagt?«, fragte ich.

»Euer Wohlgeboren hat's wohl manchmal an den Ohren«, grinste er. »Erst beim Pomet, dann beim Buch: Ist es Krankheit oder Fluch? Ja, ich sprach vom Buch der Wege. Wie Ihr wisst, denn Ihr seid rege, gerade dieses Buch zu finden.«

Ich ließ mich von seiner merkwürdigen Ausdrucksweise nicht beirren. »Dann weißt du also, wo das Buch der Wege ist?«

»Wissen! Was ist schon Wissen!«, rief er aus und machte eine Pose wie ein schlechter Schmierenkomödiant. »Gewissheit ist es, die Ihr braucht. Ein wenig kann ich Euch vielleicht behilflich sein bei Eurer Suche, wenn Ihr an Eurer Seite mich ertragen könnt.«

»Ja, ja, schon gut. Natürlich ertrage ich dich.« Nach der Begegnung mit Gerrit in Amsterdam hätte ich gleich wissen müssen, woran ich mit ihm war. Gleichwohl kam er mir ziemlich verrückt vor. Diese Ausdrucksweise, dieses Reden in Reimen, dieses falsche Pathos – das musste ich wohl in Kauf nehmen. Denn ich konnte jede Hilfe brauchen.

»*Hvala!*«, lachte er. »Das bedeutet Danke. Ihr werdet es nicht bereuen. Wo soll es nun hingehen, Herr?«

»Das fragst du mich? Du bist es doch, der sich hier auskennt. Sag du mir, wo wir suchen sollen!«

Er legte einen Finger an die Lippen und betrachtete mich nachdenklich. »Ich höre ein finsteres Grollen, so als ob ein gewaltiger Sturm sich zusammenbraut. Wenn wir jetzt nichts dagegen unternehmen, wird es schon bald zu spät sein.«

Das klang ziemlich bedrohlich. Aber wenigstens unterschätzte er die Gefahr, die von den Schatten ausging, nicht. Ich nickte. »Was schlägst du vor?«

»Die nächste Bäckerei aufzusuchen«, flüsterte er verschwörerisch.

Ich stutzte einen Moment, bevor ich begriff. Mit dem Donnergrollen hatte er das Knurren meines Magens gemeint!

»Eine gute Idee«, willigte ich ein. »Kannst du eine empfehlen?«

»Pomet kennt nur die besten in Ragusa«, rief er. »Folgt mir!«

Ich musste mich anstrengen, um mit ihm Schritt zu halten. Wie dem Mauren, so schien auch ihm die Hitze nichts auszumachen. Auf seiner Stirn hatte ich keinen einzigen Schweißtropfen entdecken können.

Wir liefen im Zickzack durch ein paar Gassen, bis wir eine etwas breitere erreichten. Vor einem Geschäft standen Gruppen von jungen Leuten und unterhielten sich in verschiedenen Sprachen. Dabei bissen sie in belegte Brote oder Teilchen. Schräg gegenüber war eine Kirche, auf deren Stufen es sich ebenfalls eine Gruppe bequem gemacht hatte. Dies schien ein beliebter Frühstückstreff zu sein.

Pomet bedeutete mir zu warten und verschwand in der Bäckerei. Kurz darauf kam er mit einer Pappschachtel in der Hand wieder heraus. Ich folgte ihm zu den Kirchenstufen gegenüber, wo wir uns einen schattigen Platz suchten. Pomet klappte den Karton auf. Darin lagen zahlreiche Gebäckstücke, die er mir der Reihe nach vorstellte. Hinter so fremdartig klingenden Namen wie *crempite, čupavci, krafne* oder *štrudla* verbargen sich Leckereien wie Apfelstrudel, Kokoswürfel, Blätterteiggebäck mit Puddingfüllung sowie eine Art Berliner.

Alles war ziemlich süß, aber genau richtig, um meine sinkenden Lebensgeister wieder auf Vordermann zu bringen. Pomet griff ebenfalls zu, und nachdem wir alles verputzt hatten, sah der Tag schon ganz anders aus.

»Jetzt erzähl mir mal, was du über das Buch der Wege weißt«, sagte ich, während ich mir den Mund mit einer der Papierservietten abwischte, die Pomet mitgebracht hatte.

»Es kam nach Ragusa vor langer Zeit. Doch die Spur hat sich verloren wie der Atem in der Luft.«

Das war nicht das, was ich hören wollte. Schon wieder war ich an jemanden geraten, der sich nur in Andeutungen erging, aber auf eine klare Frage keine klare Antwort gab. Ich fragte mich, ob das wohl eine Eigenschaft der Bewahrer war, denn dann würde ich mir das ebenfalls irgendwann zu eigen machen müssen.

Ich bezähmte meine Ungeduld. »Wo wurde das Buch denn zuletzt gesehen? Weißt du das wenigstens?«

»Ihr stellt die falschen Fragen, wenn ich das, mit allem Respekt, so sagen darf. Ich bin nur ein einfacher Mann, der keinen Zugang hat zur Gesellschaft der Wissenden. Man hört hier und da das eine und andere, doch reicht es nicht aus für ein klares Bild.«

»Also hast du überhaupt keine Ahnung, wo das Buch stecken könnte?« So langsam wurde ich ärgerlich.

Er merkte wohl, wie ernst es mir war. Sein ewiges Lächeln verschwand für einen Moment. »Wüsste ich es, dann wäre das Buch nicht in Gefahr. Doch kenne ich nur einen Teil der Wahrheit, und die gebe ich preis, wenn Euch damit geholfen ist. Das Buch kam einst aus Córdoba. Seitdem ist es durch viele Häuser hier gewechselt, den Suchern zu entgehen. Ragusa blühte und verging in diesen Jahren, und so verliert sich manche Spur. Ihr seid es, der mich führt, werter Herr, nicht umgekehrt.«

Ich wollte ihm gerade eine passende Antwort geben, als in der Gasse zwei Gestalten auftauchten, die mir nur zu bekannt waren: die Karasamoffs. Es blieb keine Zeit mehr, mich zu verstecken. Ich konnte lediglich hoffen, dass sie ihren Blick nicht zu mir richten würden.

Um mein Gesicht vor ihnen zu verbergen, drehte ich den Kopf ganz von der Gasse weg und flüsterte in Pomets Ohr: »Die zwei gleich aussehenden Männer, die dort kommen. Sie arbeiten für die Sucher. Und sie kennen mich.«

Geistesgegenwärtig beugte er sich vor, um mir noch mehr Deckung zu geben. Mein Herz raste in meiner Brust und der Schweiß lief mir noch heftiger von der Stirn als zuvor. Schließlich stieß Pomet mich an. »Sie sind vorbei.«

Ich sprang auf. »Nichts wie weg hier!«, rief ich. Wir kletterten die Stufen hinab und gingen die Gasse in entgegengesetzter Richtung hinunter. Ich glaubte mich schon gerettet, als ich einen Ruf hörte. Ein Blick über die Schulter bestätigte meine schlimmsten Erwartungen. Die beiden Ganoven hatten mich entdeckt und kamen hinter uns hergelaufen.

Pomet hatte das ebenfalls mitbekommen. Er drückte mich nach links in eine Gasse, die nach etwa vierzig Metern in eine Treppe überging, die in einen Torbogen mündete. Dabei lief er so leichtfüßig neben mir her, als würde er jeden Tag die Anhöhen von Dubrovnik emporjoggen.

Die Karasamoffs waren nicht weit hinter uns, als wir den Bogen erreichten. Gleich dahinter machte die Gasse einen leichten Knick, bevor erneut eine Treppe folgte. Zur Rechten öffnete sich ein schmaler Durchgang, den man nicht sehen konnte, wenn man nicht direkt vor ihm stand.

Pomet zog mich hinein. Der Weg schien nach zwanzig Metern an einer Mauer zu enden. Ich wollte schon protestieren, als Pomet kurz davor links einbog. Hier mündete eine weitere versteckte Gasse.

Die Häuser in dieser Gegend waren deutlich weniger gepflegt als unten in der Stadt. Eine Steinmauer zwischen zwei Gebäuden war teilweise eingestürzt. Pomet kletterte durch die Öffnung und ich folgte ihm. Vor uns lag eine Wiese, die bis fast an die Stadtmauer anstieg. Hier hatten früher einmal ebenfalls Häuser gestanden, von denen jetzt nicht viel mehr übrig war als ein paar bröckelnde Wände. Dazwischen stand noch eine Treppe, die ins Nirgendwo führte.

Wir liefen die Wiese hinauf und kletterten auf einer der Ruinen so hoch, dass wir das Geländer der Stadtmauer mit den Händen greifen konnten. Pomet zog sich als Erster nach oben und über die Brüstung, dann reichte er mir die Hand und half mir ebenfalls hinüber.

Die Stadtmauer führte einmal ganz um Dubrovnik herum. An ihren breitesten Stellen bot sie genügend Platz für ganze Touristengruppen, und selbst da, wo sie besonders schmal war, konnten zwei Personen bequem aneinander vorbeigehen. Die Mauer besaß keine einheitliche Höhe. Mal stieg sie an, mal senkte sie sich wieder. Wer die Stadt auf ihr umrunden wollte, hatte eine Menge Treppen auf und ab zu gehen.

An dieser Stelle stieg die Mauer an und war von durchschnittlicher Breite. Wir hetzten ein paar Dutzend Stufen empor, bis wir von einem Haus verdeckt wurden und von unten nicht mehr gesehen werden konnten. Dann erst hielten wir an.

Wir befanden uns auf einem der vielen Wehrtürme, die sich entlang der Stadtmauer aufreihten. Ich ließ mich neben einer alten Kanone im Schatten der Mauer auf den Boden sinken. Pomet setzte sich direkt auf das heute nutzlose Schießwerkzeug.

»Ihr seid recht flink zu Fuße, Meister«, lobte er mich.

»Danke«, keuchte ich und fischte aus meiner Umhängetasche eine Packung Papiertaschentücher, mit denen ich mir den Schweiß abwischte. Dabei ließ ich den Weg, über den wir hierhin gelangt waren, nicht aus den Augen. Die Karasamoffs konnten immer noch hinter uns her sein. Und selbst wenn wir sie abgehängt hatten, war ich in den Straßen Dubrovniks nicht mehr sicher.

»Nicht weit von hier ist ein Café«, sagte mein Begleiter. »Dort könnt Ihr Euch erfrischen, wenn Ihr mögt.«

Das war eine ausgezeichnete Idee. Das Café lag auf einem Bollwerk in der Mauer. Das flache Gebäude war zur Stadtseite hin errichtet worden; davor erstreckte sich ein Wald von weißen Sonnenschirmen. Ich fragte mich, wie die Betreiber wohl ihren Nachschub hier heraufschafften. Wir setzten uns an einen Tisch direkt an der Brüstung zum Meer, und Pomet bestellte zwei *limunada*, eine erfrischende Mischung aus eiskaltem Wasser und Zitronensaft.

»Dort seht Ihr Lokrum.« Pomet wies auf eine der Stadt vorgelagerte Insel, die lediglich aus einem bewaldeten Felsen zu bestehen schien – ganz so, als wären wir auf einer völlig normalen Sightseeingtour.

Ich füllte Zucker in meine Limonade und rührte um. »Ist das etwas Besonderes?«

»König Richard Löwenherz hat sich bei der Rückkehr vom Kreuzzug nach einem Schiffbruch dorthin gerettet«, antwortete er. »So sagt zumindest die Legende. Später hat sich dann der österreichische Erzherzog Maximilian eine Residenz auf Lokrum errichtet, die von hier aus nicht zu sehen ist.«

»Von mir aus.« Ich schlürfte meinen Zitronensaft und genoss die Kühle in meinem Hals. »Aber eine Bibliothek gibt es dort nicht, oder?«

Auch Pomet nahm einen Schluck von seinem Saft. Er hatte auf den Zucker verzichtet. »Dereinst mit Sicherheit. Doch heute stehen dort nur noch Ruinen.«

Er hatte die Worte kaum ausgesprochen, als ich in der Ferne die Umrisse zweier vertrauter Gestalten auf der Mauer bemerkte. »Sie haben uns gefunden!«, rief ich.

»Aber noch nicht entdeckt«, sagte Pomet. Er fasste mich am Arm und zog mich in geduckter Haltung zur Seitentür des Cafés. Dahinter fiel die Mauer steil ab. Die geöffnete Tür hatte einen Flaschenzug vor meinen Augen verborgen. An einer Eisenkette baumelte ein schlichter Metallkäfig, in dem ein leerer Kasten mit Colaflaschen auf den Abstieg wartete.

Das beantwortete meine frühere Frage danach, wie das Café mit neuen Waren versorgt wurde. Allerdings konnte ich mich darüber nicht recht freuen, denn ich wusste bereits, was als Nächstes kommen würde.

»Spring auf!« Pomet stieß mich auf die Mauerkante. Ich ergriff die Kette und ließ mich mit den Knien auf dem schwankenden Käfig nieder. Unter mir ging es bestimmt acht bis zehn Meter in die Tiefe. Ich versuchte, einen besseren Halt zu finden. Dabei kippte der Käfig gefährlich nach rechts. Ich riss mich zu schnell hoch, und der Käfig schwankte zur anderen Seite.

Meine Knie rutschten ab. Ich baumelte mit beiden Beinen in der Luft und bemühte mich verzweifelt, wieder Halt zu bekommen. Dabei versetzte ich die Kette allerdings in noch heftigere Schwingungen als zuvor.

Pomet lehnte sich über die Mauer und hielt den Käfig fest. »Ganz ruhig«, ermahnte er mich. Er hatte gut reden. Schließlich hing er nicht über dem Abgrund. Ich riss mich zusammen und hob vorsichtig erst das eine Bein, dann das andere auf den Käfig hinauf.

»Und jetzt festhalten und nicht wackeln. Wenn Ihr unten seid, lauft gegenüber die Treppe hinunter, bis Ihr zur rechten Hand ein Haus mit einer grünen Tür erreicht. Verbergt Euch dort, bis ich Euch hole.« Pomet ließ los und verschwand hinter der Tür. Ein paar Sekunden später hörte ich das Summen eines Elektromotors, und der Käfig senkte sich langsam herab. Er fuhr nicht ganz bis nach unten, sondern setzte auf einem drahtgeschützten Schuppen auf, in dem mehrere Fässer Bier gestapelt waren.

Ich ließ mich vorsichtig auf den Boden herunter und warf einen Blick zurück. Oben standen die beiden Karasamoffs über die Mauer gebeugt. Einer von ihnen verschwand, wohl um die Kette wieder nach oben zu holen. Aber sie rührte sich nicht. Ich konnte nur hoffen, dass Pomet den Motor lahmgelegt hatte und rechtzeitig entkommen war.

Die Gasse gegenüber sah nicht besonders einladend aus, aber ich folgte den Anweisungen Pomets. Sie führte unter einem gemauerten Torbogen durch, der meinen Verfolgern die Sicht auf mich nahm. Direkt dahinter fand ich das Haus mit der grünen Tür. Ohne zu zögern, drückte ich dagegen. Sie öffnete sich, und mir schlug ein dumpfer Modergeruch entgegen. Offenbar wurde das Haus schon lange nicht mehr bewohnt. Ich machte einen Schritt in den kleinen, dunklen Flur und schob die Tür hinter mir zu. Mein Herz klopfte mir bis zum Hals und ich lehnte mich vorsichtig gegen die Wand und wartete.

Als sich mein Atem wieder einigermaßen normalisiert hatte, tastete ich mich tiefer in den Raum hinein. Durch ein mit Brettern vernageltes Fenster fiel etwas Sonnenlicht herein. Bis auf einen morschen Schrank war das Zimmer leer. Ich drückte mich dahinter an die Wand. Falls einer meiner Verfolger hereinkommen sollte, würde er mich, so hoffte ich zumindest, nicht sehen können.

Es kam mir wie eine kleine Ewigkeit vor, bis die Tür aufgestoßen wurde. Ich traute mich nicht, den Kopf um die Schrankecke zu schieben, aus Angst, mich sonst zu verraten.

»Arthur?«

Ich atmete auf. Das war Pomets Stimme. Erleichtert kam ich hinter dem Schrank hervor. Mein Begleiter sah gelassen und unangestrengt wie immer aus.

»Unsere Freunde mussten bis zum Hafen gehen, um von der Mauer herunterzukommen«, erklärte er. »Ich glaube nicht, dass sie die Suche fortsetzen werden.«

»Ich wünschte, du hättest recht. Aber sie können uns jederzeit wieder über den Weg laufen.«

»So werden wir die Augen offen halten. Doch auch wenn böse Feinde walten, wird uns das nicht vom Ziel abhalten.«

Aua, das tat ja fast schon weh. Er musste selbst bemerkt haben, dass der Reim nicht besonders gelungen war, und lächelte verlegen. Vorsichtig folgte ich ihm auf die Gasse, und mit seiner Hilfe fand ich schnell zu Lidija Pjorotićs Laden zurück.

Ich war heilfroh, als wir dort ankamen. Da drinnen würde ich zunächst einmal sicher vor den Karasamoffs sein. Ich wollte mich von Pomet verabschieden, aber er schüttelte den Kopf.

»Ich werde Euch begleiten, Herr. Oft lauert das Böse hinter verschlossenen Türen. Wer weiß, was hier auf Euch wartet.«

»Ein paar Stunden Ruhe«, lag mir die Antwort auf der Zunge, die ich mir gerade noch verkniff. Sollte er doch, wenn er unbedingt wollte. Vielleicht fand er in Lidija eine bessere Gesprächspartnerin als in mir.

Ich stieß die Tür auf und trat ein.

Und erlebte eine faustdicke Überraschung.

❦ Die Suche ❦

Am Tisch neben Lidija saß Larissa!
Als sie mich erblickte, sprang sie auf und stürzte auf mich zu. »Arthur!«, rief sie. Eine Sekunde später lagen wir uns in den Armen. Erst jetzt merkte ich, wie sehr ich sie bei meinem Streifzug durch Dubrovnik vermisst hatte.
So schnell, wie sie mich umarmt hatte, löste sie sich zu meinem Leidwesen auch wieder von mir. Nun erst bemerkte sie Pomet. »Wer ist das?«
Bevor ich antworten konnte, trat er an mir vorbei, nahm sein Barett ab und verneigte sich tief. »Ich bin ein Philosoph des Lebens, ein Doktor der vergessenen Kunst. Man nennt mich tugendhaft, denn ohne Tugend kann die Welt nicht sein. Doch bin ich nur ein kleiner Diener, der Euch auf Eurem Weg begleitet. Ruft mich nur einfach Pomet, und ich bin zufrieden.«
Larissa war verblüfft von so viel Redseligkeit. »Aha«, sagte sie und schaute mich fragend an. Ich zuckte mit den Schultern.
Lidija Pjorotić hingegen reagierte völlig anders. Sie war hinter ihrem Schreibtisch hervorgekommen, hatte sich vor Pomet aufgebaut und musterte ihn genau.
»Pomet also?«, sagte sie. Ihr Tonfall war eine Mischung aus Frage, Misstrauen und Ungläubigkeit.

»Ganz recht, edle Dame.« Er verbeugte sich erneut.
Sie schüttelte den Kopf. »Stimmt was nicht?«, fragte ich.
»Es gibt keinen Pomet«, erwiderte Lidija. »Zumindest nicht in der Realität. Er ist eine Fantasiefigur, erfunden vor fünfhundert Jahren von Marin Držić, Dubrovniks größtem Dichter.«
»Ihr haltet mich für ein Hirngespinst?« Pomet machte einen beleidigten Gesichtsausdruck. »Doch steh ich hier vor Euch in Fleisch und Blut!«
»Das ist es gerade, was mir Sorgen bereitet. Denn du kannst nicht der sein, für den du dich ausgibst.«
»Wer ist schon, der er ist? Was seid denn Ihr? Ein Name auf Papier? Ein Kaufmann heute und morgen eine Frau? Ihr sammelt, und doch gebt Ihr ab, Ihr lächelt, und doch zweifelt Ihr. Wie könnt Ihr sagen, wer Ihr seid?«
Lidija lächelte in der Tat, allerdings ohne Wärme. »Gesprochen wie der wahre Pomet. Du bist ein Meister des Wortes, das ist sicher.«
»Ist es nicht egal, wer er ist, solange er uns hilft?«, fiel ich ein. »Ohne Pomets Hilfe wäre ich jetzt bereits in der Gewalt der Karasamoffs.«
»Was ist denn passiert? Hast du schon etwas herausfinden können?«, fragte Larissa.
»Leider nicht.« Ich berichtete von meinen Erlebnissen. »Aber wie bist du so schnell hierhergekommen?«
»Ich wurde wach, als der Frachter in Dubrovnik anlegte«, erzählte Larissa. »Als ich an Deck kam, sah ich einen Laster und daneben zwei der Karasamoffs am Kai stehen. Unsere Vermutung, dass es Drillinge sind, war richtig. Der Dritte, der uns noch nicht kannte, ging mit dem Container an Land.

Er war wohl deshalb mit an Bord, um diese Zwischenlandung zu organisieren.

Ich wollte dich wecken, aber du hast auf mein Klopfen nicht reagiert. Also habe ich die Tür geöffnet und bin in deine Kabine rein. Du warst nicht da. Nachdem ich dich nirgendwo an Bord gefunden habe, bin ich zu Kokou gegangen. Der hat sich bei den Seeleuten, die am Entladen beteiligt waren, umgehört, ob sie irgendetwas bemerkt haben. Einer von ihnen konnte sich erinnern, dass einer der Türhebel des Containers nicht ganz verriegelt war. Also habe ich eins und eins zusammengezählt und geschlossen, dass du in dem Behälter warst. Natürlich habe ich sofort gedacht, du wolltest ohne mich an Land gehen, weil wir uns vorher so gestritten hatten.«

»Das war nicht der Grund«, erklärte ich. »In den Laderaum bin ich mit voller Absicht ohne dich gegangen, das ist wahr. Ich wollte noch einmal überprüfen, ob das Buch, das ich dort gefunden hatte, wirklich das richtige war, und du hattest ja klar zum Ausdruck gebracht, dass du das für reine Zeitverschwendung hältst. Aber ich hatte natürlich keine Ahnung, dass der Container in Dubrovnik abgesetzt wird.«

Larissa machte eine wegwerfende Handbewegung. »Ist ja jetzt auch egal. Kokou hat dann mit dem Kapitän gesprochen, und der war einverstanden, mich im nächsten Hafen an Land gehen zu lassen. Kokou meint, die Sonderzahlung von Karasamoff für das außerplanmäßige Anlegen in Dubrovnik sei so hoch gewesen, dass der Kapitän die paar Minuten Verzögerung auch noch verschmerzen würde. Als der Frachter auf der Höhe von Ploče war, hat Kokou mich mit einem Beiboot zum Hafen gebracht und mich in ein Taxi gesetzt. Deshalb konnte ich so schnell hier sein. Und den habe ich auch mitgebracht.« Sie deutete auf meinen Koffer, der neben ihrem stand.

»Dann können wir uns jetzt ja ein wenig ausruhen und morgen richtig mit der Suche beginnen«, schlug ich vor.

»Und einen halben Tag verschenken? Ohne mich. Wir haben gerade mal zwei Uhr!«

Sie hatte ohne Zweifel recht. Ich seufzte. Etwas Ruhe und Erholung hätte ich nach dem aufregenden Vormittag gebrauchen können. Aber ich kannte Larissa zu gut, um ihr zu widersprechen. Und auf einen erneuten Streit konnte ich verzichten.

»Wenn du willst. Wo fangen wir an?«

»Ein Buch findet man am ehesten in einer Bibliothek. Und davon müsste es doch hier einige geben.«

»Wenn ihr euch da mal nicht täuscht«, meldete sich Lidija Pjorotić zu Wort. »Die Tradition von Ragusa reicht zwar lange zurück. Allerdings waren wir nie ein Zentrum der Kultur. Seht euch doch nur die Stadt an: Sie ist nüchtern und zweckmäßig gebaut, ohne viel Firlefanz. Unsere Bürger waren Kaufleute, keine Gelehrten oder Künstler. Nicht einmal ein Theater war in Ragusa erlaubt!«

»Wohl gesprochen«, ergänzte Pomet. »Dennoch gibt es einige Orte, an denen man Gelehrsamkeit verspürt. Vielleicht lohnt der Weg dorthin.«

»Hauptsache, wir laufen den Drillingen nicht über den Weg«, murmelte ich.

So machten wir uns auf die erneute Suche nach dem Buch der Wege. Pomet erwies sich als äußerst kenntnisreicher Führer, der nahezu alles über die Geschichte der Stadt wusste und es auch gerne mitteilte.

Unser erstes Ziel war der Rektorenpalast. »Ragusa wurde bis zu seinem Untergang von Adelsfamilien beherrscht«, erklärte Pomet. »Diese Familien wählten verschiedene Komitees zur Abwicklung der Regierungsgeschäfte sowie den Rektor, den obersten Repräsentanten der Republik. Allerdings wollten sie nicht, dass er zu mächtig wurde. Deshalb dauerte seine Amtszeit immer nur einen Monat. In dieser Zeit durfte er den Palast nicht verlassen und auch keinen Kontakt zu seiner Familie haben.«

Der Rektorenpalast lag auf der Hafenseite der Stadt. Er war, wie alles in Dubrovnik, aus schlichtem Stein erbaut und wies kaum Verzierungen auf. Lediglich der kleine Säulengang vor der Eingangstür deutete an, dass es sich hier um ein besonderes Gebäude handelte.

Auf dem großen Platz davor herrschte rege Betriebsamkeit. Innerhalb der Stadtmauern waren Autos und Mopeds nicht erlaubt, abgesehen von den Elektrofahrzeugen der Stadtverwaltung und von Lieferanten. Die Plätze der Stadt waren dennoch zum Bersten gefüllt mit Touristen aus aller Herren Länder. Wie dicke Würmer wanden sich die geführten Gruppen umeinander herum. In der Nähe des Rektorenpalastes befanden sich noch zahlreiche weitere Sehenswürdigkeiten, und kaum hatte ein Besucherstrom ein Gebäude verlassen, drängte sofort der nächste hinein.

Nachdem wir den Eintritt bezahlt hatten, traten wir in das erfrischend kühle Atrium des Palastes. Zur Rechten führten zwei niedrige Öffnungen in die ehemaligen Gefängniszellen, in denen so mancher Gefangene sein Leben ausgehaucht hatte. Der Palast war direkt an die Stadtmauer am Hafen gebaut und hatte einen Zugang zum Meer. Bei Hochwasser wurden einige der Zellen fast vollständig überflutet.

»Stellt Euch das vor«, sagte Pomet. »Im ersten Stock tafelte der Rektor mit seinen Gästen, während hier unten die Gefangenen um ihr Leben kämpften.« Viel Fantasie benötigte man an diesem Ort nicht dafür. Ich hatte das Gefühl, von den niedrigen Decken erschlagen zu werden.

»Hier finden wir doch nichts«, sagte ich. »Lasst uns rausgehen.«

Larissa studierte die in den Zellen ausgestellten alten Truhen. Unter ihren aufgeklappten Deckeln verbargen sich hoch komplizierte Schließmechanismen mit zahlreichen Metallhebeln, Federn und Zahnrädern. Das interessierte sie als passionierte Sperrtechnikerin natürlich besonders.

Ich stieß mir beim Verlassen der Zellen den Kopf an dem niedrigen Steindurchgang und litt für den Rest unseres Rundgangs unter Schädeldröhnen. Die Bibliothek, die hier einmal gewesen sein mochte, war entweder verschwunden oder nicht mehr zugänglich. Stattdessen konnte man im ersten Stock durch feudal eingerichtete Zimmer schreiten und das ehemalige Schlafzimmer des Rektors besichtigen.

Währenddessen traktierte uns Pomet weiter mit der Geschichte der Stadt, die angeblich schon vor unserer Zeitrechnung gegründet worden war. »Ragusa war, neben Venedig, die größte Handelsmacht im Mittelmeer. Durch geschickte Diplomatie und das Zahlen von Tributen konnte man sich die Großmächte der damaligen Zeit vom Leibe halten. Hier im Palast wurden die Pläne geschmiedet, die Ragusa bis zum Ende des achtzehnten Jahrhunderts die Unabhängigkeit sicherten. Dann kam Napoleon. Der ließ sich weder bestechen noch überreden und löste die Republik kurzerhand auf.«

Vom Rektorenpalast ging es weiter in das nur wenige Meter entfernte Dominikanerkloster. Hier gab es eine große Bibliothek, wie uns Pomet versicherte. Leider war sie für die Öffentlichkeit nicht zugänglich und wir mussten uns mit einem Foto in einem Informationsblatt begnügen.

Dasselbe widerfuhr uns im Franziskanerkloster. Die Bibliothek dort war ebenfalls für den Publikumsverkehr geschlossen. Der Besuchermagnet hier war die erste und älteste Apotheke Europas, seit 1317 bis heute ununterbrochen in Betrieb. In einer Ausstellung konnte man unter anderem alte medizinische Handbücher besichtigen. Das Studium der aufgeschlagenen Seiten führte uns jedoch nicht weiter. Der Text drehte sich offenbar wirklich nur um Heilkräuter und nicht um Vergessene Bücher.

Frustriert traten wir wieder auf die Straße. Der Strom der Touristen war noch immer ungebrochen. Als Letztes für heute wollten wir den Sponza-Palast besuchen, der gegenüber der Rolandssäule stand. Dort hatten sich früher das Zollamt, die Bank, die Schatzkammer und die Münzanstalt von Ragusa, in der das Geld der Republik geprägt wurde, befunden.

Pomet wies uns auf das Motto über dem Eingang hin. Es war in lateinischer Sprache in den Stein gemeißelt. »Das ist Ragusas Grundsatz gewesen: *Es ist verboten, zu betrügen und Maße zu fälschen, und wenn ich Waren messe, so misst Gott selbst mit mir.* Als erfolgreiche Kaufleute konnten sich die Bewohner keine Schwindeleien erlauben. Wenn jemand das Gefühl hatte, übers Ohr gehauen worden zu sein, ging er zur

Rolandssäule und maß das gekaufte Tuch am Ellenbogen der Statue nach.«

Durch einen lang gezogenen Innenhof gelangten wir in eine Reihe von Seitenräumen, in denen zahlreiche historische Dokumente in Glasvitrinen ausgestellt waren. Besonders faszinierend fand ich ein türkisch-lateinisch-deutsch-italienisch-französisch-polnisches Wörterbuch. Es wurde von den geschulten Übersetzern Ragusas für die Korrespondenz mit den Türken genutzt. Sein Verfasser war ein gewisser Franz von Mesgnien Meninski, ein Pole, der in Wien arbeitete.

»Ein beeindruckender Mann«, erklärte Pomet, als er mein Interesse bemerkte. »Er hat einige Zeit in Ragusa gelebt. Nach seiner Rückkehr ist er den Intrigen am habsburgischen Hofe zum Opfer gefallen.«

»Das klingt ja fast so, als hättest du ihn gekannt«, sagte ich.

Pomet stutzte. »Wen? Meninski?« Er lachte. »Nein, Ihr versteht das falsch. Aber ich weiß, wo er während seines Aufenthalts in Ragusa gewohnt hat.«

Larissa war inzwischen zu uns gestoßen. Sie hatte ebenso wenig einen Hinweis gefunden wie ich.

»Vielleicht sollten wir uns mal das Haus dieses Meninski ansehen«, schlug ich vor. »Oder steht noch etwas anderes auf dem Programm?«

»Die Museen und Paläste haben jetzt alle geschlossen«, erwiderte Pomet. »Nur die Synagoge hat um diese Zeit noch geöffnet.«

»Dann lasst uns dort hingehen«, sagte Larissa. »Immerhin sind die Sepharden eines der Bindeglieder zwischen Córdoba, Ragusa und den Vergessenen Büchern.«

Wir verließen den Sponza-Palast und bogen drei Gassen weiter rechts in die *Žudioska* ein. Der Himmel hatte sich bewölkt und es war unerträglich schwül geworden. Meine Kleidung klebte mir am Körper und jede Bewegung löste neue Schweißausbrüche aus.

Die Eingangstür des Hauses stand offen und wir kletterten eine steile Treppe empor. Die eigentliche Synagoge befand sich im zweiten Stock. In der ersten Etage war ein kleines Museum eingerichtet worden, das sich mit der Geschichte der Juden in Ragusa und Dubrovnik befasste.

Zu den Ausstellungsstücken zählten eine Handvoll Thora-Rollen, die zwischen dem dreizehnten und siebzehnten Jahrhundert von den Zuwanderern aus Spanien, Italien und Frankreich mitgebracht worden waren, sowie diverses religiöses Zubehör. In einer Ecke der Glasvitrine lagen auch mehrere alte Bücher. Wir studierten sie ausgiebig, konnten aber keinen Zusammenhang zu unserer Suche erkennen.

Nach einem kurzen Rundgang und einem Blick in die Synagoge im zweiten Stock verließen wir das Gebäude wieder. Wir stiegen weiter treppauf und bogen an der nächsten Quergasse rechts ab. Die folgende Treppe zur Linken war die *Kovačka*.

Pomet kletterte voraus, bis wir fast die Stadtmauer erreicht hatten. Vor den Häusern standen überall Blumentöpfe, die der Gasse, zusammen mit den Blumenbänken vor den Fenstern, trotz der schlichten Gebäude ein farbenfrohes Aussehen verliehen. Von einer Häuserfront zur anderen zogen sich die unvermeidlichen Wäscheleinen mit ihren Hosen, Hemden und Röcken.

Unser Führer blieb vor einem verwitterten Haus stehen, dessen Fenster mit Holzplatten zugenagelt waren. Hier wohnte niemand mehr. Auch das Nachbarhaus und die gegenüberliegenden Gebäude machten einen desolaten Eindruck.

»Das ist es!«, rief Larissa.

Ich blickte sie fragend an. Sie wies auf die abgeblätterte Tür, vor der Pomet stehen geblieben war. »Da drin ist etwas, ich kann es spüren!«

»Dies ist das Haus von Meninski«, bestätigte Pomet.

Das Gebäude war von einer abstoßenden Aura umgeben. Ich empfand bereits Ekel bei dem Gedanken, die Türklinke zu berühren, geschweige denn, dort einzutreten. Es kam mir vor wie eine große, dunkle Falle, in der etwas Furchtbares auf seine Opfer lauerte, die töricht genug waren, sich dort hineinzuwagen. Allerdings wollte ich nicht wieder als der Angsthase vom Dienst dastehen und äußerte meine Bedenken nicht.

Larissa war von der Atmosphäre des Hauses völlig unbeeindruckt, wenn sie es überhaupt merkte. »Wir müssen da rein.« Sie rüttelte an der Tür. Als sich nichts bewegte, zog sie ihr Dietrichset aus der Tasche.

»Halt, halt!«, rief ich. »Es ist noch viel zu hell! Wir sollten warten, bis es dunkel ist.«

Wie zur Bestätigung meiner Worte bog knapp oberhalb von uns ein junges Paar um die Ecke und ging die Treppen hinab. Wir ließen sie wortlos passieren. Weitere Touristen kamen wenige Sekunden später hinterher.

»Lass uns was essen, dann kommen wir zurück«, schlug ich vor. Widerwillig packte Larissa ihre Gerätschaften wieder weg. Dann trabten wir die Stufen hinunter, bis wir die Quergasse kurz vor dem Stradun erreicht hatten. Erst hier verließ mich das beklemmende Gefühl, das ich vor dem Haus empfunden hatte.

So weit das Auge blicken konnte, war die Gasse mit Tischen und Stühlen vollgestellt. Ein Restaurant reihte sich an das nächste. Jedes zweite Lokal war eine Pizzeria.

»Das sieht mehr nach Italien als nach Kroatien aus«, stellte ich fest.

»Ragusa hat immer enge Verbindungen zu Italien unterhalten«, sagte Pomet. »Trotz der Gegnerschaft zu Venedig studierten junge Adlige und Bürger dort und in Siena. Es gab richtige kleine Exilkolonien. Allerdings wird es dort heute weniger kroatische Restaurants geben als hier Pizzerien.«

Wir suchten uns ein Lokal aus, das nicht so voll war, und bestellten jeder eine Pizza. Pomet versuchte uns zwar von den Vorzügen der einheimischen Küche zu überzeugen, aber danach stand uns heute Abend nicht der Sinn.

Es wurde rasch dunkel. Während wir aßen, gingen die ersten Lichter in der Gasse an, und als wir zahlten, hatte sich die Nacht über Dubrovnik gelegt.

❖ Das Haus von Meninski ❖

Bei Nacht sah die Kovačka weitaus unwirtlicher aus als bei Tage. Die Häuserreihen schienen noch enger zusammenzurücken und jeden Lichtstrahl zu verschlingen, den die paar einsamen Laternen an den Wänden verbreiteten. Aus einigen Fenstern am Fuß der Gasse fiel noch warmes Licht, aber weiter oben waren die meisten hölzernen Fensterläden geschlossen, und Dunkelheit gähnte uns entgegen.

Die Treppen lagen um diese Stunde völlig verlassen da. Die Bewohner saßen wahrscheinlich ebenso beim Abendessen wie die Touristen in der Prijeko, wo wir vor einigen Minuten noch im hellen Schein der Restaurants gegessen hatten.

Während des Essens hatten wir bereits Donnergrollen aus der Ferne gehört. Inzwischen war das Gewitter herangezogen und erste dicke Regentropfen fielen vom Himmel.

Mit jedem Schritt, den wir uns dem Haus näherten, wurden meine Beine schwerer. Auch Pomet schien den Schwung verloren zu haben, der ihn üblicherweise auszeichnete. Die Lichtstrahlen der letzten Lampe reichten kaum bis an die Haustür des Gebäudes heran.

Larissa blieb als Einzige unbeeindruckt. Sie erreichte die Tür als Erste und machte sich sofort daran, das Schloss zu öffnen. Nach kaum einer Minute gab es ein hörbares *Klack* und der Weg war frei.

»Worauf wartet ihr?«, fragte sie, als sie unser Zögern bemerkte.

»Wir sollten nicht übereilt handeln«, erwiderte Pomet.

»Ach, plötzlich bekommst du Bedenken?« Der Ärger und die Ungeduld in ihrer Stimme waren deutlich zu vernehmen. »Na los, erzähl schon!«

Pomet hob gerade an, als ein Donnerschlag seine Worte übertönte. Er musste noch einmal ansetzen.

»Meninski verkehrte während seiner Zeit in Ragusa mit einer Vielzahl merkwürdiger Besucher. Manche davon reisten erst im Schutz der Dunkelheit an. Es gab Gerüchte darüber, warum sie bei Tag nie das Haus verließen. Nachts hörte man seltsame Geräusche im Haus. Es wurde gemunkelt, Meninski führe unheimliche Rituale durch. In jenen Tagen verschwanden Kinder und manchmal trieben morgens Leichen im Hafenbecken.

Das einfache Volk bekam Angst und bedrängte den Rektor, etwas zu unternehmen. Meninski wurde vorgeladen, stritt aber alle Anschuldigungen ab. Seine Gäste seien Türken und Araber, da er an einem entsprechenden Wörterbuch arbeite, behauptete er. Der Rektor fand keine Handhabe gegen ihn.

Eines Abends, nachdem abermals ein Kind spurlos verschwunden war, rottete sich eine Menschenmenge zusammen und zog zu Meninskis Haus. Doch als sie hier ankamen, fanden sie es verlassen vor. Meninski hatte rechtzeitig die Flucht ergriffen und war nach Wien zurückgekehrt. Er setzte nie wieder einen Fuß auf den Boden von Ragusa.

Seitdem steht das Haus leer. Die Regierung erwarb das Grundstück und ordnete die Versiegelung des Gebäudes an. Seit nunmehr über dreihundert Jahren sind alle Verwaltungen von Ragusa und Dubrovnik dieser Anordnung gefolgt. Sogar die napoleonische Armee hielt sich daran.«

Larissa schien kaum beeindruckt zu sein. »Und warum erzählst du uns das jetzt und nicht schon vorhin, als wir ausreichend Zeit gehabt hätten, darüber zu diskutieren?«

»Ich hatte die Hoffnung, Ihr würdet noch Abstand nehmen von Eurem Vorhaben. Mir scheint, ich kenne Euch nicht gut genug.«

»Das tust du in der Tat nicht.« Sie stieß die Tür auf. »Ich gehe jetzt da rein. Was ihr macht, ist mir egal. Wenn ihr euch von Ammenmärchen abschrecken lasst, ist das eure Sache.«

»Larissa!«, rief ich, aber ein erneutes Donnern verschluckte meine Stimme. Sie verschwand im Inneren des Hauses. Ich warf Pomet einen verzweifelten Blick zu und folgte ihr dann. Er trat nach mir ein und schloss die Tür hinter uns.

Die Luft im Haus war zum Schneiden dick und legte sich wie eine klebrige Masse um meinen Körper. Sie kam mir vor wie der stinkende Atem eines Dämons und ich musste würgen. Auch Pomet schnappte hörbar nach Luft.

Das lag sicher zum einen an der angestauten Wärme, die nur wenig Gelegenheit hatte zu entweichen. Aber da war noch etwas anderes. Mir kam es vor, als hätte sich die Luft im Haus in all den Jahrhunderten nicht ausgetauscht. Sie war abgestanden und abgenutzt, schon Tausende Male ein- und ausgeatmet, sodass sie nur noch eine blasse Kopie ihrer selbst darstellte.

Mir fiel das richtige Wort ein: Dieses Haus war *schmutzig*. Nicht im Sinne von verdreckt, sondern von *befleckt*. Und jeder, der durch die Tür trat, wurde sofort in den Schmutz hineingezogen. Er hüllte uns ein und kroch in unser Inneres. Wenn wir uns hier länger aufhielten, würde er unweigerlich vollständig von uns Besitz ergreifen.

Ich gab mir einen Ruck und machte ein paar Schritte vorwärts auf Larissa zu. Ob sie dasselbe spürte wie ich, wusste ich nicht. Zumindest merkte man ihr nichts an. Sie hatte ihre Taschenlampe angeknipst und inspizierte einen der zwei Räume im Erdgeschoss. Ich sah ihr über die Schulter.

Das Zimmer war bis auf einen Haufen alter Lumpen leer. Auch der zweite Raum enthielt nichts außer schlechter Luft und einer zerrissenen Matratze. Ob sich hier einmal ein Obdachloser eingenistet hatte? Und was war wohl mit ihm geschehen?

Vorsichtig stiegen wir die Treppe ins erste Stockwerk empor. Wir hielten uns alle dicht beisammen. Die drei Räume auf dieser Ebene waren ebenfalls leer.

Die zweite Etage bestand aus einem einzigen großen Raum. Er wurde beherrscht von einem riesigen runden Holztisch, der ein merkwürdiges Muster aufwies. Als wir näher herantraten, sahen wir, dass es keine dekorative Arbeit war. Irgendjemand hatte mit einem scharfen Gegenstand, vielleicht einem Schwert, wie ein Berserker auf den Tisch eingeschlagen und ganze Stücke des Holzes herausgehackt. Die Rillen, welche die Hiebe zurückgelassen hatten, waren unregelmäßig dunkelbraun gefärbt. Ich wollte nicht wissen, was die Ursache dafür war.

Die Stühle, die einmal um den Tisch gestanden haben mussten, waren an der Wand unter einem Ölgemälde aufgereiht. Ein greller Blitz erhellte den Raum und das Bild. Für einen Augenblick glaubte ich, eine Bewegung darin wahrgenommen zu haben, aber das war natürlich nur eine Illusion.

Das Gemälde zeigte einen Mann in einem wallenden weißen Gewand, der auf einem Kissen saß und ein Buch in der Hand hielt. Er war von der Seite porträtiert, sodass man nur einen Teil seines Gesichts sehen konnte, das zudem noch von einem typisch arabischen Kopftuch verdeckt wurde.

Auch wenn man kaum etwas von seinen Zügen erkannte – ich spürte, dass von ihm nichts Gutes ausging. Das Bild war ausgesprochen realistisch gemalt. Es kam mir vor, als hätte die Wand an dieser Stelle ein Loch, durch das man in eine andere Welt und auf diesen Mann blickte. Ich erwartete jeden Moment, dass er eine Seite umblättern oder den Kopf heben und uns anschauen würde.

Trotz meines Widerwillens trat ich näher an das Gemälde heran. In eine Messingplatte, die auf dem Rahmen befestigt war, waren die Worte *Abdul Al'hazred* eingraviert. Ob das der Maler oder der Porträtierte war? So nah am Bild nahm ich seine Ausstrahlung noch mehr wahr. Mein Gesicht wurde heiß, so als ob der Wüstenwind aus dem Gemälde direkt in dieses Haus wehen würde. Dennoch konnte ich mich nicht von der Stelle rühren. Es war Pomet, der mich an der Schulter fasste und von dem Porträt wegzog. Sobald ich ein paar Schritte entfernt war, ließ die dunkle Faszination nach.

Ich musste an das Zimmer im Haus mit den Blutflecken in Amsterdam denken. Auch dort hatte ich die Anwesenheit einer bösen Macht gespürt. Hier war es ähnlich. Und wie damals hatte ich nur ein Ziel: diesen Ort so schnell wie möglich zu verlassen.

»Lass uns gehen«, flüsterte ich Larissa zu, die gerade einen Schrank an der anderen Wand untersuchte. »Hier finden wir nichts.«

»Ich gehe nicht eher, bis ich alles durchsucht habe«, antwortete sie. Sie schlug die Schranktür zu und wandte sich einer großen metallbeschlagenen Truhe zu, die dahinterstand. Sie beugte sich vor und versuchte erfolglos, den Deckel anzuheben.

Im Schein der Taschenlampe sah ich, dass die Truhe nicht nur ein, sondern drei Schlösser hatte. Larissa stocherte mit einem Metallstab in ihnen herum. Dann reichte sie mir die Lampe.

»Halt du sie mal, damit ich beide Hände frei habe.«

»Was willst du mit der Truhe?«, fragte ich, während ich die Taschenlampe nahm. »Wenn es hier irgendwelche Sachen von Wert gegeben hat, dann sind die in den letzten hundert Jahren garantiert geklaut worden.«

»Da ist etwas drin, das spüre ich«, beharrte sie.

Pomet war ebenfalls herangetreten. »Das ist ein alter Schließmechanismus. Die Meister ihrer Zunft haben ihn gebaut. Er widersteht jedem Versuch, ihn unbefugt zu öffnen.«

»Ach«, erwiderte Larissa trocken. »Ich habe diese Mechanismen vorhin im Rektorenpalast studiert. Sie sehen kompliziert aus, sind aber einfach zu durchschauen.«

Ich hatte die Schließmechanik unter den Deckeln der dort ausgestellten Truhen ebenfalls gesehen, fand sie aber alles andere als leicht durchschaubar. Selbst der Versuch, ihre Funktionsweise zu verstehen, indem ich den Wegen der verschlungenen Metallbögen folgte, hatte mich bereits schwindelig werden lassen.

Larissa machte sich am ersten Schloss zu schaffen. Sie drückte vorsichtig mit ihrem Dietrich darin herum und nickte dann befriedigt. Sie ließ das Werkzeug stecken und wandte sich dem nächsten Schloss zu. Hier wiederholte sie den Vorgang. Dann kam das dritte an die Reihe.

Schließlich lehnte sie sich zurück. »Jetzt brauche ich deine Hilfe. Wir müssen alle drei Schlösser gleichzeitig öffnen. Ich nehme die beiden rechts, du das linke. Auf mein Kommando!«

Widerwillig griff ich nach dem Dietrich. Larissa packte die anderen und rief dann: »Los!« Gemeinsam drehten wir. Ich spürte einen leichten Widerstand und hörte dann das Gleiten des Schließmechanismus im Inneren der Truhe.

»Perfekt«, sagte Larissa und klappte den Deckel auf. Ich leuchtete in die Truhe hinein. Sie war leer, bis auf ein Bündel aus schmutzigem Tuch. Larissa hob es heraus und wickelte es aus. Unter dem Tuch verbarg sich ein altes, in Leder gebundenes Buch. Sie reckte es triumphierend in die Höhe.

»Hab ich es doch gewusst!«, rief sie. Sie winkte mich mit der Lampe näher heran. Die Oberfläche des Einbands war heftig abgerieben. Die einstmals goldenen Buchstaben auf dem blauen Untergrund waren nur noch zum Teil zu identifizieren. Wir konnten aber das Wort *liber* erkennen, die lateinische Bezeichnung für »Buch« und das erste Wort im Namen aller Vergessenen Bücher.

»*Jetzt* können wir gehen«, sagte Larissa und steckte das Buch in ihre Umhängetasche. Ich atmete erleichtert auf. Auch Larissa schien es auf einmal eilig zu haben. So schnell es ging, kletterten wir die Stufen ins Erdgeschoss herab. Ich wollte gerade die Tür öffnen, als ich draußen Stimmen hörte.

»Psst!«, ermahnte ich die anderen und knipste die Taschenlampe aus. Ich legte ein Ohr an die Tür und lauschte. Mehrere Männer unterhielten sich leise miteinander in einer Sprache, die wie Russisch klang. Sollten das …?

»Die Karasamoffs«, flüsterte ich. Sicher war ich mir zwar nicht, denn ich konnte sie nicht sehen, aber wer sonst sollte uns verfolgen und zugleich des Russischen mächtig sein?

»Gibt es einen Hinterausgang?«, fragte Larissa Pomet. Der schüttelte den Kopf.

»Kein Hintertor. Aber es gibt einen Keller.«

»Und was sollen wir da? Wenn die reinkommen, finden sie uns doch sofort.«

»Haltet Pomet nicht für dumm, edles Fräulein. Es war in Ragusa Brauch, Häuser mit Gängen unter der Erde zu verbinden. Sehr praktisch bei schlechtem Wetter und wenn Feinde vor der Tür standen.«

»Worauf warten wir dann?«, wisperte ich. Meine Augen hatten sich einigermaßen an die Dunkelheit gewöhnt und ich konnte die Umrisse von Larissa und Pomet ausmachen. Der Narr öffnete eine niedrige Holztür, die wir beim ersten Durchsuchen des Parterres übersehen hatten. Ich legte meine Hand über das Glas der Taschenlampe und knipste sie wieder an. Das fehlte noch, dass einer von uns im Dunkeln die Stufen hinunterfiel und sich wer weiß was brach!

Wir schlichen geduckt die enge Treppe nach unten. Die Decke war so niedrig, dass sich keiner von uns aufrichten konnte. Unten angekommen, nahm ich die Hand vom Glas der Lampe. Vor uns lag ein gemauerter Gang, der allerdings nicht sehr vertrauenerweckend aussah. Aus den Wänden waren Steine herausgebrochen und lagen auf dem Boden, und von der Decke war an einigen Stellen der Putz abgeblättert.

Pomet marschierte ohne zu zögern voran und wir folgten ihm. Ich erwartete jeden Moment, dass alles über uns zusammenstürzen würde, aber nichts passierte. Wir erreichten sicher eine Treppe auf der gegenüberliegenden Seite. Sie führte hoch in ein ebenfalls leer stehendes Haus. Allerdings war die Atmosphäre hier eine völlig andere als in der ehemaligen Meninski-Residenz.

Ich knipste die Lampe wieder aus. Wir schlichen zu einer der vernagelten Fensteröffnungen und schielten durch eine kleine Lücke hinaus. Vor der Tür gegenüber standen drei Gestalten, die sich leise miteinander unterhielten. Ein Blitz zuckte vom Himmel und wir konnten ihre Gesichter erkennen. Es bestätigte meine Befürchtung: Das waren die Karasamoffs.

»Was machen wir jetzt?«, flüsterte Larissa. »Wenn wir hier rausgehen, schnappen sie uns.«

Ich dachte laut nach. »Die Frage ist: Wissen sie, dass wir da drin sind, oder nehmen sie es bloß an?«

»Ist das nicht egal?«

Ich schüttelte den Kopf. »Wenn sie es nur vermuten, gehen sie vielleicht rein, wenn sie etwas hören oder sehen. Und dann könnten wir verschwinden.«

Sie dachte einen kurzen Augenblick nach und nickte dann. »Klingt plausibel. Und wie kriegen wir das hin?«

Ich atmete tief durch. »Ich sorge schon dafür. Sieh du zu, dass du das Türschloss hier aufkriegst.«

Pomet hielt sich dezent im Hintergrund. Ich hatte gehofft, er würde sich vielleicht freiwillig für diese Aufgabe melden. Aber unsere Helfer schienen sämtlich keine Leute der Tat zu sein, einmal abgesehen von dem Akkordeonspieler in Bologna. Also blieb es mal wieder an mir hängen.

Ich machte mich auf den Rückweg ins Meninski-Haus. Noch vor wenigen Minuten hatte ich mir geschworen, dort keinen Fuß mehr hineinzusetzen. Und jetzt war ich kurz davor, es noch einmal zu betreten.

Auf der anderen Seite angekommen, holte ich erst mal tief Luft. Ich hatte nur einen Versuch, wenn ich nicht erwischt werden wollte. Nachdem ich mich davon überzeugt hatte, dass die kleine Tür zum Durchgang auch wirklich offen stand, knipste ich die Taschenlampe an und fuchtelte wild damit herum, in der Hoffnung, ein Lichtstrahl würde nach draußen dringen. Zugleich schlug ich mit der anderen Hand gegen das Treppengeländer und rief ein paarmal laut »Larissa!«.

Mein Täuschungsmanöver funktionierte. Ich hörte aufgeregte Stimmen. Dann wurde von außen an der Klinke gerüttelt. Höchste Zeit für mich zu verschwinden! Ich duckte mich in den Kellereingang und zog die Tür hinter mir zu. Die Karasamoffs hielten sich nicht lange mit der Vordertür auf. Es gab einen lauten Krach, dann hörte ich sie in den Flur stürzen. Wahrscheinlich hatten sie die Tür einfach aufgebrochen. Ich jagte geduckt den Gang entlang, stolperte über einen der herabgefallenen Steine und wäre beinahe lang hingestürzt. Im letzten Augenblick fand ich mein Gleichgewicht wieder und richtete mich auf. Dabei stieß ich mir allerdings gehörig den Kopf an der Decke.

Mit einem Brummschädel raste ich die Treppe empor. Larissa hatte das Schloss bereits entsperrt. Sie öffnete leise die Tür. Die Drillinge waren allesamt im Meninski-Haus verschwunden. So geräuschlos wie möglich verließen wir das Haus und schlichen in die Dunkelheit.

Pomet winkte uns die Gasse hoch. Dort mündete die Kovačka in eine Quergasse und wir würden außer Sichtweite sein. Wir gelangten unbeobachtet um die Ecke und liefen drei Treppen weiter, bevor wir den Weg zum Stradun herab antraten. Erst als wir Dubrovniks Flaniermeile überquert hatten, hörten wir auf zu laufen. Von hier war es nicht mehr weit bis zu Lidija Pjorotićs Laden.

Das Gewitter war inzwischen abgezogen, und der wenige Regen, der gefallen war, verdampfte bereits in der warmen Nacht. Niedrige Nebelschwaden schwebten dicht über dem Pflaster.

Diesmal kam Pomet nicht mit hinein. »Ich muss noch ein paar Dinge erledigen, werter junger Herr und wertes Fräulein. Doch wenn Ihr mich braucht, wird Pomet jederzeit für Euch da sein.« Er machte einen tiefen Hofknicks und verschwand in der Dunkelheit.

Lidija saß immer noch (oder schon wieder?) hinter ihrem Schreibtisch und las. Als sie uns eintreten sah, sprang sie auf.

»*Konačno!* Endlich! Ich habe mir Sorgen gemacht! Wo habt ihr nur so lange gesteckt? Und wie seht ihr überhaupt aus?«

Wir sahen an uns herunter. Die alten Häuser und der Keller hatten ihre Spuren an unserer Kleidung hinterlassen. Staub, Schmutz und Reste von Spinnweben hingen an unseren Hemden und Hosen. Und mein Kopf pochte, als wolle er gleich explodieren.

»Alles in Ordnung«, beruhigte ich sie. »Haben Sie vielleicht etwas Kühles für meine Stirn?«

Nachdem ich mit einer eiskalten Wasserflasche versorgt war, die ich gegen meine Beule presste, erzählten wir in groben Zügen, was wir erlebt hatten.

Lidija regte sich fürchterlich auf. Was fiel uns nur ein, nachts in fremde Häuser einzubrechen? Und dann noch in die Meninski-Residenz? Das konnte doch nur das Werk dieses Burschen sein, der uns begleitet hatte! Sie hatte ja gleich gewusst, dass ihm nicht zu trauen war.

»Wo ist denn dieser Kerl überhaupt hin?«, fragte sie aufgebracht.

Ich zuckte mit den Schultern. »Keine Ahnung. Nach Hause, nehme ich an, wo immer das auch sein mag.«

»Ich habe vorhin nichts gesagt, weil er dabei war. Aber ihr sollt wissen, dass der Pomet in den Komödien von Držić kein harmloser Geselle ist. Er ist nicht nur ein charmanter Narr, sondern zugleich ein Glücksritter und Spieler, der nach Macht und Reichtum strebt. Sein ganzes Leben sucht er nach Fortuna, der Glücksgöttin, um von ihr den Schlüssel zu seinem persönlichen Glück zu erhalten. Er ist schlau, er ist witzig, er hat den Überblick und auch eine gewisse Weisheit. Aber er ist auch egoistisch und daran interessiert, genau die Macht zu erlangen, welche die anderen besitzen. Ihr könnt sicher sein: Wer auch immer das ist, der euch da in der Verkleidung Pomets hilft, er verfolgt dabei zuerst seine eigenen Interessen.«

Ich wollte sie nicht darüber aufklären, dass Pomet meiner Meinung nach kein Imitator war. Das hätte sie sowieso nicht akzeptiert. Ich hatte ja selbst meine Probleme damit. Aber ich war ihr für den Hinweis auf seinen Charakter dankbar. Auch mir kam er nicht ganz astrein vor.

»Danke für den Tipp«, sagte ich. »Ich werde das im Hinterkopf behalten, wenn er wieder auftaucht.«

Larissa holte das Buch aus ihrer Tasche.

»Das Buch der Wege«, verkündete sie.

Lidija machte große Augen. »Darf ich?«, fragte sie, und als Larissa nickte, zog sie das Buch zu sich hin und schlug es in der Mitte auf. »Das ist Arabisch«, sagte sie.

Tatsächlich waren alle Seiten des Buches mit arabischen Schriftzeichen bedeckt. Das lateinische *liber* auf dem Titel war das einzige für uns lesbare Wort.

»Wissen wir sicher, dass es sich um das Buch der Wege handelt?«, fragte ich.

»Was soll es sonst sein?« Larissas Ton war gereizt.

»Keine Ahnung. Aber es steht nirgendwo was von Wegen drauf.«

»Glaubst du, du bist der Einzige, der die Bücher finden kann?« Ihr Ton war spitz. »Vielleicht fällt es dir schwer, das zu akzeptieren, aber auch andere verfügen über diese besondere Fähigkeit!«

»Hey, hey«, versuchte ich sie zu beruhigen und zählte innerlich bis zehn. »Ich ziehe deine Fähigkeiten nicht in Zweifel. Du hast das Buch gefunden, keine Frage. Ich würde nur gern wissen, ob es auch das richtige ist. Das ist schließlich auch in deinem Interesse.«

»Vielen Dank für deine Fürsorge. Dann kannst du ja nun beruhigt sein. Denn dies *ist* das Buch der Wege. Und jetzt will ich nicht mehr darüber reden.«

Sie nahm das Buch vom Tisch und packte es wieder in ihre Tasche. »Zeigst du mir mein Zimmer?«, fragte sie Lidija.

Die Antiquarin hatte unserer Auseinandersetzung wortlos zugehört. Man merkte ihr an, dass sie etwas sagen wollte, sich aber zurückhielt. »Natürlich. Folgt mir.«

Hinter der Tür, durch die sie immer verschwand, lag eine kleine Küche. Rechts führte eine Treppe nach oben. Wir stiegen in den zweiten Stock, wo sie uns zwei winzige Schlafzimmer zuwies. »Das Bad ist eine Etage tiefer«, sagte sie.

»Hast du was dagegen, wenn ich zuerst dusche?«, fragte mich Larissa.

Ich schüttelte den Kopf. »Geh nur.«

Lidija verabschiedete sich und zog sich in ihre Wohnung im ersten Stock zurück.

Ich warf mich in meinem Zimmer aufs Bett. Ich wusste nicht, warum, aber ich war überzeugt, dass sich Larissa mit dem Buch irrte. Vielleicht sollte ich den Bücherwurm einschalten? Der konnte sicher mehr dazu sagen. Zum Beispiel, ob das Buch der Wege tatsächlich in arabischer Sprache abgefasst war. Ich beschloss, ihm eine E-Mail zu schreiben.

Larissa war noch in der Dusche. Das Handy lag zum Glück auf dem Tisch ihres Zimmers. Ich nahm es an mich und kehrte in meinen Raum zurück.

Auf dem Bett liegend, rief ich das Mailprogramm auf. Ich war noch nicht ganz so geübt im Umgang mit dem Touchscreen, und so öffnete ich versehentlich den Ordner mit den gesendeten Mails. Ich wollte ihn gleich wieder schließen, als mir auffiel, dass Larissa in den letzten Tagen erstaunlich viele Mails an eine bestimmte Adresse geschickt hatte.

Ich warf einen verstohlenen Blick über die Schulter und öffnete eine der Mails.

Ich debattierte kurz mit mir, ob sich das, was ich vorhatte, gehörte. Üblicherweise lese ich weder die Tagebücher noch die Mails von anderen Leuten. Aber diesmal gewann meine Neugier die Oberhand.

Und was ich sah, ließ mir den Atem stocken.

❧ Larissas Entscheidung ❧

In Windeseile öffnete ich alle Mails, die Larissa an besagte Adresse geschickt hatte. Die erste hatte sie verfasst, nachdem wir beschlossen hatten, nach Córdoba zu reisen. Die nachfolgenden Mails waren alle stets auf einen Zeitpunkt datiert, zu dem wir eine weitere wichtige Entdeckung bei unserer Suche gemacht hatten.

Erschüttert ließ ich das Handy sinken.

Larissa hatte jeden unserer Schritte verraten!

Sie hatte dem unbekannten Empfänger alles mitgeteilt, was wir herausgefunden hatten und wohin uns die nächste Phase unserer Suche führen würde. Leider war weder aus den Mails noch aus der Adresse ersichtlich, um wen es sich dabei handelte. Der Empfänger benutzte das Pseudonym *catatonarium* und ein Konto bei einem der großen Freemail-Anbieter.

Meine Nachricht an den Bücherwurm war vergessen. Ich musste wissen, was das zu bedeuten hatte! Bevor ich das Zimmer verließ, atmete ich zwanzig Mal tief durch. Aber selbst das reichte nicht aus, um meine Erregung wirklich zu dämpfen.

Larissa war aus der Dusche zurück und saß auf ihrem Bett, als ich eintrat. Sie trug frische Klamotten und trocknete sich gerade die Haare. Ich blieb einen Meter vor ihr stehen und hob das Handy in die Höhe.

»Willst du mir vielleicht mal erklären, wem du alle Schritte unserer Reise verraten hast?«

Sie ließ das Handtuch sinken und kniff ihre Augen zusammen. »Hast du geschnüffelt? Mal ein bisschen gucken, was und an wen die liebe Larissa so alles schreibt?«

»Ich wollte eine Mail an deinen Opa schreiben, und da ...«

»Da bist du *ganz* zufällig in den falschen Ordner geraten, ja?«

»Darum geht es doch gar nicht. Wen hast du die ganze Zeit informiert? Und warum? Meinst du nicht, ich habe ein Anrecht auf die Wahrheit? Schließlich stecke ich ebenso in der Sache drin wie du.«

Sie erhob sich und baute sich vor mir auf. »Du steckst ganz und gar nicht so drin wie ich. Oder geht es hier um *deine* Eltern?« Sie stupste mir mit dem Zeigefinger im Rhythmus ihrer Worte auf die Brust. »Es sind *meine* Eltern, und deshalb bin ich es, die die Entscheidungen trifft.«

»So war das aber nicht abgesprochen«, protestierte ich.

»Es war auch nicht abgesprochen, dass meine Eltern entführt und jahrelang gefangen gehalten werden!«

»Trotzdem will ich wissen, wem du diese Mails geschickt hast.«

Endlich nahm sie ihre Hand herunter. »Na schön. Das ändert jetzt auch nichts mehr. Für dich stehe ich ja bereits als Verräterin fest. Die Mails gingen an den Burschen im Park.«

»Den Schatten?«, rief ich. »Aber wieso?«

»Weil er mir das befohlen hat, wenn ich meine Eltern lebend wiedersehen will. Reicht das als Grund? Bei dem Brief meiner Eltern lag ein Zettel, auf dem diese Mailadresse und die Anweisung standen.«

»Und warum hast du mir nichts davon gesagt?«

»Ganz einfach: weil du bestimmt nicht damit einverstanden gewesen wärst. Außerdem ist es sowieso egal. Er bekommt doch das Buch der Wege.«

»Du willst es ihm also wirklich geben?«

»Meinst du, ich habe diesen ganzen Weg gemacht, um das Buch wieder irgendwo zu verstecken? Wofür hältst du mich?«

Ich zuckte mit den Schultern. »Das Buch kann in den Händen der Schatten großen Schaden anrichten, das weißt du.«

Larissa tigerte im Zimmer herum. »Ja, das weiß ich. Na und? Woher *wissen* wir das denn? Von irgendwelchen Gestalten, die verschwinden, sobald man sie braucht! Von Bewahrern, die vor Altersschwäche und Angst kaum laufen können! Sieh uns doch nur an! Wir reisen um die halbe Welt und rennen doch nur immer hinterher. Und wofür? Um ein paar alte Schwarten von einem Versteck ins nächste zu schleppen. Bücher, mit denen wir vielleicht unser Leben und das aller Menschen zum Besseren verändern könnten.«

»Aber diese Bücher sind gefährlich«, wandte ich ein. »Wenn es so einfach wäre, sie zum Wohle aller zu benutzen, dann hätte es doch bestimmt schon jemand versucht.«

»Weil sie alle Angsthasen sind!«, rief Larissa. »Wie soll man wissen, ob etwas funktioniert, wenn man es nie ausprobiert? Alles, was die Bewahrer tun, ist irgendwelchen Regeln gehorchen, die irgendjemand vor vielen Jahrhunderten aufgestellt hat. Und *keiner* hat den Mut, diese Regeln infrage zu stellen!«

»Und *du* willst das jetzt machen?«

»Warum nicht? Einer muss doch mal damit anfangen. Sieh *dich* doch an! Du trottest folgsam wie ein Kamel durch Europa und weißt in Wirklichkeit gar nicht, was du tust! Vielleicht sind diese Bewahrer nur eine Legende! Und wenn es sie gibt – wer weiß denn, was sie tatsächlich vorhaben? Wieso müssen wir denn die Bücher überhaupt finden? Wenn diese Gerrits und Pomets und Mauren so schlau sind, dann könnten sie das doch auch ohne unsere Hilfe tun!«

Das waren Fragen, die ich mir natürlich auch schon gestellt hatte. Aber im Gegensatz zu Larissa hatte ich für mich eine klare Antwort gefunden. Und die hatte nichts mit komplizierten Überlegungen, sondern nur mit Instinkt zu tun. Ich *fühlte* einfach, dass ich Gerrit vertrauen konnte. Und dem Mauren. Nur bei Pomet war ich mir noch nicht so sicher.

»Und was hast du jetzt vor?«, fragte ich. »Willst du in Zukunft die Vergessenen Bücher für *dich* suchen? Oder für dich und deinen *Brieffreund*?« Den kleinen Hieb konnte ich mir nicht verkneifen.

Sie stemmte die Arme in die Hüfte. »Mein *Brieffreund* zieht zumindest nicht den Schwanz ein und sagt zu allem Ja und Amen. Er trifft seine eigenen Entscheidungen. Und das werde ich ab jetzt auch tun.«

»Aber es *war* unsere eigene Entscheidung, uns auf die Seite der Bewahrer zu schlagen!«

»Dann korrigiere ich die hiermit. Es hat meinen Eltern nicht geholfen, es hat meinem Opa nicht geholfen, und dir wird es auch nicht helfen. Ich habe andere Pläne für die Zukunft.«

Sie setzte sich aufs Bett und zog ihre Sneakers an.

»Wo willst du hin?«, fragte ich alarmiert.

»Du bist zu anständig«, erwiderte sie. Sie stand auf und nahm mir das Telefon aus der Hand. »Hättest du auch die eingehenden Mails gelesen, dann wüsstest du, wohin ich jetzt gehe. Aber so sind sie eben, die Bewahrer. Und deshalb verlieren sie auch immer.«

»Du willst den Schatten treffen? Hier? Allein?« Ich konnte mein Entsetzen nicht verbergen.

Larissa lachte freudlos. »Dich kann ich nicht gebrauchen. Du würdest nur versuchen, mich aufzuhalten. Und das könnten meine Eltern nicht überleben.«

Sie nahm ihre Tasche und ging zur Tür. Ich fühlte mich völlig hilflos. Was sollte ich tun? Sie festhalten? Damit würde ich sie nicht aufhalten können. Aber ich durfte sie doch auch nicht einfach losgehen und das Buch der Wege dem Schatten aushändigen lassen!

»Larissa«, bat ich sie inständig. »Warte noch. Lass uns in Ruhe darüber sprechen.«

»Es ist alles gesagt, Arthur.« Sie öffnete die Tür. »Und versuch nicht, mir zu folgen. Ich hänge dich sowieso ab.«

Sie zog die Tür hinter sich zu und ließ mich stehen. Es stimmte: Einholen konnte ich sie nicht, wenn sie es sich in den Kopf gesetzt hatte, mir zu entkommen. Aber das hieß nicht, dass ich sie einfach ziehen ließ. Dabei ging es mir noch nicht einmal so sehr um das Buch. Es ging mir um Larissa.

Seit dem Treffen mit dem Schatten hatte sie sich innerlich immer weiter von mir, dem Bücherwurm und den Bewahrern entfernt. Ob die Ursache dafür die Sorge um ihre Eltern war oder ob der Schatten einen unbekannten Einfluss auf sie ausübte, das konnte ich nicht beantworten. Fest stand nur, dass das nicht die Larissa war, die ich in den letzten Jahren schätzen und respektieren gelernt hatte.

Und ich war es ihr einfach schuldig, sie vor der größten Dummheit ihres Lebens zu bewahren.

Dabei konnte mir nur einer helfen: Pomet. Jetzt musste er zeigen, auf welcher Seite er stand.

Fünf Minuten später schlich ich mich die Treppen hinunter. Ich wollte Lidija nicht aufschrecken. Meine Vorsicht war allerdings vergeblich, denn sie wartete unten im Laden bereits auf mich.

»Hier herrscht heute mehr Kommen und Gehen als sonst in einem Monat«, sagte sie, und es sah nicht so aus, als sei sie zum Scherzen aufgelegt.

»Eine Notlage«, erwiderte ich. »Ich muss dringend raus.«

»Und wohin musst du so eilig?«

Auf diese Frage wusste ich keine Antwort. Weder kannte ich Larissas Ziel, noch hatte ich eine Ahnung, wo ich Pomet finden könnte.

Sie strich sich irritiert mit der Hand durchs Haar. »Ich habe eine Verantwortung gegenüber Larissas Großvater. Wie soll ich der gerecht werden, wenn ihr euch davonstehlt? Habt ihr ihn eigentlich schon angerufen, seitdem ihr hier seid?«

Schuldbewusst schüttelte ich den Kopf. Ich wollte ihm immerhin eine Mail schreiben, aber das hatte ich nach meiner schockierenden Entdeckung völlig vergessen. Und jetzt war keine Zeit mehr dafür.

»Weißt du wenigstens, wo deine Freundin hingegangen ist?«

»Das versuche ich gerade herauszufinden«, sagte ich.

»Das bedeutet, sie läuft im nächtlichen Dubrovnik herum, und wir haben keine Ahnung, wo sie ist?«

Wieder nickte ich bloß. Die ganze Situation war völlig verfahren. Ich hatte dem Bücherwurm versprochen, auf Larissa aufzupassen. Und jetzt? Sie war kurz davor, zu den Schatten überzulaufen, in der Tasche ein Buch, welches sie für das Buch der Wege hielt, wovon ich aber nicht überzeugt war. Ebenso war ich mir sicher, dass sie ihrem Ziel, ihre Eltern wiederzusehen, damit keinen Millimeter näher kam. Wenn ich ihr überhaupt noch helfen wollte, durfte ich nicht noch mehr Zeit verlieren.

»Ich muss los«, sagte ich und ging auf die Tür zu.

Lidija machte keine Anstalten, mich zurückzuhalten. »Einfach so?«, fragte sie. »Habe ich als eure Gastgeberin nicht zumindest das Recht auf eine Erklärung?«

»Später«, erwiderte ich und öffnete die Tür. »Jetzt ist dafür leider keine Zeit.«

Wohl fühlte ich mich nicht dabei, sie so kurz abzufertigen, aber ich musste Pomet finden. Vorsichtig trat ich auf die menschenleere Gasse. Von den Drillingen war nichts zu sehen. Einen Moment lang stand ich unentschlossen da. Wo sollte ich nach Pomet suchen? Dann fiel mir die Kirche ein, in der ich ihn zum ersten Mal getroffen hatte. Vielleicht trieb er sich dort in der Nähe herum.

Im kargen Licht der Straßenlaternen ging ich die Gasse hinaus bis zur nächsten Ecke und bog nach rechts ab. Von irgendwoher hörte ich ein Jazzpiano und leises Stimmengewirr aus einer der vielen Bars der Stadt. Ein Blick zurück auf den hell erleuchteten Stradun zeigte mir, dass dort auch um diese Stunde noch jede Menge Menschen unterwegs waren.

Ich marschierte so schnell ich konnte die Gasse entlang. Mein Schatten wanderte um mich herum, je nachdem wo ich mich zwischen den Lampen befand. Zwei lachende Pärchen kamen mir entgegen, offenbar auf dem Weg zur nächsten Bar.

Wären die elektrischen Straßenlampen und die Menschen nicht gewesen, ich hätte mich wie im Mittelalter gefühlt. Die von den Jahrhunderten blank gewetzten Steine der Häuser und der Gasse spiegelten sich hier und da im Licht der Laternen. Über mir wehten die dunklen Schatten der Wäsche wie schwarze Pestfahnen in der leichten Brise, die vom Meer her kam.

Vielleicht war vor vielen Hundert Jahren ein anderer Bewahrer genau diesen Weg entlanggelaufen, ebenfalls auf der Flucht oder auf der Suche. Hatte er sich wohl auch so verzweifelt gefühlt wie ich? Wenn ich Pech hatte, konnte ich die ganze Nacht durch die Stadt laufen, ohne auf Larissa oder Pomet zu stoßen.

Ich erreichte eine Kreuzung, an der links eine Treppe hinauf in das unwirtliche Dunkel am Fuß der Stadtmauer führte. Dort gab es entweder keine Laternen oder sie waren außer Betrieb. Ich wollte gerade nach rechts abbiegen, als ich jemanden auf der Treppe eine Melodie pfeifen hörte.

Meine erste Reaktion war, umzudrehen und davonzulaufen. Aber ich war heute schon zu viel gerannt. Es war ermüdend, immer auf der Flucht zu sein. Wahrscheinlich war es nur ein harmloser Bürger. Ich ignorierte das Geräusch und schlug den Weg in Richtung Stradun ein.

Die Gasse war ebenfalls menschenleer und ausgesprochen schlecht erleuchtet. Ich hörte das Pfeifen hinter mir näher kommen und beschleunigte meine Schritte möglichst unauffällig. Doch das reichte nicht. Der Pfeifer schien deutlich besser zu Fuß zu sein als ich. Mein Herz begann, schneller zu schlagen. Ich wollte mich gerade umdrehen, als eine Stimme sagte: »Wer macht die Runde zu später Stunde? Der junge Meister irrt umher, als wenn er auf der Suche wär.«

Pomet tauchte neben mir auf und strahlte mich an. Mir fiel gleich ein ganzer Steinbruch vom Herzen. »Pomet! Dich habe ich gesucht! Wir müssen Larissa finden!«

»Die junge Frau? Ist sie verschwunden?« Er zog fragend die Augenbrauen hoch.

»Sie ist auf dem Weg, sich mit einem Schatten zu treffen!«, rief ich. »Und sie will ihm eines der Vergessenen Bücher geben.«

Pomets Gesicht wurde schlagartig ernst. »Ein Schatten in Ragusa, das hat es lange nicht gegeben.«

»Du meinst, es war schon einmal einer von ihnen hier?«

Er nickte. »Es war eine schwere Zeit. Und sie hat Opfer gekostet. Einer von uns hat die Seiten gewechselt und musste für diese Tat büßen.«

Ich hätte gern mehr erfahren, aber dafür fehlte jetzt die Zeit. »Und hast du eine Idee, wo sich der Schatten rumtreiben könnte?«

Pomet machte ein nachdenkliches Gesicht. »Nun, damals war es so, dass er die Stadt nicht betreten konnte. Ich weiß nicht, warum und ob das heute noch gilt. Man hatte einen Treffpunkt vereinbart, der Innen und Außen verband.«

»Also irgendwo an der Stadtmauer?«, vermutete ich.
Pomet nickte. »Damals war es Fort Bokar, soweit ich mich entsinnen kann. Mein Gedächtnis ist auch nicht mehr das beste ...«

»Dann nichts wie hin!«, rief ich. Ich wusste ungefähr, wo Fort Bokar lag. Es war ein Festungsturm in der Nähe des Pile-Tors, durch das ich die Stadt zum ersten Mal betreten hatte.

Pomet, der sich in den dunklen Gassen besser zurechtfand als ich, übernahm die Führung. Bereits nach wenigen Minuten durchschritten wir das Stadttor. Wir liefen die Treppen hinunter zu dem kleinen Park, der zwischen der Außen- und der Innenmauer lag, und unter der Zugbrücke hindurch, bis wir eine Bucht erreichten. Direkt vor uns ragte die Bokar-Festung wie ein dunkler Schatten auf. Rechts über uns lag ein Restaurant, dessen helle Lichter bis zu uns herabstrahlten.

»Und wie kommen wir jetzt da rein?«, fragte ich Pomet.

Er deutete auf den kleinen Strand, auf dem ein paar umgestürzte Ruderboote lagen. »Übers Wasser. Siehst du die Öffnung im Felsen, auf dem die Festung steht?«

Ich starrte auf das Fort. Es war auf einem Felsvorsprung errichtet worden, der über die Stadtmauer herausragte. Die Öffnung konnte ich mehr ahnen als erkennen. Sie lag nur vier oder fünf Meter vom Ufer entfernt.

»Ist es nicht schneller, wenn wir dorthin waten?«

»Das würde ich nicht empfehlen. Das Wasser ist recht tief und außerdem sind wir dann hinterher nass.«

Das war mir in diesem Moment völlig egal. Aber ich wollte auf Pomets Begleitung nicht verzichten. Also liefen wir zu einem der Boote, drehten es um und schoben es ins Wasser.

Mit wenigen Schlägen brachte ich uns bis vor die Einfahrt in den Felsen. Ich legte die Ruder an und wir glitten lautlos auf dem Wasser ins Dunkel hinein.

Ich zog meine Taschenlampe hervor und knipste sie an. Wir befanden uns in einem Gewölbe, an dessen einer Seite eine Steintreppe in die Festung hinaufführte. Durch den Schwung, den wir bei der Einfahrt hatten, waren wir daran schon fast vorbeigerauscht. Ich hob die Ruder, bis sie die Wände des Tunnels berührten und uns abbremsten. Pomet beugte sich zur Treppe vor und zog uns langsam näher heran.

Sobald das Boot einigermaßen zur Ruhe gekommen war, sprang ich ans Ufer. Pomet, der mir katzengleich gefolgt war, legte eine Hand auf meinen Arm und deutete auf sein Ohr. Ich blieb stehen und lauschte. Über uns hörte ich gedämpfte Stimmen.

Ich deckte das Glas der Taschenlampe mit einer Hand ab und wir eilten die Treppe empor. Sie mündete in einen Raum mit hohen, gemauerten Bögen, hinter denen weitere Räume verborgen lagen. Die Stimmen waren jetzt deutlicher zu vernehmen. Sie kamen aus der Richtung des Durchgangs, der direkt vor uns lag.

Wir näherten uns vorsichtig. Dahinter führte erneut eine Treppe in die Höhe. Wir stiegen auch sie empor und erreichten einen weiteren Torbogen, durch den ein matter Lichtschein fiel. Er spendete genug Helligkeit, dass ich die Taschenlampe ausschalten konnte.

Die Stimmen waren jetzt klar zu unterscheiden. Sie kamen aus dem nächsten Raum. Von dort wehte uns auch ein heißer Luftzug entgegen, der trotz der nächtlichen Hitze deutlich zu spüren war. Auf Zehenspitzen näherte ich mich der Säule und schob langsam meinen Kopf um die Ecke.

Vor mir lag ein großes Gewölbe, dessen Decke sich in der Dunkelheit verlor. Zwischen zwei Bauscheinwerfern, die vor einer Wand aufgebaut waren, zeichnete sich, halb im Schatten versunken, die Gestalt ab, der ich bereits im Park begegnet war. Wie damals bot die Figur auch diesmal kein klares Bild, sondern verschwamm immer wieder vor meinen Augen.

Dem Unbekannten gegenüber stand Larissa, in der Hand das Buch, das wir im Meninski-Haus gefunden hatten. Zwei

Meter von ihr entfernt hatten die Karasamoff-Drillinge und Pontus Pluribus Position bezogen.

»Du hast deine Entscheidung bereits gefällt, das kann ich spüren«, dröhnte es in meinem Kopf. Das war die Stimme des Schattens, die mir heute noch kräftiger vorkam als bei unserer ersten Begegnung.

»Das ändert nichts an meiner Forderung«, sagte Larissa mit Entschiedenheit. »Wer garantiert mir, dass du dein Wort hältst?«

»Wenn du auf meiner Seite stehst, benötigst du keine Garantien mehr.« Der Sprecher schien sich nun fast völlig aufzulösen, erschien dann aber wieder. Ich fragte mich, ob Larissa immer noch der Meinung war, dies sei ein holografischer Effekt.

»Und was geschieht mit mir auf deiner Seite? Nimmst du mich dahin mit, wo meine Eltern sind?«

»So einfach ist das nicht. Die Wege, die wir benutzen, sind nicht für jeden offen.«

»Dann soll ich dir also das Buch geben und du verschwindest und lässt mich hier zurück.«

»Ich werde dir Schutz bieten. Und wenn die Zeit gekommen ist, wirst du gerufen werden.«

»Das ist mir zu wenig«, konstatierte Larissa. »Und überhaupt: Was machen diese Gestalten hier?« Sie wies auf Pluribus und die Drillinge. »Stehen sie in deinem Sold?«

Pluribus machte einen Schritt nach vorn. »Was verhandelst du denn mit ihr?«, fragte er den Schatten ungeduldig. »Sie hat das Buch und ist uns ausgeliefert. Wir sind bereit, dir zu folgen. Lass uns das Buch nehmen und verschwinden!«

Mit einer Geschwindigkeit, die ich ihm nicht zugetraut hätte, überbrückte er die Entfernung zu Larissa und riss ihr das Buch aus der Hand. Triumphierend hielt er es in die Höhe und trat auf den Schatten zu.

»Hier ist es! Das Buch der Wege! Ich lege es in deine Hände.«

Die Reaktion des Unbekannten kam für uns alle überraschend. Aus der unscharfen, wabernden Form materialisierte sich ein klar erkennbarer Arm. Er schoss vor, und der Schlag traf Pluribus mitten ins Gesicht. Der Hagere schrie auf, ließ das Buch fallen und ging in die Knie. Die Drillinge wollten ihm zu Hilfe eilen, doch die Stimme des Schattens brachte sie zum Stehen.

»Wagt es nicht, näher zu kommen!«, donnerte er. Pluribus richtete sich mühsam auf und bedeutet seinen Helfern mit einer Handbewegung, dort zu bleiben, wo sie standen. Blut lief aus seiner Nase und einer Platzwunde auf der Wange. Ohne das Buch, das vor ihm auf dem Boden lag, zu beachten, taumelte er auf wackligen Beinen bis an die gegenüberliegende Wand zurück.

»Kennst du nicht das Gesetz?«, fuhr der Unbekannte die Vogelscheuche an. »Ein Schatten darf die Bücher nur von einem Bewahrer entgegennehmen. Hätte ich das Buch berührt, so wäre der Fluch von Jahrtausenden über mich gekommen!«

Pluribus antwortete nicht. Er hielt sich die schmerzende Wange und jammerte leise vor sich hin.

Ich fragte mich, in welcher Beziehung Pluribus zu dem Schatten stand und wie er hierhergekommen war. War er Larissa lediglich gefolgt? Oder hatte er schon vorher Kontakt zu dem Unbekannten aufgenommen? Wie die Szene soeben bewiesen hatte, schienen die beiden jedenfalls nicht gerade auf gutem Fuß miteinander zu stehen.

»Zurück zu unserem Geschäft«, meldete sich Larissa zu Wort. »Ich habe alles getan, was du wolltest. Jetzt bist du an der Reihe.«

»Gib mir das Buch!«, forderte sie der Schatten auf.

Seine Stimme hatte sich verändert. War sie noch vor Sekunden herrisch und unerbittlich gewesen, so hatte sie nun einen betörenden Klang angenommen.

»Meine Eltern«, sagte Larissa.

»Du wirst deine Eltern wiedersehen. Und du wirst nicht länger auf der Seite der Verlierer stehen. Gib mir das Buch.«

Larissa machte einen kleinen Schritt auf das Buch zu. War sie wirklich bereit, es dem Schatten auszuhändigen? Dann war alles verloren. Ich sprang aus meinem Versteck hervor.

»Larissa!«, rief ich. »Gib es ihm nicht!«

Sie fuhr herum und starrte mich überrascht an. Gut. So war sie erst mal von dem Buch abgelenkt.

»Du?!«, dröhnte der Schatten, und in seiner Stimme lag nichts Schmeichlerisches mehr. Doch sofort kehrte er zu seinem vorherigen Tonfall zurück. »Du wirst uns nicht aufhalten können. Deine Freundin hat sich bereits entschieden. Du kommst zu spät.«

»Er betrügt dich nur, Larissa!« Verzweifelt überlegte ich, wie ich sie davon überzeugen konnte, ihm das Buch nicht zu geben. »Er will nur das Buch! Deine Eltern und du, ihr seid ihm doch völlig egal!«

»Ich bin müde, Arthur«, erwiderte sie. Ihre Schultern waren nach vorn gesunken. Sie stand da wie ein Häufchen Elend, und plötzlich hätte ich nichts lieber getan, als sie in den Arm zu nehmen.

»Jeder will, dass ich das tue, was er gern möchte«, fuhr sie fort. »Du, mein Opa, der Schatten. Jetzt bin ich an der Reihe zu entscheiden. Ich mache das, was ich für richtig halte. Wenn es einem von euch in den Kram passt, fein. Wenn nicht, dann müsst ihr euch trotzdem damit abfinden.«

»Aber was ist, wenn deine Entscheidung falsch ist?«, flehte ich sie an. »Was meinst du, warum deine Eltern, sofern sie noch leben, so lange gefangen gehalten werden? Sie hatten auch die Möglichkeit, den Schatten das Buch zu bringen. Aber ich bin sicher, sie haben sich dagegen entschieden.«

»Woher willst du das wissen?« In ihren Augen blitzte der Ärger. Das war mir bedeutend lieber als die resignierte Larissa, die ich soeben noch vor mir gehabt hatte.

»Ich weiß es einfach«, erwiderte ich.

»Und ich weiß es auch«, sagte eine Stimme hinter mir.

Es war Pomet. Unbemerkt von uns hatte er sein Versteck verlassen und war zu uns getreten. Sein Blick wechselte unruhig zwischen dem Schatten und Larissa hin und her.

»Du wagst es, mir unter die Augen zu treten, Narr?« Das Flackern des Schattens verstärkte sich um ein Vielfaches. »Hast du vergessen, was damals geschehen ist?«

»Ich habe ein gutes Gedächtnis, Herr«, antwortete Pomet und schlug die Augen nieder. Nervös trat er von einem Fuß auf den anderen. »Ich will Euch auch nicht verärgern. Doch kann ich nicht am Rande stehen und unbeteiligt zusehen.«

»Seit wann hast du ein Gewissen? Hast du die Suche nach Fortuna aufgegeben und übst dich jetzt im Gemeinwohl?«

»Fortuna, Herr, ist eine launische Göttin. Sie nimmt vielerlei Formen an. Und heute steht sie vor mir in der Gestalt dieser Kinder.«

»Hah! Dann hat die Zeit dich wirklich weich geklopft! Nun gut, du wirfst das Letzte weg, das du besitzt. Mach dich bereit!« Mit diesen Worten verwandelte sich die wabernde Form in einen Wirbel aus Farben, aus dem sich langsam ein dünner Schwaden löste, der in Pomets Richtung schwebte.

»Halt!«, rief Larissa. »Warum soll er nicht sagen, was er weiß? Ich will es hören.«

Der Schwaden verschwand so schnell, wie er gekommen war, in dem Wirbel, der gleich darauf wieder menschliche Umrisse annahm.

»Er ist ein Lügner von Geburt und ein Betrüger von Beruf«, sagte der Schatten. »Er will dich irreführen, damit du deinen gewählten Weg verlässt.«

»Stimmt das?«, fragte Larissa und sah Pomet an.

Er nickte traurig. »Es ist wohl wahr, was Seine Hoheit sagt. Lug und Trug sind meine Begleiter, sie machen mich zu dem, was ich bin.« Seine Augen fingen wieder Feuer. »Doch liegt darunter noch ein anderer Pomet. Und der ist es, der jetzt zu Euch spricht.«

»Du wolltest etwas über meine Eltern sagen?«

»Sie waren hier. Schon viele Jahre ist es her, doch hab ich sie getroffen. Wie Ihr suchten sie das Buch der Wege.« Er deutete auf den Schatten. »Nicht, um es ihm zu geben. Sondern um es vor ihm und seinesgleichen in Sicherheit zu bringen. Aber sie haben es nicht entdeckt.«

»Warum hast du das nicht eher erzählt?« Larissa war an Pomet herangetreten und rüttelte ihn mit beiden Händen. »Hast du mit ihnen gesprochen? Weißt du, was geschehen ist?«

»Ich habe sie begleitet, so wie ich Euch begleite«, erwiderte er. »Sie wollten in die Wüste, um dort mit jemandem zu verhandeln. Ich habe versucht, sie davon abzubringen, doch hörten sie nicht auf mich. Und jetzt sind sie in *seiner* Gewalt.« Er deutete auf den Schatten.

»Aber du kannst sie befreien«, sagte der Schatten, jetzt wieder mit schmeichelnder Stimme. »Sieh dir diese Verlierer an. Der Narr jagt seit Jahrhunderten dem Schlüssel Fortunas nach und findet ihn nicht. Der kleine Bewahrer irrt durch die Welt und weiß nicht, was er eigentlich tut. Dir biete ich das Glück und deine Eltern an, denn du bist stärker als sie alle. Du brauchst nur zuzugreifen.«

»Larissa, glaub ihm nicht!« Ich stellte mich zwischen sie und den Schatten. »Willst du das alles zurücklassen? Unsere Freunde, deine und meine Freundschaft? Ich schwöre dir, wir werden deine Eltern finden. Ich werde alles dafür tun, und Pomet und die anderen werden uns dabei helfen. Aber wenn du ihm jetzt das Buch gibst, braucht er dich nicht mehr. Und du wirst deine Eltern nie wieder sehen.«

Sie betrachtete mich schweigend. Für einen Moment standen wir da wie eine Skulpturengruppe: Pluribus und die Drillinge hinten an der Wand, Pomet mit ausgestreckter Hand, der Schatten ausnahmsweise einmal fast unbewegt, Larissa und ich. Dann brach sie den Bann.

»Ich habe mich entschieden«, sagte sie.

Sie ging an mir vorbei und hob das Buch auf.

❖ In der Höhle des Löwen ❖

Ich stand da wie vom Schlag gerührt.

Larissa hielt das Buch in der Hand und starrte einen Augenblick auf den Titel. Dann drehte sie sich um und streckte es mir hin.

»Hier. Du steckst das besser ein.«

Ich konnte zunächst nicht reagieren. Einen Moment lang hatte ich sie mit dem Buch zu den Schatten überlaufen sehen. Jetzt gab sie es mir.

»Nun nimm schon!«, wiederholte sie und drückte mir das Buch in die Hand. Das erweckte mich wieder zum Leben. Ich nahm es ihr ab und wollte gerade meine Tasche öffnen, als der Schatten explodierte.

Zumindest hörte es sich so an. An der Stelle, wo soeben noch menschliche Umrisse sichtbar waren, hatte sich erneut ein Wirbel gebildet, aus dem ein lang gezogenes Heulen drang. Schneller und schneller drehte er sich und dehnte sich dabei unaufhörlich aus. Schlagartig verdüsterte sich das Gewölbe. Der Wirbel schien den Lichtschein der beiden Baulampen einfach zu verschlucken. Wir wichen zurück, bis wir fast unter dem Torbogen standen, der in Richtung Treppe führte.

»Wenn Ihr keine Geschäfte mehr hier habt, dann schlag ich

vor, wir nehmen unseren Hut«, sagte Pomet. Dem konnte ich mich nur anschließen. Ich hielt bereits meine Taschenlampe in der Hand. Als ich ihren Lichtstrahl in den Raum richtete, verschwand er sofort im schwarzen Nichts.

»Tempo, Tempo!«, rief ich. Pomet war schon um die Ecke verschwunden, und ich stieß Larissa, die noch wie gebannt auf den Wirbel starrte, hinter dem Narren her. Das Licht im Gewölbe war jetzt völlig erloschen. Lediglich ein mächtiges Rauschen und ein immer lauter werdendes Geheul waren zu vernehmen.

Ich wartete nicht ab, bis es mich erreicht hatte, und sprang hinter Larissa und Pomet her. Sobald ich die Taschenlampe in eine andere Richtung drehte, war der Lichtstrahl wieder da.

Pomet brachte uns durch einen weiteren Raum zu einer Treppe, die allerdings nicht nach unten, sondern nach oben führte.

»Laufen wir nicht zum Boot zurück?«, fragte ich atemlos.

»Wir müssen zum Licht, bevor das Dunkel uns erreicht«, erwiderte er, und seine Stimme klang zum ersten Mal, seitdem ich ihn kennengelernt hatte, furchtsam.

Wir stürmten die Treppe empor. Sie machte einen Knick, ging weiter und mündete in einen Gang, dessen Ende durch eine Metalltür versperrt wurde.

Larissa zog bereits im Laufen ihr Dietrichset aus der Tasche. Sobald wir die Tür erreicht und festgestellt hatten, dass sie verschlossen war, begann sie mit ihrer Arbeit.

Das Heulen, das mit zunehmender Entfernung leiser geworden war, nahm wieder an Intensität zu. Pomet sprang nervös von einem Fuß auf den anderen.

»Er ist bereits im Gang, edles Fräulein. Könnt Ihr Euer

Handwerk etwas beschleunigen? Sonst werden wir noch alle der Dunkelheit zum Opfer fallen.«

Larissa antwortete nicht, sondern arbeitete konzentriert weiter. Ich warf einen Blick über die Schulter. Der Gang hinter uns war nicht erleuchtet, aber mir schien die Finsternis am anderen Ende noch tiefer und schwärzer zu sein als auf unserer Seite. Eine Hitzewelle rollte auf uns zu und trieb mir den Schweiß aus allen Poren. Ich musste mich an der Wand abstützen und hatte das Gefühl, gleich ohnmächtig zu werden. Auch Pomet hörte zu hüpfen auf.

»Geschafft!« Larissa stieß die Tür nach außen auf. Wir taumelten in einen kleinen Innenhof, der von hohen Mauern umgeben war. Ein blasser Mond, der immer wieder hinter den Wolken verschwand, tauchte alles in ein kaltes Licht. Ich sog die frische Luft in vollen Zügen ein.

Auf der gegenüberliegenden Seite führte eine Türöffnung in einen viereckigen Turm, der bis zur Stadtmauer emporragte. Pomet schritt zielsicher darauf zu. »Hierher wird er uns nicht folgen. Doch sollten wir noch etwas Abstand legen zwischen ihn und uns. Die Himmel ziehen sich zu.«

Offenbar schwächte das Mondlicht die Kräfte des Schattenwirbels. Er war uns jedenfalls nicht aus der Tür gefolgt, die immer noch offen stand. Als wir eben im Turm gegenüber verschwinden wollten, hörten wir noch einmal die dunkle Stimme, die uns quer über den Hof nachhallte.

»Ihr lauft, aber ihr könnt nicht weglaufen. Jeder Weg führt euch zu uns zurück. Und beim nächsten Mal gibt es kein Entkommen mehr«, heulte er uns hinterher.

Wir liefen die Steintreppe im Turm hoch, ohne uns weiter

um seine Worte zu kümmern. Als wir auf der Stadtmauer herauskamen und in den Hof blickten, lag dieser verlassen im Mondlicht. Vom Schatten war keine Spur mehr zu sehen.

Ich lehnte mich gegen die Mauerbrüstung. Das Herz schlug mir bis zum Hals. »Jetzt müssen wir nur noch hier herunterkommen.«

»Ihr kennt doch den Weg«, grinste Pomet, der offenbar wieder bei bester Laune war.

»Der Getränkekorb? Auf keinen Fall!« Ich schüttelte energisch den Kopf. »Das mache ich nicht noch einmal.«

»Wovon sprecht ihr beiden eigentlich?«, fragte Larissa.

Bevor ich antworten konnte, hörten wir ein Geräusch im Hof. Aus der Tür der Festung traten Pluribus und die Drillinge in den Hof. Wir reagierten nicht schnell genug. Einer der drei riss den Arm hoch. »Da sind sie!«

Sofort rannten sie auf den Turm zu. Damit war unsere kurze Verschnaufpause auch schon wieder vorbei. Mit Pomet vorweg liefen wir über die Stadtmauer in Richtung Hafen.

Die Wolken waren dichter geworden und verdeckten den Mond jetzt fast vollständig. Erste dicke Regentropfen begannen zu fallen. Wir mussten aufpassen, um in der Dunkelheit nicht zu stolpern.

Nach wenigen Minuten erreichten wir die Stelle, an der sich das Ruinengrundstück bis an die Mauer hochzog. Pomet hielt an. »Schnell, verbergt Euch hinter den Ruinen«, drängte er uns. »Ich werde die Verfolger ablenken.«

Wir sprangen über die Mauerbrüstung hinunter auf die Wiese. Kurz vor uns ragte eine einsame Hauswand mit einer leeren Fensteröffnung auf, hinter der wir uns versteckten. Ich reckte meinen Kopf vorsichtig bis zum Fenster. Pomet war bereits weitergelaufen. Trotz der Dunkelheit konnte ich die Umrisse unserer vier Verfolger erkennen, die dem Narren folgten. Erst als sie außer Sichtweite waren, verließen wir unsere Deckung.

Der Regen hatte sich inzwischen in einen Wolkenbruch verwandelt. Wir stolperten über das Ruinengelände und ich rutschte auf dem nassen Gras aus und fiel mit dem Arm auf einen kantigen Stein. Nur mit Mühe unterdrückte ich einen Schmerzensschrei. Larissa half mir auf, und wir suchten uns vorsichtig unseren Weg zwischen den Hindernissen, bis wir endlich eine Gasse erreichten.

Mein lädierter Arm pochte, ich war klitschnass und hundemüde. Inzwischen war es zwei Uhr morgens und die letzten Nachtschwärmer waren von dem Regenguss vertrieben worden. Wir drückten uns so eng wie möglich an die Häuserwände, die allerdings nicht wirklich Schutz boten. Der Regen ließ erst nach, als wir kurz vor der Kreuzung mit der Gasse ankamen, in der sich der Laden von Lidija Pjorotić befand. Hier schoss das Wasser wie ein Sturzbach in breiten Rinnsalen in Richtung Stradun herunter. Wir überlegten noch, wie wir trockenen Fußes bis zur Ladentür gelangen sollten, als aus dem Schatten eines Torbogens auf der gegenüberliegenden Seite der Gasse eine Gestalt hervortrat.

Es war Onofre Zafón!

Wie war das möglich? Noch vor wenigen Minuten hatten wir die Drillinge auf der Stadtmauer gesehen, in wilder Verfolgung von Pomet. So schnell konnte keiner von ihnen hierhergelangt sein. Es sei denn …

Der Vierling – denn das musste er sein – hielt eine Pistole

in der Hand. Ich überlegte, ob wir die Flucht wagen sollten, aber da kam er auch bereits über den Wasserlauf gesprungen und stand neben uns.

»Schon überraschend, wen man zu so später Stunde noch auf der Straße trifft«, grinste er hämisch. »Jetzt geht's in die andere Richtung!« Er machte eine Bewegung mit seiner Pistole.

Es ging denselben Weg, den wir gekommen waren, wieder zurück. »Die statistische Wahrscheinlichkeit für eineiige Vierlinge beträgt eins zu dreieinhalb Milliarden«, bemerkte Larissa trocken. »Und da soll noch mal einer behaupten, ein Sechser im Lotto sei unwahrscheinlich.«

Zumindest hatte sie ihren Humor wiedergefunden. Das beruhigte mich ein wenig.

Der vierte Karasamoff hielt sich einen guten Meter hinter uns. Er hatte sein Mobiltelefon herausgeholt und sprach mit jemandem auf Russisch. Wahrscheinlich informierte er seine Brüder über unsere Gefangennahme.

Er dirigierte uns durch mehrere Seitengassen bis zum Platz des großen Onofrio-Brunnens vor dem Stadttor. Der vor Nässe funkelnde Stradun lag völlig verlassen da. Dies war die Stunde, in der alle schliefen – bis auf Ganoven und die Sucher der Vergessenen Bücher.

An der Bushaltestelle warteten zwei dunkle Limousinen auf uns. Wir wurden von unserem Bewacher auf den Rücksitz des zweiten Fahrzeugs gestoßen. Vorne saßen zwei der Vierlinge, und unser Mann stieg hinten zu uns ein. Pluribus und der letzte der Brüder befanden sich in dem anderen Wagen.

Kaum war die Tür hinter uns zugefallen, als die Fahrer auch schon Gas gaben. Wir verließen die Altstadt auf derselben

Straße, die ich bei meiner Ankunft hereingelaufen war. Es schien mir Ewigkeiten her zu sein, dabei war seitdem gerade einmal ein Tag vergangen.

Die Morgendämmerung begann den Nachthimmel zu vertreiben. Niemand im Auto sprach. Wir fuhren am Hafen vorbei und dann einen Hügel empor, entlang an kleinen Häusern und prächtigen Villen. Dies war die Halbinsel Lapad, die Touristenregion von Dubrovnik und gleichzeitig der Wohnsitz vieler Millionäre. Vor einer Steinmauer mit einem gusseisernen Flügeltor stoppten die Fahrzeuge.

Unser Fahrer zog sein Handy heraus und wählte eine Nummer. Dann sprach er einige Worte auf Kroatisch, und das Tor vor uns öffnete sich. Wir fuhren einen gepflegten Kiesweg hoch, der von Palmen und Zedern gesäumt wurde, und hielten vor einer Villa an. Sie war gewiss zwanzig Meter breit und aus dem gleichen Stein gemauert wie die Häuser in der Altstadt. Die rotbraunen Holzfenster waren lang und schmal und liefen in maurischen Bögen aus.

Vor der geöffneten Tür warteten zwei Männer mit kantigen Gesichtern auf uns. Sie trugen spiegelnde Sonnenbrillen, dunkelblaue Anzüge, weiße Hemden und blaue Krawatten. Ihre Haare waren fast bis auf die Kopfhaut abrasiert.

»Bodyguards«, flüsterte mir Larissa zu, während uns unser Bewacher aus dem Auto scheuchte. »Hier muss ein wichtiger Mensch wohnen.«

Ich fand das nicht sehr beruhigend. Die Gorillas standen nicht da, um uns zu beschützen, sondern um uns an der Flucht zu hindern. Und sie waren ein anderes Kaliber als Pluribus oder die Vierlinge, das erkannte ich sofort.

Die Vogelscheuche und die Karasamoffs trieben uns durch die Tür in eine große Vorhalle. Der Boden war mit teuren Fliesen bedeckt, und schlanke Marmorsäulen mit Verzierungen aus Blattgold bildeten ein Spalier vor einer Treppe, die nach oben führte.

Die beiden Gorillas geleiteten uns nach rechts in einen langen Raum, der auf einer Seite fast völlig verglast war und den Blick auf einen parkähnlichen Garten mit Säulenreihen und einem Springbrunnen in der Mitte freigab. Wer hier wohnte, musste über einiges Kleingeld verfügen.

Bis auf einen polierten Konferenztisch, ein Dutzend Stühle und ein Sideboard war der Raum leer. Wir nahmen, ebenso wie die Karasamoffs und Pluribus, Platz. Die beiden Bodyguards bauten sich rechts und links von der Tür auf und verschränkten die Hände hinter dem Rücken.

Die Vierlinge schienen mit ihren schwarzen Anzügen und dünnen Lederkrawatten auf die Welt gekommen zu sein. Egal, welches Land und welches Wetter, sie sahen stets gleich aus. Wenn die Situation nicht so ernst gewesen wäre, hätte ich über ihren Anblick gelacht.

»Wo sind wir hier?«, fragte Larissa.

Pluribus, dem noch das verkrustete Blut auf der Backe klebte, lächelte böse. »Da, wo dir dein Opa und deine Bewahrer nicht helfen können. Das hier ist das Haus von Stjepan Marković.«

»Wer immer das auch sein mag«, murmelte ich.

»Oha! Solltest du nicht auf dem Laufenden sein?« Pluribus genoss die Situation sichtlich.

Larissa zog das Handy aus der Tasche. Einer der Vierlinge sprang auf, um es ihr abzunehmen, aber sein Boss winkte ab. Sie rief den Browser auf und gab den Namen unseres Gastgebers ein.

»Stjepan Marković«, las sie vor. »Gilt als Kopf der Unterwelt von Dubrovnik und einer der mächtigsten Männer Kroatiens. War früher bei einer Spezialeinheit der Armee und hat nach dem Zerfall Jugoslawiens einen eigenen *Sicherheitsdienst* aufgebaut, der sein Geld mit Erpressungen, Waffenschmuggel und illegalen Musik- und Filmangeboten im Internet verdient. Allerdings konnte ihm bislang nie etwas nachgewiesen werden. Inzwischen handelt er mit Immobilien und Kunstwerken, besitzt eine Brauerei und diverse weitere Unternehmen, die ihm erlauben, sein ungesetzlich erworbenes Geld zu waschen.«

»Nicht schlecht.« Pluribus nickte anerkennend. »Wenn auch nur unzureichend beschrieben. Zumindest wisst ihr jetzt, mit wem ihr es zu tun habt.«

»Und was für Geschäfte machen Sie mit ihm?«, fragte ich den Hageren. »Marković scheint mir doch eine ganz andere Kragenweite zu sein als Sie.«

»Kunstwerke«, erinnerte mich Larissa. »All das Zeug, das er und seine Helfer aus Córdoba gestohlen haben. Das muss doch Millionen wert sein. Offenbar hat er das doch nicht für sich geklaut.«

»Ein kluges Köpfchen«, höhnte Pluribus. »Ursprünglich war das in der Tat für mich gedacht. Doch manchmal muss man flexibel sein und seine Pläne ändern können.«

Unser Gespräch wurde durch die Ankunft Markovićs unterbrochen. Er war ein großer Mann mit breiten Schultern und sonnengegerbtem Gesicht. Trotz der frühen Stunde war er ebenso makellos gekleidet wie seine Leibwächter. Er trug einen sandfarbenen Anzug und darunter ein Hemd in leichtem Rosé. Die obersten beiden Knöpfe waren geöffnet und ließen eine behaarte Brust erkennen. Ich schätzte, dass der Preis der Sachen, die er am Leib trug, locker mehrere Monatsgehälter seiner Gorillas betrug.

Marković hatte dichtes, schwarzes Haar, das er nach hinten gegelt hatte. Er mochte etwa fünfzig Jahre alt sein, wenn man nach den Falten in seinem Gesicht urteilte. Seine stahlblauen Augen waren kalt und ausdruckslos und ließen nicht erkennen, was in seinem Inneren vor sich ging. Ums Handgelenk trug er eine edelsteinbesetzte Rolex und an einigen Fingern glänzten fette goldene Ringe.

Einer der Bodyguards eilte zum Kopfende des Tisches und zog den Stuhl zurück. Marković setzte sich. Er zupfte seine Hose an den Knien etwas höher und schlug das rechte über das linke Bein. Der Duft seines Aftershaves wehte bis zu mir herüber.

»*We checked your shipment. Everything seems to be okay*«, sagte er zu Pluribus gewandt und fuhr auf Englisch fort: »Der Kaufpreis ist bereits angewiesen. Es war ein Vergnügen, mit Ihnen Geschäfte zu machen.« Er legte eine kleine Pause ein. »Kann ich sonst noch etwas für Sie tun?«

Pluribus war aufgestanden. »Die Kinder haben etwas, das mir gehört und das ich gerne mitnehmen würde.« Er deutete auf unsere Umhängetaschen, die vor uns auf dem Tisch lagen.

»Bitte.« Marković machte eine gelangweilte Handbewegung. Zwei der Vierlinge kippten die Taschen auf dem Tisch aus. Pluribus riss das Buch an sich, das Larissa im Meninski-Haus gefunden hatte.

»Ich darf mich verabschieden«, sagte er. »Mein Flieger geht in wenigen Stunden.« Er verbeugte sich tief vor seinem Geschäftspartner. Der nickte nur kurz und studierte weiter seine Fingernägel, deren Zustand ihn sehr zu faszinieren schien. Einer der Bodyguards begleitete die Vogelscheuche aus dem Raum.

Die Vierlinge machten keinerlei Anstalten zu gehen. Ich fragte mich, was unsere Kidnapper jetzt wohl mit uns vorhatten. Wollten sie uns nur festhalten, bis Pluribus mit dem Buch außer Reichweite war? Oder hatten sie andere Pläne? Darüber mochte ich gar nicht nachdenken.

Larissa war wie immer die Erste, die vorpreschte.

»*Can we leave now, too?*«, fragte sie.

Marković blickte von seinen Fingernägeln auf. »Ihr wollt auch gehen? Das wird leider nicht möglich sein. Ich habe eine Abmachung mit eurem Freund getroffen. Und ich halte mich an mein Wort.«

Was mochte das für eine Abmachung sein? Sollte er uns lediglich hier festhalten, bis Pluribus mit seiner Beute sicher außer Landes war? Oder hatte er Übleres mit uns vor?

Marković erhob sich und streckte sich wie ein Raubtier. Dann kam er langsam um den Tisch herum auf uns zu. Unwillkürlich duckte ich mich tiefer in meinen Stuhl. Ich rechnete mit dem Schlimmsten.

Aber er hatte gar kein Interesse an uns. Noch nicht. Stattdessen studierte er die Inhalte unserer Taschen, die auf dem Tisch verstreut lagen. Mit dem gestreckten Zeigefinger schob er mal dies, mal das zur Seite. Dann hielt er plötzlich inne.

Er beugte sich vor und nahm die beiden Münzen auf, die wir von der jungen Frau in Marseille als kleines Dankeschön geschenkt bekommen hatten. Dann trat er ans Fenster, um sie in den ersten Strahlen der Sonne näher zu untersuchen.

Ich beobachtete ihn aus dem Augenwinkel. Als er sich wieder umdrehte, lag ein finsterer Ausdruck auf seinem Gesicht. Zuvor war er kalt gewesen, jetzt war er wütend.

»Woher habt ihr die, ihr kleinen Rotznasen?«, schnauzte er uns an.

Ich kroch noch weiter in meinen Stuhl hinein. Auch Larissa ging es nicht viel besser als mir. Wie sollst du auch sonst reagieren, wenn ein zornentbrannter Hüne sich über dich beugt und dir seine Augen in den Schädel bohrt?

»Wir haben sie geschenkt bekommen«, quiekte ich. Meine Stimme kippte völlig weg und ich schämte mich dafür.

»Geschenkt? Von wem?«, fuhr er mich an.

Larissa sprang mir bei. »Von einer jungen Frau, der wir in Marseille geholfen haben.«

Abwechselnd erzählten wir die Geschichte von dem Überfall und Kokous und unserem Eingreifen.

»Und als Dankeschön hat sie uns diese Münzen gegeben«, beschloss ich unseren Bericht.

Marković schwieg einen Moment. Dann schnippte er mit den Fingern. Der im Raum verbliebene Leibwächter eilte herbei und reichte ihm ein aufgeklapptes Handy. Sein Boss tippte ein paar Zahlen ein und wartete.

»*Dobro jutro, Tatjana.*« Marković sprach Kroatisch. Seine Stimme hatte sich ebenso verändert wie sein Gesichtsausdruck. Er wirkte jetzt fast milde. Das Gespräch dauerte ein paar Minuten. Schließlich sagte er »*Bok!*« und reichte das Handy dem Gorilla zurück.

Er sah uns nachdenklich an. Dann setzte er sich wieder auf seinen Platz und legte die Münzen vor sich auf den Tisch.

»Diese Münzen stammen aus dem Jahre 1941«, begann er. »Sie hatten damals einen Wert von fünfhundert Kuna. Heute sind sie pro Stück über fünftausend Euro wert. Das liegt daran, dass es auf dem Markt nur noch eine Handvoll von ihnen gibt. Ich weiß das so genau, weil sich die meisten in meinem Besitz befinden.«

Fünftausend Euro? Da hatten wir die ganze Zeit ein Vermögen mit uns herumgetragen, ohne es zu wissen! Wir hatten die Münzen damals achtlos in unsere Taschen gesteckt und über den Ereignissen der folgenden Tage völlig vergessen. Ich hatte nicht einmal gewusst, dass es kroatische Münzen waren. In Marseille am Taxistand war es zu dunkel gewesen, um etwas Näheres zu erkennen.

»Ein paar dieser Münzen habe ich meiner Tochter Tatjana gegeben, die in Paris studiert«, fuhr Marković fort. »Sie waren als eine Art Notreserve gedacht, besser und unauffälliger als Bargeld. Deshalb musste ich sofort an sie denken, als ich die Münzen bei euch sah.«

Er schob uns die Geldstücke über den Tisch zu. »Tatjana hat mir bestätigt, was ihr mir erzählt habt. Sie ist mein einziges Kind, und ihr habt ihr, wie es aussieht, das Leben gerettet. Ich stehe tief in eurer Schuld.«

Das war eine überraschende Wendung der Dinge! Noch vor fünf Minuten war ich überzeugt, er würde uns umbringen. Und jetzt das!

»Heißt das, wir können gehen?«, fragte ich vorsichtig.

Marković nickte. »Selbstverständlich. Und wenn ihr einen

Wunsch habt, den ich euch erfüllen kann, dann sagt es mir nur. Ihr seid sozusagen Teil der Familie.«

Ich war mir nicht klar, ob das wirklich so wünschenswert war. Aber im Augenblick konnte uns seine Einstellung nur von Nutzen sein.

»Dann würde ich gerne erst mal etwas trinken«, sagte Larissa.

Marković lächelte. »Ich habe auch noch nicht gefrühstückt.« Er drehte sich um und rief seinen Gorillas etwas zu, die daraufhin durch die Tür verschwanden.

»Und ich wäre gerne vor diesen Herren hier sicher.« Ich deutete auf die Vierlinge.

»Kein Problem. Die Karasamoffs arbeiten dann und wann auch für mich. Sie werden euch in Zukunft nicht mehr behelligen, wenn sie wissen, was gut für sie ist.«

Er sagte ein paar Worte, die sich wie Russisch anhörten. Die Gebrüder nickten und erhoben sich, um den Raum ebenfalls zu verlassen.

»Einen Moment!«, rief ich. Sie blieben stehen und blickten mich, ebenso wie Marković, fragend an.

»Ich wüsste noch gerne, wie ihr erfahren habt, dass wir nach Córdoba und Dubrovnik reisen. Wer hat euch das verraten?«

»Wir haben einen Trojaner auf eurem Rechner zu Hause installiert«, erklärte einer der Vierlinge. »Und darüber haben wir mitbekommen, dass ihr einen Flug nach Córdoba gebucht hattet.«

Ich wusste, ein Trojaner ist ein Computerprogramm, das sich als nützliche Anwendung tarnt, aber im Hintergrund ohne Wissen des Anwenders etwas ganz anderes macht. Wie hatten sie den nur auf unseren Rechner geschleust? Egal, das konnten wir später überprüfen.

»Das erklärt Córdoba. Und der Rest?«

»Wir haben auch euren Mailserver angezapft. Jede Mail, die ihr von eurem Handy aus geschickt habt, landete in Kopie wenige Minuten später bei uns.«

Larissa blickte beschämt zu Boden. Es waren ihre Mails an den Schatten, die Pluribus und die Karasamoffs immer wieder auf unsere Spur gebracht hatten.

»Aber was ist mit Dubrovnik?«, fragte ich. »Hatte Pluribus nicht vor, das Diebesgut dorthin zu verschiffen?«

»Ganz und gar nicht«, erwiderte ein anderer Bruder. »Wir haben die Kisten zum Hafen gefahren, weil uns der Boden unter den Füßen in Córdoba zu heiß wurde. Allerdings hatten wir kein bestimmtes Ziel im Auge. Bis ihr uns auf Dubrovnik gebracht habt.«

»Dann hatte Pluribus die Kunstschätze also gar nicht für Sie gestohlen?«, wandte ich mich an Marković.

Der schüttelte den Kopf. »Ich weiß nicht, was er damit vorhatte. Nach der Landung haben mich die Karasamoffs informiert, und ich habe eurem Freund ein Angebot unterbreitet, das er nicht ausschlagen konnte.« Er lächelte kalt. Pluribus hatte also lediglich gute Miene zum bösen Spiel gemacht, indem er seine Beute an Marković verkaufte. Wahrscheinlich wusste er, dass es nicht ratsam war, dem Mann etwas auszuschlagen.

Die Vierlinge verschwanden durch die Tür. Gleich danach kehrten die Leibwächter zurück. Jeder von ihnen schob einen Servierwagen vor sich her. Kurz darauf saßen wir vor einem prächtigen Frühstück mit frisch gepresstem Orangensaft, dampfendem Milchkaffee, Croissants, Eiern und Marmelade. Jetzt merkte ich erst, wie hungrig ich war. Die nächsten zehn Minuten sagte keiner von uns ein Wort. Wir genossen einfach nur, was vor uns stand. Marković, der selbst nur ein Croissant in seinen Kaffee tunkte, beobachtete uns nachdenklich.

Die ganze Zeit nagte ein Gedanke an mir, den ich aber nicht klar zu fassen bekam. Es kam mir so vor, als hätten wir etwas Wichtiges vergessen, aber mir wollte beim besten Willen nicht einfallen, was es war. Dann, als ich den letzten Krümel von meinem Teller verputzt hatte, fiel es mir siedend heiß wieder ein.

»Das Buch!«, rief ich.

Marković zog fragend die Augenbrauen hoch.

»Das Buch, das Pluribus vorhin mitgenommen hat«, erklärte ich. »Ist es möglich, dass wir das wiederbekommen?«

Unser Gastgeber runzelte die Stirn. Wir gehörten zwar zur Familie, aber ich hatte das Gefühl, wir durften seine Großmut nicht übermäßig strapazieren.

»Kein Problem«, sagte er schließlich. »Wir müssen nur sehen, wie wir ihn am besten aufhalten können. Er dürfte inzwischen schon am Flughafen sein, und sein Flieger könnte jeden Moment abheben.«

»Haben Sie einen Rechner mit Internetzugang?«, meldete sich Larissa zu Wort.

Marković lächelte überheblich. »Etwas mehr als das. Kennst du dich damit etwa aus?«

Er sollte eine gehörige Überraschung erleben.

❦ Die Entdeckung ❦

Wir folgten Marković die Treppe hinunter in den Keller, die beiden Gorillas im Schlepptau. An den Wänden zogen sich unter der Decke dicke Bündel von Kabeln entlang, die Larissa bereits einen respektvollen Blick abnötigten. Wirkliche Ehrfurcht ergriff sie, als wir durch eine Metalltür in einen fensterlosen, taghell erleuchteten Raum traten.

Vor uns lag ein professionelles Rechenzentrum. In klimatisierten Glasschränken reihten sich Racks über Racks von Rechnern aneinander. In der Mitte des bestimmt zehn Meter langen Raums befand sich eine Insel aus Tischen, auf der im Kreis acht Workstations standen, von denen die Hälfte bemannt war. Die Programmierer blickten erstaunt auf, als wir eintraten. So oft kam der Chef wohl hier nicht her, und dann noch in Begleitung von Jugendlichen.

»Wow!«, rief Larissa beeindruckt aus und Marković lächelte selbstzufrieden. Sie ging langsam an den Rechnerschränken vorbei und studierte die Geräte darin.

»Reichlich Rechenpower«, nickte sie beifällig. »Ich nehme an, das sind Ihre Musik- und Videoserver fürs Web?«

Jetzt war es an Marković, erstaunt zu gucken. »Was weißt du denn darüber?«

»Nur das, was man über Google finden kann«, erwiderte Larissa trocken. »Sie haben aber noch eine andere Serverfarm, oder?«

»Drei, um genau zu sein.« Marković sah Larissa scharf an. »Du scheinst ja wirklich eine Menge Ahnung zu haben.«

»Ach, ich programmiere nur ein bisschen und halte mich auf dem Laufenden«, spielte sie ihre Fähigkeiten herunter.

»Wir sind eigentlich hier, um Pluribus aufzuhalten«, erinnerte ich die beiden.

»Ja, natürlich.« Marković führte uns zu einer der Workstations. »Das ist Branko, der Chef dieser Abteilung.« Er stellte uns vor und schilderte, worum es ging. Branko legte die Stirn in Falten.

»In den Rechner der Flugkontrolle sollen wir uns reinhacken? Das ist nicht so einfach. Die Sicherungssysteme stammen vom Militär und sind nahezu undurchdringbar. Das kann einige Zeit dauern, wenn es überhaupt funktioniert.«

»Wir brauchen uns nicht reinzuhacken, wir müssen nur das System stilllegen«, sagte Larissa. »Sagen wir für ein oder zwei Stunden. Das sollte uns genügend Zeit geben.«

Branko dachte laut nach. »Wir könnten vielleicht die Stromzufuhr kappen, aber der Flughafen hat eine Notstromversorgung, und in die kommen wir nicht rein. Und die Firewall ist ziemlich gut, da geht so leicht nichts durch.«

»Was ist mit dem Buchungssystem und den Fluginformationen? Die müssen doch irgendwie an die Flugkontrolle angeschlossen sein?«

»Sind sie auch, allerdings nur in einer Richtung. Das ist eine Einbahnstraße, da haben wir keine Chance.«

»Das wollen wir doch mal sehen.« Larissa zog einen USB-Stick aus einer ihrer Hosentaschen. »Können Sie mich ins Fluginformationssystem reinbringen?«

»Kein Problem.« Er beugte sich über die Tasten und drei Minuten später hatte er sein Ziel erreicht.

»Darf ich?«, fragte Larissa und deutete auf seinen Stuhl. Branko schaute Marković fragend an und räumte seinen Platz, als der nickte. Larissa stöpselte den Stick in den Rechner und öffnete eine Reihe von Fenstern. Dann machte sie sich an die Arbeit.

Branko und sein Boss beobachteten sie fasziniert. »Nicht übel, was?«, fragte ich. »Im vorigen Jahr hat sie eine komplette Website lahmgelegt.«

»Websites blockieren ist kein großes Problem«, sagte Branko, ohne den Bildschirm aus den Augen zu lassen. »Das kann heute mit der richtigen Software jedes Schulkind.«

»Mag sein. Aber nicht *Searching Eyes*. Die war voller Hightech, mit Telefonie-Anbindung und allem Drum und Dran. Und natürlich entsprechend geschützt.«

Den beiden klappten die Kinnladen herunter und sie starrten mich wortlos an. *So* eine Reaktion hatte ich nun auch nicht erwartet.

»Kennen Sie *Searching Eyes* etwa?«, fragte ich.

Marković fing sich als Erster. Er beantwortete meine Frage nicht, sondern brach in lautes Gelächter aus. Dann sagte er einige Sätze auf Kroatisch zu Branko, der einen ziemlich bedröppelten Gesichtsausdruck machte.

Nachdem Marković sich wieder beruhigt hatte, erhielt ich meine Antwort. »*Searching Eyes* gehört mir. Das war ein lukratives kleines Nebengeschäft, bis zum vorigen Jahr zumindest. Bis deine Freundin uns etwas auf den Rechner geschleust hat, das Branko bis heute nicht ganz eliminieren konnte. Wir hätten die ganze Anwendung neu programmieren müssen, und das war mir einfach zu teuer.«

Uh-oh! Was hatte ich da mit meinem losen Mundwerk nur wieder angerichtet! Das kommt davon, wenn man mit den Leistungen anderer Leute angeben will.

Aber Marković war ganz und gar nicht verärgert. Er schien Larissa mit neuem Respekt zu betrachten. Sie selbst war völlig vertieft in das, was sie machte, und hatte uns nicht gehört. Schweigend beobachteten wir sie bei ihrer Arbeit, die für mich ein Buch mit sieben Siegeln war, für Branko allerdings höchst aufschlussreich.

Schließlich schloss Larissa die von ihr geöffneten Fenster auf dem Bildschirm und zog ihren USB-Stick wieder heraus. »Das war's«, sagte sie und stand auf. »In den nächsten Stunden wird niemand von Dubrovnik aus starten.«

»Wie hast du das hingekriegt?«, fragte Branko, und ich hörte so etwas wie Bewunderung in seiner Stimme.

»Ein paar kleine Programme, die ich geschrieben habe«, antwortete Larissa ganz selbstverständlich.

Branko sprach einige Worte mit seinem Boss. Der nickte zustimmend.

»Sollten wir nicht jemanden hinter Pluribus herschicken?«, fragte ich dazwischen.

»Klar.« Marković gab einem seiner Bodyguards Anweisungen und der Mann verschwand. Dann bat er uns, ihm zu folgen. Wir kehrten nicht in den Raum zurück, in dem wir gefrühstückt hatten, sondern stiegen in den ersten Stock hoch. Ich hatte in der Villa einige exklusive Räume erwartet, doch mit dem, was sich nun vor uns auftat, hatte ich nicht gerechnet.

Durch eine hölzerne Doppeltür führte uns unser Gastgeber in eine Bibliothek, die eines Museums würdig war.

Der Raum musste sich nahezu über die volle Länge des Gebäudes erstrecken. Von den Wänden sah man vor lauter Bücherschränken nichts. Sie zogen sich über vier Meter in die Höhe bis zur Zimmerdecke. Vor den Schränken war eine fahrbare Leiter befestigt, die man über eine Schiene an der Decke die gesamten Schranklängen entlangrollen konnte.

Die Bücher hinter den gesicherten Glastüren waren alt und wertvoll, das erkannte ich auf den ersten Blick. Das Zimmer war klimatisiert, um den Zersetzungsprozess des Papiers aufzuhalten.

Mir klappte die Kinnlade nach unten.

»Mein kleines Hobby.« Marković führte uns zu einem Tisch unter einem Fenster, der selbst wie eine wertvolle Antiquität aussah. Wir nahmen in drei winzigen Sesseln Platz, und ich bewegte mich besonders vorsichtig, um nicht irgendwo anzustoßen. Unsere Sitzgelegenheiten machten nämlich ebenfalls nicht den Eindruck, als würden sie aus einem Mitnahmemarkt für Möbel stammen.

»Sie sammeln alte Bücher?« Larissa war ebenso erstaunt wie ich über das Hobby des Kroaten.

»Eine alte Tradition in Dubrovnik«, sagte er. »Große Privatbibliotheken gab es schon vor Jahrhunderten. Die Republikregierung war eher kaufmännisch orientiert. Nicht einmal ein Theater gab es in Ragusa. Da war es die Aufgabe der

Wohlhabenden, die Kultur zu fördern. Ein Brauch, den ich gerne aufrechterhalte.«

»Haben Sie die Bücher denn alle gelesen?«, fragte ich.

Marković lachte. »Nein, nein, ich bin auch nur ein Geschäftsmann. Aber ich fühle mich meinem Land verpflichtet. Nach meinem Tod werde ich meine Sammlung der Stadt spenden. Dann können meine Nachkommen sich an der *Marković-Bibliothek* erfreuen.«

Er bemerkte unseren Gesichtsausdruck. »Ihr findet das merkwürdig, dass jemand, der, wie ich, *speziellen* Geschäften nachgeht, sich so um die Kultur sorgt? Nun, ungewöhnliche Menschen gehören zu dieser Stadt wie die Sonne und das Meer. Eines der besten Beispiele ist das Ende der Herrscher von Ragusa. Habt ihr davon gehört?«

Wir schüttelten den Kopf. Es schien Marković zu gefallen, uns zu unterhalten. Wir mussten zwar auf die Rückkehr seiner Leute vom Flughafen warten, aber ich war mir sicher, dass er noch etwas anderes im Schilde führte. Ein Mann wie er verbrachte seine Zeit nicht ohne Grund mit zwei Halbwüchsigen.

»Wie ihr vielleicht wisst, wurde Ragusa von adligen Familien beherrscht. Es gab keinen einzelnen Regenten, die Regierungsgeschäfte teilte sich die Gesamtheit des Adels. Dabei existierten strenge Gesetze zum Schutz dieser Elite. Kinder, die ein Adliger mit einer Nichtadligen zeugte, gehörten nicht zum Adelsstand. Sie waren zwar etwas besser gestellt als die Bauern und Dienstboten, durften aber keine wichtigen Positionen einnehmen oder ein Mitglied des Adels heiraten.

Nach dem Tod Napoleons, der die Republik Ragusa erobert hatte, fiel die Stadt 1815 in den Besitz des österreichischen Kaisers. Da fassten die Adligen den Beschluss auszusterben. Sie wollten unter fremder Herrschaft nicht mehr fortleben. Natürlich ging das nicht so weit, dass sie sich alle umbrachten. Aber sie wählten einen sicheren zweiten Weg und beschlossen, sich nicht mehr fortzupflanzen. Und dabei waren sie sehr konsequent. Kein Edelmann zeugte mehr ein Kind mit einer anderen Angehörigen des Adels. Der letzte reine Adlige starb kurz nach dem Ende des Zweiten Weltkriegs. Seitdem gibt es in Dubrovnik niemanden mehr, der eindeutig adliger Abstammung ist.«

Er lehnte sich zurück und lächelte. »Das ist Dubrovnik. Erfolgreich, ungewöhnlich und unabhängig, und diese Eigenschaften haben wir uns bis heute bewahrt.«

Ich war mir sicher, dass in seiner Erzählung eine heimliche Botschaft an uns steckte. Oder war es einfach nur der Hinweis, vorsichtig im Umgang mit ihm zu sein? Während ich darüber noch nachdachte, ließ er die Katze endlich aus dem Sack.

»Branko sagt mir, dass er die kleinen Programme, die du vorhin eingesetzt hast, gerne auch besitzen würde«, sagte er zu Larissa gewandt.

»Da ist er nicht der Einzige«, gab sie trocken zurück.

»Er hat mich gebeten, sie dir abzukaufen.« Es sprach für ihn, dass er Larissa ein solches Angebot machte, denn er hätte ihr den USB-Stick mit der Software auch jederzeit abnehmen können. Oder nicht?

Als hätte Larissa meine Gedanken gelesen, sagte sie: »Nur damit kein falscher Eindruck entsteht: Die Programme, die ich mit mir führe, sind so verschlüsselt, dass sie niemand ohne meine Zustimmung nutzen kann.«

»Ich hatte nichts anderes erwartet«, schmunzelte Marković.

»Deine Fähigkeiten sind beeindruckend. So jemanden könnte ich in meinem Team gut gebrauchen.«

Ich konnte es nicht fassen! Er machte ihr ein Jobangebot!

»Du könntest von zu Hause aus arbeiten und ich würde dich gut bezahlen«, fuhr er fort.

Larissa schüttelte den Kopf. »Ich arbeite nicht für andere Leute«, sagte sie bestimmt.

»Schade.« Er schien nicht allzu sehr von ihrer Ablehnung enttäuscht zu sein. Vielleicht hatte er auch damit gerechnet. »Aber man sieht sich immer zweimal im Leben. Und was ist mit der Software?«

Larissa schüttelte erneut den Kopf, aber ich stieß sie leicht an. Sie neigte sich zu mir herüber und wir konferierten flüsternd miteinander. Sie zögerte erst, als sie meinen Vorschlag hörte, war dann aber doch einverstanden.

»Gut«, sagte sie. »Ich verkaufe sie Ihnen.«

Marković lächelte triumphierend. »Und wie lautet dein Preis?«

»Die Lieferung, die Sie von Pluribus aus Córdoba bekommen haben.«

Das Lächeln auf seinem Gesicht fror ein. Damit hatte er nicht gerechnet.

»Weißt du, was ich dem Mann dafür bezahlt habe?« Seine Stimme hatte wieder den leicht drohenden Unterton angenommen. Aber Larissa ließ sich nicht einschüchtern.

»Dann fragen Sie Branko, was meine Programme seiner Meinung nach wert sind«, entgegnete sie.

Marković strich sich mit den Fingern über das Kinn. Dann hellten sich seine Züge auf.

»Das brauche ich nicht. Du bist eine harte Verhandlungspartnerin. Das schätze ich.« Er beugte sich vor. »Allerdings bin ich neugierig. Warum wollt ihr die Sachen haben?«

»Wir haben einem Freund von uns versprochen, ihm den Container unbeschädigt zurückzubringen«, erklärte ich. »Er hätte das Diebesgut bereits in Spanien beschlagnahmen lassen können. Das hat er nicht getan, um uns zu helfen. Und jetzt halten wir unseren Teil der Abmachung ein.«

»Außerdem wartete in Rijeka die Polizei auf den Container«, ergänzte ich. »Sie werden inzwischen wissen, dass er hier an Land gesetzt wurde, und schon bald in Dubrovnik auftauchen.«

»Davor habe ich keine Angst«, sagte Marković. »Es würde meine Geschäftstätigkeit lediglich etwas verkomplizieren.« Er studierte einen Moment seine Fingernägel. »Also gut, abgemacht. Ich sorge dafür, dass euer Freund den Container zurückbekommt.«

»*Hvala*«, bedankte ich mich. »*Puno hvala.*« Larissa ging mit dem Gorilla zurück ins Rechenzentrum, um Branko die Funktionsweise ihrer Programme zu erklären. Ich stand ebenfalls auf und schlenderte an den Bücherschränken entlang. Es waren die üblichen Lederfolianten mit lateinischen, italienischen oder französischen Titeln. Hier und da verstand ich ein Wort, aber nie genug, um den kompletten Titel eines Buches zu entziffern.

»Es sind über zwanzigtausend Bücher«, rief mir Marković stolz zu, der am Tisch sitzen geblieben war.

Ich nickte beeindruckt. »Darf ich?«, fragte ich und deutete auf die Leiter.

»Gerne.« Er genoss es sichtlich, dass jemand seine Sammlung zu schätzen wusste. Von seinen Mitarbeitern konnte er das sicher nicht erwarten.

Ich schob die Leiter ein wenig zur Seite und kletterte bis zum obersten Regal. Was genau ich hier wollte, war mir selbst nicht klar. Hier oben standen offenbar die ältesten Bücher der Sammlung, denn ihre Einbände wiesen deutliche Spuren von Verfall auf. Sie hatten Wasserflecken auf dem Rücken und das Leder war stellenweise abgeschabt. Direkt vor mir war ein besonders schäbiges Exemplar zwischen zwei Folianten eingezwängt. Das dünne Bändchen trug nicht einmal einen Titel auf dem Buchrücken.

»Ich würde eines der Bücher gerne mal ansehen«, rief ich Marković zu. »Geht das?«

»Warum nicht?«, sagte er. Er stand auf und reichte mir einen kleinen Schlüssel. Ich öffnete die Schranktür und zog den schmalen Band vorsichtig heraus. Dann drehte ich ihn zu mir und warf einen Blick auf den Buchtitel.

Er lautete *Liber Itinerum* – das Buch der Wege.

❧ Ein neues Rätsel ❧

»Wie hast du ihn dazu gebracht, dir das Buch zu geben?«, fragte Larissa.

Wir saßen auf der Stadtmauer, schlürften frisch gepressten Orangensaft und genossen die herrliche Aussicht auf das Meer.

»Ich habe ihn an die Tradition von Ragusa erinnert«, erwiderte ich. »Gastfreundlichkeit und Hilfsbereitschaft der Republik gegenüber Verfolgten waren sprichwörtlich. Dem konnte er sich nicht verschließen.«

Das klang zwar so leicht. In Wirklichkeit war es eine ziemlich haarige Situation gewesen. Mir war klar, dass ich das Buch haben musste, sobald ich den Titel gelesen hatte. Aber als ich Marković vorsichtig darum bat, war er regelrecht wütend geworden.

»Ihr habt meine Tochter gerettet, das stimmt«, grollte er. »Dafür habe ich euch die Freiheit geschenkt, ihr habt den Container wieder und das Buch von Pluribus. Findest du nicht, das ist genug an Dankeschön?«

»Dieses Buch ist das, weshalb wir unsere Reise überhaupt erst angetreten haben«, erwiderte ich. Dabei hütete ich mich natürlich, ihm irgendetwas über die Macht der Vergessenen Bücher zu erzählen. Ich war sicher, dann würde er es mir gewiss nicht aushändigen. Aber so leicht ließ er sich nicht täuschen.

»Was bedeutet dieses kleine Bändchen schon für Sie?«, fuhr ich fort. »Wahrscheinlich besitzt es nicht mal einen Sammlerwert.«

»Und was bedeutet es für euch?« Sein Blick war berechnend geworden. »Was macht das Buch so wertvoll, dass ihr dafür durch halb Europa reist?« Er streckte mir eine Hand entgegen. »Kann ich es einmal sehen?«

Zögernd händigte ich ihm den schmalen Band aus. Während er das Buch von allen Seiten genau betrachtete und darin blätterte, legte ich mir eine Geschichte zurecht, die einigermaßen glaubwürdig klang.

»Es ist eine Familiensache«, schwindelte ich, als er die Untersuchung beendet hatte. Ich dachte mir, dass er für ein solches Argument vielleicht Verständnis haben würde. »Dieses Buch gehörte einmal Larissas Großvater. Dann wurde es ihm gemeinsam mit anderen Büchern von Leuten wie Pluribus gestohlen.«

»Und dafür riskiert er das Leben seiner Enkelin? Um diese alten Schwarten wiederzubekommen?« Marković war nicht überzeugt.

»Er weiß nichts davon, was wir wirklich machen«, log ich weiter. »Larissa und ich wollen ihm die Bücher als Überraschung zu seinem 65. Geburtstag schenken.«

Er war immer noch skeptisch. »Bitte«, flehte ich ihn an. »Großmut und Hilfsbereitschaft gegenüber Schwächeren waren doch die Tugenden, die Ragusa stets auszeichneten.«

Das belustigte ihn. »Nicht dumm, Kleiner, an meine Ehre

als Einwohner von Dubrovnik zu appellieren. Aber was ist, wenn ich darauf pfeife?«

»Das tun Sie nicht«, sagte ich. Inzwischen war ich von der Leiter herabgeklettert und stand vor ihm. Vor seiner breiten Gestalt kam ich mir wie ein hilfloser Gnom vor. Aber ich riss all meinen verbliebenen Mut zusammen und sah ihm direkt in die Augen.

»Sie sind ein Ehrenmann. Sie sammeln diese Bücher, weil sie Dubrovnik etwas geben wollen. Also müssen die Traditionen der Stadt von Bedeutung für Sie sein.«

»Da hast du recht.« Zu meiner großen Erleichterung trat er ans Fenster. Viel länger hätte ich seinem Blick nicht mehr standgehalten.

»Dieses Haus und dieser Garten gehörten einmal meinen Vorfahren«, sagte er nach einer kleinen Pause, ohne sich zu mir umzudrehen. »Sie waren Kaufleute, deren Geschäfte lange sehr gut liefen. Aber dann wurden die Zeiten schlechter und sie haben das Haus vor über hundert Jahren an einen rücksichtslosen Rivalen verloren. Ich bin auf der anderen Seite des Hafens aufgewachsen, aber wann immer ich Zeit hatte, bin ich hier vorbeigekommen und habe geschworen, dass das Haus eines Tages wieder im Besitz unserer Familie sein würde. Und so ist es dann auch geschehen.«

Marković spazierte nachdenklich am Fenster entlang. »Ich bewege mich außerhalb der Gesetze, wie du wohl unschwer erkannt haben wirst. Das ist der Weg, den ich gewählt habe, und dazu stehe ich. Ich tue das, was ich für notwendig erachte, um meine Position zu sichern. Und doch fühle ich mich meiner Familie verpflichtet, die seit vielen Jahrhunderten an diesem Ort lebt. Und meiner Tochter, die hoffentlich einmal hier leben wird.«

Er kehrte zum Tisch zurück, neben dem ich stand, und hielt mir das Buch hin. »Du kannst es behalten. Sieh es als ein Geschenk der Republik, die nicht mehr existiert, an euch. Eine Erinnerung an jene Zeit, als Ragusa die Meere beherrschte.«

Ich atmete tief durch. Mein Einsatz hatte sich gelohnt. Trotzdem traute ich Marković nicht über den Weg. Unter all seiner Freundlichkeit spürte ich Kälte und Brutalität, und ich war froh, als wir sein Haus endlich verlassen konnten.

So kam es, dass Larissa und ich nun jeder ein Buch besaßen, welches das Buch der Wege sein konnte. Deshalb hatten wir Pomet gebeten, uns zu helfen. Nachdem Markovićs Leute mit dem Buch, das sie Pluribus am Flughafen abgenommen hatten, wieder zurückgekehrt waren, hatte uns der Gangsterboss durch einen seiner Fahrer zum Pile-Tor bringen lassen. Kaum hatten wir das Stadttor durchschritten, war der Narr auch schon aufgetaucht.

Jetzt saß er hinter uns am Tisch und studierte die beiden Bände gründlich. Viel zu sehen gab es bei dem Buch, das ich in Markovićs Bibliothek gefunden hatte, allerdings nicht. Es bestand in erster Linie aus einer Reihe von merkwürdigen Figuren und Klecksen, die keinen erkennbaren Sinn ergaben und aussahen, als habe jemand einen Pinsel mit Tinte über den Seiten ausgeschüttelt. Nur mit viel Fantasie ließ sich eine bekannte Form hineininterpretieren. Außerdem kam es mir so vor, als veränderten sich die Muster auf den Seiten ständig. Hatte ich vorher geglaubt, die Umrisse eines Schmetterlings zu erkennen, so sah ich nun eine Spinne in derselben Figur. Wenn das tatsächlich so war, dann konnte man das Buch endlos vor- und zurückblättern und würde auf immer neue Bilder stoßen.

Das erinnerte mich an etwas, das wir in der Schule einmal besprochen hatten, den sogenannten Rorschach-Test. Man bekommt eine Anzahl von Blättern mit Tintenklecksen vorgelegt und soll sagen, was man darin zu erkennen glaubt. Angeblich lassen sich aus den Antworten dann Rückschlüsse auf den seelischen Zustand der Befragten ziehen.

»Wer je ein Buch in seinen Händen hielt, das diesen gleicht, der kann sich glücklich schätzen«, schwärmte Pomet. »Doch ist Fortuna eine Braut, die Launen hat. Das Glück kann windesschnell in Unglück sich verwandeln.«

»Aha«, sagte ich. »Und was heißt das im Klartext?«

Er grinste mich an. »Euch liegt die Poesie nicht recht am Herzen, Herr. Doch will ich's Euch gern sagen, sodass Ihr es versteht.« Er deutete auf das Buch, das ich aus Markovićs Bibliothek hatte. »Dies ist das Buch der Wege in der Tat. Denn zeigt es doch, wohin das Schicksal führt, wenn man sich seiner Hand überlässt. Und dies«, er wies auf das Buch mit der arabischen Schrift, »dies ist ein anderes der Bücher, die zu Recht vergessen sind. Es ist das Buch der Ursprünge, doch liegt sein Ursprung selbst im Dunkel der Vergangenheit.«

Da hatten wir also gleich zwei der Vergessenen Bücher entdeckt! Aber welche Kräfte genau in ihnen steckten, das wussten wir trotz Pomets blumiger Worte noch immer nicht.

Larissa stellte sich diese Frage offenbar ebenfalls. »Und worin liegt die besondere Macht dieser Bücher?«

»Das Buch der Ursprünge zeigt dem, der es zu lesen versteht, die Herkunft der Dinge. Wenn man den Ursprung kennt, dann kann man ihn beherrschen, und so auch alles, was sich daraus entwickelt hat.«

»Und das Buch der Wege?«, hakte ich nach. Der Maure hatte uns zwar in groben Zügen erklärt, was es damit auf sich hatte, aber vielleicht wusste Pomet etwas mehr darüber.

»Es weist dem Leser den Weg zu seinem Ziel.«

»Mit diesen Klecksen?«

»Die sind's fürs ungeübte Auge nur. Dem Sehenden eröffnet sich ein Bilderreigen, der ihm die rechten Pfade zeigt. Ihr müsst das Ziel euch klar vor Augen halten, dann findet ihr auch Sinn im scheinbar Sinnlosen.«

»Dann will ich es ausprobieren«, sagte Larissa. »Vielleicht erzählt es mir, wie ich zu meinen Eltern komme.«

Pomet reichte ihr das Bändchen, das kaum mehr als 50 Seiten umfasste, und sie blätterte es konzentriert durch. Ich sah ihr dabei über die Schulter. Dieses Mal konnte auch ich in einigen Formen klare Bilder erkennen.

»Was hast du gesehen?«, fragte ich sie gespannt, nachdem sie das Buch wieder zugeklappt hatte.

»Ich bin mir nicht ganz sicher.« Sie stützte ihren Kopf in die Hand und schloss die Augen. »Zu Anfang war da eine Wüstenlandschaft mit ein paar Figuren, die einen Hügel emporstiegen. Dann war da ein riesiges Tor, bestimmt zwanzig Meter hoch oder höher, in einer Felswand. Ein weiteres Bild erinnerte an eine Frau und einen Mann, die in einem Käfig saßen. Ich habe ein Zelt an einem ausgetrockneten Flussbett gesehen und einen Kompass. Und dann waren da noch ein großer Raum mit dreizehn Säulen und eine Jahreszahl – die vom nächsten Jahr.«

Sie öffnete ihre Augen wieder. »Das ist alles. Ziemlich undurchsichtig, was? Ich bin sicher, die Bilder hatten mit meinen Eltern und den Schatten zu tun. Nur was sie genau bedeuten, das weiß ich nicht.«

Sie bemerkte meinen verblüfften Gesichtsausdruck. »Was hast du?«, fragte sie. »Stimmt was nicht?«

»Ich habe etwas völlig anderes gesehen als du«, erwiderte ich. »Woran ich mich erinnern kann, das sind ein Sarg auf einem Holzgerüst, ein leeres Bett und ein loderndes Feuer in einer Höhle.«

»Ziemlich düstere Bilder, finde ich.«

»Deine waren doch auch nicht viel besser: Gefangene in einem Käfig oder Wanderer in der Wüste – das klingt alles recht dunkel.«

»Vielleicht ist es das, was uns bevorsteht, wenn wir meine Eltern befreien.« Sie holte das Handy hervor und begann, unsere Eindrücke einzutippen. »Sonst haben wir morgen die Hälfte davon vergessen.«

Für sie stand also bereits fest, dass wir in die Arabische Wüste reisen würden, um ihre Eltern zu suchen. Im Grunde hatte ich nichts anderes erwartet. Und ich musste auch nicht lange über meine Haltung dazu nachdenken. Natürlich würde ich sie begleiten.

»Was meinst du denn zu den Bildern?«, fragte ich Pomet, der uns die ganze Zeit schweigend beobachtet hatte. »Können wir sicher sein, dass sie etwas mit Larissas Eltern zu tun haben? Und wenn ja: Was bedeuten sie?«

»Sicherheit ist in den Vergessenen Büchern nie zu finden«, erwiderte er. »Das Leben kennt keine Sicherheit – wie sollen es da die Bücher tun? Wer Euch weismachen will, er *wüsste*, dem begegnet mit Vorsicht. Denn um zu *wissen*, muss man alle Fakten kennen. Und das ist in der Welt, in der wir leben, nur ein Traum.«

»Schön, schön.« Manchmal ging mir sein abstraktes Gequatsche wirklich auf die Nerven. »Und was heißt das konkret? Müssen wir nun in der Wüste ein riesiges Tor suchen?«

»Wer bin ich, Euch zu sagen, was Ihr tun sollt? Das Buch hat Euch den Weg zu gehen offenbart. Nun ist's an Euch, den Sinn darin zu finden.« Sein Gesicht war ernst bei diesen Worten. Es war also keiner seiner üblichen Scherze.

Ich gab es auf. Wir mussten also, wie so häufig, selbst herausfinden, welchen Weg wir zu beschreiten hatten.

Blieb nur noch die Frage zu klären, was jetzt mit den Büchern geschehen sollte. Beim Buch der Antworten hatte sich Gerrit damals sofort erboten, es in Sicherheit zu bringen. Doch wer half uns nun? Konnten wir Pomet so vertrauen wie Gerrit in Amsterdam?

Larissa stellte sich diese Frage offenbar ebenfalls. »Was machen wir damit?«, fragte sie und deutete auf die Bände auf dem Tisch.

»Vielleicht sollten wir sie dem Mauren bringen«, überlegte ich. »Er schien mir recht vertrauenswürdig zu sein.«

»Zurück nach Córdoba?« Sie klang skeptisch. »Ich habe keine Lust, mit den Büchern quer durch Europa zu reisen.«

»Ich wüsste einen Ort, an dem sie sicher sind«, ließ sich Pomet vernehmen. »So sicher wie beim Schützenjungen oder dem Diener.«

Wen er mit dem Schützenjungen meinte, war mir klar. So

hatte bereits der Straßenmusiker in Bologna Gerrit bezeichnet. Doch wer war der Diener?

»Oh, verzeiht, Ihr kennt ihn als den Mauren«, fügte Pomet hinzu, als er mein fragendes Gesicht sah. »Wir sind ein kleiner Kreis, mit einer eigenen Sprache, die sich im Lauf der Zeit herausgebildet hat. Doch kennen wir und schätzen wir uns – mehr oder minder.«

»Und an was für einem Ort willst du die Bücher verbergen?«, wollte Larissa wissen.

»Ich kann ihn Euch nicht nennen, denn sicher wäre er dann nicht mehr«, antwortete der Narr mit verschmitzter Miene. »Denn nur wenn Pomet allein das Versteck kennt, wird niemand Hand an die Bücher legen können.«

So etwas Ähnliches hatte ich mir fast gedacht. »Wir sollen sie also dir anvertrauen?«

Er nickte. Ich wusste nicht, was ich davon halten sollte. Einerseits hatte er uns geholfen, wo er nur konnte. Andererseits hatte ich noch die Worte von Lidija im Ohr, die uns vor der doppelten Natur des Narren gewarnt hatte.

»Wer sagt uns, dass du die Bücher nicht für deine eigenen Zwecke verwendest?«, fragte Larissa.

Pomet ließ ein entwaffnendes Lächeln sehen. »Gewissheit gibt es nicht im Leben, Fräulein. Nur Vertrauen und die Hoffnung, aufs rechte Pferd gesetzt zu haben. Doch könnt Ihr sicher sein, dass ich die Bücher hüten werde, als wären sie das größte Heiligtum auf dieser Welt.«

Mir fielen die letzten Worte des Mauren wieder ein, in denen er mir die Weisheit wünschte, zu erkennen, wann ich jemandem vertrauen sollte. Dies war so ein Moment. Wollte ich Pomet die Bücher geben oder nicht? Auch wenn sich bei mir noch leise Zweifel regten, so riet mir mein Gefühl doch, sie ihm anzuvertrauen.

Ich sah Larissa fragend an. Aber sie zuckte nur mit den Schultern. Die Entscheidung lag also bei mir. Was würde geschehen, wenn Pomet die Bücher zu seinen eigenen Zwecken nutzte? So gefährlich wie der Schatten war er gewiss nicht, das spürte ich. Andererseits hatten der Bücherwurm, Gerrit und auch der Maure immer wieder vor den Gefahren gewarnt, welche die Vergessenen Bücher mit sich brachten.

Wenn ich genau darüber nachdachte, dann kamen mir die Bücher eigentlich gar nicht gefährlich vor. Es waren eher die Menschen, die damit zu tun hatten, die mir Angst oder ein unbehagliches Gefühl einflößten. Bei Pomet hatte ich beides nicht empfunden.

»Nun gut.« Ich reichte ihm die beiden Bücher. »Ich hoffe, ich begehe keinen Fehler.«

Pomet grinste. »Wer keine Fehler macht, kann auch nicht lernen, Herr.« Er trank seinen Apfelsinensaft aus und stand auf. »Für mich ist es jetzt Zeit, Euch zu verlassen. Wenn Ihr mich wieder braucht, wisst Ihr, wo ich zu finden bin. Und wenn ich in dem Buch der Wege richtig lesen kann, so werden wir schon bald uns wiedersehen.«

»Du hast dem Buch der Wege etwas entnommen?«, frage ich entgeistert. »Und hältst es nicht einmal für nötig, uns darüber zu informieren?«

»Weil es nicht Euch betrifft, sondern nur mich. Nun seid gegrüßt zum letzten Mal für diesen Tag. Und seid bedankt dafür, dass ich die Sonne spüren durfte auf meiner Haut.«

Er nahm die Bücher auf, winkte uns zu und verschwand um die Ecke des Cafés. Ich blickte ihm nachdenklich hinterher. Hoffentlich war es nicht falsch gewesen, ihm zu vertrauen. Andererseits war daran nun auch nichts mehr zu ändern.

Ich ließ mich wieder in meinen Stuhl fallen und unterdrückte ein Gähnen. Seit beinahe sechsunddreißig Stunden war ich jetzt ohne Schlaf auf den Beinen. Lange würde ich das nicht mehr durchhalten. Auch Larissa hielt sich die Hand vor den Mund. Vor uns auf dem spiegelglatten Meer zog ein kleines Fischerboot vorbei. Hinter der Insel Lokrum schob sich der Bug eines riesigen Kreuzfahrtschiffs hervor, das auf dem Weg in den Hafen von Dubrovnik war.

Für einige Minuten hingen wir jeder unseren eigenen Gedanken nach. »Dafür, dass wir das Buch der Wege gesucht haben, mussten wir ziemlich viele Umwege machen«, sagte Larissa schließlich.

Darüber hatte ich auch bereits nachgedacht. Nahezu alle Spuren, denen wir gefolgt waren, hatten sich als falsch erwiesen. Und doch hatten sie uns am Ende an unser Ziel geführt.

»Vielleicht ist es das, was wir lernen sollten«, spekulierte ich. »Der direkte Weg ist nicht immer der beste.«

»Das hört sich ziemlich philosophisch an«, grinste sie.

»Aber ist es nicht so, dass wir nur durch den Umweg über Córdoba und Cádiz nach Marseille gekommen sind, wo wir Markovićs Tochter helfen konnten? Und wären wir ohne seine Hilfe in Dubrovnik nicht ganz schön baden gegangen? Außerdem hat mich das Buch aus dem Viana-Palast zur Rolandssäule geführt, auf der die Hinweise auf St. Roch standen. Und wir haben den Mauren getroffen und eine Menge über die Vergessenen Bücher gelernt. Zum Beispiel, wie sie damals nach Córdoba gelangt sind. Das Wissen wird uns vielleicht noch einmal nützlich sein.«

»Mag sein«, sagte Larissa, die wieder ernst geworden war. »Obwohl ich noch nicht sehen kann, was es mir bei der Suche nach meinen Eltern nutzen soll.«

»Du hast die Antwort des Buches der Wege gesehen«, erinnerte ich sie. »Und die hättest du ohne diese Umwege nicht bekommen.«

»Bilder, die alles oder nichts bedeuten können!«, rief sie. »Eine Pforte in der Wüste – das hilft mir nicht weiter. Ich muss wissen, *wo* diese Pforte ist.«

»Das müssen wir herausfinden«, pflichtete ich ihr bei. »Aber hast du nicht auch eine Jahreszahl gesehen? Die vom nächsten Jahr? Das heißt, wir haben eine Menge Zeit, die Suche nach deinen Eltern vorzubereiten.«

»Ich soll ein Jahr warten? Vielleicht sind meine Eltern bis dahin schon tot!« Da war sie wieder, die ungeduldige Larissa.

»Das Buch der Wege hat dir seinen Rat gegeben«, sagte ich. »Das nächste Jahr ist für die Befreiung deiner Eltern am besten geeignet.« Ich beugte mich zu ihr hin. »Ich weiß, wie schwer es dir fällt, so lange zu warten. Aber wenn wir erneut auf die Schatten treffen, sollten wir besser vorbereitet sein als diesmal.« Ich machte eine kleine Pause. »Hast du deine Meinung über ihn inzwischen eigentlich geändert? Oder glaubst du immer noch, dass er aus Fleisch und Blut ist, so wie du und ich?«

»Ich weiß nicht, was ich denken soll«, sagte sie und seufzte. Das war für Larissa schon ein revolutionäres Eingeständnis. Normalerweise wusste sie nämlich alles ganz genau.

Mir fiel etwas ein, was ich sie bereits länger hatte fragen wollen. »Diese E-Mail-Adresse, die dir der Schatten gegeben hat ...«

»Habe ich natürlich gleich als Erstes überprüft«, unterbrach sie mich.

»Und?«

»Ich habe die Spur einer meiner Mails mit einem Tracer-Programm verfolgt. Sie endete bei einem Mailserver in Husun al Jalal im Jemen. Das ist ein kleines Kaff am Rand der Großen Wüste.«

»Ein Schatten mit E-Mail-Konto, das ist schon merkwürdig«, sinnierte ich.

»Ich denke, dass er menschliche Helfer hat. Du hast ihn ja gesehen. Er kann herumwabern und viel Wind machen, aber ich kann mir beim besten Willen nicht vorstellen, wie er ein Mailprogramm bedient«

»Meinst du denn, dass wir ihn wiedersehen?«

»Davon bin ich überzeugt.«

»Wenn wir in die Wüste reisen, werden wir nicht nur einen von ihnen treffen«, dachte ich laut nach. Allein der Gedanke daran jagte mir trotz der Hitze einen Schauer über den Rücken.

Sie sah mich an. »Du willst mir also weiterhin helfen?« Sie stockte. »Ich würde es verstehen, wenn du mit mir nichts mehr zu tun haben möchtest, so wie ich mich verhalten habe. Es ist schwer zu erklären, aber nach der ersten Begegnung mit dem Schatten fühlte ich mich einfach völlig *allein*. Ich hatte das Gefühl, dass niemand nachvollziehen kann, was ich empfinde. Und dafür habe ich euch alle gehasst. Dich, Opa, Montalba, einfach alle. Und je mehr du versuchst hast, mir zu helfen, desto wütender wurde ich auf dich. Und desto mehr habe ich mich von dir entfernt.«

»Und wärst beinahe zu den Schatten übergelaufen«, führte ich ihren Gedanken fort.

Sie nickte und ergriff meine Hand. »Das war das Allerschlimmste: Mit jedem Schritt, den ich tat, schien ein Wechsel auf ihre Seite verlockender zu werden. Meine Gefühle waren wie abgestorben.«

Sie schwieg. »Ich bin froh, der Versuchung widerstanden zu haben«, fuhr sie schließlich fort. »Im Fort Bokar habe ich gespürt, wie gut es ist, Freunde zu haben. Und dass ich erst dann wirklich allein bin, wenn es keinen Menschen mehr gibt, dem ich wichtig bin.«

Sie drückte meine Hand. Ich musste schlucken.

»Du bist mir wichtig«, sagte ich. »Und natürlich helfe ich dir auch weiterhin.«

Sie lächelte und ließ ihre Hand auf meiner liegen. Ich tat so, als wäre das nichts Besonderes, und konzentrierte mich auf den Anblick der Insel Lokrum, die ruhig im spiegelglatten Meer lag. Trotz der brennenden Sonne lief ein noch heißerer Schauer durch meinen Körper, und ich wünschte mir, wir könnten ewig so sitzen bleiben.

Irgendwann standen wir auf und bummelten langsam über die Stadtmauer. Wir genossen den Blick auf das Meer, auf die Stadt und auf die Hügelkette, hinter der Bosnien-Herzegowina lag. Die roten Ziegeldächer drängten sich so dicht aneinander, dass man die Gassen dazwischen von hier oben nur ahnen konnte. Aus dem Gewirr der Dächer ragte hier und da ein Kirchturm oder eine Kuppel auf. Nur die Satellitenantennen ließen erkennen, dass wir uns im einundzwanzigsten Jahrhundert befanden.

Am Hafen stiegen wir von der Mauer herab und gingen zu Lidijas Buchladen. Sie hatte dunkle Ränder um die Augen und empfing uns mit einem Schwall von Vorwürfen.

»Ich habe die ganze Nacht nicht geschlafen! Wieso habt ihr euch nicht eher gemeldet? Ihr habt doch ein Telefon, oder? Beinahe hätte ich die Polizei über euer Verschwinden informiert, wenn mir Johann nicht davon abgeraten hätte!«

So ging das zehn Minuten weiter. Wir ließen ihre Tiraden wortlos über uns ergehen. Sie hatte ja nicht unrecht. Wir hätten sie tatsächlich kurz anrufen können. Aber bei den Ereignissen der vergangenen Nacht war uns der Gedanke überhaupt nicht gekommen. Schließlich beruhigte sie sich wieder.

»Seid ihr wenigstens erfolgreich gewesen?«, fragte sie schließlich. »Habt ihr das Buch der Wege finden können?«

Wir berichteten in Kurzform von den Ereignissen der letzten Stunden. Sie war enttäuscht, dass wir das Buch der Wege nicht mitgebracht hatten. »Ihr habt es diesem Burschen gegeben? Seid ihr denn überzeugt, dass es bei ihm gut aufgehoben ist?«

Ich seufzte. Wie soll man jemandem ein Bauchgefühl erklären? Ich kannte Lidijas Vorbehalte gegen Pomet und machte mir gar nicht erst die Mühe, sie vom Gegenteil zu überzeugen.

»Ich weiß es einfach«, sagte ich. Damit war das Thema für mich erledigt. Für sie allerdings noch nicht, wie sich später herausstellen sollte.

Ich hatte vom Café aus über das Internet einen Flug für den frühen Abend gebucht. »Dann dürften die Rechner ja wieder gehen«, hatte ich zu Larissa gesagt.

»Die funktionieren jetzt schon«, hatte sie gegrinst. »In mein Programm war ein Selbstzerstörungsmechanismus eingebaut, der sich nach zwei Stunden aktiviert hat.«

Lidija erklärte sich bereit, uns zum Flughafen zu bringen, der knapp zwanzig Kilometer außerhalb der Stadt lag. Wir telefonierten mit dem Bücherwurm, der heilfroh war, unsere Stimmen zu hören. Er würde uns daheim vom Flughafen abholen.

»Da ist noch etwas, was ihr unbedingt sehen solltet«, sagte Lidija, nachdem sie ihren Laden abgeschlossen hatte. »Es ist nur ein kleiner Umweg.«

Zum letzten Mal gingen wir den Stradun entlang, diesmal ohne Furcht, von irgendwem verfolgt zu werden. Die Sonne, die hellen Gebäude, das spiegelnde Pflaster und die dahinbummelnden Touristen ließen uns beinahe vergessen, was wir hier noch vor kurzer Zeit erlebt hatten.

Etwa fünfzig Meter vor dem großen Onofrio-Brunnen bog Lidija links in eine Gasse ab. An einem unscheinbaren Haus blieb sie stehen.

»Dies ist das Držić-Museum«, erklärte sie. »Hier hat der Erfinder von Pomet gelebt.« Sie deutete auf das Nachbarhaus. Erst jetzt sah ich, dass es sich dabei um eine winzige Kirche handelte. »Marin Držić war nicht nur ein Schriftsteller, sondern auch ein Kaufmann, ein Pfarrer und in seinen späten Tagen ein Hochverräter. Dies war seine Kirche. Er hatte sich vom Keller seines Wohnhauses einen Geheimgang bauen lassen, über den er dorthin gelangen konnte, ohne einen Fuß vor die Tür setzen zu müssen.«

Lidija stieß die Türe auf und wir traten ein. Ich blieb überrascht stehen.

Nur wenige Meter von uns entfernt saß Pomet auf der Lehne eines Sessels. Er reckte einen Arm in die Höhe, so als ob er uns zuwinken würde, und kniff verschwörerisch ein Auge zu. Erst auf den zweiten Blick erkannte ich, dass es sich hier um eine lebensgroße Puppe handelte. Daneben führte eine Treppe mit frei schwebenden Holzstufen in den ersten Stock. An einer der Stufen hing ein Wesen, dessen Oberkörper menschlich war, der Unterleib jedoch der eines Ziegenbocks. Mit seinen Armen klammerte es sich an die Treppe, während seine mit Fell bewachsenen Ziegenbeine in der Luft baumelten. Dahinter war eine hübsche, bezopfte Frau in einem schwarzen Kleid auf die Knie gesunken und blickte traurig auf die andere Seite des Raums, wo ein älterer Mann mit ernstem Gesichtsausdruck stand. Er hielt einen Stock und einen kleinen Krug in den Händen.

»Das sind Puppen der Hauptpersonen aus Držićs Stücken«, erklärte Lidija, nachdem sie die beiden Frauen, die an der Kasse hinter dem Eingang saßen, begrüßt hatte. »Seht ihr jetzt, warum ich so erstaunt war, euren Begleiter zu treffen?«

Die Pomet-Figur auf dem Sessel sah unserem Helfer wirklich verblüffend ähnlich. Ich trat näher an ihn heran und ging einmal um ihn herum. Fast erwartete ich, dass er jeden Moment aufspringen und uns begrüßen würde. Aber nichts dergleichen geschah.

»Erstaunlich«, sagte Larissa, die neben mich getreten war. Einige Minuten betrachteten wir die Figur schweigend. Sie war wirklich mehr als lebensecht. Jetzt verstand ich Lidijas Überraschung, als sie Pomet zum ersten Mal in meiner Begleitung begegnet war.

Auf dem Weg zu ihrem Auto, das hinter dem Buža-Tor geparkt war, sprach keiner von uns ein Wort. Nachdem Lidija uns durch den Stadtverkehr auf die Straße in Richtung Cavtat manövriert hatte, konnte sie aber nicht mehr an sich halten.
»Wo ist euer Freund denn eigentlich geblieben?«, fragte sie. »Und was wisst ihr über ihn?«
»Er hat sich heute Morgen von uns verabschiedet«, erwiderte ich. »Allerdings hat er uns nie gesagt, wo er wohnt.«
»Fandet ihr das nicht merkwürdig?«
Ich zuckte mit den Schultern. »Wir sind in den letzten Tagen so vielen seltsamen Menschen begegnet, da stach Pomet nicht so besonders hervor.«
Sie warf mir einen scharfen Blick von der Seite zu. »Willst du mir etwa erzählen, dieser Kerl hätte euch nicht zum Nachdenken gebracht?«
»Zum Nachdenken schon«, sagte ich. »Aber nicht darüber, woher er kommt und wer er ist.«
Sie schüttelte verständnislos den Kopf. Ich glaube, sie war ganz froh, dass wir den Rest der Fahrt vor uns hindämmerten und sie uns schließlich am Flughafen absetzen und sich von uns verabschieden konnte.
Marković hatte uns durch einen seiner *Mitarbeiter* vor unserem Aufbruch noch einen Einreisestempel in unsere Pässe setzen lassen. Das war sehr umsichtig von ihm, denn hier wurden die Papiere bei der Ausreise tatsächlich noch gründlich inspiziert. Ohne Stempel hätte man uns sicher eine Reihe unangenehmer Fragen gestellt.
Der Flughafen von Dubrovnik liegt auf einer Hochebene und besteht im Grunde aus nicht viel mehr als dem Termi-

nalgebäude und einer Start- und Landebahn, die sich parallel zur Küste hinzieht. Eigentlich hätte meine Flugangst hier viel größer sein müssen als bei unserem Abflug nach Córdoba, aber heute war ich viel zu müde, um mir Sorgen zu machen. Kaum waren wir im Abflugbereich angekommen, da überfiel mich schlagartig die Erschöpfung, und ich war froh, als wir endlich in der Maschine saßen. Noch bevor die Räder vom Boden abgehoben hatten, war ich bereits eingeschlafen.

Das war schade, denn wie mir Larissa später erzählte, hatte man aus dem Fenster einen fantastischen Ausblick auf Dubrovnik und die benachbarte Küste. Stattdessen träumte ich von einer Stadt in der Wüste, die vor vielen Jahrtausenden im Sand versunken war. Nur noch ein paar zerbröckelte Pfeiler wurden manchmal vom unbarmherzigen Wind freigelegt und wiesen den Weg zu dieser Stätte. Ich stand vor einer mindestens zwanzig Meter hohen Pforte, die den Eingang zur Stadt bildete. Hinter mir hörte ich das Heulen des Windes – und vor mir, durch die gigantischen Tore, das Heulen von Wesen, die ich mir lieber nicht vorstellen mochte.

Ich wollte wegrennen, konnte mich aber nicht von der Stelle bewegen. Dann war auf einmal Larissa da und die Tore öffneten sich einen winzigen Spalt.

Und ich folgte ihr in die Stadt ohne Namen …

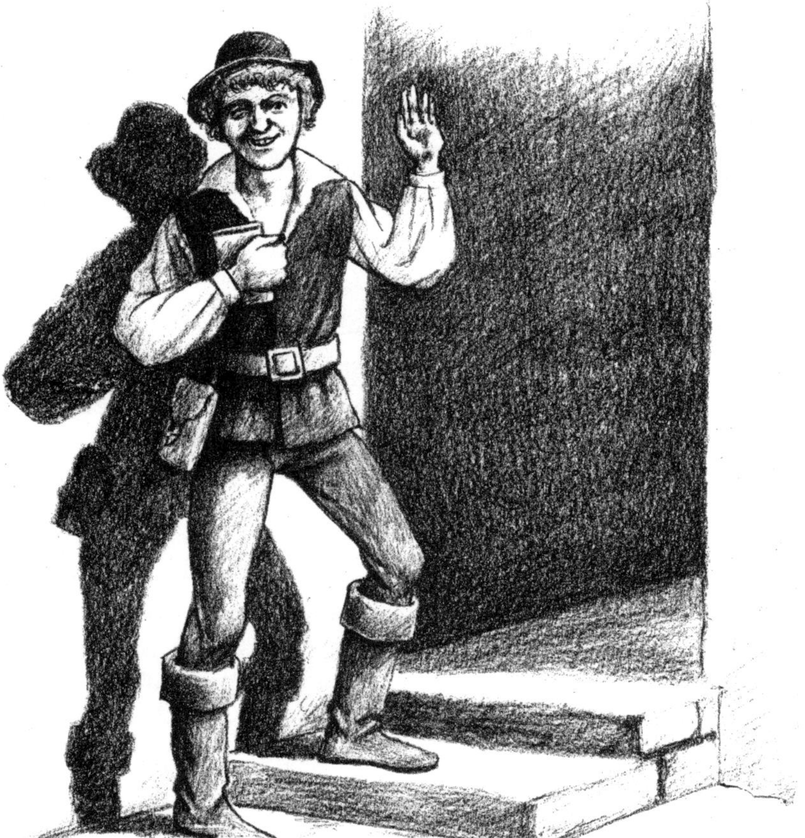

© Lutz Kampert, Dortmund

Gerd Ruebenstrunk wurde 1951 in Gelsenkirchen geboren. Die Liebe zu Büchern liegt ihm im Blut: Seit frühester Kindheit verschlingt er jeden Lesestoff, den er zwischen die Finger bekommt – von Abenteuergeschichten bis zu Krimis, von Sachbüchern über Hummeln bis zu Quantenphysik.

Studiert hat Gerd Ruebenstrunk Lehramt, Psychologie und Pädagogik, gearbeitet hat er schon als Sprachlehrer und Kneipenwirt, Lektor, Discjockey, Tellerwäscher und Schaufensterpuppenverpacker. Heute lebt er mit seiner Familie in Duisburg und arbeitet als freier Werbetexter und PR-Autor. Und das Wichtigste: Er schreibt Bücher!

Der erste Band
der faszinierenden Trilogie:

ISBN 978-3-7607-3628-0

Arthur ahnt nichts von den Geheimnissen der Vergessenen Bücher, als er in den Ferien in einem Antiquariat aushilft. Doch als plötzlich ein merkwürdiger Fremder auftaucht und den alten Buchhändler bedroht, beginnt für Arthur eine gefährliche Jagd. Gemeinsam mit Larissa, der Enkelin des Buchhändlers, muss er das geheimnisvolle »Buch der Antworten« finden, bevor es in falsche Hände gerät. Ihre Suche führt die beiden über Amsterdam bis nach Bologna – immer tiefer hinein in die rätselhafte Welt der Vergessenen Bücher ...

Auch zu bestellen unter:
www.arsedition.de